T0016278

El cazador de la oscuridad

OTROS LIBROS
DEL AUTOR EN DUOMO:

La chica en la niebla
El maestro de las sombras
El susurrador

PRÓXIMAMENTE:

El juego del susurrador

DONATO CARRISI

El cazador de la oscuridad

Traducción de Maribel Campmany

Título original: *Il cacciatore del buio*

Primera edición en esta colección: junio de 2019

Duomo ediciones es un sello de Antonio Vallardi Editore S.u.r.l.
Av. del Príncep d'Astúries, 20. 3° B. Barcelona, 08012 (España)
www.duomoediciones.com

Gruppo Editoriale Mauri Spagnol S.p.A.
www.maurispagnol.it

ISBN: 978-84-17761-09-7
Código IBIC: FA
DL B 2151-2019

Diseño de interiores:
Agustí Estruga

Composición:
Grafime

Impresión:
Grafica Veneta S.p.A. di Trebaseleghe (PD)
Impreso en Italia

Jesús, en efecto, había ordenado al espíritu impuro que saliera de aquel hombre del que se había apoderado tiempo atrás. Y aunque lo ataran con cadenas y grilletes para sujetarlo, él rompía sus ligaduras y el demonio lo arrastraba a lugares desiertos. Jesús le preguntó:

–¿Cuál es tu nombre?

–Legión –respondió, porque eran muchos los demonios que habían entrado en él.

Evangelio según San Lucas, 8, 29-30

Para los dioses somos como las moscas para los niños traviesos.

Nos matan por diversión.

Shakespeare, *Rey Lear*

PRÓLOGO

El cazador de la oscuridad

Venimos al mundo y morimos olvidando.

Lo mismo le había sucedido a él. Había nacido por segunda vez, pero antes tuvo que morir. El precio era olvidar quién había sido.

«Yo no existo», seguía repitiéndose, porque era la única verdad que conocía.

El proyectil que le había perforado la sien se había llevado consigo el pasado y, con él, su identidad. En cambio, no había afectado a la memoria general ni a los centros del lenguaje, y –curiosamente– hablaba varios idiomas.

Ese talento singular para las lenguas era la única certeza que tenía.

Mientras, en Praga, esperaba descubrir quién era, una noche se despertó y junto a la cabecera de su cama de hospital vio a un hombre de aspecto apacible, con el pelo negro peinado con la raya a un lado y rostro aniñado. Le sonrió y le dijo sólo una frase.

–Yo sé quién eres.

Aquellas palabras deberían haberlo aliviado, sin embargo, sólo fueron el preludio de un nuevo misterio porque, en ese momento, el hombre vestido de oscuro le puso delante dos sobres lacrados.

Uno de ellos, le explicó, contenía un cheque al portador de veinte mil euros y un pasaporte con un nombre inventado en el que sólo faltaba la fotografía.

En el otro estaba la verdad.

El hombre le concedió todo el tiempo que necesitara para decidir. Porque no siempre es bueno saberlo todo de uno mismo y, es más, a él le había sido concedida una segunda oportunidad.

–Piénsalo bien –le aconsejó–. ¿Cuántos hombres desearían estar en tu situación? ¿A cuántos les gustaría que una amnesia borrara para siempre los errores, los fracasos o el dolor de su pasado para empezar desde el principio, dondequiera que deseen? Si escoges este camino, tira el otro sobre sin siquiera abrirlo, hazme caso.

Para agilizar la decisión, le reveló que allí fuera nadie lo buscaba ni lo esperaba. Porque no tenía lazos afectivos ni familia.

Después se marchó, llevándose consigo sus secretos.

Él, en cambio, se quedó observando los dos sobres durante el resto de la noche y los días siguientes. Algo le decía que ese hombre, en el fondo, ya sabía lo que iba a escoger.

El problema era que él no lo sabía.

La idea de que el contenido del segundo sobre pudiera no gustarle estaba implícita en aquella extraña propuesta. «No sé quién soy», se repetía, pero enseguida comprendió que conocía bien una parte de sí mismo: no podría pasarse el resto de su vida con aquella duda.

Por ese motivo, la primera noche que le dieron el alta en el hospital, se deshizo del sobre con el cheque y el pasaporte con identidad falsa –para no tener opción a cambiar de idea. Luego abrió el pliego que iba a desvelárselo todo.

Contenía un billete de tren a Roma, algún dinero y la dirección de una iglesia.

San Luis de los Franceses.

Tardó un día entero en llegar a su destino. Se sentó en uno de los bancos del fondo de la nave principal de aquella obra maestra –síntesis perfecta de Renacimiento y Barroco– y permaneció allí durante horas. Los turistas que abarrotaban el lugar de culto, entretenidos con el arte, no se percataban de su presencia. Asimismo, él descubrió la estupefacción que sentía al encontrarse rodeado de tanta belleza. Entre los inéditos conocimientos de los que se nutría su virgen memoria, los relativos a las obras que tenía alrededor no los olvidaría fácilmente, estaba seguro de ello.

Pero todavía no sabía qué tenían que ver con él.

Cuando, ya tarde, las comitivas de visitantes empezaron a salir de la iglesia, apremiados por una inminente tormenta, se escondió en uno de los confesionarios. No sabía a qué otro sitio ir.

Cerraron el portón, las luces se apagaron, sólo las velas votivas iluminaban el espacio. Fuera, la lluvia había empezado a caer. El estruendo de las nubes hacía vibrar el aire del interior de la iglesia.

Y entonces surgió una voz, como un eco.

–Ven a ver, Marcus.

Así era como se llamaba. Oír pronunciar su nombre no le produjo el efecto esperado. Era un sonido como cualquier otro, no le resultaba familiar.

Marcus salió de su escondite y empezó a buscar al hombre que había visto una sola vez, en Praga. Lo descubrió al otro lado de una columna, frente a una capilla lateral. Estaba de espaldas y no se movía.

–¿Quién soy?

El hombre no respondió. Seguía mirando hacia delante: en las paredes de la pequeña capilla había tres grandes cuadros.

–Caravaggio realizó estas pinturas entre 1599 y 1602. La

Vocación, *la* Inspiración *y el* Martirio de San Mateo. *Mi favorito es precisamente este último –y le señaló el de la derecha. A continuación se volvió hacia Marcus–: Según la tradición cristiana, San Mateo, apóstol y evangelista, fue asesinado.*

En el cuadro, el santo estaba echado en el suelo mientras su asesino blandía un cuchillo contra él, dispuesto a causarle la muerte. Alrededor, los presentes huían horrorizados por lo que iba a ocurrir, dejando espacio al mal que se consumaría al cabo de un momento. Mateo, en vez de escapar de su destino, tendía los brazos a la espera del puñal que le daría martirio y, con él, la santidad eterna.

–Caravaggio era un depravado, se codeaba con lo más podrido y corrupto de Roma y, para crear sus obras, solía inspirarse en lo que veía por la calle. En este caso, un homicidio... ¿No notas nada?

Marcus lo pensó un momento.

–La luz.

En el interior del cuadro, la luz caía desde arriba como el haz de un reflector.

–En vez de iluminar al mártir, apunta hacia su verdugo.

El otro asintió, despacio, y luego dijo:

–Caravaggio quiere decirnos que, en su inescrutable plan, Dios guiaba la mano del asesino.

–¿Por qué motivo?

–Porque la salvación, a veces, pasa a través del mal.

–¿Y qué tiene que ver esto conmigo?

–Alguien te disparó en la cabeza en una habitación de hotel, en Praga.

El sonido de la lluvia se había hecho más intenso, favorecido por el eco de la iglesia. Marcus pensaba que el hombre le había mostrado la pintura con un objetivo concreto. Hacer que se preguntara quién podría ser él mismo en esa escena. ¿La víctima o el verdugo?

–Los demás ven en este cuadro la salvación, pero yo sólo consigo vislumbrar el mal –dijo Marcus–. ¿Por qué?

Mientras un rayo iluminaba los vitrales, el hombre sonreía.

–Me llamo Clemente. Somos curas.

Aquella revelación sacudió a Marcus en lo más profundo.

–Una parte de ti, que has olvidado, es capaz de percibir los signos del mal. Las anomalías.

Marcus no podía creer que tuviera semejante talento.

Entonces Clemente le puso una mano en el hombro.

–Existe un lugar en el que el mundo de la luz se encuentra con el de las tinieblas. Es allí donde sucede todo: en la tierra de las sombras, donde todo es enrarecido, confuso, incierto. Tú eras uno de los guardianes encargados de defender esa frontera. Porque de vez en cuando algo consigue cruzar. Tu cometido era hacerlo volver atrás.

El cura dejó que el sonido de aquella frase se disolviera en el fragor de la tormenta.

–Hace mucho tiempo hiciste un juramento: nadie puede saber que existes. Nunca. Sólo podrás decir quién eres durante el tiempo que transcurre entre el rayo y el trueno.

Durante el tiempo que transcurre entre el rayo y el trueno...

–¿Quién soy? –Marcus se esforzaba por comprender.

–El último representante de una orden sagrada. Un penitenciario. Tú has olvidado el mundo, pero el mundo también se ha olvidado de vosotros. Aunque, hace tiempo, la gente os llamaba cazadores de la oscuridad.

La Ciudad del Vaticano es el Estado soberano más pequeño del mundo. Apenas ocupa medio kilómetro cuadrado en pleno centro de Roma. Se extiende por detrás de la basílica de San Pedro. Sus fronteras están protegidas por unas sólidas murallas.

Hubo una época en que toda la Ciudad Eterna pertenecía al papa. Pero cuando Roma fue anexionada al recién creado Reino de Italia, en 1870, el pontífice se retiró al interior de ese pequeño enclave desde donde podía seguir ejerciendo su poder.

Al ser un Estado autónomo, el Vaticano tiene territorio, población y órganos de gobierno. Sus ciudadanos se dividen en eclesiásticos y laicos, según hayan hecho los votos o no. Algunos residen en la parte interior de la muralla, otros, en la parte de fuera, en territorio italiano, y cada día van y vienen para ir a trabajar a uno de los muchos despachos y dicasterios, cruzando una de las cinco «puertas» de acceso.

Dentro de la muralla hay infraestructuras y servicios. Un supermercado, una oficina postal, un pequeño hospital, una farmacia, un tribunal que juzga basándose en el derecho canónico y una pequeña central eléctrica. También hay un helipuerto y hasta una estación de trenes, pero para uso exclusivo de los desplazamientos del pontífice.

El idioma oficial es el latín.

Además de la basílica, la residencia papal y los palacios del gobierno, el área de la pequeña ciudad está ocupada por unos vastos jardines y por los Museos Vaticanos, visitados cada día por miles de turistas procedentes de todo el mundo que concluyen el recorrido admirando con la nariz hacia arriba la maravillosa bóveda de la Capilla Sixtina y el fresco de *El Juicio Universal* de Miguel Ángel.

Precisamente fue allí donde se hizo frente a la emergencia.

Hacia las cuatro de la tarde, dos horas antes del cierre oficial de los museos, los vigilantes empezaron a hacer salir a los visitantes sin darles ninguna explicación. Al mismo tiempo, en el resto del pequeño Estado, se rogó al personal laico que se dirigiera a su casa, fuera o dentro de las murallas. Los que vivían dentro, no podían salir hasta nuevo aviso. Esta disposición también afectaba a los religiosos que, de hecho, fueron invitados a volver a sus residencias privadas o a retirarse a alguno de los varios conventos existentes.

La Guardia Suiza, el cuerpo de soldados mercenarios del papa cuyos miembros eran reclutados desde 1506 exclusivamente en los cantones suizos católicos, recibió la orden de cerrar todas las entradas a la ciudad, empezando por la principal, la de Santa Ana. Las líneas telefónicas fueron interrumpidas y la señal de móvil dejó de funcionar.

A las seis de aquel frío día de invierno, la ciudadela estaba completamente aislada del mundo. Nadie podía entrar, salir o comunicarse con el exterior.

Nadie excepto los dos individuos que recorrían el patio de San Damasco y la estancia de Rafael, a oscuras.

La central eléctrica había interrumpido el suministro energético en la vasta área de los jardines. Sus pasos resonaban en el silencio absoluto.

–Démonos prisa, sólo tenemos treinta minutos –dijo Clemente.

Marcus era consciente de que el aislamiento no podía durar demasiado, existía el riesgo de que allí fuera alguien sospechara algo. Por lo que su amigo le había contado, ya se había preparado una versión para los medios de comunicación: el motivo oficial de aquella especie de cuarentena era un ensayo general de un nuevo plan de evacuación en caso de emergencia. La verdadera razón, sin embargo, tenía que permanecer completamente en secreto.

Los dos curas encendieron las linternas para entrar en los jardines. Ocupaban veintitrés hectáreas, la mitad de todo el territorio del Estado Vaticano. Se dividían en jardín italiano, inglés y francés, y reunían especies botánicas procedentes de todos los rincones del mundo. Eran el orgullo de cualquier pontífice. Muchos papas habían paseado, meditado y orado entre aquellas plantas.

Marcus y Clemente recorrieron los senderos delimitados por setos de boj, perfectamente perfilados por los jardineros como si fueran esculturas de mármol. Pasaron bajo las grandes palmeras y los cedros del Líbano, acompañados por el sonido de las cien fuentes que adornaban el parque. Se introdujeron en la rosaleda encargada por Juan XXIII, en la que en primavera florecían las rosas que llevaban el mismo nombre que el Santo Padre.

Al otro lado de la alta muralla, se oía el caótico tráfico de Roma. Pero, donde ellos estaban, el silencio y la calma eran absolutos.

Sin embargo, eso no era paz, reflexionó Marcus. Ya no, al menos. La había estropeado el suceso de esa misma tarde, cuando se hizo el descubrimiento.

En el lugar adonde se dirigían los dos penitenciarios, la naturaleza no había sido domesticada como en el resto del parque. En el interior del pulmón verde, de hecho, había una zona en la que los árboles y las plantas podían crecer libremente. Un bosque de dos hectáreas.

El único mantenimiento al que lo sometían periódicamente era la retirada de ramas secas. Y justo eso era lo que estaba haciendo el jardinero que había dado la voz de alarma.

Marcus y Clemente ascendieron por una ladera. Al llegar a la cima, dirigieron las linternas hacia el corto valle que había debajo, en cuyo centro la gendarmería –el cuerpo de la policía vaticana– había delimitado una pequeña zona con cinta amarilla. Los agentes ya habían efectuado el examen del suceso y recogido todos los indicios, a continuación habían recibido la orden de abandonar la zona.

«Para que pudiéramos venir nosotros», se dijo Marcus. Seguidamente se acercó al límite marcado por la cinta y, con la ayuda de la linterna, lo vio.

Un torso humano.

Estaba desnudo. Le recordó al instante el *Torso del Belvedere*, la gigantesca estatua mutilada de Hércules conservada precisamente en los Museos Vaticanos y en la que Miguel Ángel se había inspirado. Pero no había nada de poético en los restos de la pobre mujer que había sufrido aquel trato animal.

Alguien le había arrancado de cuajo la cabeza, las piernas y los brazos. Yacían a pocos metros, esparcidos junto al hábito oscuro, rasgado.

–¿Sabemos quién es?

–Una monja –contestó Clemente–. Hay un pequeño convento de clausura al otro lado del bosque –dijo indicando delante de él–. Su identidad es un secreto, es uno de los dictados de la orden a la que pertenece. Aunque creo que en estas circunstancias da lo mismo.

Marcus se agachó para verla mejor. La tez blanquecina, los pequeños senos y el sexo expuesto impúdicamente. Los cabellos rubios y muy cortos, antes cubiertos por el velo, se exponían ahora sobre la cabeza rebanada. Los ojos azules, levantados hacia el cielo como en una súplica. «¿Quién eres?», le preguntó con la mirada el penitenciario. Porque había un destino peor que la muerte: morir sin nombre. «¿Quién te ha hecho esto?»

–De vez en cuando, las monjas pasean por el bosque –prosiguió Clemente–. Aquí casi nunca viene nadie, y ellas pueden rezar sin que las molesten.

«La víctima había escogido la clausura», pensó Marcus. Había tomado los hábitos para aislarse de la humanidad junto a sus hermanas. Nadie volvería a ver su rostro. Pero se había convertido en la obscena exhibición de la maldad de alguien.

–Es difícil entender la elección de estas monjas, muchos piensan que podrían ir a hacer el bien entre la gente en vez de encerrarse tras los muros de un convento –afirmó Clemente, como si le hubiera leído el pensamiento–. Pero mi abuela siempre decía: «No sabes cuántas veces estas hermanitas han salvado al mundo con sus oraciones».

Marcus dudaba si creérselo. Por lo que él sabía, ante una muerte como ésa, el mundo no podía considerarse a salvo.

–En tantos siglos, aquí nunca había sucedido nada parecido –añadió su amigo–. No estábamos preparados. La gendarmería llevará a cabo una investigación interna, pero no tiene medios para abordar un caso como éste. De modo que nada de forenses ni Policía Científica. Nada de autopsias, huellas ni ADN.

Marcus se volvió a mirarlo.

–Y, entonces, ¿por qué no pedir ayuda a las autoridades italianas?

Según los tratados que vinculaban a los dos Estados, el Vaticano podía recurrir a la policía italiana en caso necesario. Pero esa ayuda sólo se usaba para controlar a los numerosos peregrinos que acudían a la basílica o para prevenir los pequeños delitos que se cometían en la plaza delantera. La policía italiana no tenía jurisdicción a partir de la base de la escalinata que conducía a la entrada de San Pedro. A menos que no hubiera una petición específica.

–No se pedirá, ya está decidido –afirmó Clemente.

–¿Cómo voy a investigar dentro del Vaticano sin que alguien se fije en mí o, peor aún, descubra quién soy?

–De hecho, no lo harás. Quien sea que haya sido, ha venido de fuera.

Marcus no lo entendía.

–¿Cómo lo sabes?

–Conocemos su rostro.

La respuesta tomó al penitenciario por sorpresa.

–El cuerpo lleva aquí por lo menos ocho, nueve horas –prosiguió Clemente–. Esta mañana, muy temprano, las cámaras de seguridad han grabado a un hombre sospechoso que merodeaba por la zona de los jardines. Vestía ropa de trabajo, pero me consta que han robado un uniforme.

–¿Por qué él?

–Míralo tú mismo.

Clemente le tendió una foto impresa. En ella aparecía un hombre vestido de jardinero, con el rostro parcialmente oculto por la visera de una gorra. Caucásico, de edad indefinida pero seguramente de más de cincuenta años. Llevaba consigo una bolsa gris en bandolera, en cuyo fondo se entreveía una mancha más oscura.

–Los gendarmes están convencidos de que allí dentro había un hacha o un objeto parecido. Debía de haberla usado hacía poco, la mancha que ves probablemente sea de sangre.

–¿Por qué precisamente un hacha?

–Porque era el único tipo de arma que podía encontrar aquí. Queda descartado que haya podido introducir algo desde fuera, superando los controles de seguridad, los guardias y el detector de metales.

–Pero se la ha llevado consigo para borrar las huellas, en caso de que los gendarmes acudieran a la policía italiana.

–Salir es mucho más sencillo, no hay controles. Y luego, para marcharse sin que se fijen en ti es suficiente con confundirse con el flujo de peregrinos o de turistas.

–Una herramienta de jardinería...

–Todavía están comprobando que no falte nada.

Marcus observó de nuevo los restos de la joven monja. Sin darse cuenta, con una mano apretó la medalla que llevaba al cuello, la de san Miguel Arcángel blandiendo la espada de fuego. El protector de los penitenciarios.

–Tenemos que irnos –afirmó Clemente–. Se ha acabado el tiempo.

En ese momento, se oyó un crujido que se movía por el bosque. Venía hacia ellos. Marcus levantó la mirada y vio avanzar a un grupo de sombras que emergían de la oscuridad. Algunas llevaban una vela en la mano. En el débil resplandor de aquellas pequeñas llamas, reconoció a un grupo de figuras con la cabeza cubierta. Llevaban un lienzo oscuro en el rostro.

–Sus hermanas –dijo Clemente–. Han venido a recogerla.

En vida, sólo ellas podían conocer su aspecto. Cuando morían, eran las únicas que podían ocuparse de sus restos mortales. Era la regla.

Clemente y Marcus se retiraron hacia atrás para dejar libre el escenario. A continuación las monjas se colocaron en silencio alrededor del pobre cuerpo. Todas sabían lo que tenían que hacer. Algunas extendieron paños blancos, otras recogieron del suelo los miembros del cadáver.

Sólo entonces Marcus se fijó en el sonido. Un unísono murmullo procedente de debajo de los lienzos que cubrían sus rostros. Una letanía. Rezaban en latín.

Clemente lo cogió del brazo y tiró de él. Marcus iba a seguirlo pero, en ese momento, una de las monjas pasó junto a él. Y entonces oyó nítidamente una frase.

«*Hic est diabolus.*»

El diablo está aquí.

PRIMERA PARTE

El niño de sal

1

Una Roma fría y nocturna se extendía a los pies de Clemente.

Nadie hubiera dicho que el hombre vestido de oscuro, apoyado en la balaustrada de piedra de la terraza del Pincio, era sacerdote. Ante él se divisaba una sucesión de palacios y cúpulas sobre los que dominaba San Pedro. Un paisaje majestuoso, inalterado durante siglos, en el que bullía una vida minúscula y provisional. Clemente siguió contemplando la ciudad, ajeno al sonido de los pasos que se acercaban a su espalda.

–Y bien, ¿cuál es la respuesta? –preguntó antes de que Marcus llegara a su lado. Estaban solos.

–Nada.

Clemente asintió, en absoluto sorprendido, y a continuación se volvió a observar a su compañero penitenciario. Marcus parecía agotado, llevaba días sin afeitarse.

–Hoy hace un año.

Clemente permaneció un momento callado, mirándolo fijamente a los ojos. Sabía a qué se refería: era el primer aniversario del hallazgo del cuerpo desmembrado de la monja en los Jardines Vaticanos. En ese periodo, las investigaciones del penitenciario no habían dado ningún resultado.

No había ni una pista, ni un indicio, ni siquiera un sospechoso. Nada.

–¿Tienes intención de rendirte? –le preguntó.

–¿Por qué? ¿Acaso puedo? –le contestó Marcus en tono crispado.

Esa historia había sido una dura prueba. La cacería al hombre del fotograma de las cámaras de seguridad –caucásico, de más de cincuenta años– no había dado resultado.

–Nadie lo conoce, nadie lo ha visto nunca. Lo que me da más rabia es que tenemos su cara. –Hizo una pausa y miró a su amigo–. Tenemos que volver a estudiar a los laicos que prestan servicio en el Vaticano. Y, si no obtenemos nada, tendremos que pasar a los religiosos.

–Ninguno de ellos se corresponde con la foto, ¿para qué perder el tiempo?

–¿Quién nos asegura que el asesino no contaba con apoyo desde el interior? ¿Con alguien que lo cubría? –Marcus no se resignaba–. Las respuestas se hallan en el interior de las murallas: es allí donde debería investigar.

–Ya lo sabes, existe una limitación. No es posible por motivos de confidencialidad.

Marcus sabía que lo de la confidencialidad era sólo una excusa. Simplemente tenían miedo de que, si metía la nariz en sus asuntos, pudiera descubrir algo que no tuviera nada que ver con ese suceso.

–A mí sólo me interesa coger al asesino. –Se plantó delante de su amigo–. Tienes que convencer a los prelados de que anulen esa limitación.

Clemente descartó enseguida esa opción con un gesto de la mano, como si fuera una tontería.

–Ni siquiera sé quién tiene el poder de hacerlo.

A sus pies, comitivas de turistas de salida nocturna para ver las bellezas de la ciudad cruzaban la Piazza del Popolo. Seguramente no sabían que justo allí, mucho tiempo atrás, se situaba el nogal bajo el que estaba enterrado el emperador

Nerón, el «monstruo» que, según una leyenda inventada por sus enemigos, en el año 64 d.C. mandó incendiar Roma. Los romanos creían que aquel lugar estaba infestado de demonios. Por ese motivo, hacia el año 1000, el pontífice Pascual II ordenó quemar el nogal junto con las cenizas exhumadas del emperador. Luego se levantó la iglesia de Santa Maria del Popolo, que todavía conservaba en el altar mayor los bajorrelieves que mostraban al papa cortando el árbol de Nerón.

«Así es Roma», pensó fugazmente Marcus. Un lugar donde cada verdad revelada escondía a su vez un secreto. Y el conjunto estaba envuelto en leyenda. De manera que nadie pudiera saber, realmente, qué se escondía detrás de cada misterio. Y todo por no turbar demasiado el alma de los hombres. Pequeñas e insignificantes criaturas, desconocedoras de la guerra que se libraba continuamente y a escondidas a su alrededor.

–Deberíamos empezar a considerar la posibilidad de que no lo atrapemos nunca –dijo Clemente.

Pero Marcus no aceptaba una rendición.

–Fuera quien fuese sabía cómo moverse dentro de las murallas. Estudió el lugar, los sistemas de control, eludió las medidas de seguridad.

Lo que le hizo a la monja era salvaje, brutal. Pero la manera en que lo había urdido entrañaba una lógica, un plan.

–He comprendido algo –afirmó el penitenciario, con seguridad–. La elección del lugar, la de la víctima, su modo de actuar: son un mensaje.

–¿Para quién?

«*Hic est diabolus*», pensó Marcus. El diablo había entrado en el Vaticano.

–Alguien quiere que se sepa que en el Vaticano anida algo terrible. Es una prueba, ¿no lo ves? Es un examen... Él había previsto lo que iba a ocurrir, que ante la dificultad de obtener una respuesta las investigaciones quedarían estancadas.

Y que las altas esferas preferirían dejarse devorar por la duda antes que excavar a fondo, con el riesgo de sacar a la luz a saber qué. Quizá otra verdad enterrada.

–Esa acusación es grave, ya lo sabes, ¿no es cierto?

–¿Pero no comprendes que es precisamente eso lo que quiere el asesino? –prosiguió Marcus impertérrito.

–¿Cómo puedes estar tan seguro?

–Habría vuelto a matar. Si no lo ha hecho es porque le basta con saber que la sospecha ya ha echado raíces y que el feroz asesinato de una pobre monja es poca cosa, porque existen secretos más terribles que salvaguardar.

Clemente intentó ser conciliador, como siempre.

–No tienes pruebas. Es sólo una teoría, fruto de tus consideraciones.

Pero Marcus no daba su brazo a torcer.

–Te lo ruego, tienes que dejarme hablar con ellos, podría convencerlos. –Se refería a las jerarquías eclesiásticas de las que su amigo recibía instrucciones y órdenes.

Desde que, tres años atrás, lo había recogido de una cama de hospital en Praga, sin memoria y cargado de miedos, Clemente no le había dicho nunca una sola mentira. Solía esperar el momento adecuado para revelarle algunas cosas, pero nunca había mentido.

Por eso Marcus confiaba en él. Es más, podría decirse que Clemente era toda su familia. En tres años, aparte de raras excepciones, había sido su único contacto con el género humano.

«Nadie debe saber de ti ni lo que haces», le decía siempre. «Está en juego la supervivencia de lo que representamos y el destino de la labor que nos ha sido encomendada.»

Su guía siempre le había dicho que sólo las altas instancias sabían de su existencia.

Clemente era el único que conocía su rostro.

Cuando Marcus le preguntó el porqué de tanto secretismo, su amigo le contestó:

–Así puedes protegerlos incluso de sí mismos. ¿No lo entiendes? Si todas las medidas fallaran, si resultara que las barreras fueran inútiles, todavía quedaría alguien para vigilar. Tú eres su última defensa.

Y Marcus siempre se había preguntado: si él representaba el escalón más bajo de aquel escalafón –el hombre de las tareas silenciosas, el servidor devoto llamado a meter las manos en la materia oscura y a ensuciarse con ella– y Clemente era sólo un intermediario, ¿quién ocupaba la cúspide?

Durante esos tres años se había empleado a fondo, intentando mostrarse leal a los ojos de quien –estaba seguro de ello– ponderaba desde arriba sus acciones. Esperaba que ello le permitiera acceder a un conocimiento superior, encontrar por fin a alguien que le explicara por qué había sido creada una tarea tan ingrata. Y por qué lo habían elegido precisamente a él para llevarla a cabo. Como había perdido la memoria, no era capaz de decir si se había tratado de una decisión propia, si el Marcus anterior a Praga había jugado algún papel en todo ello.

En cambio, nada.

Clemente le transmitía órdenes y le encomendaba trabajos que sólo parecían responder a la prudente y a veces indescifrable sabiduría de la Iglesia. Detrás de cada encargo, sin embargo, se intuía la sombra de alguien.

Cada vez que intentaba averiguar algo más, Clemente zanjaba el tema utilizando una frase, pronunciada con tono paciente y condimentada con una afable expresión de su rostro. También ahora se sirvió de ella, en aquella terraza, ante el esplendor que ofrecía la ciudad secreta, para frenar las pretensiones de Marcus.

–A nosotros no se nos permite preguntar, a nosotros no se nos permite saber. Nosotros sólo debemos obedecer.

2

Tres años atrás, los médicos le dijeron que había nacido por segunda vez.

Era falso.

Había muerto y punto. Y el destino de los muertos era desvanecerse para siempre o permanecer prisioneros como fantasmas en su vida anterior.

Así era como se sentía. «Yo no existo.»

Qué triste es el destino de un fantasma. Observa las grises existencias de los vivos, sus sufrimientos, cuando se angustian persiguiendo el tiempo, cuando se enfadan por naderías. Los mira debatirse en los problemas a los que la suerte los somete cada día. Y los envidia.

«Un fantasma rencoroso», se dijo. «Eso es lo que soy.» Porque los vivos siempre tendrían una ventaja sobre él. Tenían una vía de escape: todavía podían morir.

Marcus caminaba por las callejas del viejo barrio, la gente pasaba por su lado sin fijarse en él. Iba despacio en medio del ir y venir de los viandantes. A veces le bastaba con rozarlos. Ese mínimo contacto era lo único que todavía hacía que se sintiera parte de la humanidad. Pero si muriera allí, en ese momento, recogerían su cuerpo del adoquinado, lo llevarían al depósito y, como nadie se presentaría a reclamar su cadáver, lo enterrarían en una fosa sin nombre.

Era el precio de su ministerio. Un tributo de silencio y abnegación. Sin embargo, en ocasiones le costaba aceptarlo.

El barrio de Trastevere era desde siempre el corazón de la Roma popular. Lejos de los imponentes palacios nobles del centro, tenía una fascinación particular. Los cambios de época podían percibirse en la arquitectura: edificios medievales se codeaban con casas del siglo XVIII, todo el conjunto armonizado por la historia. Los adoquines –los pequeños bloques de leucita que desde el papa Sixto V en adelante empedraban las calles de Roma– eran un manto de terciopelo negro a lo largo de calles estrechas y tortuosas, y conferían a los pasos de los transeúntes un sonido incomparable. Antiguo. De modo que cualquiera que caminara por aquellos lugares tenía la impresión de haber sido proyectado al pasado. Marcus aflojó el paso y se acercó a una esquina de la Via della Renella. Frente a él, el río de gente que discurría por el barrio cada noche siguió fluyendo plácidamente al sonido de la música y de las charlas de los locales que hacían de Trastevere un lugar atractivo para los turistas de medio mundo. Por muy distintas que fueran, aquellas personas eran siempre iguales a los ojos de Marcus.

Pasó un grupito de veinteañeras americanas que llevaban pantalones cortos y chanclas, tal vez desorientadas por la idea de que en Roma siempre era verano. Tenían las piernas violáceas a causa del frío y aceleraban el paso escogiéndose en sus sudaderas universitarias, en busca de un bar donde encontrar refugio y alcohol para calentarse.

Una pareja de enamorados de unos cuarenta años salió de una *trattoria*. Se demoraron en la puerta. Ella reía, él la rodeaba con un brazo. La mujer se dejó ir ligeramente hacia atrás, apoyándose en el hombro de su pareja. Él aprovechó la invitación y la besó. Un vendedor ambulante de rosas y encendedores bengalí se situó junto a ellos, aguardando a que el intercambio de efusividad cesara, con la esperanza de que quisieran sellar su cita con una flor, o simplemente que tuvieran ganas de fumar.

Tres chicos iban dando una vuelta con las manos en los bolsillos, mirando a su alrededor. Marcus estaba seguro de que querían comprar droga. Todavía no lo sabían, pero por el lado opuesto de la calle se acercaba un magrebí que pronto los contentaría.

Gracias a su invisibilidad, Marcus tenía un punto de vista privilegiado sobre los hombres y sus debilidades. Pero eso podía hacerlo cualquier espectador atento. Su talento –su maldición– era otro muy distinto.

Él veía lo que los demás no veían. Él veía el mal.

Conseguía vislumbrarlo en los detalles, en las «anomalías». Minúsculas fisuras en la trama de la normalidad. Un infrasonido escondido en el caos.

Le sucedía continuamente. Y aunque hubiera preferido no tener ese don, lo tenía.

Primero vio a la chiquilla. Caminaba pegada a la pared, poco más que una mancha oscura en movimiento en el enlucido desconchado de los edificios. Tenía las manos guardadas en los bolsillos de la cazadora y la espalda encorvada. Miraba hacia el suelo. Un mechón de cabellos fucsias le ocultaba el rostro. Las botas la hacían parecer más alta de lo que era en realidad.

Marcus se fijó en el hombre que iba delante de ella porque aminoró el paso para volverse y controlarla. La ataba corto con la mirada. Seguramente tenía más de cincuenta años. Llevaba un abrigo claro, de cachemir, y zapatos marrones, lustrosos y caros. Para un ojo inexperto podían parecer padre e hija. Él, un directivo o profesional liberal consagrado, había ido a recoger a la adolescente rebelde a algún bar para llevarla de vuelta a casa. Pero no era tan simple.

Cuando llegaron al portal de un edificio, el hombre se

quedó esperando a que la chica entrara, y entonces hizo algo que desentonaba con el desarrollo de aquella escena: antes de cruzar el umbral, miró a su alrededor para asegurarse de que nadie los estuviera observando.

Una «anomalía».

El mal discurría por delante de él cada día y Marcus sabía que no había solución. Nadie podía corregir todas las imperfecciones del mundo. Y, por más que no le gustara, había aprendido una nueva lección.

«Para sobrevivir al mal, a veces es necesario ignorarlo.»

Una voz lo distrajo del portón al cerrarse.

–Gracias por traerme –dijo la mujer rubia al bajar de un coche, dirigiéndose a la amiga que la había acompañado.

Marcus se retiró a la esquina para esconderse mejor, y ella le pasó por delante con la mirada fija en la pantalla del móvil que sujetaba con una mano. En la otra llevaba una bolsa de deporte.

Marcus iba allí a menudo, sólo para mirarla.

Apenas se habían visto cuatro veces, cuando ella, hacía casi tres años, llegó a Roma desde Milán para descubrir cómo había muerto su marido. Marcus recordaba bien cada palabra que se habían cruzado, y cada uno de los detalles de su rostro. Era uno de los efectos positivos de la amnesia: una memoria nueva que llenar.

Sandra Vega era la única mujer con la que se había comunicado en todo ese tiempo. Y la única extraña a quien había desvelado quién era.

Recordaba las palabras de Clemente. En su vida anterior, Marcus había hecho un juramento: nadie podía saber de su existencia. Para todos, él era invisible. Un penitenciario podía mostrarse a los demás, revelando su identidad, sólo «durante el tiempo que transcurre entre el rayo y el trueno». Un frágil intervalo que puede durar un instante o una pequeña eternidad, nadie puede saberlo. Todo es posible en ese trance en que el aire está cargado de prodigiosa energía y trepidante espera; puede percibirse. Ése es el momento, precario e incierto, en que los fantasmas vuelven a asumir aspecto humano. Y se aparecen a los vivos.

Así le sucedió, en el curso de una tormenta, en el umbral de una sacristía. Sandra le preguntó quién era y él respondió: «Un cura». Fue arriesgado. No sabía exactamente por qué había corrido ese riesgo. O tal vez lo sabía, pero sólo ahora podía admitirlo.

Sentía algo extraño por ella. Algo familiar lo ataba a aquella mujer. Y, además, la respetaba, porque había sido capaz de dejar a un lado su dolor. Y había escogido esa ciudad para empezar de nuevo. Pidió que la trasladaran a una nueva oficina y alquiló un pequeño apartamento en Trastevere. Tenía nuevos amigos, otros intereses. Había vuelto a sonreír.

Marcus siempre sentía cierto estupor ante los cambios. Quizá porque para él eran imposibles.

Conocía los movimientos de Sandra, sus horarios, sus pequeñas costumbres. Sabía dónde hacía la compra, dónde le gustaba comprarse la ropa, la pizzería a la que iba los domingos después de ver una película en el cine. A veces, como esa noche, volvía tarde a casa. Pero no se la veía abatida, sólo parecía cansada: el aceptable residuo de una vida vivida intensamente, una sensación que puede eliminarse con una ducha caliente y un sueño reparador. Los desechos de la felicidad.

De vez en cuando, durante alguna de las noches en que la esperaba apostado debajo de su casa, pensaba en qué ocurriría si diera un paso más, saliera de las sombras y se plantara frente a ella. ¿Lo reconocería?

Pero nunca lo había hecho.

¿Todavía pensaba en él? ¿O lo había dejado atrás, junto con el dolor? Sólo la idea le hacía daño. Como la de que, aunque reuniera el valor de acercársele, sería inútil, porque no podría haber una continuación.

Y, aun así, no podía dejar de buscarla.

La vio entrar en un edificio y, por las ventanas de la planta baja, subir a pie los pocos escalones hasta su apartamento. Se detuvo delante del umbral, revolviendo en el bolso, para encontrar las llaves. Pero la puerta se abrió y apareció un hombre.

Sandra le sonrió y él se inclinó para darle un beso.

Marcus habría querido apartar la mirada, pero la sostuvo. Los vio entrar en casa y cerrar la puerta dejando fuera el pasado, los fantasmas como él y todo el mal del mundo.

Sonidos electrónicos. El hombre estaba desnudo, tumbado boca arriba sobre la cama de matrimonio, en penumbra. Mientras esperaba, jugaba a un videojuego en el móvil. Puso la partida en pausa y levantó la cabeza para mirar más allá del estómago prominente.

–Eh, date prisa –exhortó a la chiquilla del pelo fucsia que se estaba inyectando una dosis de heroína en el baño. A continuación siguió jugando.

De repente algo agradablemente blando le cayó sobre el rostro. Pero la sensación que le había proporcionado el cachemir apenas duró un instante, inmediatamente después le faltó el aire.

Alguien le estaba presionando su abrigo en la cara, con violencia.

Instintivamente bregó con brazos y piernas buscando algo a lo que cogerse: se estaba ahogando y no había agua. Agarró los antebrazos del desconocido que lo aprisionaba e intentó que lo soltara pero, fuera quien fuese, era más fuerte. Quería chillar, pero de la boca sólo le salieron quejidos estridentes y gorgoteos. Después oyó que le susurraban al oído.

–¿Tú crees en los fantasmas?

No estaba en condiciones de hablar. Y, aunque hubiera podido, no habría sabido qué contestar.

–¿Qué monstruo eres tú: un licántropo, un vampiro?

Un estertor. Los puntitos de colores que bailaban en sus ojos se habían convertido en rayos luminosos.

–¿Debería dispararte una bala de plata o clavarte una estaca de fresno en el corazón? ¿Sabes por qué tiene que ser de fresno y no de otra madera? Porque la cruz de Cristo era de fresno.

La fuerza de la desesperación era el único recurso que le quedaba, porque la asfixia estaba empezando a actuar en su organismo. Le vino a la cabeza lo que le explicó su instructor de submarinismo durante el viaje que hizo con su mujer y sus hijos a las Maldivas, hacía dos años. Todas las indicaciones sobre los síntomas de la hipoxia. No le servían de nada en ese momento, pero las recordó igualmente. Se lo pasaron muy bien sumergiéndose a ver la barrera de coral, a los chicos les gustó. Fueron unas bonitas vacaciones.

–Quiero hacer que renazcas. Pero antes debes morir –afirmó el desconocido.

La idea de ahogarse en sí mismo lo aterraba. «Ahora no, no es el momento», se dijo. «Todavía no estoy preparado.» Mientras tanto, comenzaba a perder las fuerzas. Sus manos dejaron de sujetar los antebrazos del agresor y empezó a moverlas en el aire sin ninguna coherencia.

–Yo sé qué significa morir. Dentro de poco todo habrá terminado, ya lo verás.

El hombre dejó caer los brazos a los lados, su respiración era tan ligera como inútil. «Quiero hacer una llamada», pensó. «Sólo una llamada. Decir adiós.»

–Estás perdiendo el conocimiento. Cuando te despiertes –si es que te despiertas– volverás con tu familia, con tus amigos y con quienquiera que te aprecie en este asco de mundo. Y serás distinto. Ellos no lo sabrán, pero tú sí. Y si tienes suerte, te olvidarás de esta noche, de esta chiquilla y de todas las demás. Pero no te olvidarás de mí. Y yo haré lo mismo. De modo que, escucha bien... Te estoy salvando la vida. –A continuación, marcando las sílabas, dijo–: Intenta merecértelo.

El hombre ya no se movía.

–¿Está muerto?

La chica lo estaba mirando a los pies de la cama. Estaba desnuda y se tambaleaba. En los brazos se veían los moretones de demasiadas jeringas.

–No –dijo Marcus, liberando la cabeza del hombre del abrigo de cachemir.

–¿Quién eres? –Fruncía los ojos como si intentara enfocar la escena, atontada por los efectos de la droga.

Marcus vio una cartera sobre la mesilla de noche. La cogió y sacó todo el dinero. Se levantó para acercarse a la chiquilla que, instintivamente, retrocedió y estuvo a punto de perder el equilibrio. Él la cogió de un brazo y le dio el dinero.

–Vete de aquí –le espetó con dureza.

La chica tardó un poco en comprender el concepto, vagando con la mirada por el rostro de Marcus. A continuación se agachó a recoger su ropa y se la puso mientras se dirigía a la puerta. La abrió, pero antes de irse, volvió atrás, como si hubiera olvidado algo.

Y se señaló el rostro.

Marcus se llevó instintivamente una mano a la cara y notó una sustancia viscosa en las yemas de los dedos.

Sangre.

Cuando decidía ignorar la lección según la cual, a veces, hay que «pasar por alto» el mal para sobrevivir, le sangraba la nariz.

–Gracias –dijo, como si ella lo hubiera salvado y no al contrario.

–No hay de qué.

3

Era la quinta vez que quedaban.

Ya llevaban casi tres semanas saliendo. Se habían conocido en el gimnasio. Coincidían en los mismos horarios. Ella sospechaba que él lo hacía adrede, y eso la halagaba.

–Hola, soy Giorgio.

–Diana.

Tenía veinticuatro años, tres más que ella. Iba a la universidad y estaba a punto de licenciarse. En económicas. A Diana le volvían loca su pelo rizado y sus ojos verdes. Y esa sonrisa de dientes perfectos, excepto el incisivo derecho, que sobresalía un poco. Un detalle rebelde que le gustaba un montón. Porque demasiada perfección también puede aburrir.

Diana sabía que era mona. No era alta, pero era consciente de que tenía curvas en los sitios adecuados, los ojos castaños y un precioso pelo negro. Había abandonado los estudios al terminar la secundaria y trabajaba de dependienta en una perfumería. El sueldo no era nada del otro mundo, pero le gustaba aconsejar a los clientes. Y, además, la dueña de la tienda le había tomado cariño. Aunque lo que de verdad deseaba era encontrar a un buen chico y casarse. Le parecía que no era pedir demasiado a la vida. Y Giorgio podía ser «el adecuado».

Se besaron en la primera cita y luego también hubo algo más, pero poco. Era agradable esa indecisión, hacía que todo pareciera todavía más bonito.

Esa mañana, sin embargo, llegó un mensaje a su móvil.

«¿Paso a las nueve? Te quiero.»

El sms le infundió una inesperada energía. La de veces que se había preguntado de qué estaba hecha la felicidad. Ahora sabía que era algo secreto, imposible de explicar a los demás. Es como si alguien hubiera creado esa sensación para ti. En exclusiva.

La felicidad de Diana se reflejó en todas sus sonrisas y en todas sus frases durante todo el día, como una especie de alegre contaminación. No sabía si las clientas o sus compañeras se habían dado cuenta. Ella estaba segura de que sí. Saboreó la espera, con el corazón que de tanto en tanto le mandaba una sacudida para recordarle que la cita se iba acercando.

A las nueve, mientras bajaba la escalera de su casa para encontrarse con Giorgio que la esperaba abajo, aquella felicidad, ya sin la espera, asumió una forma distinta. Diana estaba agradecida por ese día. Y, si no hubiera sido por la promesa secreta del futuro, hubiera querido que no acabara nunca.

Pensó en el último sms de Giorgio. Le había contestado sólo con un «Sí» y una cara sonriente. No le había devuelto el «Te quiero», porque contaba con hacerlo en persona esa misma noche.

Sí, él era «el adecuado» al que decir algo así.

La llevó a cenar a la playa, a Ostia, a un pequeño restaurante del que le había hablado la primera vez que salieron juntos. Parecía que hubiera transcurrido una eternidad desde la noche en que no hicieron más que hablar y hablar sin parar, tal vez temiendo que incluso un breve silencio pudiera comprometer la idea de que lo suyo podía funcionar. Bebieron un vino blanco de aguja. Con la complicidad del alcohol, Diana empezó a enviarle señales inequívocas.

Hacia las once, volvieron al coche para regresar a Roma.

Con la falda tenía frío y Giorgio puso la calefacción al máximo. Aun así, desde su asiento, ella se inclinó igualmente hacia él, para apoyarse en su hombro mientras conducía. Lo miraba levantando los ojos y ninguno de los dos habló.

En la radio sonaba un CD de los Sigur Rós.

Haciendo palanca en los talones, ella se quitó los zapatos. Primero uno, después el otro, cayeron con un ligero ruido sobre la alfombrilla. Ya era su novia, podía tomarse la libertad de estar más cómoda.

Sin dejar de mirar a la carretera, él alargó la mano para acariciarle una pierna. Ella se pegó todavía más a su brazo, casi ronroneando. Seguidamente notó que la palma de su mano subía por las medias, hasta llegar a la falda. Lo dejó hacer y cuando advirtió que sus dedos se movían hacia el centro, abrió ligeramente las piernas. Incluso a través de las medias y las bragas, él podía sentir lo fuerte que era ya su deseo.

Ella entrecerró los ojos y se dio cuenta de que el coche iba más despacio para abandonar la carretera principal y meterse en las callecitas que llevaban al gran pinar.

Diana esperaba que sucediera.

Recorrieron a poca velocidad unos centenares de metros, por un camino rodeado de altos pinos. La pinaza acumulada en el asfalto crujía bajo los neumáticos. A continuación, Giorgio giró a la izquierda, adentrándose en la vegetación.

Aunque iban despacio, el coche iba dando tumbos. Para evitar golpearse, Diana se sentó derecha en el asiento.

* * *

Giorgio, poco después, detuvo el coche y apagó el motor. La música también cesó. Sólo se oía algún rastro del repiqueteo del motor y, sobre todo, el viento soplando entre los árboles. Antes no habrían podido advertirlo y ahora les pareció que habían descubierto un sonido secreto.

Él echó el asiento un poco hacia atrás, después la rodeó con los brazos. La besó. Diana sintió la caricia de su lengua entre los labios. Se la devolvió. A continuación, él empezó a trajinar con los pequeños botones de su conjunto de punto. Le levantó el jersey y fue en busca del sujetador. Se detuvo un instante, palpando el tejido que cubría el aro. Seguidamente, metió los dedos y, haciendo palanca, liberó un pecho recogiéndolo enseguida con la mano.

«Qué sensación tan única es que alguien te descubra por primera vez», pensó Diana. Entregarse a él y, al mismo tiempo, poder imaginar lo que siente. Sentir su excitación, su sorpresa.

Extendió las manos para quitarle el cinturón y desabrocharle los pantalones, mientras él intentaba sacarle la falda junto con las medias. Todo ello sin que sus bocas dejaran casi nunca de buscarse, como si, sin esos besos, corrieran el riesgo de ahogarse.

Por un instante, Diana miró la hora en la pantalla del salpicadero, con la esperanza de que no fuera demasiado tarde, con el breve temor de que su teléfono pudiera sonar de un momento a otro por una llamada de su madre, rompiendo así el hechizo.

Sus gestos se hicieron más apresurados, las caricias, más profundas. En poco tiempo estuvieron desnudos, contemplándose en los pocos instantes en que, entre beso y beso, abrían los ojos. Pero no necesitaban mirarse, estaban aprendiendo a conocerse con los demás sentidos.

Luego él le puso una mano en la mejilla y ella comprendió que había llegado el momento. Se apartó de él, segura de que

Giorgio se estaría preguntando el motivo, tal vez imaginando que había cambiado de idea. Estaba a punto de decirle el «te quiero» que se había aguantado durante todo el día. Pero en vez de centrarse en ella, Giorgio se volvió lentamente hacia el parabrisas. Ese gesto la hirió en su orgullo, como si de repente ella no mereciera su total atención. Quería pedirle explicaciones, pero se frenó. Había una sorpresa interrogante en la mirada de Giorgio. Entonces Diana también se volvió.

De pie, delante del capó, había alguien. Y los estaba mirando.

4

La habían sacado de la cama con una llamada.

La orden era que se dirigiera lo antes posible al pinar de Ostia, sin añadir nada más.

Mientras se ponía el uniforme, aprisa y en silencio para no despertar a Max, Sandra intentó vaciar la mente. Llamadas como ésa se producían raramente. Pero, cuando sucedía, era como recibir un puñetazo de adrenalina y miedo en el estómago.

De modo que era mejor prepararse para lo peor.

¿Cuántos escenarios de un crimen había visitado con su máquina fotográfica? ¿Cuántos cadáveres había encontrado esperándola? Mutilados, humillados o simplemente inmóviles en una postura absurda. Sandra Vega tenía la ingrata tarea de captar su última imagen.

¿A quién iba a tocarle esta vez la foto recuerdo de su propia muerte?

No fue fácil encontrar el sitio exacto. Todavía no había ningún cordón policial para mantener a distancia a cualquiera que no estuviera autorizado a estar allí. Ningún faro giratorio encendido. Ningún despliegue de vehículos y recursos. Cuando ella aparecía, el grueso de la tropa todavía no había llegado y sólo servía de decorado. Para los medios de comunicación, para las autoridades o para que la gente se sintiera más segura.

De hecho, por el momento sólo había una patrulla en la entrada del camino que se adentraba en el bosque. Un poco más adelante, un furgón y un par de coches. Todavía no se había organizado ninguna formación de tropas para esos muertos primerizos. El momento del aparatoso despliegue de medios sólo se había pospuesto.

Pero el ejército llegaba al campo de batalla ya derrotado.

Por eso, todas las personas que realmente eran necesarias para la investigación ya estaban allí, agrupadas en ese reducido batallón. Antes de unirse al grupo, Sandra sacó del portaequipajes la bolsa con el equipo y se puso el mono blanco y la capucha para no contaminar el escenario, sin saber todavía lo que le esperaba.

El comisario Crespi fue a su encuentro. Sintetizó la situación con una escueta frase.

–No te gustará.

Seguidamente se adentraron juntos en la vegetación.

Antes de que la Científica se pusiera a recopilar pruebas e indicios. Antes de que sus compañeros policías empezaran a preguntarse qué había ocurrido y por qué. Antes de que el ritual de la investigación se iniciara oficialmente, le tocaba a ella.

Y allí estaban todos, esperando. Sandra se sentía como la invitada que llega tarde a una fiesta. Cuchicheaban entre ellos en voz baja, mirándola de soslayo mientras les pasaba por delante, sólo esperando que se diera prisa para poder ponerse a trabajar. Un par de policías estaban interrogando al corredor que durante su entrenamiento matutino había descubierto el horror que los había conducido hasta allí. Estaba en cuclillas sobre un tronco seco y se sostenía la cabeza entre las manos.

Sandra iba detrás de Crespi. La calma irreal del pinar se veía alterada por el ruido de sus pasos sobre la pinaza y, sobre todo, por el sonido amortiguado de un móvil. Ella casi no le hizo caso, por el contrario, se concentró en la escena que empezaba a vislumbrar.

Sus compañeros se habían limitado a rodearla con la cinta roja y blanca. En el centro del perímetro había un coche con todas las portezuelas abiertas de par en par. Siguiendo el procedimiento, el único que hasta el momento había cruzado esa línea era el médico forense.

–Astolfi acaba de certificar las muertes –anunció el comisario Crespi.

Sandra lo vio, era un hombrecillo delgado con aspecto de burócrata. Una vez terminada su tarea, había vuelto a traspasar la cinta y ahora fumaba un cigarrillo de manera mecánica, recogiendo la ceniza en la palma de la mano. Seguía observando el coche, como hipnotizado por algún insondable pensamiento.

Cuando Sandra y Crespi estuvieron a su lado, habló sin apartar la mirada del escenario.

–Para las pruebas periciales necesito por lo menos un par de tomas de cada herida.

Fue en ese momento cuando Sandra se dio cuenta de lo que atraía la atención del médico forense.

El tono de llamada del móvil.

Y comprendió por qué nadie tenía el poder de hacer callar ese sonido. Procedía del coche.

–Es el de la chica –dijo Crespi, sin que ella lo preguntara–. Está en el bolso, en el asiento de atrás.

Alguien estaba alarmado porque no había vuelto a casa esa noche. Y ahora la estaba buscando.

A saber cuánto tiempo llevaba sonando. Y los policías no podían hacer absolutamente nada. El espectáculo debía seguir el guion, todavía era demasiado pronto para el número final. Y ella tenía que proceder a sacar las fotos con ese desgarrador acompañamiento.

–¿Ojos abiertos o cerrados? –preguntó.

La pregunta sólo tenía sentido para quienes solían visitar los escenarios de un crimen. Algunas veces, los asesinos, incluso los más brutales, cerraban los párpados a las víctimas. No se trataba de un gesto de piedad, sino de vergüenza.

–Ojos abiertos –contestó el forense.

Ese asesino, sin embargo, quería que lo vieran.

El móvil continuaba transmitiendo su llamada sonora, indiferente.

La tarea de Sandra era congelar la escena antes de que el tiempo y la búsqueda de respuestas pudieran alterarla. Utilizaba la cámara como una pantalla entre ella y el horror, entre ella y el dolor. Pero, a causa del sonido del teléfono, esas emociones corrían el riesgo de traspasar la barrera de seguridad y hacerle daño.

Se refugió en la rutina de su oficio, en las reglas aprendidas años atrás, durante su formación. Si seguía las pautas, pronto terminaría de sacar las fotografías y tal vez podría regresar a casa y meterse de nuevo en la cama junto a Max, buscar el calor de su cuerpo y hacer como si esa gélida mañana de invierno no hubiera empezado nunca.

De lo general a lo particular, cogió la réflex y empezó a disparar.

Los destellos del flash se estrellaban como olas inesperadas sobre el rostro de la muchacha antes de disolverse en la fría e inútil luz del amanecer. Sandra se había colocado delante del capó pero, después de hacer una docena de fotos al coche, bajó la cámara.

La chica la estaba mirando a través del parabrisas.

Había una regla no escrita en su instrucción. Al igual que sus colegas, la aplicaba escrupulosamente.

«Si el cadáver tiene los ojos abiertos, hay que hacer la toma de manera que nunca queden dirigidos hacia el objetivo.»

Era para evitar el despiadado efecto «reportaje fotográfico con modelo muerta». «La chica lo último», se dijo. Decidió empezar por el segundo cuerpo.

Se encontraba a unos metros del coche. Estaba boca abajo en el suelo, con la cara hundida en la pinaza y los brazos extendidos hacia delante. Estaba desnudo.

–Varón, edad aproximada entre los veinte y los veinticinco años –dijo Sandra al micrófono de diadema que llevaba en la cabeza y que estaba conectado a la grabadora que tenía en el bolsillo del mono–. Herida de arma de fuego en la nuca.

Los cabellos de alrededor del orificio de entrada presentaban evidentes signos de abrasión, señal de que el homicida había disparado desde muy cerca.

Sandra buscó con la réflex las huellas de los pies del chico. Distinguió un par en la tierra húmeda. La parte del talón era tan profunda como la punta. No estaba escapando, caminaba.

«No ha huido», pensó Sandra.

–El asesino ha hecho bajar al chico del coche y se ha colocado a su espalda. Después ha disparado.

Había sido una ejecución.

Localizó otras huellas. Esta vez eran de zapatos.

–Señales de pisadas, cubren un área circular.

Pertenecían al asesino. Siguió los pasos marcados en el terreno precedida de la máquina de fotos que, con diligencia, continuaba recogiendo imágenes que luego iban depositándose en la memoria digital. Llegó hasta uno de los árboles. En la base, había un pequeño recuadro sin pinaza. Dio las coordenadas a la grabadora.

–Tres metros al suroeste: la tierra de la superficie ha sido removida. Como si la hubieran limpiado.

«Aquí es donde ha empezado todo», pensó. «Aquí es donde estaba apostado». Levantó el objetivo, intentando reflejar la visión que tenía el asesino. Desde ese punto, a través del bosque, se podía divisar perfectamente el coche de los chicos sin ser visto.

«¿Has disfrutado del espectáculo, verdad? ¿O te ha dado rabia? ¿Cuánto tiempo has estado aquí observándolos?»

Desde ahí siguió disparando hacia atrás, moviéndose en una diagonal imaginaria en dirección al coche, reproduciendo el camino que había tomado el homicida. Al llegar nuevamente al capó, Sandra notó otra vez la mirada de la chica en el asiento, parecía que la estuviera buscando precisamente a ella.

La ignoró por segunda vez y se dedicó al vehículo.

Fue hacia el asiento de atrás. La ropa de ambas víctimas estaba allí, esparcida. Se le encogió el corazón. Le vino a la cabeza la imagen de los dos enamorados arreglándose para salir juntos: la emoción que sintieron delante del armario pensando qué ponerse para parecer más atractivos a los ojos del otro, un placer completamente altruista.

¿Estaban ya desnudos cuando el monstruo los sorprendió, o los había obligado a desnudarse? ¿Los había mirado mientras hacían el amor o había intervenido para interrumpirlos? Sandra apartó esas ideas: no le correspondía a ella dar respuestas, de modo que intentó recuperar la concentración.

En medio de la ropa estaba el pequeño bolso negro del que procedía el sonido de llamada del móvil. Por suerte había dado a todos un rato de tregua, pero pronto volvería a empezar. La policía aceleró su trabajo. Era una fuente de dolor. Y ella no quería estar demasiado cerca de ese trasto.

La portezuela abierta de par en par del lado del pasajero desvelaba el cuerpo desnudo de la chica. Sandra se puso en cuclillas a su lado.

–Mujer, edad aproximada: veinte años. El cadáver no lleva ropa.

Tenía los brazos pegados a los lados, una cuerda de escalada enrollada la inmovilizaba al asiento, reclinado unos ciento veinte grados. Una parte de la cuerda rodeaba el reposacabezas y la estrangulaba.

Entre las vueltas de esa maraña sobresalía un gran cuchillo de caza. Clavado hasta el mango en el esternón. Había sido hundido con mucha fuerza para que no pudiera sacarse y obligar al asesino a dejarlo allí, dedujo Sandra.

La réflex inmortalizó el rastro de sangre seca que se deslizaba por el vientre de la víctima y había empapado el asiento, para acabar luego en un charco sobre la alfombrilla, entre los pies descalzos y un par de zapatos de tacón. «Elegantes zapatos de tacón», se corrigió mentalmente la policía. Y se le apareció con nitidez la imagen de una velada romántica.

Al final, se infundió ánimos y empezó a fotografiar el rostro en primer plano.

La cabeza estaba inclinada ligeramente hacia el lado izquierdo, el pelo negro, despeinado: Sandra tuvo el impulso de arreglárselo, como una hermana. Se fijó en que era muy bonita, de rasgos delicados como sólo la juventud sabe esculpir. Y allí donde las lágrimas no lo habían corrido, todavía podía divisarse una sombra de maquillaje. Parecía aplicado con cuidado, para afinar y remarcar, como si la chica tuviera práctica en hacerlo.

«Era esteticista o tal vez trabajaba en una perfumería», pensó Sandra.

Sin embargo, la boca estaba torcida hacia abajo de manera poco natural. Un pintalabios brillante le cubría los labios.

Sandra tuvo una extraña sensación. Había algo que no cuadraba, pero por el momento no consiguió adivinar qué era.

Se asomó al habitáculo para enfocar mejor el rostro. Respetando la regla de los fotógrafos forenses, buscó ángulos que le permitieran evitar su mirada directa. Además, tampoco era capaz de mirar esas pupilas, aunque sobre todo no quería que la miraran a ella.

El móvil empezó a sonar.

Contraviniendo su formación, la policía cerró instintivamente los ojos, dejando que la réflex realizara por su cuenta los últimos disparos. Y se obligó a pensar en las personas que estaban presentes en el lugar del crimen, aunque no lo estuvieran físicamente. En la madre y el padre de la muchacha, aguardando una respuesta que los liberara del acoso de la angustia. En los padres del chico, que tal vez todavía no se habían dado cuenta de que su hijo no había vuelto esa noche. En el artífice de tanto dolor que, a kilómetros de allí, a saber dónde, gozaba del placer secreto de los asesinos –un sádico cosquilleo en el corazón–, deleitándose con su invisibilidad.

Sandra Vega dejó que la réflex terminara su tarea y, a continuación, salió de aquel antro angosto, que hedía a orina y a sangre demasiado joven.

¿Quién?

Era la pregunta que se repetían en su cabeza todos los presentes. ¿Quién había sido el artífice? ¿Quién lo había hecho?

Cuando no puede darse un rostro al monstruo, cualquiera se le parece. Unos a otros se miran con desconfianza, preguntándose qué se esconde detrás de su apariencia, conscientes de ser observados con la misma incertidumbre en la mirada.

Cuando un hombre se mancha las manos con un crimen tremendo, la duda no sólo le atañe a él, sino al género humano, al que pertenece.

Por eso los polis, esa mañana, también evitaban cruzar demasiado las miradas. Sólo capturar al culpable los liberaría de la maldición de la desconfianza.

Y mientras eso no ocurriera, únicamente podían identificar a las víctimas.

La chica todavía no tenía nombre. Y eso era bueno para Sandra. No quería saberlo. Sin embargo, a través de la matrícula del coche habían localizado el del chico.

–Se llama Giorgio Montefiori –dijo Crespi al forense.

Astolfi tomó nota en uno de los impresos que llevaba en una carpeta. Para escribir se apoyó en el furgón del depósito, que acababa de llegar a la escena del crimen para retirar los cuerpos.

–Quiero hacer la autopsia enseguida –dijo el patólogo.

Sandra pensaba que la premura se debía a su voluntad de contribuir a la investigación, pero tuvo que rectificar cuando oyó la puntualización siguiente.

–Hoy ya tengo que ocuparme de un accidente de coche y todavía debo escribir un informe pericial para el juzgado –afirmó sin un mínimo signo de piedad.

«Burócratas», pensó Sandra. No toleraba que esos dos muchachos muertos recibieran menos compasión que a la que tenían derecho.

Mientras tanto, el equipo científico tomaba posesión del escenario del crimen para iniciar la inspección y recoger pruebas. Y, justo en el momento en que por fin podían acceder al móvil de la chica, el aparato dejó de sonar otra vez.

Sandra desvió la mirada del diálogo entre el forense y el comisario para dirigirla hacia uno de los técnicos que, tras coger el móvil del bolso que estaba en el coche, se dirigía hacia el límite de la cinta roja y blanca para confiarlo a una policía.

A ella le correspondería contestar en cuanto alguien volviera a llamar. No la envidiaba.

–¿Lo tendrás durante la mañana?

Sandra estaba distraída y no oyó la última frase de Crespi.

–¿Cómo?

–Te preguntaba si podrás entregar el material esta mañana –repitió el comisario, señalando la réflex que Sandra había dejado en el hueco del portaequipajes.

–Ah, sí, claro –se apresuró a tranquilizarlo.

–¿Puedes hacerlo ahora?

Le hubiera gustado irse corriendo de allí y prepararlo una vez llegara a comisaría. Pero ante la insistencia de su superior, no pudo negarse.

–De acuerdo.

Cogió el ordenador portátil para conectar la cámara y descargar las imágenes custodiadas en la tarjeta de memoria. A continuación, las enviaría por mail y, por fin, se encontraría fuera de esa pesadilla.

Era de las primeras en llegar a la escena del crimen, pero también la primera en irse. Su trabajo terminaba allí. A diferencia de sus compañeros, podía olvidar.

Mientras conectaba la réflex al portátil, otro policía llevó a Crespi el monedero de la chica muerta. El comisario lo abrió para comprobar si había algún documento. Sandra la reconoció en la foto del carné de identidad.

–Diana Delgaudio –leyó Crespi, con un hilo de voz–. Veintiún años, maldita sea.

Un breve silencio subrayó el descubrimiento.

Mientras seguía mirando el documento, el comisario se santiguó. Era una persona religiosa. Sandra lo conocía poco, no era de los que les gustaba exhibirse. En jefatura era más apreciado por los años que llevaba de servicio que por méritos efectivos. Pero tal vez fuera el hombre adecuado para un crimen como ése. Una persona capaz de gestionar el horror sin intentar sacar provecho con la prensa o hacer carrera.

Para los dos chicos muertos, un policía piadoso era una bendición.

Crespi se dirigió de nuevo al agente que le había entregado el monedero y se lo devolvió. Inspiró y exhaló profundamente.

–De acuerdo, vamos a avisar a los padres.

Se alejaron dejando a Sandra con su trabajo. Mientras, las fotos que había tomado empezaban a discurrir por la pantalla del ordenador a medida que pasaban de una memoria a otra. Al observarlas, repasó rápidamente el trabajo que acababa de realizar. Había casi cuatrocientas tomas. Una tras otra, se sucedían como fotogramas de una película muda.

La distrajo la llamada del móvil que todos estaban esperando. Se volvió hacia la compañera que observaba el nombre que aparecía en la pantalla. Se pasó una mano por la frente y al final contestó:

–Buenos días, señora Delgaudio, le habla la policía.

Sandra no podía saber qué estaba diciendo la madre al otro lado, pero podía imaginar lo que había sentido al oír una voz extraña y la palabra «policía». Lo que hasta el momento sólo había sido un mal presentimiento empezaba a tener el aspecto de un monstruoso dolor.

–Una patrulla se dirige a su casa para explicarle la situación –intentó calmarla su compañera.

Sandra no podía seguir presenciándolo. Volvió a concentrarse en las imágenes que se sucedían en el ordenador, esperando que el programa no tardara en cargarlas. Había decidido no tener hijos, porque su mayor miedo era que acabaran en fotos como las que pasaban por delante de sus ojos en ese momento. El rostro de Diana. Su expresión ausente. El cabello negro despeinado. El maquillaje corrido por las lágrimas. Aquella boca torcida en una especie de sonrisa triste. La mirada que contemplaba el espectáculo del vacío.

El programa del ordenador casi había terminado la transferencia cuando apareció fugazmente un primer plano distinto a los demás.

Instintivamente, Sandra pulsó una tecla y detuvo el proceso. Con el corazón palpitándole con fuerza, volvió atrás manualmente para comprobarlo. A su alrededor todo desapareció como si hubiera sido succionado por un agujero negro. Sólo existía esa imagen en la pantalla. ¿Cómo había podido no darse cuenta?

En la foto, el rostro de la chica seguía estando inmóvil.

Sandra se volvió rápidamente en dirección al escenario del crimen delimitado por la cinta roja y blanca. Entonces echó a correr.

Diana Delgaudio había movido los ojos hacia el objetivo.

5

–¿Se puede saber cómo ha podido ocurrir?

Los gritos del jefe de policía retumbaban en los frescos del techo de la sala de reuniones y resonaban por toda la segunda planta del antiguo edificio de la Via San Vitale, sede de la policía de Roma.

Quienes sufrían las consecuencias eran las personas que habían acudido al escenario del crimen aquella mañana.

Diana Delgaudio había sobrevivido. Pero como no la habían socorrido a tiempo, ahora la chica se debatía entre la vida y la muerte en un quirófano.

El principal destinatario de las invectivas del jefe de policía era el forense. El doctor Astolfi estaba encorvado en una silla y era el foco de todas las miradas. Había sido el primero en intervenir y había certificado las dos muertes, era el responsable de responder ante una negligencia como ésa.

Según sus explicaciones, la chica no tenía pulso. La temperatura nocturna a la que había estado sometido el cuerpo desnudo junto con la gravedad de las heridas recibidas eran incompatibles con la supervivencia.

–En esas condiciones era suficiente un análisis objetivo para concluir que no había nada que hacer –se defendió Astolfi.

–Pero, a pesar de ello, ha sobrevivido –rebatió el jefe, cada vez más furioso.

Se había tratado de una «afortunada combinación de acontecimientos». El motivo principal era el cuchillo clavado en el esternón. Había quedado encajado entre las costillas y el asesino ni siquiera intentó sacarlo, se vio obligado a dejarlo allí. Pero esa circunstancia también había impedido que la víctima perdiera demasiada sangre. El filo, además, había entrado sin lesionar ninguna arteria. Con todo, había sido la completa inmovilidad, determinada por el hecho de que el cuerpo estuviera sujeto con la cuerda de escalada, lo que había salvado la vida a la chica.

Ese factor había contribuido a estabilizar las hemorragias internas, evitando que acabaran siendo letales.

–De modo que la hipotermia fue beneficiosa –concluyó el forense–. Permitió que se preservaran las funciones vitales.

Sandra no conseguía ver ninguna circunstancia «afortunada» en esa sucesión de hechos. El cuadro clínico de Diana Delgaudio era, aun así, muy grave. Aunque la desesperada intervención quirúrgica a la que la estaban sometiendo en ese momento diera buen resultado, nadie podía determinar qué clase de vida le esperaba.

–Acabábamos de comunicar al padre y a la madre que su hija había fallecido –dijo el jefe, dejando intuir a los presentes la mala imagen que comportaba ese error para la policía.

Sandra miró a su alrededor. Quizá algunos compañeros pensaran que así los padres al menos habían contado con el regalo de una esperanza. Seguramente el comisario Crespi también lo pensaba. Pero, en su caso, el católico practicante se imponía al policía. Para un hombre de fe Dios obra según planes inescrutables y en todas las cosas; incluso en la más dolorosa, se esconde siempre un mensaje, una prueba o una lección. Pero ella no creía en eso. Es más, estaba convencida de que, dentro de poco, el destino se presentaría ante esos padres como un mensajero que se ha equivocado al entregar un paquete regalo y regresa para llevárselo.

Una parte de Sandra estaba secretamente aliviada por el hecho de que Astolfi hubiera sido señalado por todos como el responsable del desastre de esa mañana.

Pero ella también tenía culpa.

Si al final de la sesión no hubiera cerrado los ojos mientras la réflex efectuaba los últimos disparos, se habría dado cuenta antes del movimiento de la mirada de Diana. La silenciosa y desesperada invocación de ayuda.

Había sido el móvil de la chica lo que la distrajo, pero eso no era una excusa. La idea de cómo podrían haber ido las cosas si se hubiera percatado horas después, tal vez cuando hubiera regresado a su casa o en el laboratorio de la policía, la torturaba.

Ella también podía ser cómplice del homicida de esa noche. «¿La he salvado? ¿De veras he sido yo?», se preguntó. La verdad era que Diana se había salvado sola. Y Sandra iba a llevarse el mérito, injustamente. Y tendría que haberse callado para salvar la reputación de la policía. Por eso no conseguía condenar totalmente al forense.

Mientras tanto, el jefe de policía había finalizado la reprimenda.

–Muy bien, ahora quitaos de en medio.

Todos se levantaron de sus asientos, pero fue Astolfi quien abandonó primero la sala.

–Usted no, agente Vega.

Sandra se volvió a mirar a su superior, preguntándose por qué quería retenerla. Pero él se dirigió enseguida a Crespi.

–Quédese usted también, comisario.

Sandra vio que en el umbral de la puerta por la que salían

sus compañeros otro grupo estaba listo para tomar asiento en la sala.

Eran miembros del SCO, el Servicio Central de Operaciones. Ese equipo especial se ocupaba del crimen organizado, operaciones bajo cobertura, caza a los prófugos, delitos en serie y crímenes atroces.

Mientras se sentaban, Sandra reconoció al *vicequestore*, Moro.

Era un policía joven, pero que ya tenía la fama de un consumado veterano. Se la había ganado por capturar a un capo de la mafia al que buscaban desde hacía treinta años. Fue tras él con tanta tenacidad, renunciando a tener vida y echando por la borda su matrimonio, que al final el criminal lo felicitó mientras le ponía las esposas.

Era muy respetado. Todos querían formar parte del equipo de Moro. Una élite de la élite de la Policía de Estado. Pero el vicequestore casi siempre trabajaba con los mismos, más o menos unas quince personas. Gente de confianza, con quienes había compartido fatigas y sacrificios. Hombres acostumbrados a salir de casa de madrugada sin saber cuándo volverían a ver a sus seres queridos, si es que volvían a verlos. Moro los elegía solteros, decía que no le gustaba dar explicaciones a viudas y huérfanos. Ellos formaban una familia. Incluso fuera del trabajo, estaban siempre juntos. La unidad era su fuerza.

A los ojos de Sandra, parecían monjes zen. Enlazados por unos votos que iban más allá del uniforme que llevaban.

–Volverá a hacerlo.

Moro lo anunció de espaldas a sus hombres, mientras se acercaba al interruptor para apagar las luces de la sala. La información cayó sobre los presentes junto con la oscuridad.

El silencio que siguió provocó en Sandra un escalofrío. Por un instante, se sintió perdida en la negrura. Pero luego el foco iridiscente del proyector se encargó de hacer regresar el mundo a su alrededor.

En la pantalla, apareció una de las fotos del escenario del crimen que ella misma había tomado esa mañana.

El coche con las portezuelas abiertas, la chica con el cuchillo clavado en el esternón.

Ninguno de los presentes apartó la mirada, horrorizado. Eran hombres preparados para todo, pero también era verdad que, con el paso de las horas, piedad y repugnancia habían dejado paso a un sentimiento distinto. Era lo que en fotografía forense se denominaba «la ilusión de la distancia». No es indiferencia, es habituación.

–Esto es sólo el principio –prosiguió Moro–. Pasará un día, un mes, diez años, pero él volverá a actuar, podéis estar seguros de ello. Por eso debemos detenerlo antes. No tenemos elección. –Se dirigió hacia el centro de la pantalla. La imagen se proyectaba ahora sobre él, impidiendo vislumbrar su rostro: como si estuviera perfectamente mimetizado con el horror–. Estamos examinando con lupa la vida de los dos muchachos para comprobar si alguien podía albergar odio o rencor hacia ellos o hacia sus familias: exnovios despechados, amantes, parientes con motivos de resentimiento, algún agravio causado a la persona equivocada... Aunque todavía no tenemos la seguridad, estoy convencido de que pronto podremos descartar estas hipótesis. –El vicequestore señaló la pantalla con un brazo–. Pero ahora no os hablaré de investigaciones, pruebas, indicios o *modus operandi*. Dejemos a un lado por un rato toda nuestra labor de polis, olvidaos del procedimiento. En vez de eso, quiero que os concentréis en estas imágenes. Miradlas bien. –Moro calló mientras iba pasando las fotos con el mando a distancia–. En todo esto hay un método, ¿no os parece? No se trata de alguien que ha improvisado: lo llevaba estudiado. Aunque pueda pareceros extraño, no hay odio en sus acciones. Es diligente, escrupuloso. Meteos en la cabeza que éste es su trabajo, y lo hace condenadamente bien.

El enfoque de Moro impresionó a Sandra. El vicequestore había dejado a un lado los métodos tradicionales de investigación porque quería de ellos una reacción emotiva.

–Os pido que memoricéis bien estas fotografías, porque si buscamos una explicación racional no lo cogeremos nunca. En cambio, tenemos que sentir lo que él siente. Al principio no nos gustará, pero es la única manera, creedme.

Aparecieron los primeros planos del chico muerto. La herida en la nuca, la sangre, su pálida y ostentosa desnudez: parecía ficción. A algunos compañeros les asomaba una sonrisa ante ese tipo de escenas. Sandra lo había visto varias veces, pero no era falta de respeto ni cinismo. Era una forma de defensa. Su mente negaba la realidad con la misma reacción con la que se rechaza algo absurdo, ridiculizándola. Moro intentaba evitar todo eso. Lo que él necesitaba era su rabia.

El vicequestore siguió pasando las fotos en la pantalla.

–No os dejéis engañar por el caos de esta matanza: es apariencia, él no deja nada al azar. Se le ocurrió, diseñó un plan y lo llevó a cabo. No está loco. Es más, es probable que esté socialmente integrado.

A un profano esas palabras podrían parecerle discordantes, como si brotaran de una sincera admiración. Pero Moro simplemente estaba evitando cometer el error de muchos policías: infravalorar al adversario.

El vicequestore se apartó del foco del proyector para mirar a los presentes.

–Se trata de un homicidio con trasfondo sexual, eligió a una parejita que estaba haciendo el amor, aunque no abusó de las víctimas. Los médicos nos han asegurado que la chica no fue violada y los resultados preliminares de la autopsia también lo descartan para el muchacho. Por tanto, cuando mata, a nuestro hombre no lo guía el instinto o la impaciencia de alcanzar el orgasmo. No se masturba sobre los cadáveres, si es eso lo que estáis pensando. Actúa, desaparece y, por encima de todo, observa: de ahora en adelante nos observará a nosotros, a la policía. Ya ha salido al descubierto, sabe que no puede permitirse cometer errores. Pero no es sólo él quien está sometido a examen, nosotros también. Al final no ganará el mejor, sino quien haya sabido aprovecharse más de los errores del otro. Y él tiene una ventaja sobre nosotros... –El vicequestore giró la muñeca para mostrar el reloj a sus hombres–. El tiempo. Tenemos que anticiparnos a ese bastardo. Pero eso no significa ir con prisa, la prisa es un pésimo aliado. Lo que tenemos que hacer es ser tan imprevisibles como él. Sólo así conseguiremos detenerlo. Porque, podéis estar seguros, ya tiene otro plan en mente. –Interrumpió la sucesión de imágenes justo en la última.

Un primer plano de Diana Delgaudio.

Sandra imaginó la desesperación de la chica que, paralizada y semiinconsciente, intentaba hacer entender que todavía estaba viva. Sin embargo, al mirar su rostro rígido también regresó a su mente la sensación que tuvo al sacarle las fotos. El maquillaje corrido por las lágrimas pero todavía bastante en su sitio. La sombra de ojos, el colorete, el pintalabios.

Sí, había algo que no acababa de encajar.

–Miradla bien –retomó la palabra el vicequestore, interrumpiendo sus pensamientos–. Esto es lo que hace, porque esto es lo que le gusta hacer. Si Diana Delgaudio, por algún milagroso motivo, llegara a sobrevivir, tendremos un testigo capaz de reconocerlo.

Nadie comentó la afirmación, ni siquiera con un gesto de la cabeza. Se trataba de una recóndita esperanza, nada más.

Inesperadamente, Moro se dirigió a Sandra.

–Agente Vega.

–Sí, señor.

–Ha hecho un excelente trabajo esta mañana.

El cumplido puso nerviosa a Sandra.

–La queremos con nosotros, agente Vega.

Temía esa invitación. Cualquier otro compañero se habría sentido halagado de que le ofrecieran un puesto en el equipo. Ella no.

–No sé si estoy a la altura, señor.

En la penumbra, el vicequestore intentó enfocarla con la mirada.

–No es el momento de hacernos los modestos.

–No es modestia. Es que nunca me he ocupado de este tipo de crímenes.

Sandra notó que el comisario sacudía la cabeza para reprenderla.

Moro señaló la puerta.

–Entonces digámoslo de otra manera: no somos los del SCO quienes la necesitamos, sino dos chicos que saldrán a dar una vuelta por ahí sin saber que dentro de poco les tocará a ellos. Porque así es como van a ir las cosas. Lo sé yo y lo sabe usted, agente Vega. Y con esta discusión ya hemos perdido demasiado tiempo del que les queda a ellos.

Estaba decidido. Sandra no tuvo valor para oponerse y Moro, por otra parte, ya había desviado la mirada para pasar a otro tema.

–Los nuestros todavía están acabando de recoger pruebas en el pinar de Ostia, así luego podremos analizarlas y reconstruir la dinámica y el *modus operandi* del homicida. Mientras tanto, quiero que os centréis en lo que sentís en la tripa, en los huesos, en la parte más recóndita e inconfesable de vosotros mismos. Id a casa, consultadlo con la almohada. A partir de mañana empezaremos a estudiar los indicios. Y mañana no quiero ver rastro de emociones –dejó bien claro–. Tenéis que estar lúcidos y ser racionales. Se levanta la reunión.

El vicequestore fue el primero en cruzar la puerta, a continuación los demás también se dispusieron a abandonar la sala. Sandra, en cambio, permaneció sentada en su sitio, sin dejar de mirar a Diana en la pantalla. Mientras todos le pasaban por delante, no conseguía apartar la mirada de esa imagen. Hubiera querido que alguien apagara el proyector, esa continua exposición le parecía inútil e irrespetuosa.

Moro los había sometido a una especie de terapia emocional, aunque al día siguiente los quería «lúcidos y racionales». Pero a partir de ahora Diana Delgaudio ya no era una chica de veinte años con sueños, ambiciones y proyectos. Había perdido su identidad. Se había convertido en material de investigación, en el individuo genérico que, por el hecho de haber sufrido un crimen, a partir de ahora podía colgarse la medalla del inconsistente título de «víctima». Y la transfiguración se había producido precisamente ahí dentro, delante de todos, durante la reunión.

«Habituación», recordó Sandra. Un anticuerpo que permite a los polis sobrevivir al mal. Así, mientras todos ignoraban la foto de Diana, la policía sintió el deber de prestarle atención, al menos hasta que no estuviera sola en la sala. Y cuanto más observaba ese primer plano, más afloraba en ella la conciencia de encontrarse frente a algo equivocado.

Un detalle fuera de lugar.

En la máscara de maquillaje corrido que recubría el rostro de la chica, había algo que no cuadraba. Sandra por fin lo identificó.

Era el pintalabios.

6

–Aprended a fotografiar el vacío.

Eso fue lo que les dijo el profesor de fotografía forense en la academia. En aquella época, Sandra tenía poco más de veinte años y, a ella y a sus compañeros, aquellas palabras les sonaron absurdas. Sólo le parecía otra frase hecha, cosas de polis servidas como si fueran una lección vital o un dogma absoluto, lo mismo que «aprende de tus enemigos» o «un compañero nunca abandona a sus compañeros». Para ella –tan segura de sí misma, tan decidida– tales expresiones formaban parte del lavado de cerebro al que sometían a los reclutas para no tener que decirles la verdad. Es decir, que el género humano da asco y, haciendo ese trabajo, muy pronto sentirían repugnancia de formar parte de él.

–La indiferencia es vuestro mayor aliado, porque no cuenta lo que tenéis delante del objetivo, sino lo que no está –había añadido el profesor, para luego repetir–: Aprended a fotografiar el vacío.

Seguidamente, de uno en uno, los hizo entrar en una habitación para realizar las prácticas. Era una especie de decorado: el comedor amueblado de una vivienda normal. Pero antes les anunció que allí dentro se había cometido un crimen. Su tarea era descubrir cuál.

No había sangre, ni cadáveres, ni armas. Sólo una decoración como tantas.

Para lograr su objetivo, tenían que aprender a ignorar las manchas de potitos, que indicaban que en esa casa vivía un niño. Al igual que el aroma a ambientador, seguramente escogido por una mujer hacendosa. El crucigrama abandonado en un sillón a medio hacer; a saber si alguien lo terminaría nunca. Las revistas de viajes esparcidas sobre la mesa de centro, dejadas allí por alguien que imagina tener un futuro feliz por delante sin saber que está a punto de sucederle algo malo.

Detalles de una existencia interrumpida bruscamente. Pero la lección era clara: la empatía confunde. Y para fotografiar el vacío antes había que crearlo dentro de uno mismo.

Y Sandra lo consiguió, asombrándose de sí misma. Se identificó con la víctima potencial, no con lo que sentía. Utilizó el punto de vista de aquella, no el suyo propio. Se imaginó que la víctima estaba tendida boca abajo y se tendió a su vez. De ese modo descubrió un mensaje debajo de una silla.

FAB

La escena era la reproducción de un caso real en el que la mujer agonizante sacó fuerzas para trazar con su propia sangre las tres primeras letras del nombre de su asesino.

Fabrizio. Su marido.

Y de ese modo inculpó a su cónyuge.

Sandra descubrió posteriormente que esa mujer había formado parte de la lista de personas desaparecidas durante veinticinco años, mientras su marido la lloraba en público y en los llamamientos por televisión. Y que la verdad que se escondía bajo la silla no había salido a la luz hasta que él decidió vender la casa amueblada. El descubrimiento lo había hecho el nuevo inquilino.

La idea de que una justicia póstuma era posible la reconfortó. Un asesino nunca puede sentirse a salvo. A pesar de la resolución del misterio, sin embargo, el cadáver de la mujer nunca fue encontrado.

«Aprender a fotografiar el vacío», se repitió ahora Sandra a sí misma en el silencio de su coche. En el fondo, era lo que quería el vicequestore Moro: que se sumergieran completamente en sus propias emociones, pero luego, una vez fuera, recuperaran la frialdad necesaria.

Sandra, sin embargo, no se fue a casa a reflexionar sobre lo que sentía de cara a la reunión del día siguiente, cuando empezaría oficialmente la caza al monstruo. Ante ella, al otro lado del parabrisas, estaba el pinar de Ostia iluminado por los reflectores. El ruido de los generadores diésel y el resplandor intenso de las luces halógenas le recordaban los bailes de las fiestas campestres. Pero no era verano y no iba a empezar a sonar ninguna música. Al contrario, era un invierno duro y en el bosque sólo resonaban las voces de los policías con mono blanco que se movían por el escenario del crimen como en una danza de espectros.

La inspección había durado toda la jornada. Sandra regresó al lugar de los hechos al finalizar su turno y se quedó a distancia mirando el trabajo de sus compañeros. Nadie le había pedido que estuviera allí, esperando a que todos se marcharan. Pero ella tenía un motivo.

Su intuición sobre el pintalabios de Diana.

La chica trabajaba en una perfumería. Sandra no se equivocaba cuando, al fijarse en el maquillaje de su cara, supuso que era experta en la materia. No obstante, el haber adivinado ese aspecto de su vida había acortado un poco más la distancia entre ellas. Y eso no era bueno. Nunca había que implicarse demasiado. Era peligroso.

Tuvo que aprenderlo por sí misma dos años atrás, cuando murió su marido y ella se vio obligada a investigar por su cuenta un caso que, apresuradamente, quedó archivado como un «accidente». Necesitó mucha lucidez para que la rabia y el pesar no le confundieran las ideas. Y, aun así, el riesgo fue enorme. Pero en aquel momento estaba sola, podía permitírselo.

Ahora tenía a Max.

Él era perfecto para la vida que había elegido. El traslado a Roma, la casa en Trastevere, otras caras, otros compañeros. El lugar y el momento adecuados para sembrar nuevos recuerdos. Max era el compañero ideal para compartirlos.

Era profesor de historia en un instituto, vivía para sus libros. Se pasaba horas leyendo, encerrado en su despacho. Sandra estaba segura de que, de no haber estado ella, se habría olvidado incluso de alimentarse o ir al baño. Era lo más alejado que había del oficio de poli. El único horror que corría el riesgo de presenciar era un pésimo examen.

Quienes se dedican a las palabras no pueden tratar con la inmundicia del mundo.

Max se entusiasmaba cuando Sandra le pedía que hablara de su trabajo. Se lanzaba a una narración apasionada, gesticulando animadamente, y le brillaban los ojos. Había nacido en Nottingham, pero llevaba veinte años viviendo en Italia. «Sólo hay un lugar en el mundo para un profesor de historia», afirmaba, «y es Roma».

Sandra no iba a decepcionarlo contándole toda la maldad que se concentraba en esa ciudad. Por eso nunca le hablaba de su trabajo. Pero esta vez incluso pensaba mentirle. Marcó el número de teléfono y esperó a oír su voz.

–Vega, hace rato que deberías estar en casa –dijo, jocosamente. La llamaba por el apellido, como los otros polis.

–Tenemos un caso grave y han convocado una reunión extraordinaria –dijo ella, repitiendo la excusa que había elegido.

–Muy bien, pues cenamos un poco más tarde.

–No creo que pueda ir a cenar, seguramente estaré fuera un buen rato.

–Ah –fue la única reacción de Max ante la noticia. No estaba enfadado, sólo desconcertado. Era la primera vez que sucedía que ella tuviera que hacer tantas horas extras.

Sandra entrecerró los ojos, se sentía fatal. Sabía que debía llenar ese breve silencio antes de que menguara la credibilidad de su historia.

–Sí, es un fastidio. Por lo que parece, en el equipo de investigación hay una especie de epidemia de gripe o algo así.

–¿Vas lo bastante abrigada? He visto la previsión, esta noche va a hacer frío.

El hecho de que se preocupara por ella la hizo sentir todavía peor.

–Claro.

–¿Quieres que te espere despierto?

–No hace falta –se apresuró a decir–. En serio, vete a la cama. A lo mejor consigo acabar rápido.

–De acuerdo, pero despiértame cuando vuelvas.

Sandra colgó. Los sentimientos de culpabilidad no le hicieron cambiar de idea. Se había metido en la cabeza que había hecho mal su trabajo esa mañana porque, al igual que el forense, tenía prisa por marcharse del escenario del crimen. El descubrimiento final que la había encumbrado en la consideración que sus compañeros y el vicequestore Moro tenían hacia ella sólo había sido fruto de una casualidad. Si hubiera seguido al pie de la letra el protocolo de la fotografía forense, habría protegido las pruebas, no a sí misma. En vez de usar la cámara para rastrear el escenario del crimen, se había servido de ella como escudo.

Tenía que arreglarlo. El único modo era repetir el procedimiento, para estar segura de que no había pasado nada por alto.

En el pinar, los compañeros y los técnicos de la Científica empezaban a desmovilizarse. Dentro de poco estaría sola. Tenía una misión que cumplir.

Fotografiar el vacío.

El coche de los chicos había sido retirado, los vehículos de la policía que vigilaban el área ya no estaban. Habían olvidado quitar la cinta roja y blanca. El viento la hacía ondear al igual que las ramas de los pinos, pero ahora rodeaba un espacio vacío.

Sandra comprobó la hora: pasaba de la medianoche. Se preguntó si haber aparcado a trescientos metros sería suficiente. No quería que nadie se fijara en su coche.

La luz de la luna estaba empañada por una fina capa de nubes. La policía no podía utilizar una linterna eléctrica, corría el riesgo de que alguien la viera y, además, alteraría la percepción del lugar. Se serviría de la mirilla de infrarrojos de la réflex para orientarse en el procedimiento, pero, mientras tanto, dejó que los ojos se acostumbraran al pálido resplandor de la luna.

Bajó del coche y se dirigió hacia el núcleo del escenario del crimen. Mientras recorría el pinar, le asaltó el pensamiento de que lo que estaba haciendo era una estupidez. Se estaba exponiendo a un peligro. Nadie sabía que estaba allí y ella no podía conocer las intenciones del criminal. ¿Y si por casualidad hubiera vuelto para comprobar algo? ¿O para revivir las sensaciones que había sentido la noche anterior, como en una especie de «memoria» del horror? Algunos asesinos lo hacían.

Sandra sabía que, en realidad, esa visión pesimista formaba parte de una especie de rito supersticioso. Prepararse para lo peor con el único objetivo de que no ocurra. Y, justo en ese momento, un rayo de luna consiguió liberarse de la barrera de nubes, posándose en el suelo.

Fue entonces cuando la policía vislumbró entre los árboles la silueta oscura a un centenar de metros de ella.

Alarmada, aflojó el paso pero sin poder detenerse enseguida. El miedo había tomado el control de su cuerpo y todavía dio otro paso sobre la pinaza crujiente.

Entre tanto, la sombra se movía en lo que había sido el escenario del crimen, mirando a su alrededor. Sandra estaba petrificada. Entonces vio que el hombre hacía algo inesperado.

La señal de la cruz.

Por un instante se sintió aliviada, porque tenía delante a un hombre de fe. Pero con un segundo de retraso, su mente procesó mejor lo que había visto, a cámara lenta.

Se había santiguado al revés –de derecha a izquierda, de abajo a arriba.

–Agáchate.

La palabra surgió como un susurro de la oscuridad, a pocos metros de ella. Para Sandra fue como despertarse de un sobresalto, pasando de una pesadilla a otra. Estaba a punto de gritar, pero el hombre que le había hablado se acercó: tenía una cicatriz en la sien y le indicó que se escondiera con él detrás de un árbol. Sandra lo conocía, si bien tardó unos segundos en darse cuenta.

Marcus. El penitenciario que conoció dos años atrás.

Entonces él volvió a hacerle un gesto para que se agachara, después se acercó y la cogió de la mano, tirando de ella despacio hacia abajo. La policía obedeció y se lo quedó mirando, todavía recelosa. Pero él miraba hacia delante.

Frente a ellos, el desconocido se había arrodillado y palpaba el suelo con la palma de la mano, como si buscara algo.

–¿Qué está haciendo? –preguntó Sandra en voz baja, con el corazón todavía latiéndole con fuerza.

El penitenciario no contestó.

–Tenemos que intervenir –dijo ella entonces. Era una pregunta y una afirmación a la vez, porque en ese momento no estaba segura de nada.

–¿Llevas un arma?

–No –admitió ella.

Marcus sacudió la cabeza, como haciendo entender que no podían arriesgarse.

–¿Vas a dejarlo escapar? –No podía creérselo.

Mientras tanto, el desconocido se puso de pie. Se quedó unos instantes quieto en el mismo lugar. A continuación se encaminó hacia la oscuridad, en la dirección opuesta a donde se encontraban ellos.

Sandra salió disparada hacia delante.

–Espera –intentó detenerla Marcus.

–La matrícula –dijo ella, refiriéndose al coche con el que probablemente había llegado hasta allí.

Pareció que el desconocido aceleraba, sin darse cuenta de que lo seguían. Sandra intentaba no perderlo, pero sus pasos sobre la maldita pinaza podían descubrirla y se vio obligada a aflojar el paso.

Gracias a ello pudo fijarse en que había algo que le resultaba familiar. Tal vez tenía que ver con el modo de moverse del desconocido o con su apariencia. Fue una sensación fugaz, apenas duró un instante.

El hombre culminó una cuesta y salió del campo visual de la policía. Mientras se preguntaba dónde se había metido, oyó el ruido de una puerta al cerrarse, seguidamente un motor que arrancaba.

Sandra echó a correr lo más rápido que podía. Tropezó con una rama, pero consiguió mantener el equilibrio. Con el tobillo dolorido, apretó el paso porque no quería perderlo de vista. Delante de sus ojos pasaron las imágenes de los dos chicos muertos. Si era realmente el asesino, no podía dejarlo escapar así. No, no lo permitiría.

Sin embargo, al llegar al final del bosque, vio que el coche se alejaba con las luces apagadas. A la débil luz de la luna, la matrícula trasera era ilegible.

–Mierda –imprecó. Luego se volvió. Marcus estaba a pocos pasos detrás de ella–. ¿Quién era? –le preguntó.

–No lo sé.

Le hubiera gustado escuchar una respuesta distinta. Estaba impresionada por haber reaccionado con tanto control. Parecía que al penitenciario no le importaba haber perdido la oportunidad de dar un rostro y un nombre al monstruo. O tal vez sólo era más práctico que ella.

–¿Estabas aquí por él, no? Tú también quieres cazarlo.

–Sí. –No quería decirle que era por ella. Que solía apostarse debajo de su edificio, o que esperaba a que terminara de trabajar para acompañarla a casa a escondidas. Que le gustaba observarla a distancia. Y que, cuando esa noche al final de su turno no había vuelto a su apartamento, había decidido seguirla desde la comisaría.

Pero Sandra estaba demasiado ocupada con lo que acababa de pasar para comprender que le había mentido.

–Estábamos tan cerca.

Él se quedó impasible, mirándola. A continuación, se volvió de repente.

–Vamos –dijo.

–¿Adónde?

–Cuando se ha arrodillado, quizá haya enterrado algo.

7

Sirviéndose de la luz del teléfono de Sandra, se pusieron a buscar el punto donde el desconocido había excavado.

–Aquí es –anunció Marcus.

Ambos se inclinaron sobre un pequeño montón de tierra recién removida.

El penitenciario sacó del bolsillo de la americana un guante de látex y se lo puso. A continuación empezó a apartar la tierra, lentamente y con cuidado. Sandra observaba la operación con impaciencia, iluminando el sitio con el móvil. Poco después, Marcus se detuvo.

–Y bien, ¿por qué no sigues? –preguntó la policía.

–Aquí no hay nada.

–Pero habías dicho que...

–Lo sé –la interrumpió con calma–. No lo entiendo: la tierra está removida, tú también lo has visto.

Se pusieron de pie y se quedaron en silencio. Marcus temía que Sandra volviera a preguntarle qué estaba haciendo allí. Para no levantar sospechas, se obligó a dejar a un lado esos pensamientos.

–¿Qué sabes de este asunto?

Pareció que ella dudaba un momento, pensando en lo que tenía que hacer.

–No estás obligada a decírmelo. Pero quizá pueda echarte una mano.

–¿De qué manera? –preguntó, suspicaz.

–Intercambio de información.

Sandra sopesó la propuesta. Había visto al penitenciario en acción dos años atrás, sabía que era bueno y que veía las cosas de manera distinta a un policía. No era capaz de «fotografiar el vacío» como ella con su réflex, pero podía detectar el rastro invisible que el mal dejaba en las cosas. De modo que decidió confiar en él y empezó a hablarle de los dos chicos y del increíble epílogo de esa mañana, con Diana Delgaudio todavía viva a pesar de la profunda herida y del frío de la noche invernal.

–¿Puedo ver las fotos? –preguntó Marcus.

Una vez más, Sandra se puso tensa.

–Si quieres saber lo que ha ocurrido esta noche y qué estaba haciendo aquí ese tipo, tienes que mostrarme las imágenes de la escena del crimen.

Poco después, Sandra regresó de su coche con un par de linternas y una tableta. Marcus extendió la mano. Pero ella, antes de entregársela, quiso dejar las cosas claras.

–Estoy violando el reglamento, y también la ley.

Seguidamente le pasó la tableta junto con una linterna.

El penitenciario miró las primeras fotos. Aparecía el árbol donde el asesino se había apostado.

–Los estuvo espiando desde ahí –dijo ella.

–Enséñame el sitio.

Lo acompañó. En el suelo todavía era visible la zona limpia de pinaza. Sandra no sabía lo que iba a ocurrir. Era una metodología completamente nueva comparada con la de los especialistas de la policía.

Marcus miró primero hacia abajo, luego levantó la mirada y se puso a observar lo que tenía en frente.

–Muy bien, empecemos.

Lo primero que hizo el penitenciario fue santiguarse, pero no al revés como había hecho el desconocido un rato antes. Sandra notó que el rostro de Marcus cambiaba. Eran transformaciones imperceptibles. Las arrugas en torno a los ojos se relajaban, la respiración se hacía más profunda. No estaba simplemente concentrado, algo estaba emergiendo en él.

–¿Durante cuánto tiempo he estado aquí? –se preguntó, empezando a identificarse con el monstruo–. ¿Diez, quince minutos? Los observo con atención y disfruto del momento antes de entrar en acción.

«Sé lo que sentiste», se dijo Marcus. «La adrenalina subiendo, esa sensación de alerta en la tripa. Excitación mezclada con inquietud. Como cuando de pequeño jugabas al escondite. Ese cosquilleo detrás de la nuca, el escalofrío eléctrico que hace poner de punta el vello de los brazos.»

Sandra empezaba a comprender lo que estaba sucediendo: nadie podía entrar en la psique de un asesino, pero el penitenciario era capaz de evocar el mal que aquel llevaba dentro. Decidió acompañarlo en la simulación y se dirigió a él como si fuera realmente el homicida.

–¿Los has seguido hasta aquí? –preguntó–. A lo mejor conocías a la chica, te gustaba y la seguiste.

–No. Los estaba esperando. No los conozco. No he elegido a las víctimas, sólo el terreno de caza: lo examino y mientras tanto me preparo.

El pinar de Ostia se convertía en el refugio de los enamorados, especialmente en verano. En invierno, en cambio, sólo unos pocos se aventuraban a ese lugar. A saber cuántos días hacía que el monstruo batía el bosque a la espera de una oportunidad. Al final, había recibido su recompensa.

–¿Por qué has limpiado el suelo?

Marcus bajó la mirada.

–Llevo una bolsa, tal vez una mochila: no quiero que se ensucie con la pinaza. Me gusta mucho, porque dentro es donde guardo mis trucos, mis juegos de prestidigitador. Porque soy como un mago.

«Escoge el mejor momento y se acerca lentamente a las víctimas», reflexionó. «Cuenta con el factor sorpresa: forma parte del número de magia.»

Marcus se apartó del árbol y empezó a avanzar hacia el centro del escenario del crimen. Sandra lo seguía a breve distancia, sorprendida por cómo se estaba desarrollando la reconstrucción de lo sucedido.

–He llegado hasta el coche sin que me vieran. –Marcus hizo un repaso de las fotos siguientes. Las víctimas desnudas. –¿Ya estaban desnudos o los obligaste a quitarse la ropa? ¿Habían consumado el acto o estaban aún en los preliminares?

–Elijo a parejas porque no consigo relacionarme con los demás. No puedo tener una relación afectiva o sexual. Tengo algo que aleja a la gente. Actúo por envidia. Sí, los envidio... Por eso me gusta mirar. Y luego los mato, para castigar su felicidad.

Lo dijo con una impasibilidad que dejó a Sandra helada. De repente, tuvo miedo de los ojos inexpresivos del penitenciario.

No había rabia en él, sólo una lúcida distancia. Marcus no estaba simplemente identificándose con el asesino.

Se había convertido en el monstruo.

La policía tuvo un sentimiento de desconcierto.

–Soy sexualmente inmaduro –continuó diciendo el penitenciario–. Tengo entre veinticinco y cuarenta y cinco años. –Por lo general, en ese lapso era cuando estallaba la frustración acumulada durante una vida sexual insatisfactoria–. No abuso de mis víctimas.

De hecho, no se había producido agresión sexual, recordó Sandra.

El penitenciario observó la foto del coche y se situó a la altura del capó.

–He aparecido de la nada y he apuntado la pistola hacia ellos para impedirles que pusieran el coche en marcha y escaparan. ¿Qué objetos llevo conmigo?

–Una pistola, un cuchillo de caza y una cuerda de escalada –recapituló Sandra.

–Le he dado la cuerda al chico y lo he «convencido» para que atara a su amiga en el asiento.

–Querrás decir que lo has obligado.

–No es una amenaza. Yo no levanto nunca la voz, digo las cosas amablemente: soy un seductor. –Ni siquiera tuvo que hacer un disparo de advertencia, aunque sólo fuera para demostrar que iba en serio. Le bastó con hacer creer al chico que tenía una posibilidad de salvarse. Que, si obedecía y se portaba bien, al final recibiría un premio–. El chico, obviamente, ha hecho lo que le he dicho. Presencié la operación para asegurarme de que la ataba bien.

El penitenciario tenía razón, reflexionó Sandra. La gente suele ignorar el poder de persuasión de un arma de fuego. A saber por qué todo el mundo cree que puede controlar una situación así.

Pasando las fotos, Marcus llegó a la de la chica con el cuchillo clavado en el esternón.

–La has apuñalado, pero ha tenido suerte –afirmó Sandra, arrepintiéndose de haber utilizado esa palabra–. La hemorragia se detuvo porque dejaste el arma donde estaba. Si la hubieras sacado para llevártela, probablemente no se habría salvado.

Marcus sacudió la cabeza.

–No he sido yo quien la ha matado. Por eso he dejado el cuchillo. Para vosotros, para que lo sepáis.

Sandra se mostraba incrédula.

–Le propuse un cambio: su vida a cambio de la de ella.

La policía parecía desconcertada.

–¿Cómo puedes decir eso?

–Verás, en el mango del cuchillo encontraréis las huellas dactilares del chico, no las mías. –«Quiso envilecer lo que sentían el uno por el otro», pensó–. Es una prueba de amor.

–Pero, si te ha obedecido, ¿por qué luego lo has matado también a él? Es decir, lo has hecho bajar del coche y le has disparado a bocajarro en la nuca. Ha sido una ejecución.

–Porque mis promesas son mentiras, exactamente como el amor que las parejas dicen sentir el uno por el otro. Y si demuestro que otro ser humano es capaz de matar por puro egoísmo, entonces mis acciones también quedarán absueltas de toda culpa.

El viento aumentó, sacudiendo los árboles. Un único, intenso escalofrío que atravesó el bosque para perderse luego en la oscuridad. Pero a Sandra le pareció que ese viento sin vida procedía de Marcus.

El penitenciario se fijó en su turbación y, aunque su mente no estuviera allí en ese momento, de repente se vio transportado al pasado. Al percibir el miedo en los ojos de la mujer, sintió vergüenza. Hubiera querido que ella no lo mirara así. La vio retroceder un paso instintivamente, como si quisiera interponer una distancia de seguridad.

Sandra apartó la mirada, incómoda. Pero, al mismo tiempo, después de todo lo que acaba de ver, no podía esconder su propia desazón. Para salir del impasse, le cogió la tableta de las manos.

–Quiero mostrarte una cosa.

Fue pasando las fotos hasta llegar a un primer plano de Diana Delgaudio.

–La chica trabajaba en una perfumería –dijo–. El maquillaje que lleva en la cara, donde no se ha corrido con las lágrimas, está aplicado con cuidado. También el pintalabios.

Marcus observó la imagen. Todavía estaba agitado, tal vez por eso no comprendió enseguida el sentido de esa apreciación.

Sandra intentó explicarse mejor.

–Cuando saqué la fotografía me pareció extraño. Había algo que no cuadraba, pero hasta más tarde no supe qué era. Hace un momento has afirmado que nos encontramos frente a un asesino con tendencia al voyerismo: espera a que empiece el acto sexual para manifestarse. Pero si Diana y su chico se estaban abrazando con efusión, ¿por qué ella todavía tiene pintalabios en los labios?

Marcus cayó en la cuenta.

–Se lo puso él, después.

Sandra asintió.

–Creo que le hizo fotos. Es más, estoy segura de ello.

El penitenciario registró con interés la información. Todavía no sabía dónde situarla en el *modus operandi* del homicida, pero estaba convencido de que ocupaba un lugar concreto en el ritual.

–El mal es esa anomalía que está delante de los ojos de todo el mundo pero que nadie consigue ver –dijo casi para sí mismo.

–¿A qué te refieres?

Marcus volvió a mirarla.

–Todas las respuestas están aquí, y aquí es donde debes buscarlas. –Era como en el cuadro del *Martirio de San Mateo*, en San Luis de los Franceses, sólo había que saber observar–. El asesino todavía está aquí, aunque no lo veamos. Tenemos que cazarlo en este lugar, en ningún otro sitio.

La policía lo comprendió.

–Estás hablando del hombre que hemos visto hace un rato. Tú no crees que fuera el monstruo.

–¿Qué sentido tiene volver aquí horas después? –admitió Marcus–. A un asesino se le acaba el ansia morbosa y destructiva con la muerte y la humillación de las víctimas. Su instinto está satisfecho. Es un seductor, ¿recuerdas? Él ya está mirando a su próxima conquista.

Sandra estaba convencida de que eso no era todo, de que Marcus le escondía la verdadera razón. Se trataba de una motivación racional, pero por la turbación del penitenciario intuyó que había otra cosa.

–Es porque se ha santiguado, ¿no es cierto?

Esa señal de la cruz hecha al revés, efectivamente, también había impresionado a Marcus.

–Entonces, ¿quién era, según tú? –insistió Sandra.

–Busca la anomalía, agente Vega, no te detengas en los detalles. ¿Qué ha venido a hacer aquí?

Sandra volvió con la mente a cuanto había presenciado.

–Se ha arrodillado en el suelo, ha hecho un agujero. Pero no había nada dentro...

–Exacto –afirmó Marcus–. No ha enterrado nada. Lo ha desenterrado.

–Ésta es la segunda lección de tu instrucción –le anunció Clemente.

Le había encontrado un sitio donde alojarse en una buhardilla de la Via dei Serpenti. No era muy grande. La decoración sólo consistía en una lámpara y un catre arrimado a la pared. Pero desde la pequeña ventana se podía disfrutar de una vista única de los tejados de Roma.

Marcus se llevó una mano a la tirita que todavía le cubría la herida de la sien. Se había convertido en una especie de tic nervioso, lo hacía casi inconscientemente. Después de haber perdido la memoria, a veces le parecía que todo era fruto de un sueño o de su imaginación. De modo que ese gesto era como si le sirviera para probarse a sí mismo que era real.

–Muy bien, estoy listo.

–Yo seré tu única persona de referencia. No tendrás contacto con nadie más: no sabrás de dónde proceden las órdenes ni las misiones. Además, tendrás que reducir al mínimo la relación con otras personas. Hace años hiciste un voto de soledad. Sin embargo, tu clausura no se sitúa entre los muros de un convento, sino en el mundo que te rodea.

Marcus intentó pensar si sería capaz de soportar esas condiciones. No obstante, una parte de él le decía que no necesitaba a los demás, que ya estaba acostumbrado a estar solo.

–Existen algunas categorías de crímenes que llaman la atención de la Iglesia –continuó el otro–. Se diferencian porque contienen una «anomalía». Durante los siglos, esa anomalía ha recibido diversas definiciones: mal absoluto, pecado mortal, diablo. Pero no son más que imperfetos tentativos de denominar algo que es inexplicable: la recóndita maldad de la naturaleza humana. Desde siempre, la Iglesia busca los crímenes con esta característica, los analiza, los clasifica. Para hacerlo, se sirve de una categoría especial de sacerdotes: los penitenciarios, los cazadores de la oscuridad.

–¿Eso es lo que hacía antes?

–Tu tarea es encontrar el mal en nombre y por cuenta de la Iglesia. Tu preparación no diferirá de la de un criminólogo o la de una especialista de la policía, pero además serás capaz de distinguir detalles que los demás no captan. –Después añadió–: Hay cosas que los hombres no quieren admitir ni ver.

Pero él todavía no acababa de comprender del todo el sentido de su misión.

–¿Por qué yo?

–El mal es la regla, Marcus. El bien es la excepción.

A pesar de que Clemente no había contestado a su pregunta, la frase le impactó más que cualquier otra afirmación. El sentido estaba claro. Él era un instrumento. A diferencia de los demás, poseía la conciencia de que el mal era una constante de la existencia. En la vida de un penitenciario no había lugar para cosas como el amor por una mujer, amigos, una familia. La alegría era una distracción, y él debía saber renunciar a ella.

–¿Cómo podré saber que estoy preparado?

–Lo sabrás. Pero para conocer el mal, primero tienes que aprender a obrar para el bien. –Llegados a ese punto, Clemente le dio una dirección y a continuación le entregó un objeto.

Una llave.

* * *

Marcus se dirigió al lugar sin saber qué se encontraría.

Se trataba de una pequeña casa de dos plantas, en un barrio de las afueras. Al llegar, se dio cuenta de que fuera había un corro de personas. En la puerta habían colocado una cruz de terciopelo morado: símbolo inequívoco de la presencia de un difunto.

Entró, pasando por en medio de amigos y familiares sin que nadie hiciera caso de él. Hablaban entre ellos en voz baja, nadie lloraba, pero la atmósfera estaba cargada de auténtica aflicción.

La desgracia que se había cernido sobre la casa correspondía a la muerte de una muchacha. Marcus reconoció enseguida a los padres: mientras los demás permanecían de pie, ellos eran los únicos en la habitación que estaban sentados. En sus rostros había desconcierto más que dolor.

Por un instante, el penitenciario rozó la mirada del padre. Un hombre robusto, de unos cincuenta años, de esos que pueden doblar una barra de acero con sus propias manos. Sin embargo, ahora parecía derrotado, el símbolo de una fuerza impotente.

El ataúd estaba abierto y los presentes le rendían homenaje. Marcus se confundió en aquella procesión. Al ver a la chica, enseguida comprendió que la muerte había empezado a actuar en ella cuando todavía estaba viva. Por algunas de las conversaciones, descubrió que su enfermedad había sido ella misma.

La droga había consumido rápidamente su existencia.

Marcus, por su parte, no entendía cómo podía hacer el bien en esas circunstancias. Parecía que ya todo estaba perdido, que era irremediable. Entonces cogió del bolsillo la llave que le había confiado Clemente y la observó en la palma de su mano.

¿Qué abriría?

Con diligencia, hizo lo único que podía hacer: probarla en todas las puertas. De modo que se puso a recorrer la casa, teniendo cuidado de no llamar la atención, en busca de la adecuada. Pero no tuvo suerte.

Estaba a punto de renunciar cuando se fijó en una puerta de la parte trasera. Era la única que no tenía cerradura. La abrió simplemente empujándola con la mano. Había una escalera. Así que bajó en la penumbra hasta llegar a un semisótano.

Había muebles viejos, un banco con herramientas de bricolaje. Pero al volverse se fijó en una cabina de madera. Una sauna.

Se acercó a la ventanilla de la puerta. Intentó mirar al interior, pero el cristal era grueso y estaba demasiado oscuro. De manera que decidió probar con la llave. Para su sorpresa, la cerradura empezó a girar.

Nada más abrir, el hedor lo embistió. Vómito, sudor, excrementos. Retrocedió instintivamente. Pero luego volvió a acercarse.

En ese antro angosto había alguien en el suelo. Sus ropas eran andrajos, tenía el pelo enmarañado y la barba larga. Le habían golpeado varias veces y con dureza. Se evidenciaba por el ojo totalmente tumefacto, la sangre seca que le cubría la nariz y las comisuras de la boca y los numerosos cardenales. En la piel de los brazos, ennegrecida por la suciedad, se entreveían partes de tatuajes: cruces y calaveras. En el cuello tenía una esvástica.

Por las condiciones en que se hallaba, Marcus comprendió de inmediato que llevaba encerrado bastante tiempo.

Al volverse hacia él, vio que el hombre se había protegido con una mano su único ojo sano, porque incluso esa débil luz le molestaba. En su mirada había auténtico miedo.

Tras unos segundos, comprendió que Marcus era un nue-

vo personaje en aquella pesadilla. Tal vez por eso, en aquel momento, halló el valor de hablarle.

–No fue culpa mía... Esos chicos vienen a mí, dispuestos a hacer de todo para conseguirla... Ella me dijo que quería prostituirse, necesitaba dinero... Yo sólo se lo arreglé, no tengo nada que ver...

El ímpetu con que había empezado a hablar se fue apagando poco a poco, y con él la esperanza. El hombre volvió a tumbarse, resignado. Como un perro rabioso encadenado, que ladra pero después vuelve a echarse porque ya sabe que nunca será libre.

–La chica ha muerto.

Ante esa noticia, el hombre bajó la mirada.

Marcus se quedó mirándolo, preguntándose por qué Clemente lo sometía a esa prueba. Sin embargo, la pregunta correcta era otra.

¿Qué debía hacer?

Tenía enfrente a un hombre malvado. Los símbolos que llevaba tatuados decían claramente de qué lado estaba. Merecía un castigo, pero ése no era el modo. Si lo liberaba, probablemente continuaría haciendo sufrir a la gente. Entonces la culpa también sería suya. Al igual que se convertiría en cómplice de esa crueldad si decidía dejarlo allí.

¿Dónde estaba el bien y dónde el mal en esas circunstancias? ¿Qué debía hacer? ¿Liberar al prisionero o cerrar la puerta y marcharse?

El mal es la regla. El bien, la excepción. Pero en ese momento, él no conseguía distinguir lo uno de lo otro.

8

Utilizaban un buzón de voz para comunicarse.

Cada vez que uno de los dos tenía algo que contarle al otro, llamaba a ese teléfono y dejaba un mensaje. El número cambiaba periódicamente, pero no había un plazo fijo. Podía servir durante algunos meses, o Clemente lo modificaba al cabo de unos pocos días. Marcus sabía que había motivos de seguridad, pero nunca había preguntado de qué dependía la decisión en cada ocasión. Sin embargo, incluso esa banal cuestión, era indicativa de la existencia de todo un mundo del que su amigo lo mantenía en la ignorancia. Y el penitenciario empezaba a soportar con fastidio que lo excluyeran. A pesar de que Clemente lo hacía con buena intención o para proteger su secreto, él se sentía utilizado. Era el motivo por el cual, últimamente, la relación entre ambos era tan tensa.

Después de la noche que había pasado con Sandra en el pinar de Ostia, Marcus llamó al buzón de voz para pedirle que se vieran. Pero, con gran sorpresa, vio que su amigo se le había adelantado.

La cita estaba fijada para las ocho en la basílica menor de San Apolinar.

El penitenciario atravesó la Piazza Navona que a esa hora empezaba a llenarse con los puestos de los artistas que exponían cuadros con los paisajes más bellos de Roma. Los bares colocaban las mesas al aire libre, que en invierno se agrupaban alrededor de grandes estufas de gas.

San Apolinar se encontraba en la placita homónima, a poca distancia. La iglesia no era suntuosa ni particularmente bonita, pero su arquitectura sencilla casaba bien con el equilibrio de los edificios que la rodeaban. Formaba parte de un grupo de inmuebles que tiempo atrás había sido sede del Colegio Germano-Húngaro. Sin embargo, desde hacía unos años, albergaba la Universidad Pontificia de la Santa Cruz.

Pero la particularidad de la pequeña basílica residía en dos historias, una más antigua y otra más reciente. Ambas tenían relación con una presencia secreta.

La primera se refería a una imagen de la Virgen que se remontaba al siglo XV. Cuando, en 1494, los soldados de Carlos VIII de Francia acamparon delante de la iglesia, los fieles cubrieron la sagrada efigie con yeso para ahorrar a la Virgen la visión de las vilezas de los militares. Pero la imagen quedó así olvidada durante un siglo y medio, hasta que un terremoto en 1647 hizo caer la capa tras la que se ocultaba.

La segunda historia, mucho más reciente, tenía que ver con la extraña sepultura, ubicada en la iglesia, de Enrico De Pedis, llamado «Renatino», componente de la sanguinaria banda de la Magliana, la organización criminal que asoló Roma a mediados de los años setenta, involucrada en los hechos más oscuros de la ciudad, en los que a menudo se había visto implicado incluso al Vaticano. A causa de los pleitos y los asesinatos la banda se había disuelto, aunque había quien decía que todavía operaba en la sombra.

Marcus siempre se había preguntado por qué habían concedido al más cruel de sus miembros un honor que en el pasado sólo se reservaba a los santos y a los grandes benefactores de la Iglesia, además de a papas, cardenales y obispos. El penitenciario recordaba el escándalo que se levantó cuando alguien reveló al mundo aquella ambigua presencia, de manera que las autoridades eclesiásticas se vieron obligadas a retirar los restos de allí. Y eso sólo después de mucha insistencia ante la firme e incomprensible oposición de la curia.

Algunos informadores afirmaron, además, que junto al criminal estaban sepultados los restos de una chiquilla desaparecida desde hacía años justo a pocos pasos de San Apolinar y de la que no se había vuelto a saber. Emanuela Orlandi era la hija de un trabajador de la Ciudad del Vaticano y se suponía que había sido secuestrada para chantajear al papa. Pero la exhumación de los restos mortales de De Pedis reveló que se trataba de otra pista falsa de las muchas que enturbiaban ese asunto.

Pensando en todo ello, Marcus se preguntó por qué Clemente había escogido precisamente ese lugar para encontrarse. No le gustó la manera en que se encararon la última vez, ni el modo en que su amigo zanjó su petición de tener una entrevista con sus superiores para hablar del caso de la monja descuartizada hacía un año en los Jardines Vaticanos.

«A nosotros no se nos permite preguntar, a nosotros no se nos permite saber. Nosotros sólo debemos obedecer.»

Tenía la esperanza de que Clemente lo hubiera convocado como un modo para hacerse perdonar y que hubiera cambiado de opinión. Por eso, al llegar a la plaza de San Apolinar, el penitenciario apresuró el paso.

Cuando entró, la iglesia estaba desierta. Sus pasos resonaban en el mármol de la nave central a lo largo de la cual estaban grabados los nombres de cardenales y obispos.

Clemente ya estaba sentado en uno de los primeros bancos. Sobre sus rodillas tenía una bolsa de piel negra. Se volvió a mirarlo y le hizo con calma una señal para que ocupara un asiento junto al suyo.

–Me imagino que todavía estarás enfadado conmigo.

–¿Me has hecho venir porque los de arriba han decidido colaborar?

–No –respondió con franqueza.

Marcus estaba decepcionado, pero no quería que se le notara.

–Entonces, ¿qué sucede?

–Ayer por la noche ocurrió algo terrible en el pinar de Ostia. Un chico murió y la chica puede que no sobreviva.

–He leído la historia en el periódico –mintió Marcus. En realidad ya lo sabía todo gracias a Sandra. Pero, evidentemente, no podía revelarle que seguía a una mujer a escondidas porque, tal vez, sintiera algo por ella. Algo de lo que, además, ignoraba el significado.

Clemente lo miró como si hubiera intuido la mentira.

–Tienes que ocuparte de ello.

La petición le sorprendió. En el fondo, la policía ya había puesto en marcha lo mejor de sus recursos y de sus hombres: el SCO contaba con todos los medios para detener al monstruo.

–¿Por qué?

Clemente nunca era explícito a la hora de exponer los motivos que podía haber detrás de cada una de sus investigaciones. Solía referirse a razones de oportunidad o a un genérico interés de la Iglesia por resolver un crimen. Por eso Marcus nunca sabía realmente qué se ocultaba detrás de sus mandatos. Pero esta vez su amigo le concedió una explicación.

–Una seria amenaza se cierne sobre Roma. Lo que ocurrió la otra noche está sacudiendo las conciencias desde lo más profundo. –El tono de Clemente sonaba inesperadamente alarmado–. No es el delito en sí, sino lo que representa: el hecho está cargado de elementos simbólicos.

Marcus recordó la puesta en escena del asesino: el chico obligado a matar para salvar su vida, luego la ejecución con un disparo en la nuca, a sangre fría. El homicida sabía que, después de él, sería la policía quien se encontrara frente a la escena del crimen y se plantearía preguntas que quedarían sin responder. El espectáculo era sólo para sus ojos.

Y luego estaba el sexo. Si bien el monstruo no había abusado de las víctimas, era evidente la motivación sexual de su comportamiento. Los crímenes de esa naturaleza eran más preocupantes porque generaban un interés morboso en la opinión pública. Aunque mucha gente lo negara, sentía una atracción peligrosa que luego disfrazaba de desdén. Pero había otra cosa.

El sexo era un peligroso vehículo.

Cada vez que, por ejemplo, aparecía una estadística sobre violaciones, en los días sucesivos estos aumentaban exponencialmente. En vez de crear indignación, ese número –especialmente si era elevado– generaba imitación. Era como si también los violadores en ciernes, que hasta entonces habían conseguido controlar sus impulsos, de repente recibieran la autorización de una anónima y solidaria mayoría para entrar en acción.

«El delito es menos grave si la culpa es compartida», recordó Marcus. Por eso la policía de medio mundo ya no difundía los datos de los crímenes sexuales. Pero el penitenciario estaba convencido de que había algo más.

–¿A qué viene este repentino interés por lo que sucedió en el pinar de Ostia?

–¿Ves ese confesionario? –Clemente le señalaba la segunda capilla de la izquierda–. Ningún cura entra nunca en él. Pero, aun así, alguien lo ha usado alguna vez para confesarse.

Marcus sentía curiosidad por saber qué había detrás de esas palabras.

–En el pasado, los criminales se servían de él para pasar mensajes a las fuerzas del orden. En el confesionario hay una grabadora. Se acciona cada vez que alguien se arrodilla. Ideamos ese sistema para que quien lo necesitara pudiera hablar con la policía sin correr el riesgo de ser arrestado. A veces esos mensajes contenían informaciones valiosas y, a cambio, los policías miraban hacia otra parte en ciertos asuntos. Aunque pueda sorprenderte, las partes enfrentadas se comunicaban entre ellas a través de nosotros. A pesar de que la gente no debe saberlo, nuestra mediación ha salvado muchas vidas.

El hecho de que hasta hacía poco tiempo allí se conservaran los restos mortales de un criminal como De Pedis se debía a ese pacto. Ahora el significado de la sepultura estaba claro también para Marcus: San Apolinar era un puerto franco, un lugar seguro.

–Has hablado del pasado, de modo que ahora ya no sucede.

–Hoy en día existen maneras y medios más eficaces para comunicarse –dijo Clemente–. Y la intercesión de la Iglesia ya no es necesaria o es vista con recelo.

Empezaba a entenderlo.

–A pesar de ello, la grabadora se quedó en su sitio...

–Pensamos en mantener operativo este valioso instrumento de contacto, considerando que un día podía volver a ser útil. Y no nos equivocamos. –Clemente abrió la bolsa negra de piel que había traído consigo y sacó un viejo casete. Seguidamente, introdujo la cinta en el compartimento–. Hace cinco días –por tanto, antes de que los dos chicos fueran agredidos en el pinar de Ostia– alguien se arrodilló en ese confesionario y dijo estas palabras...

Pulsó la tecla de encendido. Un ruido llenó la nave, dispersándose en el eco. La calidad de la grabación era pésima. Pero poco después, desde ese grisáceo río invisible, emergió una voz.

«... una vez... Ocurrió de noche... Y todos acudieron adonde estaba clavado su cuchillo...»

Era casi un susurro lejano. Ni masculino ni femenino. Era como si viniera de otro mundo, de otra dimensión. Era la voz de un muerto que intentaba imitar a los vivos, porque tal vez había olvidado que estaba muerto. De vez en cuando se disipaba en el ruido estático de fondo, llevándose consigo fragmentos de frases.

«... había llegado su momento... los hijos murieron... los falsos portadores del falso amor... y él fue despiadado con ellos... del niño de sal... si nadie lo detiene, no se detendrá.»

La voz no dijo nada más. Clemente paró la grabación.

Marcus enseguida tuvo claro que esa grabación no era una casualidad.

–Habla de sí mismo en tercera persona, pero es él. –En esa cinta estaba grabada la voz del monstruo. Sus palabras eran inequívocas, al menos en lo referente al rencor que las inspiraba.

«... Y todos acudieron adonde estaba clavado su cuchillo...»

Mientras Clemente lo observaba en silencio, el penitenciario empezó a analizar el mensaje.

–«Una vez» –repitió Marcus–. Falta la primera parte de la frase: ¿una vez qué? ¿Y por qué habla en pasado de lo que va a ocurrir en el futuro?

Aparte de las proclamas y las amenazas, que formaban parte del repertorio de los asesinos exhibicionistas, otros pasajes habían llamado su atención.

–«Los hijos murieron» –repitió en voz baja. La elección de la palabra «hijos» era meditada. Significaba que el objetivo también eran los padres de los dos chicos de Ostia. El asesino había atacado a la sangre de su sangre e, inevitablemente, los había matado a ellos también. Su odio había reverberado como la sacudida de un terremoto. El epicentro eran los dos jóvenes, pero desde ellos se propagaba una onda sísmica malvada que seguía hiriendo a quienes estaban a su alrededor –familiares, amigos, conocidos– hasta alcanzar a todas las madres y padres que no tenían ningún vínculo con los dos chicos pero que en esos momentos se interesaban con angustia y dolor por lo que había ocurrido en el pinar, pensando que podía pasarles a sus hijos.

–«Los falsos portadores del falso amor» –siguió diciendo el penitenciario, y recordó la prueba a la que el monstruo había sometido a Giorgio Montefiori, haciéndole creer que podía escoger entre su propia muerte y la de Diana. Giorgio había preferido vivir y aceptó acuchillar a la chica que confiaba en él y creía que la amaba.

–Deberíamos hacer llegar esta cinta a quienes llevan la investigación –afirmó al final Marcus, con convicción–. Es evidente que el asesino quiere que lo detengan, en otro caso no habría anunciado lo que estaba a punto de hacer. Y si el confesionario se usaba en el pasado para comunicarse con la policía, entonces el mensaje está dirigido a ellos.

–No –dijo enseguida Clemente–. Tendrás que actuar solo.

–¿Por qué?

–Se ha decidido así.

Otra vez, un misterioso nivel superior fijaba las reglas basándose en un principio imponderable y aparentemente incomprensible.

–¿Qué es el niño de sal?

–La única pista que tienes.

9

Cuando regresó a casa esa noche, despertó a Max con un beso y luego hicieron el amor.

Fue extraño. Ese acto debería haberle servido para liberarse de algo, para borrar el malestar que había anidado en el fondo de su vientre. La fatiga del sexo le había lavado el alma, pero no hizo desaparecer la imagen del penitenciario.

Porque mientras hacía el amor con Max había pensado en él.

Marcus representaba todo el dolor que había dejado atrás. Reencontrarlo debería haber hecho aflorar antiguos traumas, como una ciénaga que con el tiempo devuelve todo lo que se ha tragado. Y, en efecto, en la vida de Sandra habían vuelto a aparecer viejos muebles llenos de recuerdos, casas en las que había vivido, ropa que había dejado. Y una extraña nostalgia. Pero, para su sorpresa, vio que no se debía a su marido muerto.

Marcus era el responsable.

Cuando Sandra se despertó, hacia las siete, se quedó en la cama reflexionando sobre esos pensamientos. Max ya se había levantado y esperó a que hubiera salido para ir a la escuela antes de hacerlo ella. No quería enfrentarse a sus preguntas, temía que pudiera percibir algo y le pidiera explicaciones.

Se metió debajo de la ducha, pero antes encendió la radio para oír las noticias.

El chorro de agua caliente resbalaba por su nuca, mientras ella se dejaba acariciar con los ojos cerrados. El locutor estaba haciendo un resumen de la jornada política.

Sandra no lo escuchaba. Intentó visualizar lo que había ocurrido esa noche. Haber visto actuar al penitenciario le había producido una especie de conmoción. La manera en que recorrió el laberinto de la mente del asesino le hizo tener la sensación de encontrarse delante del verdadero monstruo. Una parte de ella estaba admirada, la otra, horrorizada.

«Busca la anomalía, agente Vega, no te detengas en los detalles.» Es lo que le dijo. «El mal es esa anomalía que está delante de los ojos de todo el mundo pero que nadie consigue ver.»

Y ella, ¿qué había conseguido ver esa noche? A un hombre que deambulaba por el pinar como una sombra a la luz de la luna. Y que se agachaba a excavar un agujero.

«No ha enterrado nada. Lo ha desenterrado», había afirmado Marcus.

¿Qué había desenterrado?

El desconocido hizo la señal de la cruz. Pero al revés, de derecha a izquierda, de abajo a arriba.

¿Qué significaba?

En ese momento, el locutor de la radio pasó a narrar los sucesos. Sandra cerró el grifo para prestar atención y permaneció en la cabina de la ducha, con una mano apoyada en la pared de azulejos, goteando.

La noticia principal era la agresión a los dos chicos. El tono era de preocupación y se recomendaba a las parejas que evitaran apartarse a zonas aisladas. La policía iba a aumentar el número de hombres y medios para garantizar la seguridad de los ciudadanos. Para desanimar al asesino, las autoridades anunciaron rondas nocturnas en las áreas de las afueras, del campo y del cinturón. Pero Sandra sabía que todo era propaganda: se trataba de un territorio vastísimo, imposible de cubrir por completo.

Cuando terminó de explicar cómo estaban reaccionando las fuerzas del orden ante la emergencia, el locutor pasó a dar un boletín sobre el estado de salud de la víctima que había sobrevivido.

Diana Delgaudio también había superado las dificultades de la intervención quirúrgica. Ahora se encontraba en un estado de coma, pero los médicos se reservaban el pronóstico. Básicamente, no eran capaces de decir cuándo y, sobre todo, si iba a despertar.

Sandra miraba hacia abajo, era como si las palabras que salían de la radio confluyeran con los regueros de agua en el desagüe de la ducha. Pensaba en la muchacha, había hecho propio su estado. Si Diana se quedaba en esas condiciones, ¿qué vida le esperaba? El colmo era que tal vez no pudiera ni siquiera dar indicaciones útiles para capturar al que la había dejado así. Y Sandra llegó a la conclusión de que el monstruo había conseguido su objetivo de todos modos, porque se puede matar a una persona incluso dejándola con vida.

Por tanto Diana no, pero el asesino sí había tenido suerte.

Si Sandra examinaba los acontecimientos de las dos últimas noches, había demasiadas cosas que no encajaban. La agresión a los dos chicos y luego la excursión del desconocido a la luz de la luna. ¿Y si el monstruo hubiera dejado algo a propósito en el escenario del crimen? ¿Y si lo hubiera enterrado para que alguien fuera a desenterrarlo? No sabía qué sentido tenía llevar a cabo esa artimaña, pero la primera de las dos preguntas tenía sentido.

«Fuera lo que fuese, no lo enterró él», se dijo. Había sido alguien que lo había hecho después. Había escondido un objeto para recuperarlo tranquilamente tiempo después. Alguien que quería que nadie descubriera lo que había encontrado.

¿Quién?

Mientras lo perseguía por el pinar, por un instante había tenido una sensación de familiaridad. No había podido discernir a qué se debía, pero había sido algo más que una simple percepción.

Entonces Sandra se dio cuenta de que tenía frío, igual que la noche anterior en presencia de Marcus. Pero no era a causa de llevar más de cinco minutos empapada en la ducha y con el grifo cerrado. No, ese frío procedía de su interior. Lo que lo causaba era una intuición. Una intuición peligrosa que podía tener consecuencias muy graves.

–El mal es esa anomalía que está delante de los ojos de todo el mundo pero que nadie consigue ver –repitió en voz baja.

La chica todavía con vida era la anomalía.

La reunión del SCO estaba fijada para las once. Tenía tiempo. Por el momento, no pensaba informar a nadie de su iniciativa, dando por hecho que tampoco habría sabido justificar esa idea.

El Departamento de Medicina Legal estaba situado en un edificio de cuatro plantas de los años cincuenta. La fachada era anónima, caracterizada por ventanas de perfil alargado. Se accedía a él a través de una escalera con una rampa al lado que permitía que los vehículos aparcaran delante de la entrada. Los furgones mortuorios utilizaban un acceso más discreto, en la parte de atrás. Desde allí se llegaba enseguida al subterráneo, donde estaban las cámaras frigoríficas y las salas de autopsias.

Sandra decidió entrar por la puerta principal y se dirigió al viejo ascensor. Sólo había estado allí un par de veces, pero sabía que los médicos ocupaban el último piso.

En los pasillos olía a desinfectante, y a formol. A diferencia de lo que podía pensarse, había un ir y venir de gente y el ambiente era como el de cualquier otro lugar de trabajo. Aunque el tema del que se ocupaban era la muerte, nadie parecía darle demasiada importancia. En los años que llevaba en la policía, Sandra había conocido a varios médicos forenses. Todos tenían un marcado sentido del humor y estaban dotados de un cinismo positivo. Excepto uno.

El despacho del doctor Astolfi era el del final a la derecha.

Mientras se acercaba, la policía reparó en que la puerta estaba abierta. Se detuvo en el vano y vio al forense sentado a su mesa, llevaba una bata blanca y estaba concentrado escribiendo algo. Junto a él tenía el acostumbrado paquete de tabaco y sobre éste, un encendedor.

Dio unos golpecitos en el marco y esperó. Astolfi dejó pasar unos segundos antes de levantar la mirada de los papeles. La vio y al instante pareció preguntarse por qué había una policía de uniforme en el umbral.

–Pase.

–Buenos días, doctor. Soy la agente Vega, ¿se acuerda?

–Sí, me acuerdo. –Era arisco como siempre–. ¿Qué pasa?

Sandra entró. Tras una rápida mirada intuyó que el hombre ocupaba ese despacho desde hacía al menos treinta años. Tenía estanterías de libros con el lomo amarillento y un sofá de piel que había visto tiempos mejores. Las paredes necesitaban una mano de pintura y había certificados y diplomas descoloridos. En todas partes imperaba un olor a nicotina rancia.

–¿Puede dedicarme unos minutos? Necesito hablar con usted.

Sin dejar el bolígrafo, Astolfi le hizo un gesto para que se sentara.

–Con tal de que sea algo breve, tengo prisa.

Sandra tomó asiento delante del escritorio.

–Quería decirle que siento que ayer toda la culpa recayera sobre usted.

El médico la escudriñó de soslayo.

–¿Qué quiere decir? ¿Usted qué tiene que ver?

–Bueno, podría haberme dado cuenta antes de que Diana Delgaudio estaba viva. Si no hubiera evitado mirarla a los ojos...

–No se dio cuenta usted, y tampoco se dieron cuenta sus compañeros de la Científica que intervinieron inmediatamente después. La culpa es sólo mía.

–La verdad es que he venido porque me gustaría ofrecerle la posibilidad de redimirse.

En la cara de Astolfi apareció una mueca de incredulidad.

–Me han quitado el caso, ya no me ocupo yo.

–Creo que ha ocurrido algo grave –lo apremió.

–¿Por qué no habla de ello con sus superiores?

–Porque todavía no estoy segura.

Astolfi parecía molesto.

–Así pues yo debería proporcionarle esa certeza.

–Puede ser.

–De acuerdo, ¿de qué se trata?

Sandra estaba satisfecha porque todavía no la había echado a la calle.

–Mientras repasaba las fotos que saqué en el pinar, me di cuenta de que había pasado por alto un detalle cuando las hice –mintió.

–Puede ocurrir –la confortó el forense, pero sólo para acelerar su explicación.

–Hasta más tarde no descubrí que en el suelo, junto al coche de los chicos, había un sitio en que la tierra había sido removida.

Astolfi esta vez no dijo nada, pero dejó el bolígrafo en la mesa.

–Mi hipótesis es que el asesino podría haber enterrado algo allí.

–Es un poco aventurado, ¿no le parece?

Bien, se dijo la policía: el médico no le había preguntado por qué motivo se lo estaba contando precisamente a él.

–Sí, pero después fui a comprobarlo.

–¿Y bien?

Sandra lo miró.

–No había nada.

Astolfi no apartó enseguida los ojos, ni le preguntó cuándo había hecho esa comprobación.

–Agente Vega, no tengo tiempo para charlas.

–¿Y si hubiera sido uno de los nuestros? –Sandra pronunció la frase de un tirón, sabiendo que significaba un punto sin retorno. Era una acusación grave, si se equivocaba podía acarrearle serias consecuencias–. Uno de los nuestros coge una prueba de la escena del crimen. Como no puede arriesgarse a llevársela, la esconde bajo tierra para volver y cogerla en otro momento.

Astolfi parecía horrorizado.

–Me está hablando de un cómplice, agente Vega. ¿Lo he entendido bien?

–Sí, doctor. –Intentó parecer firme en sus convicciones todo lo posible.

–¿Un agente de la Científica? ¿Un policía? O tal vez incluso yo. –Estaba fuera de sí–. ¿Sabe que esto podría terminar con una acusación gravísima contra usted?

–Disculpe, pero usted no acaba de ver el sentido de todo esto: yo también estaba en el escenario del crimen, de modo que podría estar implicada al igual que los demás. Es más, la laguna de mi informe me hace saltar al primer puesto de la lista de sospechosos.

–Le aconsejo que se olvide de esta historia, y lo digo por su bien. No tiene pruebas.

–Y usted tiene una impecable hoja de servicios –rebatió Sandra–. Lo he comprobado. ¿Cuántos años lleva haciendo este trabajo? –No lo dejó contestar–. ¿De veras no se dio cuenta de que la chica todavía estaba viva? ¿Cómo es posible que cometiera un error como ése?

–Se ha vuelto loca, agente Vega.

–Si el escenario del crimen fue realmente alterado, entonces el hecho de que nadie comprobara que Diana Delgaudio todavía estaba viva habría que mirarlo desde otra perspectiva. No se trata de un simple descuido, sino de un acto deliberado para favorecer al asesino.

Astolfi se puso de pie, apuntándola con un dedo.

–Sólo son conjeturas. Si usted tuviera pruebas, no estaría aquí hablando conmigo, sino que habría ido directamente a ver al vicequestore Moro.

Sandra no dijo una palabra. En vez de eso, lentamente, se hizo la señal de la cruz, pero al revés, de derecha a izquierda, de abajo a arriba.

Por la expresión de Astolfi, la policía intuyó que era justamente él el hombre del bosque de la noche anterior. Y el médico dedujo que ella lo había notado.

Sandra movió deliberadamente la mano hacia la cintura en la que llevaba la funda con la pistola.

–Fue usted quien mató a los chicos. Luego volvió al pinar vestido de forense, descubrió que Diana todavía estaba viva y decidió dejarla morir. Mientras tanto, limpió la escena del crimen de las pruebas que hubieran podido incriminarlo. Las escondió y fue a recogerlas más tarde, cuando ya no había nadie.

–No –rebatió el otro, calmado pero con decisión–. Me llamaron para hacer mi trabajo, hay una orden de servicio: yo no pude hacer nada premeditadamente.

–Un golpe de suerte –replicó Sandra, a pesar de que ella no creía en las coincidencias–. O tal vez sea cierto: no fue usted quien los atacó, pero sabe quién lo hizo, y lo está encubriendo.

Astolfi se dejó caer en la silla.

–Es mi palabra contra la suya. Pero si usted cuenta esta historia por ahí, me hundirá.

Sandra calló.

–Necesito fumar. –Sin esperar su consentimiento, cogió el paquete de cigarrillos y encendió uno.

Permanecieron en silencio, mirándose, como dos extraños en una sala de espera. El médico tenía razón: Sandra no tenía ninguna prueba para demostrar sus acusaciones. No tenía el poder de arrestarlo, ni de obligarlo a seguirla a la comisaría más cercana. Pero, a pesar de ello, él no le decía que se fuera.

Era evidente que Astolfi estaba buscando una salida, y no sólo porque se arriesgaba a ver hundida su carrera. Sandra estaba convencida de que, si investigaban un poco al forense, saldría a la luz algún hecho comprometedor. Tal vez incluso la prueba que había cogido del lugar del crimen, aunque estaba segura de que ya se habría desembarazado de ella. ¿O quizá no?

Astolfi apagó el cigarrillo en un cenicero y se puso de pie manteniendo los ojos clavados en la policía. Se dirigió hacia una puerta cerrada que probablemente daba a su baño personal. La mirada del médico era un desafío.

Sandra no tenía ningún poder para impedírselo.

Cerró la puerta a su espalda y giró la llave. Mierda, se dijo ella, levantándose para ir a escuchar qué estaba haciendo.

Al otro lado hubo un largo silencio, interrumpido por el repentino ruido de la cisterna.

«He sido una estúpida, tenía que haberlo previsto», pensó, encolerizándose consigo misma. Mientras esperaba a que Astolfi saliera del baño, le pareció oír unos gritos. Se preguntó si sólo se lo había imaginado.

No procedían del departamento, venían de fuera.

Se dirigió a la ventana. Advirtió que algunas personas corrían hacia el edificio. La abrió y se asomó.

Cuatro plantas por debajo de ella, en el asfalto, yacía el cuerpo del médico forense.

Sandra tuvo un momento de aturdimiento, luego se volvió de nuevo hacia la puerta del baño.

Tenía que hacer algo.

Inmediatamente intentó forzar la hoja con el hombro. Un golpe, dos. Al final la cerradura cedió. Se vio proyectada al interior. La embistió la corriente que procedía de la ventana abierta de par en par desde la que se había lanzado el forense. La ignoró, abalanzándose a gatas hacia el váter. Sin vacilar, metió el brazo en el agua transparente, esperando que lo que hubiera tirado Astolfi no hubiera ido a parar completamente al fondo. Empujó la mano tan abajo como pudo y sus dedos rozaron algo, luego lo agarró, después volvió a perderlo. Al final consiguió inmovilizarlo. Intentó arrastrarlo hacia arriba, para sacarlo, pero antes de que pudiera conseguirlo, el objeto se le escapó.

–Mierda –imprecó.

Aunque enseguida se dio cuenta de que las yemas de sus dedos habían memorizado la forma por un instante: era algo redondo con unas protuberancias pegadas, y áspero. La imagen que le vino inmediatamente a la cabeza fue la de un feto. Pero luego lo pensó mejor.

Se trataba de una especie de muñeca.

10

SX era el nombre del local.

No tenía rótulo, sólo una placa negra con las dos letras doradas al lado de la puerta. Para entrar, había que llamar a un interfono.

Marcus pulsó el botón y esperó. No había sido el instinto lo que lo había llevado allí, sino una simple constatación: si el monstruo había escogido el confesionario de San Apolinar para comunicarse, es que conocía bastante bien el ambiente criminal. Si realmente era así, el penitenciario estaba en el lugar adecuado.

Después de un par de minutos, una voz femenina respondió. Un lacónico «¿Sí?» detrás del cual atronaba una música heavy metal a un volumen altísimo.

–Cosmo Barditi –dijo sólo.

La mujer hizo tiempo.

–¿Tienes una cita?

–No.

La voz desapareció, como tragada por el ruido. Transcurrieron unos segundos, después la cerradura se abrió automáticamente.

Marcus empujó la puerta y se encontró en un pasillo con paredes de cemento. La única luz procedía de un neón que emitía pequeñas descargas, como si estuviese a punto de fundirse de un momento a otro.

Al final del pasadizo había una puerta roja.

El penitenciario se encaminó hacia ella. Se oía, amortiguada, la palpitación de los graves de la canción. A medida que avanzaba, la música subía. La puerta se abrió antes de que llegara al umbral, liberando esos terribles sonidos, que lo acogieron festivos como demonios salidos del infierno.

Apareció la mujer que presumiblemente le había hablado poco antes por el interfono. Llevaba unos tacones de aguja vertiginosos, una falda de piel cortísima y un top de color plateado con un marcado escote. Lucía una polilla tatuada en el pecho izquierdo, el pelo era rubio platino e iba maquillada de manera excesiva. Mientras lo esperaba, mascaba chicle y tenía un brazo apoyado en el marco de la puerta. Lo miró de la cabeza a los pies, no dijo ni una palabra, seguidamente le dio la espalda y se puso a andar con el claro propósito de que la siguiera.

Marcus entró en el local. SX venía de «Sex», pero sin la «e». De hecho, resultaba evidente la clase de sitio que era. El estilo era claramente sadomasoquista.

La amplia sala tenía el techo bajo. Las paredes eran de color negro. En el centro, había una plataforma circular de la que se erguían tres barras de baile erótico. En torno, sofás de piel roja y mesitas del mismo color. Las luces eran tenues y en algunas pantallas iban pasando imágenes pornográficas de torturas y castigos corporales.

En el escenario, una chica en toples se exhibía desganadamente en una especie de número con una sierra mecánica siguiendo las notas de la canción heavy metal. El cantante repetía obsesivamente: «*Heaven is for those who kill gently*».

Mientras iba detrás de la mujer del pelo rubio platino, Marcus contó apenas seis clientes en la sala. Todos hombres. No exhibían calaveras ni tachuelas y ni siquiera parecían violentos como cabía esperar. Sólo eran tipos anónimos de diversas edades, con ropa de oficinista y aspecto vagamente aburrido. En una esquina, un séptimo cliente se masturbaba en la penumbra.

–¡Eh, vuelve a guardar esa cosa! –lo reprendió su guía.

El hombre la ignoró. Ella sacudió la cabeza contrariada, pero no hizo nada. Después de cruzar toda la sala, enfilaron un estrecho pasillo al que daban los reservados. Había unos servicios para hombres y, después, una puerta con el cartel «Prohibido el paso».

La mujer se detuvo y miró a Marcus.

–Aquí nadie lo llama por su verdadero nombre. Por eso Cosmo ha decidido verte.

Llamó y le hizo un gesto para que entrara. Marcus la vio alejarse, seguidamente abrió la puerta.

Había pósteres de películas *hardcore* de los años setenta, una barra de bar, unos armarios con un equipo de música y adornos diversos. La habitación estaba iluminada sólo por una lámpara de mesa que creaba como una burbuja de luz alrededor de un escritorio negro muy ordenado.

Cosmo Barditi estaba sentado detrás.

Marcus cerró la puerta y la música a su espalda, pero permaneció por un momento en el límite de la penumbra para observarlo mejor.

Llevaba unas gafas de lectura en la punta de la nariz que desentonaban con el pelo rapado al cero y la camisa vaquera con las mangas remangadas. El penitenciario localizó enseguida las cruces y las calaveras tatuadas en los antebrazos. Y también la esvástica en el cuello.

–Bueno, ¿y tú quién coño eres? –dijo el hombre.

Marcus se movió un paso hacia delante, para que pudiera verle bien la cara.

Cosmo se quedó perplejo durante un largo instante, intentando situar ese rostro en su memoria.

–Eres tú –dijo al fin.

El prisionero de la sauna lo había reconocido.

El penitenciario todavía recordaba la prueba a la que Clemente lo había sometido, cuando lo envió a casa de los dos padres rotos de dolor por la muerte de su hija llevando sólo una llave.

El mal es la regla. El bien, la excepción.

–Creía que después de liberarte habrías cambiado de vida.

El hombre sonrió.

–No sé si lo sabes, pero no te dan un trabajo fijo con un pasado como el mío.

Marcus señaló a su alrededor.

–¿Y por qué precisamente esto?

–Es un trabajo, ¿no? Todas mis chicas están limpias, nada de drogas y no practican sexo con los clientes: aquí sólo se mira. –Entonces se puso serio–. Ahora tengo una mujer que me quiere. Y también una niña de dos años. –Quería demostrarle que se lo había ganado.

–Bien por ti, Cosmo. Bien por ti –silabeó Marcus.

–¿Has venido a cobrar la deuda?

–No, a pedirte un favor.

–Yo ni siquiera sé quién eres ni qué hacías allí ese día.

–No tiene importancia.

Cosmo Barditi se rascó la nuca.

–¿Qué tengo que hacer?

Marcus avanzó un paso hacia el escritorio.

–Estoy buscando a un hombre.

–¿Lo conozco o debería conocerlo?

–No lo sé, aunque no lo creo. Pero podrías ayudarme a encontrarlo.

–¿Por qué precisamente yo?

¿Cuántas veces se había hecho Marcus la misma pregunta a sí mismo o a Clemente? La respuesta era siempre la misma: el destino o, para quien creía en ella, la Providencia.

–Porque el hombre al que busco tiene unos gustos particulares en materia de sexo, y pienso que en el pasado debe de haber experimentado sus fantasías en sitios como éste.

Marcus sabía que siempre hay un estadio de incubación antes de la violencia. El asesino todavía no es consciente de querer matar. Alimenta a la bestia que lleva dentro con experiencias de sexo extremo y, mientras tanto, se va acercando gradualmente a la parte más recóndita de sí mismo.

Barditi parecía interesado.

–Háblame de él.

–Le gustan los cuchillos y las pistolas, es probable que tenga problemas de naturaleza sexual: las armas son el único modo que tiene de sentirse satisfecho. Le gusta mirar a los demás mientras practican sexo: parejas, pero puede que también haya estado en locales de intercambio. Le gusta hacer fotos: creo que guarda las imágenes de todos los encuentros que ha tenido durante estos años.

Cosmo tomaba nota como un escolar aplicado. Seguidamente levantó los ojos del papel en el que estaba escribiendo:

–¿Hay algo más?

–Sí, lo más importante: se siente inferior a los demás y eso lo enoja. Para demostrar que es mejor que ellos, los pone a prueba.

–¿De qué modo?

Marcus recordó al chico que había tenido que apuñalar a la mujer que amaba creyendo que así salvaba la vida.

«Los falsos portadores del falso amor.»

Así los había definido el monstruo en el mensaje de San Apolinar.

–Es una especie de juego sin recompensa, sólo sirve para humillar.

Cosmo se quedó pensando en ello un momento.

–¿Por casualidad tiene algo que ver con lo que ocurrió en Ostia?

El penitenciario no contestó.

Cosmo estalló en una breve carcajada.

–Aquí dentro la violencia es sólo espectáculo, amigo mío. Esos que has visto ahí vienen a mi local porque se creen unos transgresores, pero en el mundo real valen menos que nada y no serían capaces de hacer daño a una mosca. Eso que dices son palabras mayores, para nada obra de uno de mis desgraciados.

–Entonces, ¿dónde debería buscar?

Cosmo apartó la mirada por un momento, ponderando bien la situación y, sobre todo, si le convenía confiar en él.

–Ya no estoy en esa onda, pero he oído hablar de algo... Hay un grupo de personas que, cuando se produce un delito de sangre en Roma, se reúnen para celebrar el acontecimiento. Dicen que cada vez que se sacrifica la vida de un inocente se liberan energías negativas. En esas fiestecitas conmemoran lo ocurrido, aunque sólo es una excusa para consumir drogas y tener sexo.

–¿Quiénes asisten?

–Individuos con serios problemas mentales, según mi opinión. Pero también gente de dinero. No te imaginas cuántos gilipollas creen en esas cosas. Es siempre desde el anonimato, sólo se puede acceder bajo determinadas condiciones –se toman en serio la privacidad. Esta noche se celebra una que tiene como tema lo ocurrido en Ostia.

–¿Puedes hacerme entrar?

–Siempre eligen sitios distintos para encontrarse. No es tan fácil enterarse. –La indecisión de Cosmo era evidente: no quería inmiscuirse en ese asunto, quizá pensaba en la seguridad de su mujer y su hija que lo esperaban en casa–. Tendré que volver a contactar con mi antiguo ambiente –afirmó muy a su pesar.

–Estoy seguro de que no representará ningún problema.

–Haré algunas llamadas –prometió Cosmo–. En sitios como ése no se entra si no estás invitado. Pero tendrás que estar muy atento, esa gente es peligrosa.

–Tomaré mis precauciones.

–¿Y si no consigo ayudarte?

–¿Cuántos muertos quieres sobre tu conciencia?

–De acuerdo, lo he entendido: haré lo posible.

Marcus se acercó a la mesa, cogió el bolígrafo y la hoja en la que Cosmo estaba tomando apuntes un rato antes y se puso a escribir.

–En cuanto descubras cómo puedo entrar en la fiesta, llámame al número de este buzón de voz.

Cuando le devolvió el trozo de papel, Cosmo vio que además del teléfono había escrito algo más.

¿Qué es «el niño de sal»?

–Si por casualidad pudieras darme alguna indicación cuando llames, te estaría muy agradecido.

El hombre asintió, pensativo. Marcus había terminado, podía marcharse. Pero, justo cuando estaba a punto de salir, Barditi le hizo una pregunta.

–¿Por qué me liberaste aquel día?

El penitenciario respondió sin volverse.

–No lo sé.

11

Battista Erriaga, a sus sesenta años, se consideraba un hombre prudente.

Pero no siempre había sido así. Cuando era sólo un muchacho, en Filipinas, no sabía lo que era la prudencia. Es más, había desafiado varias veces a la suerte –y a la muerte– a causa de su pésimo carácter. Bien mirado, el único beneficio que obtenía de su comportamiento bravucón tenía que ver con el orgullo.

Ni dinero, ni poder, ni mucho menos respeto.

Pero precisamente el orgullo iba a ser la causa de una gran desgracia. Ese suceso le marcaría para el resto de su vida, aunque Battista todavía no podía saberlo.

En aquel tiempo tenía sólo dieciséis años y se cardaba el pelo para parecer más alto. Adoraba su cabellera oscura, era su orgullo. Se lavaba la cabeza cada noche y luego se la friccionaba con aceite de palma. Tenía un peine de marfil que había robado en un tenderete. Lo llevaba en el bolsillo trasero del pantalón y, de vez en cuando, lo sacaba para arreglarse el denso tupé de la frente.

Caminaba bien erguido por las calles de su pueblo, con los vaqueros ajustados que su madre le había cosido usando la tela de una tienda de campaña, las botas de piel compradas a un zapatero por poco dinero, porque en realidad eran de cartón prensado y teñido con betún, y una camisa verde con el cuello de punta, perfectamente planchada y siempre inmaculada.

En el pueblo todos lo conocían como «Battista el figurín». Él estaba encantado con ese mote, hasta que descubrió que, en realidad, lo ridiculizaban, y en secreto lo llamaban «el hijo del mono amaestrado» porque su padre, un alcohólico, estaba dispuesto a hacer cualquier cosa a cambio de una copa y a menudo se exhibía para divertir a los parroquianos de la taberna, humillándose en grotescos espectáculos sólo para que lo invitaran a beber.

Battista odiaba a su padre. Odiaba la manera en que siempre había vivido, partiéndose la espalda trabajando en las plantaciones y luego mendigando para mantener sus vicios. Sólo lograba hacerse el duro con su mujer, cuando volvía borracho por la noche y repetía en ella todas las vejaciones que había sufrido de los demás. La madre de Battista podría haberse defendido y vencerlo fácilmente, total él no se tenía en pie. En cambio, se sometía pasivamente a los golpes únicamente por no añadir más humillación a la humillación. Seguía siendo su hombre, y ésa era su manera de amarlo y protegerlo. Por eso Battista también la odiaba a ella.

Por culpa del apellido español, los Erriaga formaban parte de una casta inferior en el pueblo. Fue el bisabuelo de Battista quien eligió llamarse así, en el lejano 1849, bajo el mandato del gobernador general Narciso Clavería. Los filipinos no hacían uso de los apellidos y Clavería los obligó a escoger uno. Muchos tomaron prestados los de los colonizadores para asegurarse su benevolencia, sin saber que así quedaban marcados ellos y las generaciones futuras: fueron despreciados por los españoles que no toleraban que los equipararan a ellos y odiados por el resto de filipinos por haber traicionado sus orígenes.

Además, Battista también tenía que cargar con el peso de ese nombre de pila, elegido por su madre para remarcar su fe católica.

Sólo a una persona parecía no importarle nada todo eso. Se llamaba Min y era el mejor amigo de Battista Erriaga. Era grande y gordo, un gigante. Infundía miedo a quien lo veía por primera vez, pero en realidad era incapaz de hacer daño a nadie. No es que fuera estúpido, pero sí muy ingenuo. Era muy trabajador y soñaba con convertirse en cura.

Battista y Min pasaban mucho tiempo juntos, les separaba una notable diferencia de edad porque su amigo tenía más de treinta años, pero a ellos no les importaba. Es más, podía decirse que Min había ocupado el lugar de su padre en la vida de Battista. Lo protegía y le daba valiosos consejos. Por eso Battista no le dijo nada sobre lo que estaba planeando.

De hecho, la semana del suceso que iba a cambiar su vida, el joven Erriaga había conseguido ser admitido en una banda: Los soldados del diablo. Hacía meses que los pretendía. Tenían más o menos su edad. El mayor, que era el gran jefe, tenía diecinueve años.

Para entrar, Battista tuvo que pasar algunas pruebas: disparar a un cerdo, atravesar una hoguera de neumáticos, robar en una casa. Las había superado todas de manera imponente y se había ganado una pulsera de cuero que era la insignia de la banda. Gracias a ese símbolo de reconocimiento, los miembros tenían derecho a una serie de privilegios, como beber gratis en los bares, ir con prostitutas sin pagar y hacerse ceder el paso por cualquiera que se encontraran por la calle. En realidad, nadie les había otorgado esos derechos, eran sólo fruto de su prepotencia.

Battista formaba parte del grupo desde hacía pocos días y se sentía a gusto. Por fin había rehabilitado su nombre de la cobardía de su padre. Ya nadie iba a atreverse a faltarle al respeto, nadie volvería a llamarlo «el hijo del mono amaestrado».

Hasta que una noche, mientras estaba con sus nuevos compañeros, se encontró a Min.

Al verlo con los de la banda, con esa actitud fanfarrona y esa ridícula pulsera de cuero, su amigo empezó a burlarse de él. Incluso lo llamó «mono amaestrado», como su padre.

Las intenciones de Min eran buenas, Battista sabía que en el fondo él sólo quería que entendiera que estaba cometiendo un error. Pero su actitud y la manera en que lo trató no le dejaron otra opción. Empezó a empujarlo con fuerza y a golpearlo, porque tenía la absoluta certeza de que Min no iba a reaccionar. Pero el otro encima se rio más fuerte.

Battista nunca sabría explicar exactamente lo que sucedió, dónde encontró el palo, cuándo le asestó el primer golpe. No recordaba nada de aquellos momentos. Después fue como si se hubiera despertado de una especie de sueño: estaba sudado y manchado de sangre, sus colegas se habían esfumado en la nada dejándolo solo y el cadáver de su mejor amigo tenía la cabeza partida y sonreía.

Battista Erriaga se pasó los quince años siguientes en la cárcel. Su madre enfermó gravemente y en el pueblo donde había nacido y crecido ya no era digno ni de tener un mote que lo escarneciera.

A pesar de todo, la muerte de Min, el gigante que deseaba convertirse en cura, acabó convirtiéndose en un hecho positivo.

Muchos años después de ese día, Battista Erriaga se acordaba de aquel suceso en el avión que lo llevaba de Manila a Roma.

Cuando se enteró de lo que había ocurrido en el pinar de Ostia, se subió en el primer vuelo disponible. Viajó en clase turista, vestido con ropa anónima y una gorra con visera para confundirse con los compatriotas que se dirigían a Italia para trabajar en el servicio doméstico o como mano de obra. No habló con nadie durante todo el trayecto por miedo a que alguien pudiera reconocerlo. Pero tuvo tiempo de reflexionar.

Una vez en la ciudad, cogió una habitación en un modesto hotel turístico del centro.

Ahora estaba sentado sobre una colcha raída, mirando las noticias en la televisión para ponerse al día sobre el que ya todo el mundo había bautizado como «el monstruo de Roma».

«Ha sucedido de verdad», se dijo. Ese pensamiento lo estaba torturando. Pero tal vez todavía había una manera de remediarlo.

Erriaga quitó la voz del televisor y se dirigió a la mesilla en la que había dejado su tableta. Pulsó una tecla en la pantalla y empezó a oírse una grabación.

«... una vez... Ocurrió de noche... Y todos acudieron adonde estaba clavado su cuchillo... había llegado su momento... los hijos murieron... los falsos portadores del falso amor... y él fue despiadado con ellos... del niño de sal... si nadie lo detiene, no se detendrá.»

Unas pocas frases del oscuro mensaje dejado en un confesionario de San Apolinar, en otros tiempos utilizado por los criminales para comunicarse con la policía.

Erriaga se volvió de nuevo hacia la pantalla muda del televisor. «El monstruo de Roma», repitió para sí mismo. Pobres tontos, porque no sabían qué peligro se cernía realmente sobre ellos.

Apagó el aparato con el mando a distancia. Tenía un trabajo que hacer, pero debía ser prudente.

Nadie podía saber que Battista Erriaga se encontraba en Roma.

12

–¿Una muñeca?

–Sí, señor.

El vicequestore Moro quería estar seguro de haberlo entendido bien. Sandra estaba bastante convencida, pero con el paso del tiempo había empezado a cuestionar su percepción.

Después de tener noticia del suicidio del médico forense y, sobre todo, de que ese gesto desesperado era el resultado de haberse visto descubierto sustrayendo una prueba del escenario del crimen, Moro activó los protocolos de confidencialidad, asumiendo él personalmente y el SCO toda la gestión de la investigación.

Desde entonces y en adelante, nada de lo que estaba relacionado con el caso podía ser tocado o tirado, aunque se tratara de unos apuntes tomados casualmente en un papelito. Había sido dispuesta una sala de operaciones con ordenadores conectados entre ellos y dependientes de un servidor distinto de los de la comisaría. Para impedir la fuga de noticias, las llamadas telefónicas de salida y de entrada iban a ser grabadas. Si bien no era posible controlar las líneas móviles o privadas, quienes trabajaban en la investigación tendrían que firmar un documento en el que se comprometían a no divulgar información, so pena de ser despedidos o acusados del delito de complicidad.

El miedo principal del vicequestore, sin embargo, era que se destruyeran más posibles pruebas.

Por lo que Sandra sabía, mientras ellos estaban reunidos en la nueva sala de operaciones, técnicos especializados, con la cooperación de la Científica, estaban inspeccionando los desagües del Departamento de Medicina Legal. La policía ni siquiera se atrevía a imaginar en qué condiciones tendrían que trabajar esos hombres, pero las instalaciones del edificio eran viejas y cabía la esperanza real de que la muñeca que le había parecido reconocer con el tacto en el baño de Astolfi estuviera todavía allí.

–De modo que usted, ayer por la noche, regresó al pinar para comprobar que había procedido correctamente a la hora de tomar las fotos.

–Así es –contestó Sandra, intentando ocultar su incomodidad.

–Y vio a un hombre desenterrando algo. Creyó que se trataba del doctor Astolfi, por eso esta mañana fue a hablar con él. –El policía del SCO estaba repitiendo la versión de los hechos que ella acababa de relatarle, pero parecía que sólo lo hacía para que la fotógrafa se diera cuenta de lo absurda que era.

–Pensé que antes de avisar a alguien tenía que ofrecer al forense la posibilidad de explicarse –añadió Sandra para parecer más creíble–. ¿He hecho mal?

Moro lo pensó un momento.

–No. Yo habría hecho lo mismo.

–Evidentemente, no podía prever que, al verse en apuros, decidiera suicidarse.

El vicequestore tamborileaba con un lápiz en el escritorio y no le quitaba los ojos de encima. Sandra se sentía presionada. Obviamente, había omitido hablar del penitenciario.

–Según usted, agente Vega, ¿Astolfi conocía al monstruo?

Además de las tuberías del Departamento de Medicina Legal, los hombres del SCO estaban hurgando en la vida del médico forense. El despacho y su casa estaban siendo sometidos a un minucioso registro. Controlaban todas las líneas telefónicas, los ordenadores, el correo electrónico. Se examinaban cuentas bancarias, gastos. Una reconstrucción hacia atrás en el tiempo que no dejaría nada por analizar: familia, conocidos, compañeros de trabajo, incluso los encuentros ocasionales. Moro estaba convencido de que saldría algo, ni que fuera un pequeñísimo elemento, para comprender el motivo que había empujado a Astolfi a quedarse con una prueba del escenario del crimen y a empeñarse en que Diana Delgaudio no sobreviviera. Aunque en ambas acciones el médico casi había fracasado. O tal vez fuera mejor decir que casi le habían salido bien. Pero, a pesar de los recursos y la tecnología desplegada, Moro necesitaba que lo alentaran con una opinión personal. Por eso había planteado esa pregunta a Sandra.

–Astolfi puso en peligro su reputación, su carrera, su libertad –dijo ella–. Nadie lo arriesga todo si no se ve empujado por una fuerte motivación. Por tanto, sí, creo que sabía quién lo hizo. Lo demuestra el hecho de que ha preferido morir antes que revelarlo.

–Una persona muy cercana, como un hijo, un pariente, un amigo. –Moro hizo una pausa–. Pero el doctor no tenía a nadie. Ni mujer, ni hijos, y era un tipo solitario.

Sandra intuyó que la profunda revisión a la que estaba siendo sometida la vida del médico forense no estaba aportando los frutos que el vicequestore esperaba.

–¿Cómo llegó Astolfi al escenario del crimen? ¿Se trató de una coincidencia o bien hay algo más detrás? Honestamente, señor, creo que es increíble que el forense conociera al asesino y se viera en la obligación de trabajar en el caso por pura casualidad.

–Los forenses tienen turnos de guardia que varían de una semana a otra. Astolfi no tenía poderes de clarividencia que le permitieran escoger ese turno en concreto. Es más, la otra mañana ni siquiera le tocaba a él, sólo lo llamaron porque era el mejor experto de Roma en crímenes violentos.

–En resumen, estaba predestinado.

–Ésa es la cuestión. –Moro dio voz a sus dudas–. A causa de su competencia en ese campo, era natural que lo llamáramos justamente a él. Y eso Astolfi lo sabía muy bien.

El vicequestore se levantó de su sitio y se dirigió hacia el otro lado de la sala.

–Sin duda tuvo un papel en el crimen. Encubrió a alguien. Puede que reconociera el *modus operandi* del asesino porque ya lo hubiera visto actuar en el pasado, por eso estamos revisando los viejos casos de los que se ocupó.

Sandra lo siguió.

–Señor, ¿ha tenido ocasión de considerar mi hipótesis sobre que el asesino le pintó los labios a Diana Delgaudio? Cada vez estoy más convencida de que, además, le hizo fotos. En otro caso, ¿para qué iba a tomarse la molestia?

Moro se detuvo junto a una de las mesas de trabajo. Se acercó a la pantalla del ordenador para comprobar algo y le contestó sin mirarla.

–El asunto del pintalabios... Lo he estado pensando, creo que tiene razón. Lo he hecho añadir a la lista. –Señaló la pared que había a su espalda.

Había un enorme plafón en el que se reproducían todos los indicios del caso, fruto de los informes de la Científica y de los médicos forenses. Estaban resumidos en un listado.

Objetos: mochila, cuerda de escalada, cuchillo de caza, revólver Ruger SP101.

Huellas del chico en la cuerda de escalada y en el cuchillo dejado en el esternón de la chica: le ordenó que atara a la chica y la matara si quería salvar su vida.

Mata al chico disparándole en la nuca.

Pinta los labios a la chica (¿para fotografiarla?).

En balística habían identificado el arma de fuego del asesino, una Ruger. Aunque lo que sorprendió a Sandra fue que Moro había comprendido que el monstruo hizo que Giorgio matara a Diana. La misma conclusión que el penitenciario. Pero mientras que el vicequestore había llegado a ese resultado con la ayuda de la ciencia y la tecnología, Marcus lo había intuido todo observando las fotos del escenario del crimen y el lugar donde se había consumado.

–Venga conmigo –dijo Moro interrumpiendo sus pensamientos–. Quiero mostrarle algo.

La condujo a una sala contigua. Era angosta, sin ventanas. La única iluminación procedía de una mesa de luz situada en el centro. La atención de Sandra se concentró enseguida en las paredes que la rodeaban, completamente tapizadas de las fotos del escenario del crimen. Panorámicas y detalles. A las fotos que ella había hecho se añadían las que habían tomado posteriormente sus compañeros de la Científica mientras hacían la inspección, con mediciones y exámenes de todo tipo.

–Me gusta venir a pensar aquí –dijo Moro.

Y a Sandra le volvió a la cabeza lo que le había dicho Marcus sobre el hecho de que se debía buscar al culpable en el lugar del delito.

«El asesino está todavía aquí, aunque no lo veamos. Tenemos que darle caza en este lugar, en ningún otro sitio», había dicho el penitenciario.

–Aquí es donde lo cogeremos, agente Vega, en esta habitación.

Sandra dejó de mirar un momento las fotos y se volvió hacia él. Hasta entonces no se había fijado en que sobre la mesa de luz se hallaban dos envoltorios de celofán transparente, parecidos a los de una lavandería. En su interior había ropa doblada. La policía la reconoció. Pertenecía a Diana Delgaudio y a Giorgio Montefiori. Era la que habían escogido para salir juntos y que yacía en desorden en el asiento posterior del coche en el que habían sido atacados.

Sandra la observó, notando una sensación de angustia y malestar. Porque era como si los chicos estuvieran sobre esa mesa, el uno junto al otro.

Elegantes como dos novios fantasmas.

No había hecho falta lavar esa ropa, no estaba manchada de sangre. Y no constituía objeto de prueba.

–Se la devolveremos a las familias –dijo de hecho Moro–. La madre de Giorgio Montefiori sigue viniendo aquí para que le entreguen los efectos personales de su hijo. No sé por qué lo hace. Parece algo inútil, aparentemente sin sentido. Pero cada uno tiene su manera de reaccionar ante el dolor. Especialmente los padres. A veces parece que les hace enloquecer. Y entonces sus peticiones se vuelven absurdas.

–He oído decir que Diana Delgaudio hace progresos, tal vez realmente pueda ayudarnos.

Moro sacudió la cabeza y sonrió amargamente.

–Si se refiere a las noticias que corren por la prensa, habría sido mejor que no hubiera sobrevivido a la intervención quirúrgica.

La policía no se esperaba esa respuesta.

–¿Qué quiere decir?

–Que quedará como un vegetal. –Moro se acercó, casi hasta echarle el aliento encima–. Cuando todo esto haya terminado y miremos al asesino a la cara, nos sentiremos todos unos estúpidos, agente Vega. Lo observaremos y nos daremos cuenta de que no es en absoluto como nos lo habíamos imaginado. Primero de todo, constataremos que no es un monstruo sino una persona normal, como nosotros. Mejor dicho, se nos parece bastante. Excavaremos en su pequeña vida de hombre común y no encontraremos nada más que aburrimiento, mediocridad y rencor. Descubriremos que le gusta matar a la gente, pero que quizá odia a los que maltratan a los animales y adora a los perros. Que tiene hijos, una familia, incluso a alguien a quien quiere sinceramente. Dejaremos de tener miedo de él y nos maravillaremos de nosotros mismos, por habernos dejado engañar por un ser humano tan banal.

A Sandra le impresionó la manera de hablar del vicequestore. Todavía se preguntaba por qué la había llevado allí.

–Ha efectuado un excelente trabajo hasta ahora, agente Vega.

–Gracias, señor.

–Pero nunca más se atreva a dejarme de lado como lo ha hecho con Astolfi. Yo tengo que estar al corriente de cualquier iniciativa de mis hombres, incluso de lo que piensan.

Ante la sosegada dureza del vicequestore, Sandra se sintió profundamente abochornada y bajó la mirada.

–De acuerdo, señor.

Moro calló por un instante, entonces cambió el tono.

–Usted es una mujer atractiva.

Sandra no se esperaba ese cumplido, sintió que las mejillas le ardían a causa de la vergüenza. Le pareció inoportuno que su superior se dirigiera a ella de ese modo.

–¿Cuánto tiempo hace que no empuña un arma?

Sandra se quedó desconcertada por la pregunta, que desentonaba claramente con lo que acababa de decirle el vicequestore. Pero intentó contestar igualmente.

–Voy al polígono a hacer prácticas una vez al mes, como marca el reglamento, pero nunca me han asignado al servicio activo.

–Tengo un plan –afirmó Moro–. Para que el monstruo salga de su madriguera, he decidido atraerlo con un señuelo: coches completamente normales con hombres y mujeres que en realidad son agentes de paisano. Desde esta noche cubrirán las zonas de las afueras de la ciudad, cambiando de sitio cada hora. Lo he llamado «Operación Escudo».

–Falsas parejas.

–Exacto. Pero vamos cortos de agentes femeninos, por eso le preguntaba si todavía es capaz de usar un arma.

–No estoy segura, señor.

–La relevo del turno de esta noche, pero mañana me gustaría que usted también estuviera. Necesitamos todos los recursos para... –El vicequestore fue interrumpido por el sonido de llamada de su móvil. Descolgó ignorando completamente a Sandra, que permaneció quieta, sin saber adónde mirar.

Durante la llamada, Moro se limitó a contestar a su interlocutor con secos monosílabos, como si simplemente estuviera registrando la información. No duró mucho y, cuando terminó, volvió a dirigirse a ella.

–Acaban de terminar de inspeccionar las cañerías y los desagües del departamento, pero no han encontrado ninguna muñeca ni nada que pudiera parecérsele.

La incomodidad de Sandra aumentó sensiblemente. Esperaba que una buena noticia pudiera hacerle recuperar un poco de consideración.

–¿Cómo es posible? Le aseguro, señor, que toqué algo con la punta de los dedos, no me lo imaginé –afirmó, acalorada.

Moro permaneció unos momentos en silencio.

–Supongo que puede parecerle irrelevante... pero cuando me contó que el forense, antes de suicidarse, se había deshecho de un objeto arrojándolo al váter, pedí a la Científica que analizaran las manos del cadáver. Nunca se sabe, siempre se puede producir un golpe de suerte.

Sandra no creía en la suerte, pero ahora tenía la esperanza puesta en ella.

–En una han encontrado restos de alumbre de potasio. –Moro hizo otra pausa–. Ése es el motivo de que no hayamos localizado el objeto que tocó, agente Vega: se disolvió en el agua del desagüe. Fuera lo que fuese, estaba hecho de sal.

13

Roma había sido fundada a partir de un asesinato.

Según la leyenda, Rómulo mató a su hermano Remo, otorgó su nombre a la ciudad y se convirtió en el primer rey.

Pero sólo se trataba del primero de una serie de hechos de sangre. La epopeya de la Ciudad Eterna estaba constelada de numerosos homicidios y, a menudo, no se lograba distinguir cuáles eran el fruto fantasioso del mito y cuáles los sinceros hijos de la historia. Se podía afirmar honestamente que la grandeza de Roma se había alimentado de sangre. Una obra a la que, durante los siglos, había contribuido también el papado.

Por ello, no había que sorprenderse si, incluso en la actualidad, la ciudad celebraba, en secreto, la muerte violenta.

Cosmo Barditi había cumplido su palabra: proporcionó a Marcus un modo para acceder a la fiestecita privada que tendría lugar esa noche y cuyo macabro tema era lo ocurrido en Ostia. El penitenciario todavía no sabía qué le esperaba, pero desde una cabina telefónica de la estación de autobuses de Tiburtina escuchó atentamente el mensaje que su informador le había dejado en el buzón de voz:

> Cada invitado tiene su propio código alfanumérico. Tienes que aprendértelo de memoria, no puedes escribirlo en ningún caso.

No era un problema, los penitenciarios nunca tomaban apuntes para no arriesgarse a dejar rastro de su existencia.

689A473CS43.

Marcus lo repitió mentalmente.

La cita es a medianoche.

A continuación, Cosmo le dio una dirección en la Appia Antica. También la memorizó.

Una cosa más: quizá tenga una pista prometedora... Debo comprobar mis fuentes, de modo que no te adelanto nada.

Marcus se preguntó qué podía ser. De todas formas, el tono de voz de Cosmo, vagamente satisfecho, era alentador.

El mensaje concluyó con una recomendación:

Si decides ir a la villa, luego no podrás cambiar de idea. Una vez se entra, no hay vuelta atrás.

La zona de la Appia Antica debía su nombre a la calzada que el censor y cónsul romano, Apio Claudio el Ciego, hizo construir en el año 312 a.C.

Los latinos la llamaban *regina viarum* porque, a diferencia de otras vías, era un verdadero trabajo de ingeniería, muy vanguardista para la época. La pavimentación con losas de piedra permitía recorrerla con cualquier vehículo y en cualquier condición meteorológica. En caso de lluvia, de hecho, el sistema de drenaje evitaba que las ruedas se atascaran. Originalmente la calzada tenía una anchura de cuatro metros que permitía el doble sentido de la circulación de vehículos y, además, estaba flanqueada por aceras que dejaban paso a los peatones.

La obra había sido tan futurista que todavía quedaban amplios tramos de la Via Appia, perfectamente conservados. En torno a sus vestigios, habían surgido magníficas villas donde ahora residían acaudaladas y privilegiadas familias.

La que interesaba a Marcus era la más aislada.

Tenía una fachada de estilo modernista, medio cubierta por una hiedra trepadora que, desnuda de hojas, parecía el esqueleto de una gigantesca serpiente prehistórica. Una torre dominaba el lado oeste y terminaba con un observatorio. Había amplias cristaleras oscuras. De vez en cuando pasaba un coche e, iluminando las ventanas con los faros, desvelaba los dibujos de grandes orquídeas, magnolias, pavos reales y papagayos de colores.

Una enorme verja de hierro forjado, que parecía un trenzado de ramas y flores, daba acceso a un camino bordeado de pinos romanos, de más de quince metros de altura, con un tronco esbelto y ligeramente inclinado en el que se sostenía el globo aplastado de la copa, como viejas señoras que llevaran puesto el sombrero de los domingos.

La casa parecía deshabitada desde hacía décadas. Sin embargo, una cámara colocada en una columna que de vez en cuando se movía para controlar la calle de enfrente, iluminada por una única farola que emitía una luz anaranjada, revelaba la presencia de alguien.

Marcus llegó al lugar mucho antes de la hora de la cita. Se apostó a unos treinta metros de la entrada, de pie en un recoveco de la tapia. Desde allí estudió atentamente la villa a la espera de la medianoche.

Un frío intenso se había cernido sobre el campo y parecía haberlo congelado todo, incluso los sonidos. El aire no se movía y todo estaba suspendido. El penitenciario experimentó un profundo sentimiento de soledad, como quien tiene que afrontar lo que se esconde más allá de la propia muerte. A pocos metros de él había una abertura para entrar en secreto, lejos de los ojos de la gente común.

En otras ocasiones ya había notado la sensación de estar a un paso de las puertas del infierno.

Le ocurrió a bordo del vuelo chárter que salía del aeropuerto de Ciampino cada martes a las dos de la madrugada, cuyos pasajeros eran exclusivamente de sexo masculino. La tenue luz de la cabina evitaba el peso de las miradas recíprocas, aunque todos estaban allí por el mismo motivo. Pasando entre los asientos, había escrutado los rostros de esos hombres normales, imaginando su vida a la luz del sol: trabajadores respetables, padres de familia, amigos con los que compartir un partido. Aparentemente habían adquirido un billete hacia un destino tropical, pero en realidad se dirigían a algún país del tercer mundo para comprar jóvenes vidas que satisficieran el vicio que sus madres, esposas, prometidas, conocidas o compañeras de trabajo no sospechaban ni nunca tenían que sospechar de su existencia.

La misma angustia se había adueñado de Marcus ante la mirada apagada de resignación de las prostitutas nigerianas, atraídas a Occidente con la promesa de un trabajo y que habían acabado en un sótano oscuro para ser vendidas a un precio variable que podía llegar a incluir hasta la tortura.

Marcus tampoco olvidaría el sentimiento de desconcierto y horror que le embargó después de tener acceso a la dimensión paralela de pornografía extrema que se encontraba en internet. Una red escondida en la red. Un lugar en el que los niños ya no eran niños y la violencia se convertía en un instrumento de placer. Un lugar en el que cualquiera, en el refugio de su propia casa, podía encontrar material para desahogar sus instintos más inconfesables y recónditos, quizá estando cómodamente en zapatillas y pijama.

Y, ahora, ¿qué iba a encontrar en la villa a la que se disponía a entrar?

Mientras procesaba esos pensamientos, se había hecho medianoche. Puntuales, los invitados empezaron a llegar a la fiesta.

Bajaban de taxis o coches con chófer que luego proseguían. Algunos llegaban a pie de quién sabía dónde. Iban en pareja o solos. Bajo los abrigos y pieles, vestían trajes de noche. Y llevaban un sombrero o una bufanda que les cubría el rostro. O, simplemente, se levantaban las solapas para ser irreconocibles.

Todos hacían la misma operación. Delante de la entrada, tocaban el timbre y esperaban un sonido del altavoz, una breve nota musical. A continuación recitaban el código alfanumérico. La cerradura se abría y podían entrar.

Marcus esperó hasta casi la una de la madrugada y contó al menos un centenar de personas. Seguidamente salió de las sombras donde se había escondido y se dirigió hacia la entrada.

–689A473CS43 –repitió al interfono después de la nota musical.

La cerradura se accionó, podía entrar.

Fue a recibirlo un individuo corpulento, seguramente un empleado de seguridad que, sin dirigirle la palabra, lo condujo por un pasillo. Estaban solos, no había rastro de las personas que Marcus había visto llegar poco antes a la villa. Lo que más le impresionó, sin embargo, fue que no se oía ningún ruido en la casa.

El hombre lo invitó a entrar en una habitación, lo siguió inmediatamente y se colocó a su espalda. El penitenciario se encontró delante de una mesa de caoba tras la cual estaba sentada una mujer joven que llevaba un traje de noche de color púrpura que le dejaba los hombros al descubierto. Tenía unas manos alargadas y los ojos verdes, de gata. Llevaba el cabello recogido en un elegante moño. A su lado tenía una bandeja de plata con una jarra de agua y varios vasos.

–Bienvenido –le dijo con una sonrisa cómplice–. ¿Es la primera vez?

Marcus asintió.

–La regla es sencilla y sólo hay una: aquí todo está permitido si el otro lo consiente. Pero cuando el otro dice no, es no.

–Entendido.

–¿Lleva consigo algún teléfono móvil?

–No.

–¿Armas u objetos que puedan hacer daño a alguien?

–No.

–Tenemos que registrarlo de todos modos. ¿Está de acuerdo?

Marcus sabía que no tenía elección. Extendió los brazos y esperó a que el hombre que tenía a su espalda cumpliera con su deber. Cuando hubo terminado, volvió a su sitio.

En ese momento la mujer llenó uno de los vasos que tenía a su lado. A continuación abrió un cajón, volvió a cerrarlo y le puso delante una brillante píldora negra.

Marcus dudó.

–Ésta es la llave –lo tranquilizó ella, tendiéndole la pastilla en la palma de la mano–. Tiene que tomársela, de lo contrario no podrá entrar.

El penitenciario alargó el brazo, cogió la píldora con los dedos, se la llevó a la boca y se la tragó junto con toda el agua.

* * *

Apenas tuvo tiempo de dejar el vaso vacío cuando una oleada caliente y repentina le subió desde las profundidades recorriéndole todo el cuerpo, hasta explotarle en los ojos. Los contornos de todo lo que le rodeaba empezaron a oscilar. Temió perder el equilibrio, cuando sintió que dos fuertes manos lo sostenían.

Oyó claramente una carcajada que enseguida se hizo añicos como cristal.

–Dentro de unos segundos se habrá acostumbrado. Mientras tanto, deje que le haga efecto, no oponga resistencia –dijo la mujer, divertida–. Durará unas tres horas.

Marcus intentó seguir su consejo... Al cabo de poco, sin saber cómo, se encontró apoyado en la pared de una sala abarrotada de voces. Eran como pájaros encerrados en una pajarera. Todo estaba sumido en una semioscuridad que lentamente iba aclarándose. Comprendió que sus ojos simplemente se estaban acostumbrando al cambio de luminosidad.

Cuando se sintió lo bastante seguro de su equilibrio, dio los primeros pasos en la sala. Una música elegante impregnaba la atmósfera; tal vez Bach. Las luces eran tenues y parecían halos lejanos. Olía a cera y a velas, pero también notó el olor penetrante del sexo.

Había otras personas junto a él. No podía verlas claramente, pero las percibía.

Debía de haber tomado una especie de hipnótico que amplificaba las sensaciones impidiéndole, al mismo tiempo, memorizar lo que tenía a su alrededor. Miraba un rostro y enseguida lo olvidaba. Éste era el objetivo último de la droga: nadie podría reconocer a nadie.

Figuras humanas pasaban por su lado, lo rozaban con la mirada o le sonreían. Una mujer lo acarició y seguidamente se alejó. Algunos iban desnudos.

Sobre un sofá había una maraña de cuerpos sin cara. Sólo eran pechos, brazos, piernas. Y bocas que buscaban otras bocas, hambrientas de placer. Todo transcurría delante de Marcus como una película rapidísima y ambigua.

Pero, si no podía vislumbrar a esas personas, haber ido allí había sido inútil. Tenía que encontrar una manera. Se dio cuenta de que el conjunto era evanescente, sin embargo los detalles no. Tenía que concentrarse en ellos. Si bajaba la mirada, su visión se hacía más nítida. No todo se difuminaba.

Los zapatos.

Marcus consiguió memorizarlos. De tacón, o con cordones. Negros, brillantes, rojos. Caminaba entre ellos y se dejaba guiar. Hasta que, de repente, empezaron a moverse todos a la vez. Como un flujo, convergían hacia el centro de la sala, atraídos por algo. El penitenciario se abrió camino en esa dirección. Cuando superó la barrera de espaldas, vio un cuerpo desnudo, tendido con la cara en el suelo. Parecía que le manaba sangre de la nuca.

«Giorgio Montefiori», pensó Marcus enseguida. Dos mujeres estaban arrodilladas junto a él y lo acariciaban.

«Había llegado su momento... los hijos murieron...», fue lo que recitó el monstruo en el mensaje de San Apolinar.

Un poco más allá, un asiento de coche en el que estaba atada una chica desnuda, con los senos apretados con una cuerda de escalada. Llevaba una máscara de papel: el rostro sonriente de Diana Delgaudio, robado de la foto de un periódico o de internet.

«... los falsos portadores del falso amor...»

A horcajadas sobre la chica había un hombre vigoroso. El físico escultórico estaba cubierto de aceite. Llevaba una capucha negra, de piel. En una mano esgrimía un cuchillo de filo plateado.

«... y él fue despiadado con ellos... del niño de sal...»

La escena de los dos chicos atacados en el pinar de Ostia era el núcleo maléfico a partir del que se originaba todo lo demás. De tanto en tanto, algunos espectadores se separaban del resto y se alejaban juntos, para consumar una relación sexual.

«... si nadie lo detiene, no se detendrá.»

Marcus notó que de repente le subía una arcada. Se volvió y, abriéndose paso con los brazos, pudo llegar a una esquina de la sala. Se apoyó con una mano en la pared y respiró profundamente. Quería vomitar, y así liberarse de parte de la droga química y poder marcharse de allí. Pero también sabía que para su organismo iba a ser difícil salir rápidamente de esa especie de trance caleidoscópico. Y, además, no podía echarse atrás justo ahora. Tenía que llegar hasta el fondo, no había otro modo.

Fue en esa situación cuando, al levantar la cabeza, se fijó en una sombra humana que observaba el espectáculo manteniéndose a distancia. Llevaba una bata, o tal vez era un impermeable, o una chaqueta demasiado grande. Pero lo que le impactó fue el extraño objeto negro que salía de debajo de un dobladillo de la tela. La sombra intentaba esconderlo. Parecía una pistola.

Marcus se preguntó cómo habría podido introducirla en la fiesta. ¿No lo habían registrado al entrar? Pero después se dio cuenta de que no era ningún arma.

Era una cámara fotográfica.

Recordó las palabras de Sandra respecto al pintalabios que el monstruo había aplicado en los labios de Diana Delgaudio.

«Creo que le hizo fotos. Es más, estoy segura de ello.»

«Ha venido aquí para obtener un souvenir», se dijo el penitenciario. Entonces se apartó de la pared y avanzó hacia él. Mientras iba a su encuentro, se esforzó en focalizar los rasgos de su rostro. Pero era como mirar un espejismo: cuanto más se acercaba, más se iba desdibujando.

La sombra se percató de su presencia, porque se volvió a mirarlo.

Marcus notó sobre él la fuerza de esos dos ojos negros que, como puntas de aguja, lo inmovilizaban –como una mariposa clavada en una vitrina. Se espoleó a sí mismo e intentó dirigirse hacia la sombra, pero ésta retrocedió. Marcus aceleró el paso, aunque caminar deprisa resultaba imposible, era como moverse en un océano de agua y arena.

La sombra empezó a alejarse de él, volviéndose de vez en cuando para comprobar si todavía lo tenía detrás.

Marcus intentaba seguirlo, pero con esfuerzo. Incluso alargó un brazo, con la ilusión de que podía detenerlo. Empezaba a jadear, como si estuviera caminando por una cuesta muy empinada. Entonces se le ocurrió una idea. Se detuvo y esperó a que la sombra se volviera a mirarlo.

Cuando ocurrió, el penitenciario se hizo la señal de la cruz al revés.

La sombra aflojó el paso, como si intentara comprender el significado de ese gesto. Pero luego prosiguió.

Marcus retomó el avance y la vio cruzar una puertaventana que conducía al exterior de la villa. Probablemente se había colado justo por allí, evitando los controles de acceso. Poco después, también él traspasó esa frontera y recibió el azote benéfico del frío nocturno que, por un instante, pareció despertar sus sentidos entorpecidos por la droga.

La sombra se había dirigido hacia el bosque y ya estaba lejos. Marcus no tenía intención de dejarla ir.

«... si nadie lo detiene, no se detendrá.»

Pero justo cuando estaba recuperando parte de sus facultades, un peso se abatió de repente sobre su nuca. Le atravesó un rayo de dolor. Alguien lo había golpeado por la espalda. Mientras caía, iba perdiendo el conocimiento. Y mientras perdía el conocimiento, a pocos centímetros de su cara, vio que el asaltante llevaba un par de zapatos azules.

SEGUNDA PARTE

El hombre con cabeza de lobo

1

El viento soplaba en ráfagas repentinas. Después amainaba.

El parte meteorológico había anunciado una gran perturbación para esa noche. Podía vislumbrarse un cielo lechoso y grávido entre los árboles. Además, el frío se había hecho más riguroso, como un presagio.

Y ella llevaba puesta una maldita minifalda.

–¿Crees que tendremos que besarnos?

–Vete a la mierda, Stefano –contestó ella.

De todos los compañeros que había para ese servicio, tenía que tocarle precisamente el imbécil de Carboni.

Estaban apostados en medio del campo, en un Fiat 500 blanco. Tenían que parecer una pareja que había buscado un lugar apartado para tener un poco de intimidad, pero la agente Pia Rimonti no podía estar tranquila. No le gustaba la idea de la operación Escudo, la consideraba un inútil derroche de personal y recursos. Cubrir las afueras de Roma era una empresa imposible con apenas unos cuarenta coches señuelo.

Capturar al monstruo en esas condiciones era un poco como intentar que te tocara la lotería en la primera jugada.

Y, además, había algo de sexista en el modo en que se había producido su reclutamiento.

Al igual que otras agentes femeninas, había sido escogida sobre todo por su atractivo. La prueba de que, por el contrario, con sus compañeros se había usado un criterio distinto era precisamente Stefano Carboni, el menos apetecible y el más baboso de los hombres de la comisaría.

Al día siguiente pensaba hablar con las compañeras que también estaban trabajando esa noche. Iban a tener que recurrir al sindicato.

Pero había otra verdad que Pia Rimonti no se contaba a sí misma. Y era que tenía miedo. Y el escalofrío que sentía subirle por las piernas no era sólo por culpa de la minifalda.

De vez en cuando ponía la mano en el compartimiento de la puerta, buscando la culata de su pistola. Sabía que estaba allí, pero tocarla le infundía seguridad.

Carboni, en cambio, parecía que se lo estaba pasando bomba. No podía creerse que estuviera solo en un coche junto a la agente femenina a la que llevaba más de dos años y medio haciéndole la corte. ¿De verdad se creía que esa situación iba a cambiar las cosas? Qué idiota. De hecho, seguía provocándola con bromas y dobles sentidos.

–¿Te lo imaginas? Podré decir que hemos pasado la noche juntos –se carcajeó el hombre.

–¿Por qué no paras y te concentras en el trabajo?

–¿Qué trabajo? –dijo Carboni, señalando a su alrededor–. Estamos en medio de la nada y no vendrá nadie. Ese presuntuoso de Moro no tiene ni puñetera idea, hazme caso. Pero estoy contento de estar aquí. –Entonces se inclinó hacia ella con una media sonrisa–: Será mejor aprovecharlo.

Pia lo alejó poniéndole una mano en el pecho.

–No sé si te conviene que se lo diga a Ivan.

Ivan, su novio, era muy celoso. Aunque muy probablemente, como todos los hombres celosos, se habría enfadado principalmente con ella por esa situación. Le habría echado en cara que podría haberla evitado avisando a sus superiores, que tendría que haberse hecho asignar otro compañero. La habría acusado de disfrutar secretamente, como todas las mujeres, con ese galanteo. Total, al final la culpa sería sólo suya. Era inútil explicarle que, a las dificultades de la profesión, una mujer policía tenía que añadir, además, la de tener que demostrar constantemente que estaba a la altura de sus compañeros varones. Por ese motivo no podía ir a lloriquear a sus superiores cada vez que alguno no la trataba como a una princesita. Pensaba dejar a Ivan al margen de este asunto.

Stefano Carboni era un gilipollas y al día siguiente se jactaría ante sus compañeros, por mucho que no hubiera llegado a nada esa noche. Era mejor que lo dejara hablar, sólo tenía que mantenerlo a distancia hasta que acabara su turno.

Aunque el verdadero problema ahora era el pipí.

Llevaba más de una hora aguantándose y creía que iba a estallar de un momento a otro. Era por culpa del frío y la tensión. Pero había encontrado una manera de resistir: cruzando las piernas y apoyando todo el peso en el lado izquierdo.

–¿Qué cojones estás haciendo?

–Pongo un poco de música, ¿te apetece?

Carboni había encendido la radio y Pia la había apagado casi al instante.

–Yo quiero oír si alguien se acerca al coche.

El policía de paisano resopló.

–Rimonti, venga, relájate. Pareces mi novia.

–¿Tienes pareja?

–Claro que tengo pareja –rebatió él, indignado.

Pia no acababa de creérselo.

–Espera, que te la enseño. –Carboni sacó el móvil y le mostró la foto que tenía como salvapantallas. Él en la playa, abrazado a una chica.

Era mona, le pareció a Pia. Y luego pensó: pobrecilla.

–¿No se lo tomaría mal si supiera que lo estás intentando conmigo? –lo pinchó.

–Eh, un hombre debe hacer lo que debe hacer –se defendió él–. Si no lo intentara en una situación como ésta, no merecería ser considerado un hombre. No creo que a mi pareja le gustara saber que está con un medio hombre.

Pia sacudió la cabeza. Era una lógica sin sentido. Pero en vez de hacerle gracia, le hizo volver a pensar en Diana Delgaudio. El chico con el que salió la noche de la agresión en el pinar de Ostia no la había defendido. Es más, para salvarse a sí mismo, aceptó clavarle un cuchillo en medio del tórax. ¿Cuánto de hombre tenía alguien así? E Ivan, ¿cómo se habría comportado en su lugar?

¿Y Stefano Carboni?

De hecho, esta era la pregunta que había evitado plantearse durante toda la noche. Si realmente el monstruo los atacaba, ¿su compañero sería capaz de defenderla? ¿O bien el mismo hombre que llevaba más de dos horas cortejándola como un pesado se prestaría a complacer al asesino?

Mientras formulaba esos pensamientos, una voz emergió de la radio de servicio:

–Rimonti, Carboni: ¿todo bien en vuestra posición?

Era la central de operaciones. Cada hora hacían un control con las patrullas esparcidas por el campo para saber cómo iban las cosas. Pia agarró el transmisor:

–Afirmativo, aquí no ocurre nada.

–Tened los ojos abiertos, muchachos: todavía queda mucha noche.

La policía cerró la comunicación y vio que el reloj digital del salpicadero marcaba apenas la una. «Pues sí que queda», pensó. En ese momento, Carboni le puso una mano en la pierna. Pia primero lo miró, furiosa, después le dio un puñetazo en el antebrazo.

–¡Ay! –protestó él.

La policía no estaba enfadada por el gesto, sino más bien por el hecho de que la hubiera obligado a cambiar de postura en el asiento. Ahora el estímulo de orinar se había hecho insoportable. Cogió a su compañero por la pechera.

–Oye, ahora saldré afuera para buscar un árbol.

–¿Para hacer qué?

Pia no podía creer que realmente fuera tan estúpido. No le contestó y prosiguió:

–Apóstate junto al coche y no te muevas hasta que haya acabado. ¿Está claro?

Carboni asintió.

Pia bajó del coche empuñando la pistola, el otro la imitó.

–Ve tranquila, colega. Ya estoy yo aquí.

La policía sacudió la cabeza y empezó a alejarse. A su espalda, Carboni empezó a silbar y oyó el sonido de un chorro que rebotaba en el suelo. Él también se había puesto a orinar.

–La ventaja de ser hombres es que podemos hacerlo dónde y cuándo nos parece –se pavoneó él en voz alta, antes de volver a silbar de nuevo.

Pia, en cambio, tenía alguna dificultad para caminar en el terreno accidentado. Le dolía la vejiga y la maldita minifalda le impedía moverse. Y encima ese condenado viento que como una mano invisible y fastidiosa la zarandeaba.

Llevaba consigo la pistola y el móvil. Intentaba ver adónde ir ayudándose de la luz de la pantalla. Al final enfocó un árbol y aceleró el paso.

Cuando llegó cerca de la planta, miró bien alrededor. Dejó el arma y el teléfono en el suelo. A continuación, un poco temerosa, se bajó las medias y las bragas, se levantó la falda sobre la cadera y se agachó.

Tenía frío en el trasero y estaba incómoda. Pero, a pesar de las ganas imperiosas, no conseguía liberarse. Estaba como bloqueada.

–Porfavorporfavorporfavor –le dijo a la orina, que no quería saber nada de salir.

Era el miedo.

Volvió a coger la pistola y la mantuvo apretada sobre la barriga. El silbido de Carboni resonaba en el bosque, a lo lejos, haciendo que se sintiera más tranquila. Pero con cada ráfaga, desaparecía. Y de repente cesó del todo.

–Por favor, ¿podrías seguir silbando? –dijo ella, arrepintiéndose al momento de haber usado un tono suplicante.

–¡Por supuesto! –gritó él, y empezó de nuevo.

Al final su vejiga se dejó ir. Pia entrecerró los ojos por el placer de liberarse. El líquido caliente salía de ella con un chorro impetuoso.

Carboni dejó de silbar otra vez.

–Qué gilipollas –dijo entre dientes, si bien el otro volvió a empezar.

Casi había terminado cuando una ráfaga más fuerte que las otras la hizo vacilar. Fue entonces cuando oyó un estallido.

Pia se puso rígida. ¿Qué había sido eso? ¿Era real o sólo lo había imaginado? Había sido demasiado rápido y el viento lo había amortiguado. Ahora hubiera querido que su colega dejara de silbar ya que no conseguía oír otra cosa.

Le invadió un miedo irracional. Se levantó, subiéndose las medias de cualquier manera. Recogió el móvil y la pistola, luego se puso a correr con la minifalda subida hasta el ombligo. No debía de ser un bonito espectáculo, estaba teniendo un ataque de pánico.

Empezó a avanzar corriendo el riesgo de caerse constantemente, teniendo como guía sólo el silbido de Carboni.

«Te lo imploro, no pares.»

Tenía la impresión de que alguien la estaba siguiendo. Podía ser fruto de su imaginación, pero no le importaba. Sólo tenía prisa por llegar al coche.

Cuando por fin salió al pequeño claro en el que habían aparcado, vio que su colega estaba sentado en el coche y tenía la portezuela abierta. Se precipitó hacia su lado.

–¡Stefano, deja de silbar, hay alguien! –dijo alarmada.

Pero él no paró. Cuando Pia se le plantó delante, le habría gustado darle un bofetón por lo imbécil que era, pero se quedó paralizada ante sus ojos desorbitados, su boca abierta. En el tórax de Carboni había un agujero del que manaba sangre negra y viscosa. El estallido había sido un disparo.

Y alguien seguía silbando, en alguna parte, a su alrededor.

2

Al amanecer lo despertaron los pájaros.

Marcus abrió los ojos y reconoció el canto. Pero enseguida una punzada de dolor le perforó el cráneo. Intentó comprender de dónde procedía, pero le dolía todo.

Y tenía frío. Estaba en el suelo, en una posición descompuesta. El lado derecho del rostro estaba aplastado contra el duro suelo, los brazos, abandonados a los lados, tenía una pierna estirada y la otra, doblada de cualquier manera sobre la rodilla.

Debía de haberse caído a plomo de bruces, sin oponer resistencia con las manos.

Intentó levantar primero la cadera. Después, ayudándose con los codos, empezó a incorporarse. Todo le daba vueltas. Debía resistir la tentación de cerrar los ojos de nuevo. El miedo a volver a desmayarse fue más fuerte que cualquier mareo.

Consiguió quedarse sentado y miró hacia abajo. Su silueta oscura se había quedado marcada en el suelo, alrededor había una alfombra de escarcha nocturna. Notaba sobre él la humedad, en la espalda, en la parte posterior de las piernas y de los brazos, y en la nuca.

«La nuca», pensó. Ésa era la fuente principal de dolor.

Se la tocó con una mano para averiguar si por casualidad estaba herido. Sin embargo, en el punto en que lo habían golpeado, no había sangre. Sólo un chichón enorme y tal vez un pequeño rasguño.

Le aterrorizaba volver a perder la memoria. De modo que intentó hacer un rápido examen de sus recuerdos.

A saber por qué, lo primero que le vino a la cabeza fue la imagen de la monja descuartizada en los Jardines Vaticanos que se remontaba a un año atrás. Pero la apartó enseguida con el pensamiento de Sandra, el beso que vio darle al hombre del que estaba enamorada, su encuentro en el pinar de Ostia. A continuación llegó el resto... La grabadora en la iglesia de San Apolinar, las palabras de Clemente: «Una seria amenaza se cierne sobre Roma. Lo que ocurrió la otra noche está sacudiendo las conciencias desde lo más profundo». El niño de sal... Y, al final, la fiesta con la orgía malévola a la que había asistido la noche anterior, la sombra humana que llevaba consigo una cámara fotográfica, la persecución bajo los efectos de la droga, el golpe en la cabeza. La última imagen que recordaba, sin embargo, era la de los pies de su atacante mientras se alejaba. Llevaba un par de zapatos azules.

Alguien estaba protegiendo a la sombra. ¿Por qué?

Por fin Marcus consiguió ponerse de pie. Notaba los efectos de un principio de hipotermia. A saber en qué momento de su vida pasada, antes de producirse la cesura de la amnesia, su cuerpo había aprendido a resistir el frío.

La luz pálida del amanecer confería al jardín de la villa un aspecto espectral. El penitenciario volvió a la puertaventana por la que había salido, pero ahora estaba cerrada. Intentó empujar la hoja, pero no tenía suficiente fuerza. Entonces cogió una piedra y la arrojó contra el cristal. Seguidamente introdujo el brazo y abrió.

En el interior no había rastro de la fiesta. La casa parecía realmente deshabitada desde hacía décadas. Los muebles estaban cubiertos con telas blancas y el aire olía a cerrado.

¿Podía realmente haberlo imaginado todo? ¿Tan potente era la droga que había tomado? Y entonces se dio cuenta de un detalle –una anomalía– que le reveló que, sin embargo, todo había sido real.

No había polvo.

Estaba todo demasiado limpio, la pátina del abandono todavía no se había depositado sobre las cosas.

Retiró la sábana que cubría un sofá y se la echó sobre los hombros para calentarse. Seguidamente intentó accionar un interruptor, pero no había electricidad. Así, a tientas, subió la escalera que conducía al piso de arriba, en busca de un baño. Lo encontró en el interior de un dormitorio.

Por las lamas de la persiana se filtraba la débil luz del día. Marcus se enjuagó la cara varias veces en el lavabo. Luego se irguió para mirarse al espejo. Los ojos tenían un cerco negro por el golpe recibido. Podía ser que tuviera un traumatismo craneal.

Le vino a la cabeza Cosmo Barditi, su mensaje en el buzón de voz: «Una cosa más: quizá tenga una pista prometedora... Debo comprobar mis fuentes, de modo que no te adelanto nada».

–Cosmo –repitió Marcus en voz baja. Le había hablado de la fiesta, después había encontrado el modo de hacerlo entrar en la villa. ¿Era posible que fuera él quien lo hubiera traicionado?

Pero algo le decía que Cosmo no tenía nada que ver. Había sucedido porque se puso a perseguir a la sombra. Aunque tal vez no había sido eso lo que le hizo merecer un golpe en la cabeza, podría haberlo provocado al hacer la señal de la cruz al revés. Sin embargo, la sombra no supo descifrar ese gesto. Si bien no podía recordar su rostro por culpa del hipnótico, el penitenciario sí se acordaba de haber percibido incertidumbre en la manera en que se detuvo a mirarlo.

También alguien más lo había comprendido. Zapatos azules.

Tendría que informar a Clemente, y luego saber si Cosmo de verdad tenía novedades para él. Pero de momento sólo quería abandonar la villa.

Al cabo de un rato entró en el bar de una estación de servicio. La mujer que había detrás de la barra lo miró como si hubiera visto a un cadáver.

Marcus todavía no podía sostenerse bien en pie, había conducido hasta allí con mucha dificultad. Debía de tener un aspecto horrible. Rebuscó en los bolsillos para encontrar alguna moneda y a continuación dejó un par de euros en la repisa de la caja.

–Un café largo, por favor.

Mientras esperaba a que le sirvieran la bebida, levantó la mirada hacia la pantalla de un televisor situado en una esquina de la sala.

El enviado de un noticiario se encontraba en un lugar aislado, en medio del campo. Por detrás de él se veía un ir y venir de agentes. Marcus reconoció a Sandra.

> ... Los dos policías asesinados esta noche se llamaban Stefano Carboni y Pia Rimonti –dijo el periodista–. Con ellos, el monstruo siguió el mismo ritual de la primera vez: disparó al hombre en el tórax y luego a la mujer en el estómago, tal vez al darse cuenta de que iba armada. Pero no la mató enseguida: tras haberla herido, la ató a un árbol y le clavó un cuchillo. Por lo que hemos sabido, según el médico forense la tortura habría sido prolongada. En las próximas ediciones les informaremos de otros detalles...

Marcus localizó un teléfono público en una esquina. Se olvidó del café y se precipitó hacia la cabina. Marcó el número del buzón de voz y, cuando estaba a punto de dejar un mensaje, una voz electrónica le informó de que ya había uno, todavía sin escuchar.

El penitenciario digitó su código y permaneció a la espera. Seguro de oír la voz de Clemente, reconoció en cambio la de Cosmo Barditi. Le había dejado un segundo mensaje después del de la noche anterior. Pero a diferencia del primero, el tono del hombre no era en absoluto tranquilo: esta vez revelaba una profunda inquietud mezclada con verdadero terror.

–... Tenemos que vernos enseguida... –jadeaba–. Es mucho peor de lo que podía imaginar. –Estaba tan agitado que parecía que estuviera llorando–. Estamos en peligro, en grave peligro –insistió–. No puedo decírtelo ahora, así que ven a mi local en cuanto oigas este mensaje. Te esperaré allí hasta las ocho, después cogeré a mi hija y a mi compañera y las sacaré de Roma.

El mensaje terminó. Marcus miró la hora: las siete y diez. Todavía podía llegar, pero debía darse prisa.

De momento, no le interesaba tanto lo que Cosmo había descubierto como el motivo por el que el hombre estaba tan asustado.

3

Sandra conocía a Pia Rimonti.

Hablaban a menudo. La última vez intercambiaron opiniones sobre una tienda de ropa deportiva. Ella también iba a un gimnasio y tenía intención de empezar un curso de pilates.

No estaba casada, pero por lo que decía se entendía que quería crear una familia con su novio que, si no recordaba mal, se llamaba Ivan. Le había dicho que era celoso y posesivo y que, precisamente por eso, ella había pedido el traslado del servicio activo a las oficinas, así al menos él sabría siempre dónde estaba. Pia era una chica enamorada, y aunque siempre había soñado con llevar uniforme, habría aceptado de buena gana el cambio. Sandra no olvidaría su sonrisa cristalina y que, en el bar de la comisaría, le gustaba tomar el café con un cubito de hielo.

Esa mañana, después de fotografiar su cuerpo desnudo y martirizado, ya no conseguía tener las ideas claras. Había llevado a cabo su trabajo fotográfico de manera mecánica, como si una parte de sí misma estuviera anestesiada por el horror. No le gustaba sentirse así, pero sin esa imprevista coraza no habría podido resistir más que unos minutos.

Cuando el monstruo de la noche comprendió que se encontraba frente a dos policías, se encarnizó con Pia de manera atroz. Tras dispararle en el estómago para que fuera inofensiva, la desnudó y se ensañó con ella durante al menos media hora. Encontraron su cadáver abrazado al tronco de un árbol, esposado. El monstruo había rasgado su carne con un cuchillo de caza. A Stefano Carboni le había ido mejor. Según el forense, el asesino le había disparado en el tórax alcanzando una arteria. Había muerto en el acto.

Cuando la central de operaciones intentó contactar por radio con los dos agentes, tal como hacían cada sesenta minutos, no obtuvieron respuesta. A partir de ahí, una patrulla fue a controlar haciendo el macabro descubrimiento.

Los medios de comunicación ya se habían enterado de cómo habían ido las cosas. A pesar de las precauciones tomadas por la jefatura para evitar la fuga de noticias.

El doble homicidio se había producido en las cercanías de la Via Appia Antica, donde esa noche se había registrado un insólito movimiento de vehículos: por ahora, era el único punto extraño al que aferrarse.

El vicequestore Moro estaba fuera de sí por la rabia. La operación Escudo había resultado un desastre. Y la muerte de dos agentes pesaba en la policía como el peor de los fracasos.

Además, el monstruo había ultrajado el cadáver de Pia Rimonti maquillándolo con colorete y pintalabios. Quizá en este caso también había sacado fotografías de recuerdo de su obra. Fuera cual fuese el objetivo del ritual, Sandra lo encontraba repugnante.

Tampoco esta vez había rastro de ADN del asesino ni huellas dactilares.

Junto a los hombres del SCO, con Moro a la cabeza, Sandra cruzó el umbral de la comisaría de regreso del escenario del crimen. Había un enjambre de periodistas y fotógrafos esperando al vicequestore, que se abrió paso con fastidio hasta el ascensor sin hacer declaraciones.

Entre los presentes en el patio, Sandra se fijó en la madre de Giorgio Montefiori. La mujer, que había insistido mucho para que la policía le devolviera la ropa de su hijo, estaba ahora allí y tenía entre las manos una bolsa de plástico con la que intentaba llamar la atención de Moro.

El vicequestore se dirigió a uno de sus hombres y le habló en voz baja, pero Sandra pudo captar sus palabras.

–Quitadme a esa mujer de encima. Con amabilidad, pero decididos.

Sandra sintió pena por ella, pese a que también comprendía la irritación de Moro. Habían matado a dos de los suyos, no había espacio para secundar el delirio de una madre, por muy justificado por el dolor que estuviera.

–La investigación parte de cero –anunció al poco rato el vicequestore a los presentes en la sala de operaciones. Luego empezó a poner al día el panel de los indicios relevantes, añadiendo los obtenidos en el nuevo escenario del crimen.

Homicidio pinar de Ostia:

Objetos: mochila, cuerda de escalada, cuchillo de caza, revólver Ruger SP101.

Huellas del chico en la cuerda de escalada y en el cuchillo dejado en el esternón de la chica: le ordenó que atara a la chica y la matara si quería salvar la vida.

Mata al chico disparándole en la nuca.

Pinta los labios a la chica (¿para fotografiarla?).

Deja un objeto de sal junto a las víctimas (¿una muñequita?).

Homicidio agentes Rimonti y Carboni:

Objetos: cuchillo de caza, revólver Ruger SP101.

Mata al agente Stefano Carboni con un disparo en el tórax.

Dispara a la agente Pia Rimonti, hiriéndola en el estómago. Luego la desnuda. La esposa a un árbol, la tortura y acaba con ella con un cuchillo de caza. La maquilla (¿para fotografiarla?).

Mientras Moro escribía, Sandra se fijó enseguida en la diferencia existente entre los elementos recogidos en el escenario del primer crimen y el del segundo. En el segundo había menos y parecían también menos relevantes.

Y esta vez el asesino no había dejado nada para ellos. Ningún fetiche, ninguna firma.

Cuando hubo terminado, el vicequestore se dirigió a los presentes.

–Quiero que vayáis a buscar a cada pervertido o maníaco con antecedentes por delitos sexuales de esta ciudad. Tenéis que presionarlos, hacedles escupir todo lo que sepan. Tenemos que revisar sus perfiles, palabra por palabra, comprobar todos sus movimientos de los últimos meses, incluso de los últimos años si es necesario. Quiero conocer el contenido de sus ordenadores, saber qué páginas de internet han visitado y con qué porquerías se han masturbado. Pediremos los listados de las llamadas telefónicas y llamaremos a esos números, uno por uno, hasta que salga algo. Tienen que sentirse acorralados, que noten el aliento en el cogote. Nuestro hombre no puede haber aparecido de la nada, por fuerza tiene que tener un pasado. De modo que repasad los resultados de la investigación, agarraos al mínimo detalle que hayamos pasado por alto. Y traedme algo de ese hijo de puta. –Moro concluyó su invectiva con un puñetazo sobre la mesa. La reunión había terminado.

Sandra tuvo la confirmación de que, en realidad, no tenían nada a lo que aferrarse. Esa idea le suscitó una repentina sensación de inseguridad. Estaba convencida de que no era la única que tenía esas emociones. En la expresión de sus compañeros era evidente el desconcierto.

Mientras todos abandonaban la sala, interceptó con la mirada al comisario Crespi. El viejo policía parecía cansado, como si los acontecimientos de los últimos días lo hubieran puesto duramente a prueba.

–Y bien, ¿cómo fue en casa de Astolfi?

Crespi se había ocupado del registro de la vivienda del forense suicida.

–Ninguna vinculación con el homicidio.

Sandra estaba sorprendida.

–Y, entonces, ¿cómo te explicas lo que hizo?

–Vete a saber. Los del SCO han puesto su vida del revés de cabo a rabo, y no han encontrado nada.

No era posible, no podía creérselo.

–Primero podía habernos ayudado a salvar a Diana Delgaudio, pero en cambio quería que muriera. Y luego escondió y destruyó una prueba. Nadie se convierte en cómplice de un crimen si no tiene un interés personal.

Crespi se dio cuenta de que su tono de voz era demasiado alto, de modo que la cogió de un brazo y la condujo lejos de los demás.

–Escucha, no sé qué se le pasó por la cabeza a Astolfi, pero piénsalo: ¿por qué iba a destruir una muñequita de sal? La verdad es que era un hombre solo, reservado, y que no le caía bien a nadie. Tal vez tenía motivos para sentir acritud contra la jefatura o contra el género humano, quién sabe. Les ocurre a ciertos sujetos sociópatas, hacen cosas terribles e incomprensibles.

–¿Me estás diciendo que Astolfi estaba loco?

–Loco no, pero tal vez perdió la cabeza. –Hizo una pausa–. Una vez arresté a un pediatra que cada ciento once prescripciones recetaba un fármaco equivocado. Esos pobres niños se ponían muy mal y no se sabía el motivo.

–¿Por qué ciento once en concreto?

–Quién sabe. Pero justamente fue esa precisión lo que lo arruinó. Por lo demás, era un buen médico, escrupuloso y atento como pocos. Quizá sólo necesitaba liberar de vez en cuando su lado oscuro.

A Sandra, sin embargo, no le convencía esa explicación.

Crespi le puso una mano en el brazo.

–Ya sé que te reconcome, porque fuiste tú quien desenmascaró a ese bastardo. Pero los asesinos en serie no tienen cómplices, lo sabes: son solitarios. Y, además, las probabilidades de que Astolfi conociera al monstruo y de que, por casualidad, lo convocaran en el escenario del primer delito son muy escasas.

Aunque muy a su pesar, la policía tuvo que admitir que las palabras del comisario tenían sentido. Pero esa verdad la hacía sentir todavía más frágil e impotente ante el mal que se había producido. Se preguntó dónde podía estar el penitenciario en ese momento. Le hubiera gustado hablar con él para que la tranquilizara.

Marcus llegó al SX cuando faltaba pocos minutos para las ocho. La calle en la que se situaba el local estaba desierta a esa hora de la mañana. Se acercó a la entrada, llamó al interfono y se quedó a la espera de una respuesta. Inútilmente.

Se preguntó si Cosmo, al ver que no llegaba, había decidido anticipar la fuga con su familia. Ese hombre tenía miedo, y era imposible prever cómo iba a funcionar la mente de alguien que se sentía amenazado.

Pero Marcus no podía dejar escapar ningún indicio, ni que fuera el más insignificante. De manera que, tras asegurarse de que efectivamente no pasaba nadie por allí, cogió el pequeño destornillador plegable que siempre llevaba en el bolsillo y lo utilizó para abrir la cerradura.

Recorrió el largo pasillo de cemento que conducía a la puerta roja. El neón que normalmente lo iluminaba estaba apagado. Repitió la operación que había llevado a cabo poco antes con el portón y accedió al local.

Sólo había una luz y procedía de la plataforma central.

El penitenciario atravesó la sala, teniendo cuidado de no chocar contra los sofás y las mesitas. Poco después se metió en la parte de atrás, donde estaba situado el despacho de Cosmo. Cuando llegó a la puerta, se quedó quieto.

Había algo extraño en todo ese silencio.

Sin siquiera tocar la manija, tuvo la premonición de que al otro lado lo estaba esperando un cadáver.

Cuando por fin cruzó el umbral, entrevió en la sombra el cuerpo de Cosmo Barditi tendido sobre el escritorio. Se acercó y encendió la lámpara de la mesa: el hombre sujetaba una pistola en una mano y presentaba un agujero en la sien. Tenía los ojos desorbitados y la mejilla derecha, hundida en un charco de sangre que llegaba hasta el borde de la mesa y luego goteaba sobre el suelo.

Debía parecer un suicidio, pero Marcus sabía que no lo era. A pesar de no haber signos de lucha que hicieran pensar en la presencia de un asesino, Cosmo nunca se habría quitado la vida. Ahora tenía una hija, le había hablado de ella con orgullo, nunca la habría abandonado.

Había sido asesinado porque había descubierto algo importante. En el último mensaje que dejó en el buzón de voz había pronunciado frases inquietantes.

«Es mucho peor de lo que podía imaginar... Estamos en peligro, en grave peligro.»

¿A qué se refería Barditi? ¿Qué lo había asustado?

Con la esperanza de que el hombre hubiera encontrado la manera de dejarle una pista antes de morir, Marcus se puso a buscar en torno al cadáver. Después de ponerse los guantes de látex, abrió los cajones del escritorio, hurgó en los bolsillos del muerto, movió muebles y adornos, revolvió en la papelera.

Le dio la impresión de que, sin embargo, alguien se le había adelantado.

Tuvo la confirmación cuando se dio cuenta de que faltaba el móvil de Barditi. ¿Se lo había quitado quien lo había matado? Tal vez por ahí encima quedara algún rastro de las llamadas efectuadas por Cosmo para conseguir información. Quizá, precisamente gracias a sus contactos en el ambiente de los bajos fondos, había llegado a descubrir algo tan importante como para determinar su muerte.

Quizá.

Marcus se dio cuenta de que sólo eran conjeturas. Por lo poco que sabía, también era posible que Cosmo no tuviera móvil.

Sin embargo, en el despacho había un teléfono fijo. El penitenciario levantó el auricular y pulsó la tecla de volver a llamar al último número marcado en el aparato. Esperó unos tonos, seguidamente le contestó una voz de mujer.

–Cosmo, ¿eres tú? ¿Dónde estás?

El tono era de ansiedad. Marcus colgó. Probablemente era su compañera que, al ver que no llegaba, estaba preocupada.

El penitenciario echó un último vistazo por la habitación, pero no había nada que pudiera interesarle. Cuando estaba a punto de marcharse, miró una vez más la esvástica tatuada en el cuello de Cosmo.

Unos años atrás le había salvado la vida, es más: le había ofrecido la oportunidad de cambiarla. Ese símbolo de odio ya no representaba a Cosmo Barditi, pero quien encontrara su cadáver pensaría que sí, y quizá no sentiría por él la piedad que se merecía.

Marcus levantó la mano y le impartió una bendición. A veces recordaba que también era cura.

4

El secreto constaba de tres niveles. El primero era «el niño de sal».

Aunque alguien fuera capaz de desvelar esa parte del enigma, seguían quedando por descifrar las otras dos.

Nadie lo había conseguido hasta ese momento.

A pesar de ello, Battista Erriaga no estaba tranquilo. Había soñado con Min, su amigo gigante y bondadoso al que mató siendo un muchacho en Filipinas. Había pensado a menudo en él durante los últimos días, tal vez fuera por eso. Pero cada vez que ocurría, a Battista le asaltaba la inquietud. Nunca era una buena señal. Era como si Min quisiera avisarle de que estuviera en guardia. Un peligro se cernía como una tormenta sobre él. Pero el terrible secreto de su juventud era muy poca cosa en comparación con lo que intentaba proteger ahora.

Los acontecimientos se estaban sucediendo demasiado a prisa. Se había puesto en marcha un peligroso mecanismo, y él no sabía cómo frenarlo.

Esa noche se había producido una nueva agresión que había acabado con un doble homicidio.

La muerte no lo indignaba, y la de los inocentes no le suscitaba ninguna compasión. Simplemente formaba parte de las cosas. No era un hipócrita. La verdad es que, ante la muerte de los demás, lloramos por nosotros mismos. No es un sentimiento noble, es miedo, porque un día correremos la misma suerte.

Lo único que le importaba era que esta vez quienes habían muerto habían sido dos policías. Eso iba a complicar las cosas.

Sin embargo, tenía que admitir que se había producido un golpe de suerte. El suicidio del médico forense había significado un freno. Ese idiota de Astolfi había dejado que lo descubrieran, si bien había tenido suficientes luces para quitarse la vida antes de que la policía pudiera comprender qué papel jugaba en todo el asunto.

Aun así, Erriaga tenía que descubrir imperiosamente si alguien estaba siguiendo la pista del niño de sal, a pesar de que llegaría un momento en que se encontrarían delante un muro infranqueable.

Y entonces su secreto estaría a salvo.

Muchos años atrás se había cometido un error: se subestimó un grave peligro. Había llegado el momento de remediarlo. Pero las cosas, ciertamente, estaban yendo demasiado deprisa. Por eso necesitaba saber exactamente en qué punto se encontraba la investigación policial.

Sólo había una manera de saberlo: tenía que infringir su idea inicial de estar en Roma en completo anonimato.

Había una persona que tenía que saber que estaba en la ciudad.

El Hotel De Russie se encontraba al final de la Via del Babuino, una calle elegante que unía la Piazza del Popolo con la Piazza di Spagna y que tomaba el nombre de la estatua de un sátiro tendido en una pequeña fuente datada en 1571. El rostro de la escultura tenía tan poca gracia que los romanos enseguida lo compararon con el de un babuino –palabra que en italiano se escribe con una «b» doble, pero que en el habla local se pronuncia con una sola.

Battista Erriaga cruzó la entrada del hotel de lujo con la visera de la gorra calada hasta los ojos para no hacerse ver y se dirigió hacia el Stravinskij Bar, un lugar exclusivo donde podían degustarse excelentes cócteles y platos refinados y que, desde la primavera, ofrecía un sugestivo ambiente en el jardín del gran establecimiento.

Se estaba celebrando un desayuno de trabajo. Un hombre de unos setenta años, de aspecto influyente y refinado, entretenía a sus compañeros de negocios procedentes de China.

Se llamaba Tommaso Oghi. Romano desde hacía varias generaciones, descendiente de una familia muy pobre, había hecho fortuna en la construcción durante la época en que la ciudad había sido saqueada por empresarios sin escrúpulos cuyo único objetivo era enriquecerse. Oghi era amigo de gente poderosa, estaba vinculado a figuras políticas de dudosa moralidad y afiliado a la masonería. Su especialidad era la especulación y la corrupción, y en ambas era un maestro. Se había visto implicado varias veces en investigaciones judiciales por delitos diversos y había estado a un paso de ser acusado de tener intereses comunes con el crimen organizado. Pero siempre se había librado sin que ni una mínima mancha ensuciara su nombre.

Por extraño que parezca, los personajes como él que consiguen salir indemnes de cualquier tipo de tormenta ven aumentar la consideración en que los demás los tienen y adquieren cada vez más poder. De hecho, Tommaso Oghi era considerado uno de los amos de Roma.

Erriaga era diez años más joven que él y, sin embargo, envidiaba su manera de estar en el mundo. Su hermosa cabeza, poblada de cabellos plateados, peinados ordenadamente hacia atrás. Su discreto tono bronceado, que le daba un aspecto saludable y luminoso. En el bar lo reconoció enseguida, con su elegante traje Caraceni y los zapatos ingleses hechos a medida. Battista se hizo traer papel y bolígrafo por un camarero, seguidamente escribió un mensaje y le indicó el hombre a quien debía entregarlo.

Cuando Tommaso Oghi recibió la nota, su expresión se transformó repentinamente. El bronceado se desvaneció junto a su sonrisa, dejando en su lugar una preocupada palidez. El empresario se disculpó con sus huéspedes y se despidió momentáneamente para dirigirse al baño, tal y como le había sido ordenado.

Cuando abrió la puerta y se encontró a Erriaga delante, el hombre lo reconoció enseguida.

–De modo que eres tú de verdad.

–Nadie debe saber que estoy en Roma, aparte de ti –le dejó enseguida claro Battista, quitándose la gorra y cerrando la puerta con llave.

–Nadie lo sabrá –le aseguró Oghi–. Pero tengo invitados fuera, no puedo hacerles esperar.

Erriaga se puso delante de él, de manera que podía mirarlo directamente a los ojos.

–No tardaremos mucho, sólo tengo una pequeña petición.

Oghi, que era un hombre astuto, comprendió enseguida que «la pequeña petición» de la que hablaba Battista no iba a ser tan pequeña, teniendo en cuenta que el otro se había rebajado a hablar con él en los servicios. No era propio de él.

–¿De qué se trata?

–El monstruo de Roma, quiero que me consigas una copia de los informes policiales.

–¿No te basta con lo que dicen los periódicos?

–También me interesa conocer los detalles que no llegan a la prensa.

Oghi se puso a reír.

–El responsable de la investigación es el vicequestore Moro, un mastín del SCO, nadie puede acercarse a él.

–Por eso he venido a verte –rio despectivamente.

–Ni siquiera yo puedo hacer nada esta vez. Lo siento.

Erriaga sacudió la cabeza, chasqueando varias veces la lengua en el paladar de manera molesta.

–Me decepcionas, amigo mío: te creía más poderoso.

–Bueno, te equivocas. Hay personas a las que no puedo llegar.

–¿A pesar de tus contactos y tus amaños? –Erriaga disfrutaba recordando a los demás lo falsos y mezquinos que eran.

–A pesar de mis contactos y mis amaños –no temió repetir Oghi, intentando aparentar seguridad.

Battista se volvió hacia el gran espejo que estaba encima de los lavabos. Miró el reflejo del otro.

–¿Cuántos nietos tienes? ¿Once, doce?

–Doce –confirmó el hombre de negocios, incómodo.

–Una bonita familia numerosa, felicidades. Y dime: ¿cuántos años tienen ahora?

–La mayor ha cumplido dieciséis. ¿Por qué me lo preguntas?

–¿Qué diría si supiera que a su abuelito le gusta divertirse con chiquillas de su misma edad?

Oghi estaba furioso, pero tenía que mantener la calma. Estaba en desventaja.

–Otra vez ese asunto… ¿Cuántas veces más vas a utilizarlo, Erriaga?

–Ya hace tiempo que lo habría dejado. Pero parece que tú quieres que sea al contrario, amigo mío. –Se volvió de nuevo hacia él–. He visto las fotos de tus últimas vacaciones en Bangladesh: has quedado muy bien, cogido de la mano con aquella menor. Y conozco la dirección de la mujer que, aquí en las afueras, te permite entretenerte con su hija cada martes por la tarde: ¿acaso la ayudas a hacer los deberes?

Oghi lo cogió de la pechera.

–Ya no voy a dejarme chantajear por ti.

–Te equivocas, nunca le hago chantaje a nadie. Yo sólo cojo lo que me corresponde por derecho. –Erriaga le agarró la mano con calma y se la quitó de encima–. Y recuerda: yo te conozco mejor de lo que te conoces tú mismo. Aunque estés enfadado, harás exactamente lo que te he pedido. Porque sabes que ahora no voy a decir nada. Sabes que te dejaré en paz y esperaré a la próxima vez que toques a una menor de edad, y entonces se lo contaré todo a la prensa. Dime, amigo mío: ¿serías capaz de resistirte a la tentación?

Tommaso Oghi permaneció callado.

–Lo que te fastidia no es el miedo a quedar mal, sino la idea de no poder seguir haciendo lo que te gusta... ¿Tengo razón? –Battista Erriaga recogió del suelo la gorra que se le había caído poco antes sin que se diera cuenta. Se la caló en la cabeza–. Cuando mueras, tu alma irá al infierno, lo sabes. Pero mientras estés aquí, me pertenece sólo a mí.

5

La operación Escudo había sido descubierta por los medios de comunicación.

En el transcurso de las horas sucesivas al doble asesinato, los periodistas se habían lanzado a hacer duras recriminaciones al SCO y, en particular, al vicequestore Moro. El trabajo del equipo especial se ponía en entredicho, los términos más utilizados eran «inadecuado» e «ineficaz». En la opinión pública, el sentimiento de compasión por la muerte de los dos policías había sido reemplazado por una rabia creciente.

Era el miedo lo que condicionaba a la gente. El monstruo estaba ganando la partida.

Moro se había visto obligado a anular la operación Escudo para evitar más polémicas. Luego se atrincheró en jefatura con los suyos, buscando una nueva idea para la investigación.

–¿Qué sucede? –La pregunta de Max contenía cierta aprensión–. ¿No estarás corriendo ningún peligro, verdad?

–No hagas caso a los noticiarios –le contestó Sandra–. No saben lo que dicen, como tienen que vender las noticias al público, utilizan ese tono alarmista. –Sabía que esa afirmación no era del todo cierta, pero no conocía una manera mejor de tranquilizarlo.

–¿Cuándo volverás a casa?

–En cuanto hayamos acabado aquí. –También eso era una mentira. En realidad, no tenían mucho en lo que trabajar, simplemente estaban analizando de nuevo los elementos del caso y buscando sujetos con antecedentes por delitos sexuales para interrogarlos. Por lo demás, iban a tientas en la oscuridad.

–¿Estás bien?

–Estoy bien.

–No es verdad, Vega. Me lo dice tu tono de voz.

–Tienes razón –admitió ella–. Es la investigación. Ya no estaba acostumbrada a tanta violencia.

–Desde hace unos días estás esquiva.

–Lo siento, pero ahora no puedo hablar de ello. –Se había refugiado en el patio para hacer la llamada. Ya no soportaba más estar con los demás y aprovechó el hecho de que el edificio de comisaría se había vaciado parcialmente con la llegada de la noche para buscar un poco de intimidad. Pero ahora lamentaba haber llamado a Max. Temía que él entendiera el motivo principal por el que se encontraba así–. No siempre puedo estar al cien por cien. Lo entiendes, ¿verdad?

–Entonces ¿por qué no lo dejas correr?

Ya lo habían hablado. Según él, la solución para todo era que Sandra cambiara de trabajo. Lo que no podía comprender era cómo una persona podía elegir estar en medio de muertos asesinados y criminales.

–Tú tienes la escuela, las clases de historia, tus alumnos... Yo tengo esto –contestó ella, intentando ser paciente.

–Respeto lo que haces, sólo digo que tal vez podrías considerar la idea de una vida distinta. Eso es todo.

En parte tenía razón, Sandra estaba demasiado implicada. Notaba un peso en el fondo del vientre, como si allí se hubiera agazapado un enorme parásito que le estaba arrebatando las fuerzas, devolviéndole a cambio descargas de angustia.

–Cuando mi marido murió, todos me decían que cambiara

de profesión. Mi familia, mis amigos. Yo era tan testaruda que les contesté que saldría adelante. En realidad, en estos tres años he intentado evitar los casos más violentos. Cuando no ha sido posible, me he escondido detrás de mi cámara. Como quería escapar de la sangre, la consecuencia ha sido que no he hecho el trabajo como hubiera debido: por eso no me di cuenta enseguida de que Diana Delgaudio estaba todavía viva. Fue culpa mía, Max. Yo estaba en el escenario del crimen, pero era como si no estuviera allí.

Desde el otro lado de la línea, Max suspiró.

–Te amo, Vega, y ya sé que puede parecerte egoísta por mi parte, pero tengo que decirte que todavía te estás escondiendo. No sé de qué, pero lo haces.

Sandra sabía que esas palabras se las decía por su bien, porque Max estaba sinceramente angustiado por su futuro juntos.

–Tienes razón, tal vez esté exagerando. Pero te prometo que cuando este asunto acabe volveremos a hablar de ello.

Esas palabras tuvieron el poder de serenarlo.

–Vuelve pronto a casa, te espero.

Sandra colgó, pero se quedó mirando el móvil en la palma de su mano. ¿De verdad estaba bien? Esta vez era ella y no Max quien formulaba la pregunta. Pero al igual que no había sabido responderle a él, tampoco era capaz de hacerlo a sí misma.

Había sido una larguísima jornada y era tarde. Sin embargo, nadie del equipo de Moro iba a dejar el edificio sin haberlo dado todo por la investigación que ahora implicaba también a dos compañeros muertos.

Sandra estaba a punto de dirigirse al ascensor para volver a la sala de operaciones del SCO cuando se percató de que en el patio, sentada en una de las sillas de plástico reservadas a las visitas, todavía estaba la madre de Giorgio Montefiori. Tenía una actitud circunspecta, de espera. Y sostenía la bolsa de plástico que había intentado entregar a Moro unas horas antes.

La policía le dio la espalda, por temor a que la hubiera visto con el vicequestore y acudiera a ella. Pulsó el botón para llamar al ascensor. Pero cuando las puertas se abrieron ante ella, no pudo entrar. Volvieron a cerrarse, Sandra se dio la vuelta y se dirigió hacia la mujer.

–Buenas noches, señora Montefiori, me llamo Sandra Vega, colaboro con el SCO. ¿Puedo ayudarla?

La mujer estrechó con poca convicción la mano que le tendía, quizá incrédula de que alguien le hicieran caso.

–He hablado con alguno de sus compañeros, me han dicho que espere, pero yo no puedo esperar –se justificó.

Tenía un tono de voz descompuesto. Sandra temió que pudiera desmayarse de un momento a otro.

–El bar de la comisaría está cerrado, pero hay algunos distribuidores automáticos: ¿por qué no come algo?

La mujer suspiró profundamente.

–Perder a un hijo es desgarrador.

Si bien Sandra no entendió la relación, la mujer siguió hablando.

–Pero nadie te dice la mayor verdad, y es que sobre todo es cansado. –Había amargura en su mirada, y también una lúcida consciencia–. Es cansado tener que levantarse de la cama, es cansado caminar, incluso ir al baño o simplemente mirar la pared. Mientras la observo a usted, me cuesta abrir y cerrar los párpados, ¿puede creerlo?

–Sí, la creo –dijo Sandra.

–Entonces, en vez de preguntarme si necesito comer algo, escuche lo que tengo que decirle.

Sandra comprendió: esa madre no necesitaba compasión, sino atención.

–De acuerdo, aquí estoy, dígame.

La mujer le mostró una bolsa de plástico.

–Ha habido un error.

–¿Qué error? No la entiendo…

–Pedí que me devolvieran los efectos personales de Giorgio.

–Sí, lo sé. –Sandra recordaba las bolsas de celofán transparente, parecidas a las de una lavandería, en las que estaba doblada la ropa de Diana y de su novio. Se las había mostrado Moro diciéndole que precisamente la madre de Giorgio había insistido para que le devolvieran la de su hijo. El vicequestore había descrito ese comportamiento como una de las muchas absurdidades producidas por el dolor.

–Lo he revisado –dijo abriendo la bolsa para enseñarle el contenido: una camisa blanca–. Esto no es de mi hijo. Me han dado la ropa de otra persona.

Sandra la observó, era exactamente la que había visto, tirada junto al resto de las prendas, en el asiento posterior del coche mientras sacaba las fotografías después del homicidio.

Pero la mujer insistía.

–Tal vez sea la de otro chico que haya muerto. Y su madre ahora se estará preguntando adónde ha ido a parar la camisa de su hijo.

Quería decirle que no había ningún otro chico muerto, ni ninguna madre desesperada más. Era terrible lo que el sufrimiento estaba haciendo con esa mujer, por eso intentó mostrarse paciente.

–Estoy segura de que no ha habido ningún error, señora.

La señora Montefiori, sin embargo, sacó de todos modos la camisa de la bolsa.

–Mire, mire aquí: es de la talla M, Giorgio usaba la L. –Seguidamente le mostró una manga–. Y, además, no están sus iniciales en el puño. Todas sus camisas tienen las iniciales, se las bordo yo.

La mujer estaba muy seria. En otras circunstancia, Sandra se la habría quitado de encima amablemente pero de manera firme. En cambio, de repente le asaltó un presentimiento, un escalofrío le recorrió la espalda. ¿Y si no se trataba de un error?

Sólo había una explicación para lo que estaba pasando.

Entró corriendo en la sala de operaciones del SCO y se dirigió inmediatamente hacia el panel que resumía los elementos relevantes del caso. Cogió el rotulador y escribió:

«Después de matar se cambia de ropa.»

Moro, que estaba sentado con los pies apoyados en el tablero de un escritorio, se incorporó y la miró con aire interrogante. El resto de personas presentes en la sala tampoco comprendieron lo que estaba ocurriendo.

–¿Cómo lo sabes? –preguntó el vicequestore.

Sandra mostró la bolsa de plástico con la camisa.

–Nos la ha traído la madre de Giorgio Montefiori, dice que no pertenece a su hijo. Ella piensa que ha habido un error, y tiene razón: sólo que no lo hemos cometido nosotros. –Estaba enardecida con el descubrimiento–. Sí que le hemos dado la que encontramos en el coche de los chicos en el pinar de Ostia, pero el cambio se hizo antes: en la oscuridad, el asesino se llevó la camisa de Giorgio pensando que era la suya. Y eso sólo puede explicarse de una manera...

–Se quita la ropa en el lugar del crimen –dijo Moro. Una nueva percepción crecía en su interior, llevándose el desaliento que lo había atenazado durante todo el día–. Tal vez porque está manchada de sangre, o para no llamar la atención después.

–Exacto –afirmó Sandra, radiante. Pero esa medida de precaución, usual en otros asesinos, en este caso implicaba una ulterior e inesperada consecuencia–. Por tanto, si la camisa de la bolsa es la del monstruo...

El vicequestore se le adelantó:

–Entonces tiene su ADN.

6

Estuvo esperando en la calle a que alguien encontrara el cadáver de Cosmo Barditi.

Al final, le tocó hacer el macabro descubrimiento a una de las chicas que trabajaban en el local. Marcus, apostado a pocos pasos de la entrada del SX, oyó el grito y se alejó.

Tenía que recoger la madeja de la pista que estaba siguiendo su informador, en otro caso el haberle salvado la vida unos años atrás y su muerte ahora no habría servido para nada.

¿Pero qué había descubierto Cosmo que fuera tan grave como para poner su vida en peligro?

Por la tarde, el penitenciario volvió a la buhardilla donde vivía, en la Via dei Serpenti. Necesitaba aclararse las ideas. Una tremenda migraña le taladraba las sienes. Se tendió sobre el catre. El punto de la nuca donde había recibido el golpe le dolía, y todavía tenía el estómago revuelto por la droga que había ingerido antes de la fiesta. Una vaga sensación de náusea emergía de tanto en tanto.

Las paredes de la habitación, parecida a una celda, estaban desnudas, excepto por una foto colgada en la pared con un pequeño clavo: el fragmento de una toma de las cámaras de seguridad en la que aparecía el presunto asesino de la monja en los Jardines Vaticanos. El hombre con la bolsa gris en bandolera que Marcus había buscado durante un año, sin éxito.

«*Hic est diabolus.*»

Marcus la había colgado ahí para no olvidar. Pero en ese momento cerró los ojos. Y pensó en Sandra.

Le gustaría hablar con ella otra vez. Se preguntó si habría estado alguna vez con una mujer. No lo recordaba. Clemente le reveló que había hecho los votos muchos años atrás, cuando todavía era un muchacho, en Argentina. Ignoraba lo que se sentía al ser amado y deseado por alguien.

Se quedó dormido con esos pensamientos. Luego, un sueño le hizo removerse en la cama. Siempre era el mismo y se repetía: cuando parecía haber terminado, volvía a empezar desde el principio. Aparecía la sombra del desconocido con la cámara fotográfica alejándose por el jardín de la villa de la Appia Antica. Cada vez que Marcus estaba a punto de alcanzarlo y verle la cara, alguien lo golpeaba por la espalda, en la nuca. La muerte esa noche le había hecho una advertencia. La muerte esa noche llevaba zapatos azules.

Cuando volvió a abrir los ojos ya había oscurecido.

Se levantó y miró la hora. Eran más de las once. Había un aspecto positivo, el dolor de cabeza le había concedido una tregua.

Se dio una ducha rápida en el pequeño baño. Debería comer algo, pero no tenía hambre. Volvió a vestirse con ropa limpia, siempre de color oscuro como el resto de prendas que guardaba en una maleta abierta en el suelo.

Tenía que ir a un sitio.

Debajo de un ladrillo de la buhardilla escondía el dinero que le pasaba Clemente. Lo utilizaba para sus misiones, gastaba poco para sí mismo. No necesitaba mucho.

Contó diez mil euros y después salió.

Media hora más tarde estaba frente a la puerta de la casa de Cosmo Barditi. Llamó al timbre y esperó. Distinguió una sombra detrás de la mirilla. Nadie le preguntó quién era. Sin embargo, Marcus sabía que en el otro lado estaba la compañera del hombre y que se sentía comprensiblemente preocupada por recibir una visita a esas horas.

–Soy un amigo de Cosmo –mintió, en realidad nunca habían sido amigos–. Le salvé la vida hace tres años.

Esa información podía ser la clave para vencer la resistencia de la mujer, porque sólo Cosmo y él estaban al corriente. Tenía la esperanza de que el hombre hubiera compartido ese secreto con su compañera.

Después de unos instantes de titubeo, oyó abrirse la cerradura y a continuación una chica apareció en el umbral. El pelo largo le bajaba por la espalda, tenía los ojos claros, enrojecidos por el llanto.

–Me ha hablado de usted –dijo enseguida. Arrebujaba un pañuelo en la palma de la mano–. Cosmo está muerto.

–Lo sé –afirmó Marcus–. Por eso estoy aquí.

La casa se encontraba a oscuras, lo hizo pasar a la cocina. Le rogó que no hiciera ruido para no despertar a la niña. Se sentaron a la mesa en la que la familia se reunía a comer, coronada por una lámpara que emitía una luz cálida y acogedora.

La mujer quería prepararle un café. Marcus declinó la invitación.

–Se lo haré de todos modos –insistió ella–. Si no lo quiere, no se lo beba, pero es que no puedo estarme quieta.

–Cosmo no se ha quitado la vida –le dijo el penitenciario mientras le daba la espalda. La vio ponerse rígida–. Lo han matado porque me estaba ayudando.

La mujer estuvo un rato sin decir nada. Luego, por fin habló:

–¿Quién ha sido? ¿Por qué? Él nunca ha hecho nada malo, estoy segura.

Estaba a punto de echarse a llorar, Marcus esperaba que no lo hiciera.

–No puedo decirle más. Es por su seguridad, y por la de la niña. Tiene que confiar en mí: es mejor que sepa lo menos posible de este asunto.

Por un momento, el penitenciario hubiera querido que reaccionara y se pusiera a increparlo, que lo echara a la calle. Pero no lo hizo.

–Estaba preocupado –admitió la chica con un hilo de voz–. Ayer, al volver a casa, me pidió que hiciera las maletas. Cuando le pregunté el motivo, desvió la conversación. –Mientras la cafetera hervía sobre el fogón, se volvió hacia Marcus–. Si se siente culpable de su muerte, no debería. Cosmo pudo tener tres años más de vida gracias a usted. Tres años para cambiar, para enamorarse de mí y para traer al mundo a su hija. Creo que, en su lugar, cualquiera habría elegido el mismo destino.

Era un consuelo demasiado mísero para el penitenciario.

–Podría haber muerto inútilmente, por eso estoy aquí... ¿No le ha dejado nada para mí? Un mensaje, un número, algo...

La mujer sacudió la cabeza.

–Ayer volvió muy tarde. Me dijo lo de las maletas, pero sin añadir adónde nos dirigiríamos. Teníamos que salir esta mañana. Creo que quería ir al extranjero, al menos eso fue lo que me pareció entender. Permaneció en casa sólo una hora. Acostó a la niña, le había comprado un libro de cuentos. Creo que en el fondo sabía que corría el riesgo de no volver a verla, por eso le hizo ese regalo.

Marcus percibió un extraño sentimiento de impotencia y rabia al oír la historia. Decidió cambiar de tema.

–¿Cosmo tenía móvil?

–Sí, pero la policía no lo ha encontrado en su despacho. Y tampoco estaba en su coche.

Anotó mentalmente la información. La desaparición del móvil respaldaba la tesis del homicidio.

Barditi debía de haber llamado a alguien que le había pasado información. ¿A quién?

–Usted salvó a Cosmo, Cosmo me salvó a mí –dijo la mujer–. Yo creo que existe algo por lo que, si uno hace una buena acción, luego ésta se repite.

A Marcus le habría gustado afirmar que así era, sin embargo, pensó que sólo el mal poseía un talento como ése. Reverbera como un eco. De hecho, Cosmo Barditi había pagado como inocente la cuenta de las malas acciones que había cometido en el pasado.

–Debéis iros de todos modos –dijo el penitenciario–. Aquí no estáis seguras.

–¡Pero no sé adónde ir y no tengo dinero! Cosmo lo invirtió todo en el local, y las cosas no iban nada bien.

Marcus dejó sobre la mesa los diez mil euros que había traído consigo.

–Con esto tendréis suficiente durante una temporada.

La mujer miró el montón de billetes. Luego se echó a llorar quedamente. A Marcus le habría gustado levantarse e ir a abrazarla, pero la verdad era que no sabía cómo llevar a cabo ciertos gestos. Veía continuamente a la gente dedicarse muestras de afecto y compasión, pero él no tenía esa capacidad.

En la cocina, la cafetera empezó a emitir soplidos de vapor mientras el líquido empezaba a derramarse. Aun así, la mujer no la apartaba de la llama. Marcus se levantó y lo hizo por ella.

–Es mejor que me vaya –dijo.

La mujer asintió entre hipidos. El penitenciario se dirigió

él solo hacia la salida. Al recorrer de vuelta el pasillo, notó una puerta ligeramente entreabierta por la que se filtraba una débil luz azulada. Se acercó al umbral.

Una lámpara con forma de estrella iluminaba dulcemente la penumbra. Una niña de cabellos rubios dormía tranquila en su cuna. Estaba acostada de perfil, con un chupete en la boca, y tenía las manos juntas. Había apartado la sábana con los pies. Marcus se acercó y, con un gesto inesperado incluso para él, se la volvió a subir.

Se quedó observándola, preguntándose si ése era el premio por haber salvado a Cosmo Barditi unos años atrás. Si, en el fondo, esa nueva vida también era mérito suyo.

«El mal es la regla, el bien la excepción», se recordó a sí mismo.

Por tanto no, él no tenía nada que ver. Decidió irse enseguida de esa casa, porque se sentía fuera de lugar.

Pero justo cuando estaba a punto de dar un paso hacia la puerta, su mirada tropezó en la portada de un libro colocado en una estantería de la habitación. Era el cuento que Cosmo Barditi había regalado a su hija la noche anterior. El título lo noqueó como un puñetazo.

La extraordinaria historia del niño de cristal.

La tercera lección de Clemente tuvo lugar una bochornosa tarde de verano.

Se habían citado en la Piazza Barberini y desde allí fueron paseando por la calle del mismo nombre, antes de internarse por las callejuelas que conducían a la Fontana di Trevi.

Prosiguieron abriéndose paso entre la masa de turistas agolpados en torno al monumento, entretenidos haciendo fotos y echando monedas al agua, siguiendo el rito propiciatorio según el cual quien lo cumplía iba a volver a Roma otra vez en el transcurso de su vida.

Mientras los visitantes contemplaban la Ciudad Eterna y se dejaban cautivar por su belleza, Marcus los observaba a ellos, consciente de la distancia que lo separaba del resto del género humano. Su destino era parecido al de las sombras que corrían por los muros como escapando de la luz del sol.

Clemente, ese día, parecía más tranquilo. Había depositado grandes esperanzas en su instrucción y estaba seguro de que, muy pronto, Marcus estaría listo para emprender su misión.

Su paseo terminó delante de la iglesia barroca de San Marcello al Corso que, con su fachada cóncava, parecía querer abrazar a los fieles.

–Esta iglesia oculta una gran lección –le anunció Clemente.

Al entrar, fueron acogidos por un repentino frescor. Era como si el mármol respirara. El interior no era muy grande y tenía una única nave central a la que se asomaban cinco capillas por cada lado.

Clemente se dirigió hacia el altar, coronado por un espléndido crucifijo de madera oscura de la escuela de Siena del siglo XIV.

–Mira ese Cristo –le dijo–. Es bello, ¿verdad?

Marcus asintió. Pero no sabía si Clemente se estaba refiriendo a la obra de arte o bien, como cura, a la cualidad espiritual del símbolo.

–Según los habitantes de Roma, es un crucifijo milagroso. Tienes que saber que esta iglesia, como la vemos hoy, fue reconstruida después de que un incendio la destruyera la noche del 23 de mayo de 1519. Lo único que se salvó de las llamas fue ese Cristo que ahora ves sobre el altar.

Impresionado por la historia, Marcus empezó a mirar la talla con otros ojos.

–Y eso no es todo –prosiguió Clemente–. En 1522, la peste se abatió sobre Roma, matando a centenares de personas. El pueblo se acordó del crucifijo milagroso y se decidió que fuera llevado en procesión por las calles de la ciudad, a pesar de la oposición de las autoridades que temían que la aglomeración de personas detrás del cortejo pudiera favorecer la propagación de la epidemia. –En ese momento, su amigo hizo una pausa–. La procesión duró dieciséis días y la peste desapareció de Roma.

Ante aquella inesperada revelación, Marcus no había podido articular palabra, también él conmovido por el poder místico de ese trozo de madera.

–Pero cuidado –le advirtió enseguida Clemente–. A esta obra también va ligada otra historia... Observa bien el rostro de ese Cristo sufriente en la cruz.

Los signos de dolor reflejados en el rostro eran intensos. Casi podía percibirse un lamento procedente de la madera. Esos ojos, los labios, las arrugas contaban fielmente la emoción de la muerte.

Clemente se había puesto serio.

–El artista que esculpió la escultura quedó en el anonimato. Pero se dice que se apoderó de él una fe tan intensa que quiso entregar a los cristianos una obra capaz de conmover y, al mismo tiempo, impresionar por su realismo. Por ese motivo se convirtió en asesino. Escogió como modelo a un pobre carbonero y a continuación lo mató muy lentamente, para captar las expresiones y el sufrimiento mientras moría.

–¿Por qué me has contado ambas historias? –preguntó Marcus, intuyendo el objetivo.

–Porque el pueblo, durante siglos, se ha divertido contando la una y la otra. Los ateos, obviamente, preferían la más macabra. A los creyentes les gustaba la primera... pero tampoco desdeñaban la segunda, porque a la naturaleza humana le atrae el misterio de la maldad. Pero la cuestión es: ¿tú en cuál crees?

Marcus reflexionó unos momentos sobre ello.

–No, la verdadera pregunta es: ¿puede nacer algo bueno de algo malvado?

Clemente pareció satisfecho con la respuesta.

–Bien y mal nunca son categorías definidas. A menudo es necesario decidir qué es lo uno y qué es lo otro. El juicio depende de nosotros.

–Depende de nosotros –repitió Marcus, como si estuviera asimilando las palabras.

–Cuando observes el escenario de un crimen, uno en el que quizá se haya derramado sangre inocente, no podrás detenerte sólo en el «quién» y el «por qué». Tendrás que imaginarte también el pasado del autor de ese delito que lo ha

conducido hasta ahí, sin olvidar que alguien lo quiere o lo ha querido alguna vez. Tendrás que visualizarlo cuando ríe y cuando llora, cuando está feliz o triste. De pequeño, entre los brazos de su madre. Y de adulto, cuando hace la compra o coge el autobús, cuando duerme y cuando come. Y cuando ama. Porque no hay un solo hombre, incluso el más terrible, que no sepa tener ese sentimiento.

Marcus había aprendido la lección.

–La manera de capturar a una persona mala es saber cómo ama.

7

El vicequestore Moro recorría la carretera de circunvalación este a bordo de un coche camuflado.

Era uno de los vehículos sin distintivos que utilizaban los policías para hacer seguimientos o apostamientos sin ser reconocidos. Solía tratarse de automóviles confiscados por haber sido utilizados para cometer algún delito. Posteriormente, se quedaban a disposición de las comisarías de policía.

El que conducía Moro, concretamente, había pertenecido a un traficante de drogas. Parecía un coche como tantos otros, pero en realidad estaba provisto de un motor de mayor potencia y de una doble carrocería: en el hueco que quedaba entre las dos, los agentes de aduana habían encontrado un cargamento de cincuenta quilos de cocaína de mucha pureza.

Moro se acordó de esa cavidad debajo del automóvil y consideró que sería ideal para transportar algo sin levantar sospechas.

Utilizó la salida secundaria del edificio de la policía de la Via San Vitale para despistar a los posibles reporteros. Se habían propuesto acosarlo para obtener declaraciones y al mismo tiempo lo atacaban por la muerte de los dos policías. El vicequestore oficialmente nunca daba importancia a las polémicas, en el transcurso de su brillante carrera ya le había pasado varias veces tener que lidiar con la prensa y que lo pusieran en entredicho. Era uno de los tributos que había que pagar a la notoriedad, si bien eran pequeñas heridas en su orgullo. Pero esta vez era distinto. Si los periodistas descubrieran lo que estaba intentando esconder con tantas precauciones, tendría que pagar un elevado precio.

Un sol pálido y cambiante iluminaba la mañana romana sin conseguir calentarla. El tráfico avanzaba lentamente. «Hay cosas que es peligroso que se sepan», pensaba Moro mientras observaba los rostros de los ocupantes de los demás coches en fila. «Hay cosas que es mejor no saber.» Esas personas no lo habrían entendido. Era mejor dejarlas vivir en paz, sin turbar su existencia con historias que ni siquiera él era capaz de explicar.

El vicequestore empleó casi una hora en llegar a su destino: un enorme edificio de cemento en medio de otros idénticos, construido en la época en que ciertas zonas de la ciudad eran tierra de conquista para los especuladores inmobiliarios.

Aparcó en una calle lateral. Uno de sus hombres de paisano lo esperaba en la entrada del complejo, fue a su encuentro y Moro le entregó las llaves del coche.

–Están todos arriba –le anunció.

–Bien –dijo el vicequestore encaminándose a la entrada.

Cogió el angosto ascensor y pulsó el botón del undécimo piso. Al llegar al rellano, identificó la puerta que le interesaba y llamó al timbre. Fue a abrirle un técnico que llevaba puesto un mono blanco.

–¿En qué punto estáis? –preguntó Moro.

–Casi hemos terminado.

El vicequestore entró. El aire estaba viciado, se reconocían los efluvios de los reactantes químicos utilizados por la Científica, y por debajo –como un estrato persistente– subsistía el olor inconfundible a cerrado y a nicotina rancia.

El piso no era muy grande y estaba oscuro. Se abría a lo largo de un estrecho pasillo al que se asomaban cuatro habitaciones. En la entrada, había un mueble con un espejo, y en la esquina, un perchero lleno de chaquetas.

Moro avanzó, deteniéndose en el umbral de cada habitación. La primera era un estudio. Había una librería con volúmenes de anatomía y medicina, y también un escritorio cubierto de hojas de periódico en el que destacaba la maqueta de un barco de tres mástiles por terminar, además de cola, pinceles y una lámpara telescópica.

Había maquetas de aviones, barcos y trenes dispuestas sobre estanterías o colocadas en cualquier sitio, incluso en el suelo. Moro reconoció un Havilland *DH.95 Flamingo* de la Segunda Guerra Mundial con los distintivos de la RAF, una galera fenicia y una de las primeras locomotoras eléctricas.

Todos los modelos estaban cubiertos de una capa de polvo tan espesa que hacía que la habitación pareciera un cementerio de chatarra. Y probablemente era precisamente eso: una vez alcanzado el objetivo, su creador perdía el interés. «No tenía a nadie a quien mostrar su obra», pensó Moro mirando los ceniceros repletos de colillas. El tiempo y la soledad se habían aliado, los cigarrillos eran la prueba.

Los técnicos de la Científica estaban trabajando con lámparas ultravioletas y equipos fotográficos en torno a las carcasas abandonadas. Era como asistir al escenario de un desastre en miniatura.

En la cocina, dos de ellos estaban vaciando y catalogando el contenido de la nevera, un modelo que sin duda tenía más de treinta años. Allí también reinaba un desorden que parecía haberse sedimentado, año tras año.

La tercera habitación era un baño. Baldosas blancas, una

bañera con la cerámica amarillenta, un váter con una montaña de revistas al lado y varios rollos de papel higiénico. Sobre el lavabo, una repisa en la que sólo había un espray de espuma de afeitar y una maquinilla de plástico.

En la actualidad, después de un primer matrimonio fracasado, Moro también estaba soltero. Pero se preguntó cómo podía llegarse a eso.

–Astolfi era un hombre solitario, y su casa da asco.

Era el comisario Crespi quien había hablado. Él se encargaba del registro.

El vicequestore se volvió.

–¿Ha mantenido a Vega al margen?

–Sí, señor. Cuando me preguntó, le dije que no habíamos encontrado nada relevante en la casa. Le hice creer que Astolfi había perdido la cabeza y que se había llevado consigo una prueba del escenario del crimen por una especie de arrebato de locura, sin ningún objetivo.

–Bien –se congratuló Moro, aunque no estaba completamente seguro de que Sandra Vega hubiera aceptado esa verdad sin hacerse preguntas. Era bastante despierta, no iba a conformarse. Pero tal vez esa versión de los hechos la mantendría un tiempo tranquila–. ¿Qué dicen de Astolfi los vecinos del inmueble?

–Algunos ni siquiera sabían que había muerto.

El funeral había tenido lugar esa misma mañana, pero nadie tomó parte en él. «Qué triste», pensó Moro. A nadie le importaba la desaparición del médico forense. Él mismo se había creado un vacío a su alrededor. Una distancia deseada y alimentada durante los años con el desinterés. Los únicos seres humanos con los que se relacionaba eran los cadáveres que diseccionaba en su mesa de autopsias. Pero a juzgar por el lugar donde vivía, Astolfi había entrado a formar parte de ese grupo silencioso mucho antes de suicidarse.

–¿Hizo testamento? ¿A quién van a ir sus bienes?

–No ha dejado indicaciones y no tenía parientes –dijo Crespi–. ¿Puede imaginarse una soledad igual?

No, la verdad era que Moro no podía. Pero ya tenía pruebas de la existencia de hombres así. Más de una vez se había topado con casas como ésa y con personas que poseían el don de la invisibilidad. Sólo se hacían notar al morir, cuando el hedor de sus cadáveres llegaba a las viviendas de los vecinos. Sin embargo, cuando éste desaparecía, no quedaba nada de ellos y podían volver al anonimato, como si no hubieran existido nunca.

En cambio, Astolfi había dejado algo. Algo por lo que no iba a ser olvidado.

–¿Quiere ver el resto? –preguntó Crespi.

«Hay cosas que es peligroso que se sepan», recordó Moro. «Hay cosas que es mejor no saber.» Pero él entraba en la categoría de las personas que no podían evitarlo.

–De acuerdo: veámoslo.

La habitación era la última del fondo. Allí habían hecho el descubrimiento. Vio la cama individual en la que dormía Astolfi. Junto a ella, había una mesilla de noche con una repisa de mármol sobre la que estaban dispuestos un viejo despertador al que era necesario dar cuerda, una lámpara de lectura, un vaso de agua y el indefectible cenicero. Había un armario de madera oscura que daba la sensación de ser muy pesado. Una butaca de terciopelo raído y un perchero. Una lámpara de tres brazos y una ventana con la persiana bajada.

Un dormitorio de lo más común.

–He venido con un vehículo camuflado que tiene un doble fondo –anunció Moro–. Quiero que las pruebas sean llevadas a jefatura sin llamar la atención. Ahora cuéntemelo todo...

–Hemos revisado el contenido de todos los muebles –explicó Crespi–. Ese loco no tiraba nada. Ha sido como recorrer su inútil existencia. Acumulaba cosas, pero no tenía recuerdos. Lo que más me ha impresionado es que no hemos encontrado fotos de él de pequeño, ni de sus padres. Ni una carta de un amigo, ni siquiera una postal.

«Acumulaba cosas, pero no tenía recuerdos», se repitió Moro mientras miraba a su alrededor. ¿De verdad se podía vivir así, sin un objetivo? Pero tal vez fuera eso lo que Astolfi quería hacerles creer.

En el interior de las personas se esconde un mundo de oscuros secretos.

–Acabábamos de terminar de poner el piso patas arriba y ya íbamos a marcharnos, cuando...

–¿Qué ocurrió exactamente?

Crespi se volvió hacia la pared de al lado de la puerta.

–Hay tres interruptores –le hizo notar–. El primero enciende la lámpara del techo, el segundo está conectado a la lámpara de la mesilla de noche. Pero ¿y el tercero? –El comisario hizo una pausa–. Es posible que en una vieja casa haya interruptores que ya no se usen. Se quedan allí durante años y al final ya ni te acuerdas para qué servían.

Pero éste no era el caso. Moro alargó una mano y apretó los pulsadores que apagaban las luces de la lámpara del techo y de la mesilla de noche. La habitación se sumió en la oscuridad. En ese instante, el vicequestore activó el tercer interruptor.

Una tenue luz se insinuó en la habitación. Se filtraba por el rodapié de una de las paredes. Una larga y delgada línea luminosa que iba de una esquina a la otra.

–La pared es de cartón piedra –dijo el comisario–. En el otro lado se intuye un hueco hecho reduciendo las dimensiones originales de la habitación.

Moro emitió una profunda exhalación, preguntándose qué iba a encontrarse.

–El acceso está a la derecha. –Crespi indicó un punto hacia abajo, donde se entreveía una especie de portezuela de unos cincuenta centímetros de ancho y no más de cuarenta de alto. Seguidamente se acercó y la empujó con la palma de la mano. La cerradura abatible saltó, descubriendo la entrada.

Moro se agachó en el suelo para echar un vistazo a la cavidad.

–Espere –lo detuvo el comisario–. Es necesario que comprenda bien con lo que nos enfrentamos...

Dicho esto, pulsó de nuevo el interruptor, apagando la luz del otro lado de la pared. Luego le pasó una linterna.

–Cuando esté listo, dígamelo –le indicó Crespi.

Moro se volvió hacia la entrada vacía. Se tendió sobre el vientre y, haciendo fuerza con los brazos, se deslizó por la abertura.

En cuanto estuvo en el otro lado, sintió como si se hubiera quedado fuera del mundo.

–¿Todo bien? –La voz de Crespi llegaba amortiguada y distante, a pesar de que les separaba un grosor de pocos centímetros.

–Sí –dijo Moro, poniéndose de pie. Después encendió la linterna que llevaba en la mano.

Primero la enfocó a la derecha, después a la izquierda. Justo en ese lado, al fondo, en la parte opuesta de esa especie de estrecho intestino, había algo.

Una mesita de madera. Sobre ésta había una especie de estructura estilizada. Parecía ligera como una telaraña o una trampa para pájaros. Medía unos treinta centímetros de alto y estaba hecha de ramitas superpuestas y entrelazadas.

Moro se acercó con cautela, intentando comprender el sentido de la composición. La forma no revelaba nada, parecía que las maderitas estuvieran colocadas al azar. «Un perfecto trabajo de modelismo», se dijo recordando la cola y los pinceles que había visto en el estudio. Cuando lo tuvo justo delante, se dio cuenta de que se había equivocado.

No eran ramas, sino huesos. Huesos pequeños y ennegrecidos. Pero no humanos, sino de animales.

El vicequestore se preguntó cómo era posible. ¿Qué mente podía concebir algo así?

Vio la bombilla colgada de un cable que bajaba perpendicularmente del techo y terminaba justo detrás de esa especie de macabra escultura.

–Estoy preparado –dijo en voz alta.

Apagó la linterna y, un instante después, Crespi desde fuera accionó nuevamente el interruptor. La bombilla tomó vida, difundiendo su luz amarillenta.

Pero Moro no acababa de comprender. ¿Qué había de extraño?

–Ahora vuélvase –dijo el comisario.

El vicequestore lo hizo. Cuando lo vio, dio un breve respingo. Un estremecimiento que iba a recordar hasta que hubiera salido.

En la pared opuesta, su sombra se superponía a la que proyectaba la estructura de huesos iluminada por la bombilla.

Esos huesecillos no habían sido colocados al azar. La prueba era la imagen que se había formado en la pared.

Una alta figura antropomorfa. Con cuerpo humano y cabeza de lobo.

Un lobo sin ojos, con las cuencas vacías. Pero lo más inquietante era que tenía los brazos abiertos. Era la imagen que había sobresaltado a Moro.

La sombra de la criatura abrazaba la suya.

8

Sandra lo vio en el andén de la estación de metro de la Piazza della Repubblica. Intentaba confundirse con los demás pasajeros, pero era evidente que la estaba esperando.

Bajó del vagón y vio que el penitenciario se alejaba con la clara intención de que lo siguiera. Lo hizo. Subió la escalera que llevaba hacia la salida y lo vio torcer a la izquierda. Se mantenía a distancia, mientras él avanzaba sin prisa. Luego lo vio detenerse delante de una puerta metálica en la que había un cartel de «acceso reservado al personal». Pero él entró de todos modos. Poco después, ella también cruzó el umbral.

–Yo tenía razón: alguien cogió una prueba del escenario del crimen, ¿verdad? –empezó diciendo Marcus. Su voz resonaba en el hueco de una escalera de servicio.

–No puedo hablarte de la investigación –dijo enseguida Sandra, a la defensiva.

–No quiero que te sientas obligada –contestó tranquilo.

La policía la tenía tomada con él.

–De modo que lo sabías... Sabías que alguien se había llevado algo y sospechabas de uno de nosotros.

–Sí, pero quería que tú lo descubrieras por ti misma. –Hizo una pausa–. He leído la noticia del suicidio del médico forense. Tal vez no pudo soportar el sentimiento de culpabilidad por casi haber dejado morir a Diana Delgaudio...

«No tenía sentimientos de culpabilidad», habría querido rebatir Sandra. Pero estaba segura de que el penitenciario ya había descubierto también esa parte de la historia.

–Deja de jugar conmigo –le advirtió.

–Era una figura de sal, ¿verdad?

Sandra estaba impresionada.

–Cómo puedes... –Pero enseguida añadió–: Astolfi consiguió destruir la prueba antes de que la encontráramos. Yo la toqué sólo un momento, parecía una pequeña muñeca.

–Probablemente era una especie de estatuilla. –Entonces Marcus sacó de la americana el libro de cuentos que había encontrado en la habitación de la hija de Cosmo Barditi.

–*La extraordinaria historia del niño de cristal* –leyó Sandra, y seguidamente lo miró–: ¿Qué significa?

Marcus no contestó.

La policía se puso a hojear el libro. Tenía pocas páginas y la mayoría estaban llenas de dibujos. Se trataba de la historia de un niño distinto de los demás porque estaba hecho de cristal. Era muy frágil y, además, cada vez que una parte de él se hacía añicos, corría el riesgo de herir a los niños de carne y hueso.

–Consigue llegar a ser como los demás –afirmó Marcus, anticipándose al final del libro.

–¿Cómo?

–Es una especie de parábola educativa: hay dos páginas vacías antes del final, creo que se le pide la solución al niño que está leyendo el libro.

Sandra lo hojeó para comprobarlo. En efecto, en las dos últimas páginas los dibujos habían sido sustituidos por líneas, como las de un cuaderno. Además, alguien había borrado el texto, pero todavía se adivinaban las marcas de lápiz. La policía cerró el libro y comprobó la portada.

–No aparece el autor, ni tampoco quién lo ha publicado.

Marcus ya se había fijado en esa peculiaridad.

–¿Por qué tendría algo que ver este cuento con la muñeca de sal?

–Porque un hombre ha muerto por hacerme llegar este indicio. –Marcus no mencionó la grabación de San Apolinar, ni que el monstruo había dejado un mensaje en el confesionario de la iglesia cinco días antes de atacar a los dos muchachos en el pinar de Ostia. En vez de eso dijo–: Yo lo vi.

–Cómo... –Sandra se mostró incrédula.

–Vi al asesino. Llevaba una cámara fotográfica consigo y, cuando se dio cuenta de mi presencia, escapó.

–¿Le viste la cara?

–No.

–¿Dónde ocurrió?

–En una villa en la Appia Antica. Era una especie de fiesta o de orgía. Había gente recreando el asesinato. Y él estaba allí.

La Appia Antica, la misma zona en la que se había producido el homicidio de los dos policías de la operación Escudo.

–¿Por qué no lo detuviste?

–Porque alguien me detuvo a mí golpeándome en la nuca.

«El hombre de los zapatos azules», recordó.

Sandra seguía sin entender.

–El médico forense coge una prueba, matan a mi informador, me agreden... Sandra, el monstruo goza de protección.

La policía advirtió cierto malestar: el comisario Crespi le había asegurado que Astolfi no tenía nada que ver con ese asunto, que lo suyo había sido una especie de arrebato de locura, porque después de examinar su vida con lupa no había salido nada. ¿Y si le había mentido?

–Tenemos su ADN –se sorprendió diciendo, sin siquiera saber por qué. O quizá lo sabía: sólo se fiaba del penitenciario.

–Eso no os servirá para capturarlo, créeme. Aquí ya no se

trata sólo de él. Hay otras fuerzas que se mueven en la sombra. Fuerzas poderosas.

Sandra intuyó que el penitenciario quería algo de ella, en otro caso no la habría buscado.

–Una vez un amigo me dijo que para capturar a alguien malvado hay que saber cómo ama.

–¿De verdad crees que un ser así es capaz de amar?

–Quizá ahora ya no, pero sí en el pasado. Esto es una historia de niños, Sandra. Si consigo encontrar al niño de sal, descubriré en quién o en qué se ha convertido de adulto.

–¿Y qué quieres que haga yo?

–Cosmo Barditi, mi informador, ha sido asesinado. Han intentado que pareciera un suicidio, y es creíble teniendo en cuenta las deudas que acumulaba, a decir de su compañera. Pero yo sé que no es así. –Marcus se sentía hervir la sangre al pensar que también era culpa suya–. Alguien se llevó el móvil de Barditi después de matarlo. Quizá el hombre hizo unas llamadas para conseguir el libro de cuentos y al final se tropezó con alguien.

La policía sabía dónde quería llegar con ese razonamiento.

–Para obtener los listados de la compañía telefónica se necesita la autorización de un juez.

Marcus la miró.

–Si de verdad quieres ayudarme, no hay otra elección.

Sandra se apoyó en la barandilla de la escalera de hierro, se sentía como aprisionada entre dos barreras que avanzan despacio hacia ella, en una especie de mordaza. Por un lado estaba lo que debía hacer, por el otro, lo que era justo que hiciera. Y ella no sabía qué elegir.

El penitenciario se puso frente a ella.

–Yo puedo detenerlo.

* * *

Conocía bien al inspector asignado a la investigación de la muerte de Barditi. Sandra estaba segura de que, tratándose de un suicidio, el magistrado acabaría archivando el caso.

No podía pedirle un favor a su compañero, quizá argumentando alguna excusa. Ella era fotógrafa, no tenía ningún motivo válido y, de todos modos, él no se lo habría creído.

A pesar de no ser un caso relevante, no podía tener acceso al informe. La documentación se encontraba en la base de datos de jefatura y sólo el titular de la investigación y la oficina que había instruido el expediente tenían acceso a la contraseña para consultarla.

En el transcurso de la mañana, Sandra salió varias veces de la sala de operaciones del SCO para ir al piso inferior, donde estaba situado el despacho de su compañero. Se quedaba hablando con otros policías sólo para no perderlo de vista.

La puerta de la sala siempre estaba abierta y se fijó en que el inspector tenía la costumbre de tomar apuntes en hojas sueltas que dejaba esparcidas sobre la mesa.

Se le ocurrió una idea. Esperó a que se fuera a almorzar, luego se proveyó de la réflex. No tenía mucho tiempo, alguien habría podido verla. Cuando no hubo nadie en los pasillos, entró en su despacho y sacó una serie de fotos al escritorio.

Al cabo de un rato las miró en el ordenador intentando encontrar algo interesante. La esperanza era que su compañero hubiera anotado la contraseña del caso Barditi para no correr el riesgo de olvidarla.

Sandra halló un código en una de las notas adhesivas. Lo introdujo en el único terminal de la sala de operaciones del SCO conectado a la base de datos de jefatura y apareció el archivo.

Tenía que darse prisa. Corría el riesgo de que alguien de los presentes sospechara algo. Por suerte, Moro y Crespi llevaban horas fuera.

Como era previsible, la documentación sobre Cosmo Barditi era más bien escueta. Aparecían sus antecedentes por tráfico de drogas y proxenetismo, así como sus fotos de la ficha policial. Sandra tuvo una molesta sensación al ver la esvástica que Barditi se había hecho tatuar en el cuello. Se preguntó cómo el penitenciario podía confiar en él, ya que Marcus parecía sinceramente afectado por su muerte. Tal vez sólo fuera un prejuicio suyo, era consciente de ello, quizá Barditi era mejor de lo que aparentaba. Pero ese hombre, en cualquier caso, tenía grabado en su piel un símbolo de odio.

Sandra prefirió no perderse en esas reflexiones. Siguió consultando el archivo y se dio cuenta de que faltaba la petición al juez para obtener el listado de llamadas telefónicas del suicida. Rellenó el formulario y, antes de enviarlo, le atribuyó máxima prioridad. Probablemente, el inspector ni siquiera se daría cuenta.

El juzgado dio su consentimiento y, hacia mitad de la tarde, por fin la compañía telefónica le envió lo que había pedido.

Al revisar la larga lista de llamadas realizadas por Barditi durante su último día de vida, Sandra enseguida notó que el hombre había estado muy ocupado buscando información. Todos los titulares de esos números estaban fichados. La policía no sabía cómo haría el penitenciario para encontrar a la persona que buscaba, en vista de que todos eran sospechosos. Pero luego se fijó en que uno de esos números se repetía al menos cinco veces en el listado. Lo apuntó junto con el nombre al que estaba vinculado.

Media hora después, según las instrucciones recibidas, una copia impresa del listado, acompañada por los antecedentes penales del hombre al que Cosmo Barditi había llamado en más ocasiones, quedaba depositada en una cajita de donativos de la iglesia de los Santos Apóstoles.

9

Sandra Vega había cumplido su palabra. Mejor dicho, había hecho mucho más. Le había proporcionado un nombre.

Nicola Gavi, sin embargo, estaba ilocalizable.

Tenía el móvil apagado y, cuando Marcus visitó su apartamento, tuvo la impresión de que el hombre llevaba unos cuantos días fuera de casa.

Nicola Gavi tenía treinta y dos años, pero según sus antecedentes penales había pasado gran parte de ese tiempo entre el reformatorio y la cárcel. Pesaba sobre su conciencia una larga serie de delitos: tráfico, hurto, robo a mano armada, agresión.

Últimamente, para mantenerse a sí mismo y su dependencia al crack, se prostituía.

Marcus se informó de los lugares donde engatusaba a sus clientes: locales sólo para hombres, sitios de prostitución masculina. Después se puso a buscarlo, pidiendo noticias suyas y ofreciendo dinero. La última vez que alguien lo había visto por ahí fue cuarenta y ocho horas antes.

El penitenciario llegó a una conclusión. O Nicola estaba muerto o se estaba escondiendo porque tenía miedo.

Decidió confiar en la segunda hipótesis, teniendo en cuenta que había un modo de comprobarla. Si realmente hacía dos días que el hombre no aparecía por los lugares que solía frecuentar, eso significaba que había llegado al límite y que pronto tendría que salir a buscar una dosis.

El crack era la respuesta. La abstinencia lo sacaría de su escondite, empujándolo a correr riesgos.

Marcus no creía que Nicola tuviera reservas de dinero; conocía a los drogadictos, sabía con certeza que gastaban hasta el último céntimo para colocarse. Como llevaba días sin trabajar, tendría que buscarse un cliente que le pagara la dosis. El penitenciario podía empezar a buscarlo en los lugares de prostitución. Pero, al final, sólo había un sitio al que sin duda iría.

El barrio del Pigneto era el reino de los camellos de crack. Al oscurecer, Marcus se dispuso a recorrer la zona con la esperanza de verlo.

Hacia las siete y media, cuando el aire de la noche se había vuelto más gélido, el penitenciario se apostó a pocos metros de una esquina de la calle donde un camello distribuía la mercancía. Todo ello sucedía con rápidos intercambios de mano a mano. Los toxicómanos sabían que no debían ponerse en fila para no llamar la atención, de modo que gravitaban a distancia. Era fácil reconocerlos, se movían de manera nerviosa y sus ojos miraban hacia un único objetivo. Luego, por turnos, uno de ellos se apartaba de su órbita para acercarse al punto de venta, cogía la dosis y se alejaba.

Marcus reparó en la llegada de un tipo bastante corpulento con una sudadera negra. La capucha le cubría la cabeza y llevaba las manos en los bolsillos. Con esas temperaturas, la ropa ligera hizo sospechar al penitenciario. Iba vestido como alguien que se ha visto obligado a abandonar su casa a toda prisa y ahora no puede volver a ella.

El hombre efectuó el intercambio con un camello y se alejó rápidamente. Mientras miraba a su alrededor, Marcus entrevió su rostro bajo la capucha.

Era Nicola.

Lo siguió, pero estaba seguro de que no iría muy lejos. De hecho, Gavi se metió en un baño público para consumir el crack.

Marcus fue tras él y, en cuanto cruzó el umbral, le embistió un terrible hedor a cloaca. El sitio ofrecía un aspecto repugnante, pero Nicola Gavi tenía que aplacar la abstinencia. Ya se había encerrado en una de las separaciones. El penitenciario esperó. Al poco rato, de la cabina emanó una bocanada de humo gris. Transcurrieron algunos minutos, después el hombre salió. Se acercó al único lavabo que había y empezó a lavarse las manos.

Marcus estaba a su espalda, en un rincón. Lo observaba sabiendo que Gavi no lo había visto. No se había equivocado, tenía músculos de culturista y, sin capucha, la cabeza rasurada y el cuello robusto infundían temor.

–Nicola.

Él se volvió al instante, abriendo los ojos de par en par.

–Sólo quiero hablar contigo –lo tranquilizó Marcus, levantando las manos.

Al encontrarse frente a un rostro desconocido, Nicola dio un salto hacia delante de manera repentina. Con su corpulencia arrolló a Marcus, como en un placaje de rugby. De pronto, el penitenciario sintió que le faltaba el aliento y cayó hacia atrás, golpeándose con violencia la espalda contra el suelo mugriento, pero aun así consiguió alargar un brazo para aferrar el tobillo del asaltante, haciéndole tropezar.

Nicola se derrumbó en el suelo con un ruido sordo, pero, a pesar de su volumen, era muy ágil y se levantó asestándole una patada en las costillas a Marcus. El penitenciario notó la violencia del golpe y la vista se le nubló. Quería decir algo para detenerlo, pero el otro le plantó la suela de la bota en la cabeza, después se levantó, intentando aplastársela con todo su peso. Marcus encontró fuerzas para cogerlo de la pantorrilla con ambas manos y le hizo perder de nuevo el equilibrio. Esta vez Nicola acabó chocando contra una de las puertas de las cabinas, echándola abajo.

El penitenciario intentó incorporarse. Sabía que no tenía mucho tiempo. Oía los lamentos de Gavi, pero era consciente de que pronto se recuperaría y lo tendría nuevamente encima. Marcus apoyó las manos sobre el pavimento sucio y se incorporó mientras el baño daba vueltas a su alrededor. Consiguió ponerse de pie, pero las piernas no lo sostenían. Cuando por fin estuvo más seguro de su equilibrio, vio que Nicola había acabado en uno de los váteres. Se había golpeado la enorme cabeza y estaba sangrando por la frente.

Haber podido neutralizarlo de ese modo sólo había sido cuestión de suerte. En otro caso, Gavi lo habría matado, estaba seguro de ello. Marcus se acercó al gigante aturdido y le devolvió la patada en las costillas.

–¡Ay! –gritó él, con la voz de un chiquillo.

El penitenciario se agachó a su lado.

–Cuando alguien te dice que sólo quiere hablar, primero escúchalo, después, si acaso, ya lo golpearás. ¿Entendido? –El hombre hizo un gesto de asentimiento con la cabeza. Marcus rebuscó en el bolsillo y luego le tiró encima un par de billetes de cincuenta euros–. Puedes conseguir más si me ayudas.

Nicola asintió de nuevo, mientras los ojos se le llenaban de lágrimas.

–Cosmo Barditi –dijo el penitenciario–. Vino a verte, ¿verdad?

–Ese gilipollas me ha metido en un buen lío.

La afirmación confirmaba las sospechas de Marcus: Gavi tenía miedo de que alguien le hiciera daño, por eso había desaparecido.

–Ha muerto –dijo el penitenciario, y leyó la consternación y el miedo en el rostro de Nicola.

* * *

Poco tiempo después, Nicola estaba de nuevo frente al lavabo. Intentaba taponarse la herida de la frente con papel higiénico.

–Oí decir por ahí que había alguien buscando información sobre un pervertido al que le gustan los cuchillos y la fotografía. Enseguida me di cuenta de que la descripción se refería al monstruo de las parejas. Así que busqué al tipo que hacía las preguntas para sacarle algo de dinero.

Cosmo Barditi no había sido prudente. Había estado haciendo preguntas por ahí y, además de Nicola, alguien más había aguzado los oídos. Alguien peligroso.

–No sabías nada, ¿verdad?

–Aunque podría haberme inventado que me había tropezado con un cliente que se parecía al loco asesino. Me he encontrado con más de un tío raro, créeme.

–Pero Barditi no se lo tragó.

–Me pegó, el muy cabrón.

A Marcus le costaba creerlo, teniendo en cuenta su envergadura y el trato que Gavi le había dispensado un rato antes.

–¿Y eso fue todo?

–No. –Obviamente, el miedo de Nicola hacía presuponer esa respuesta–. En un momento dado mencionó al niño de sal. Y fue entonces cuando me acordé del viejo libro que tenía en casa. Le hablé de él y empezamos a negociar.

Eso explicaba las llamadas telefónicas que Cosmo había hecho antes de ser asesinado.

–Me pagó y yo le entregué la mercancía: todos contentos –enfatizó el hombre. Luego, inesperadamente, se volvió y se levantó la sudadera para mostrar la espalda: tenía un gran esparadrapo a la altura del riñón derecho–. Después del intercambio, alguien intentó asestarme una puñalada. Y sólo me libré porque era más grande que él y le desvié la mano. Después de eso, hui.

Una vez más, alguien había intentado tapar el asunto. A cualquier precio.

Pero ahora Marcus tenía que plantear la pregunta más importante.

–¿Por qué te compró Cosmo el libro? ¿Qué le llevó a pensar que no se trataba sólo de una coincidencia con el asunto del niño de sal?

Nicola sonrió.

–Porque yo le convencí. –En su rostro apareció una expresión de sufrimiento, pero era un dolor antiguo que no tenía nada que ver con la herida en la frente–. No hay nada que hacer: por mucho que intentes escapar, tu infancia siempre te persigue.

El penitenciario comprendió que estaba relacionado con algo personal.

–¿Alguna vez has matado a alguien a quien amabas? –Gavi sonrió, sacudiendo la cabeza–. Yo quería a ese cabrón, pero él enseguida vio que yo no era como los demás niños. Y me pegaba para intentar cambiar algo que ni siquiera yo había comprendido todavía hasta el fondo. –Sorbió por la nariz–. De modo que, un día, descubrí que escondía una pistola y le disparé mientras dormía. Buenas noches, papaíto.

Marcus sintió una profunda pena por él.

–Sin embargo, no hay rastro de ese crimen en tus antecedentes.

A Nicola se le escapó una breve carcajada.

–A los nueve años no te meten en la cárcel, ni siquiera te llevan a juicio. Te confían a los servicios sociales y te mandan a uno de esos sitios en los que los adultos intentan comprender por qué lo has hecho y si volverás a hacerlo. A nadie le importa realmente salvarte. Te hacen un lavado de cerebro, te embuten de fármacos y se justifican diciendo que es sólo por tu bien.

–¿Cómo se llama ese sitio? –preguntó Marcus, intuyendo la relación con lo que buscaba.

–Instituto Kropp –dijo enseguida, luego se ensombreció–. Después de disparar a mi padre, alguien llamó a la policía. Me encerraron en una habitación junto a un psicólogo, pero permanecimos en silencio durante casi todo el tiempo. Después vinieron a buscarme para llevárseme, era de noche. Cuando pregunté adónde nos dirigíamos, los agentes respondieron que no podían decírmelo. Vislumbré sus sonrisitas mientras decían que nunca podría escaparme de allí. Pero yo no lo habría hecho, porque no sabía a qué otro lugar ir.

Marcus notó pasar una sombra por su rostro, como si el recuerdo se hubiera materializado a partir de las palabras. Dejó que prosiguiera.

–En los años que pasé allí, en el instituto, nunca supe exactamente dónde me encontraba. Por mí ese lugar podía hallarse incluso en la luna. –Hizo una pausa–. Desde que salí, siempre me he preguntado si todo había sido real o sólo me lo había imaginado.

Marcus sintió curiosidad por ese comentario.

–No me creerás –rio amargamente Nicola Gavi, seguidamente se puso serio–: Era como vivir en un cuento... Pero sin poder salir de él.

–Explícate.

–Estaba ese doctor, el profesor Kropp, un psiquiatra que había inventado esa historia de la «ficción terapéutica», así la llamaba. A cada uno se le asignaba un personaje y un cuento, según la patología mental que tuviera. Yo era un niño de cristal, frágil y peligroso. Después estaba el de polvo, el de paja, el de viento...

–¿Y el niño de sal? –se le adelantó Marcus.

–En el cuento era más inteligente que los otros niños, pero precisamente por eso todos lo evitaban. Hacía que los alimentos fueran indigestos, secaba las plantas y las flores. Era como si destruyera todo lo que tocaba.

«Una inteligencia molesta», consideró Marcus.

–¿Cuál era su patología?

–La peor –dijo Gavi–. Trastorno de la esfera sexual, agresividad latente, una notable capacidad de engaño. Pero todo eso se combinaba con un coeficiente intelectual muy elevado.

Marcus consideró que esa descripción se adaptaba bien al monstruo. ¿Realmente era posible que Nicola lo hubiera conocido cuando ambos eran pequeños? Si ahora alguien había intentado cerrarle la boca con una puñalada, entonces podría ser que sí.

–¿Quién era el niño de sal?

–Lo recuerdo muy bien: era el preferido de Kropp –afirmó Nicola, alimentando su esperanza–. Ojos y cabellos castaños, de aspecto más bien corriente. Tenía más o menos once años, pero ya llevaba tiempo allí cuando yo llegué. Tímido, cerrado, siempre estaba con sus cosas. Era delgadito, la víctima perfecta para la prepotencia de los más mayores y, sin embargo, lo dejaban en paz. Le tenían miedo. –A continuación puntualizó–: Todos le teníamos miedo. No sé explicar por qué, pero era así.

–¿Cómo se llamaba?

Nicola sacudió la cabeza.

–Lo siento, amigo: ninguno de nosotros conocía el verdadero nombre de sus compañeros, formaba parte de la terapia. Antes de ponerte junto a los demás, te pasabas bastante tiempo solo. Entonces Kropp y sus colaboradores te convencían para que olvidaras quién eras anteriormente y borraras de tu memoria el crimen que habías cometido. Creo que lo hacían porque su objetivo era reconstruir a la persona dentro del niño, partiendo de cero. No recordé cómo me llamaba ni lo que le había hecho a mi padre hasta los dieciséis años, cuando un juez leyó mi verdadero nombre delante de todo el mundo el día en que dictaminó que podía volver al mundo real.

Marcus pensó que esa información podía ser suficiente. Pero quedaba una última cosa por aclarar.

–¿De quién estás huyendo, Nicola?

El hombre abrió el grifo para enjuagarse las manos.

–Como te he dicho, el niño de sal nos daba miedo a todos, y te aseguro que allí dentro había gente peligrosa, chicos que habían cometido crímenes horribles sin inmutarse. No me sorprendería que ese niño, aparentemente frágil e indefenso, estuviera ahora allí fuera haciéndole daño a alguien. –Miró a Marcus en el espejo–. Tal vez deberías tener miedo tú también. Pero no fue él quien me apuñaló.

–Así pues, ¿le viste la cara?

–Me cogió por la espalda. Pero tenía manos de viejo, de eso estoy seguro. Otra cosa en la que me fijé es que llevaba unos horribles zapatos azules.

10

El piso de Astolfi había sido bautizado como «sitio 23».

El motivo de ese número era la progresión. Y era justo lo que Moro estaba explicando en la reunión secreta que se mantenía a altas horas de la noche en el despacho del jefe de la policía.

Los invitados eran pocos y seleccionados. Aparte del jefe de la oficina, alrededor de una mesa estaban sentados un funcionario del Ministerio del Interior, el director general de Seguridad Pública, un representante de la fiscalía y el comisario Crespi.

–Veintitrés casos –especificó el vicequestore–. El primero se remonta a 1987. Un niño de tres años se precipita por el balcón del quinto piso de un edificio popular. Se piensa en un trágico accidente. Unos meses después, una niña un poco más pequeña, también corre la misma suerte en un edificio del mismo barrio. En ambos casos ocurre algo extraño: a los cadáveres les falta el zapato derecho. ¿Dónde han ido a parar? No lo han perdido durante la caída y, según sus padres, en casa no está. ¿Es sólo una casualidad? Se detiene a una chica que hacía de canguro para ambas familia. Entre sus cosas aparecen los dos zapatitos, y en su diario encuentran esto.

Moro mostró a los presentes una fotocopia de la página de

un cuaderno. La figura antropomorfa aparecida en la sombra de casa de Astolfi. El hombre con cabeza de lobo.

–La chica confiesa haber hecho que los dos niños se tiraran por el balcón, pero no sabe explicar de dónde procede el dibujo. Dice que no es obra suya. Al tener ya su confesión, las investigaciones cesan. Nadie profundiza en ese detalle, además está el hecho de que los investigadores temen que pueda significar un pretexto para la defensa y que aleguen enfermedad mental.

El pequeño grupo seguía la narración con atención, nadie tenía el valor de interrumpirlo.

–Desde ese momento, la figura aparece, directa o indirectamente, veintidós veces más –prosiguió Moro–. En el 94 se encontró en la casa donde un hombre acababa de matar a su mujer y a sus hijos antes de suicidarse. Los policías no lo ven enseguida, es la Científica quien se encarga de localizarla en el transcurso de un registro complementario solicitado por el juez para comprobar si el asesino había actuado solo o con un cómplice. Los reactantes químicos hacen que aparezca en el espejo del baño, donde había sido dibujada en el vaho no se sabe cuándo. –Moro cogió de entre sus papeles la foto que habían sacado entonces. Pero todavía no había terminado–. También la encontramos sobre la tumba de un pedófilo asesinado en la cárcel por otro preso en el 2005, había sido hecha con pintura en espray. Lo más curioso es que la lápida, por disposición de las autoridades que temían actos de vandalismo o de represalia, no tenía nombre. Nadie estaba al corriente de la identidad del difunto. ¿Eso también es una casualidad?

Nadie supo contestar.

–Podría tenerlos aquí durante una hora más, pero la verdad es que la historia de esta imagen recurrente ha sido mantenida en secreto para evitar estúpidos actos de emulación o, todavía peor, que alguien pudiera inspirarse para cometer un crimen firmándolo con este símbolo.

–Uno de los nuestros, un médico forense, está implicado: qué asco –se dejó llevar el jefe, recordando a todos la gravedad del descubrimiento hecho en casa de Astolfi.

–¿Cree que hay alguna relación entre la figura antropomorfa y el monstruo que mata a las parejitas? –preguntó el funcionario del ministerio, el de mayor rango en la sala.

–Una relación tiene que haber por fuerza, aunque todavía no sepamos cuál es.

–Según usted, ¿qué es este símbolo?

Moro sabía que era arriesgado responder, pero sentía que no tenía elección. Se había evitado la verdad durante demasiado tiempo.

–Una especie de símbolo esotérico.

En ese punto, intervino el director general de Seguridad Pública, el más alto cargo de la policía italiana.

–Señores, por favor. No querría que me malinterpretaran, pero creo que deberíamos ser muy cautos. El caso del monstruo de Roma está creando un montón de polémicas. La opinión pública está que trina, no se siente segura, y los medios de comunicación lo fomentan intentando constantemente hacernos quedar mal.

–Se necesita tiempo para obtener resultados en un caso como éste –hizo notar el comisario Crespi.

–Soy consciente de ello, pero el asunto es delicado –rebatió el director–. La gente es simple y práctica: quiere pagar pocos impuestos y estar segura de que lo que paga se gaste bien y se capture a los criminales. Quiere respuestas inmediatas, no le importa cómo se lleva a cabo una investigación.

El funcionario del ministerio estaba de acuerdo.

–Si nos centramos demasiado en el tema esotérico y la cosa llega a saberse, los medios de comunicación dirán que no tenemos nada sobre lo que investigar y por eso nos ponemos a perseguir espíritus malignos y chorradas por el estilo. Se reirán a nuestra costa.

Moro asistía en silencio al debate, porque sabía que lo que se estaba discutiendo era precisamente el motivo por el que en el pasado nadie había querido profundizar en la cuestión. No sólo se trataba del temor a parecer ridículos, había otros factores. Ningún policía que quisiera abrirse camino habría seguido nunca una pista esotérica: se arriesgaba a no obtener respuestas, a que la investigación quedara atascada y a comprometer su carrera. Además, ningún funcionario o director habría avalado una investigación de ese tipo: corría el peligro de perder credibilidad y poder. Pero también había un factor más humano, una natural reticencia a afrontar ciertos asuntos. Tal vez el inconfesable e irracional miedo a que realmente detrás pudiera ocultarse algo. Por eso siempre habían olvidado el asunto. Y había sido un error. El vicequestore, sin embargo, no se vio capaz de cambiar las cosas por el momento y por eso le dio la razón a sus superiores.

–Comparto sus preocupaciones, señores. Les aseguro que estaremos atentos.

El jefe se levantó de la mesa y se dirigió a la ventana. Fuera se acercaba una tormenta. Los relámpagos iluminaban el horizonte nocturno, advirtiendo a la ciudad de la inminente llegada de la lluvia.

–Tenemos el ADN del monstruo, ¿no? Pues centrémonos en eso. Capturemos al asesino de las parejas y olvidémonos de todo este asunto.

Crespi se sintió aludido.

–Hemos citado a todos los criminales con antecedentes por delitos sexuales y agresiones. Les hemos tomado a todos una muestra de saliva. Estamos comparando los perfiles genéticos, esperando que alguno coincida. Pero no será una tarea rápida.

El jefe dio una palmada en la pared.

–¡Tiene que serlo, maldita sea! ¡Si no, esta investigación nos costará millones de euros: estamos hablando de más de veinte mil casos sólo en Roma y sólo en el último año!

Los delitos sexuales eran los más habituales, si bien su número se mantenía en secreto para evitar que algún pervertido pudiera pensar que quedaba impune.

–Si no me equivoco, el ADN que se encontró en la camisa localizada en el coche de los dos primeros chicos sólo ha confirmado que nos enfrentamos a un sujeto de sexo masculino –dijo el funcionario del ministerio, resumiendo lo ocurrido–. No hay ninguna anomalía genética que pueda hacer pensar en un determinado tipo de persona, ¿es así?

–Así es –admitió Crespi. Pero todos los presentes sabían perfectamente que la policía italiana sólo conservaba los datos genéticos de individuos que se habían visto involucrados en delitos en los que había sido necesario efectuar un examen del ADN para hallar al culpable. A los criminales genéricos, en el momento de ser arrestados, sólo se les tomaban las huellas dactilares–. Hasta ahora la búsqueda no ha dado resultados.

Mientras los demás se habían puesto de nuevo a discutir sobre los datos más reconfortantes de la investigación, Moro seguía pensando en la sombra que había visto en la pared del interior del intersticio secreto en casa de Astolfi. El hombre con cabeza de lobo era una idea a la que nadie en esa habitación quería enfrentarse. Recordó la escultura de huesos de animales realizada por el médico forense, la de paciencia que debió de invertir para construirla. Por eso, si se hubiera tratado sólo de un asesino de parejas, tal vez Moro se hubiera sentido más tranquilo. En cambio, algo terrible se movía en torno al caso del monstruo de Roma.

Algo de lo que nadie quería oír hablar.

* * *

De pie delante de la ventana de su modesta habitación de hotel, Battista Erriaga sujetaba en la mano una fotografía. El relámpago de la tormenta que se acercaba iluminó por un instante la imagen de la escultura de huesos encontrada en casa de Astolfi.

Sobre la cama estaba esparcido el contenido de la carpeta de la investigación sobre el monstruo de Roma, que su «amigo» Tommaso Oghi le había hecho llegar, tal como le había pedido. Incluía también documentos confidenciales.

Erriaga estaba preocupado.

El primer nivel del secreto era el niño de sal. El segundo, el hombre con cabeza de lobo. Pero los investigadores tendrían que comprender el significado del primero para llegar al tercero.

Battista intentaba tranquilizarse. «No sucederá nunca», se decía. Pero en su cabeza podía oír la voz de Min, su amigo gigante, rebatirle que, sin embargo, la policía se estaba acercando peligrosamente a la verdad. Desde hacía años, el sabio Min ocupaba el lugar de esa parte de su conciencia que planteaba las situaciones más funestas. La misma parte de sí mismo que, de joven, Battista decidía sistemáticamente ignorar. Pero los tiempos de Filipinas habían pasado y él ahora era otra persona. Por eso tenía el deber de prestar atención a sus temores.

Según los papeles incluidos en la carpeta, los investigadores no tenían demasiadas pistas. Estaba el asunto del ADN del homicida, pero eso no inquietaba a Erriaga: la ciencia no sería suficiente para capturar al monstruo, los policías no sabían mirar las cosas.

Por tanto, sólo le turbaba el símbolo esotérico que había aparecido una vez más en el contexto de un crimen violento.

«No seguirán adelante», se dijo, «como las otras veces». Porque, aunque descubrieran la verdad, no estarían preparados para asumirla.

El verdadero problema, sin embargo, era el vicequestore Moro. Se trataba de un policía testarudo que no se detendría hasta llegar al final de la historia.

El hombre con cabeza de lobo.

Erriaga no podía permitir que ese símbolo fuera descifrado. Y mientras en el exterior la lluvia empezaba a caer, le asaltó un presentimiento.

Si eso ocurría, ¿qué iba a suceder?

11

El instituto Kropp oficialmente no existía.

El lugar al que llevaban a los niños que habían matado a alguien tenía que ser secreto. «Nadie los llamaría nunca asesinos, aunque ésa era exactamente su naturaleza», pensó Marcus.

«Era como vivir en un cuento... Pero sin poder salir de él.» Así se lo había descrito Nicola Gavi.

Del hospital psiquiátrico para menores no había rastro en ninguna parte. Ni una dirección, ni siquiera una mención de pasada en internet, donde hasta la información más reservada encontraba casi siempre un débil eco.

Y en la red también había poca cosa sobre Joseph Kropp, el médico de origen austriaco que había concebido y puesto en marcha un lugar para la rehabilitación de los pequeños que se habían manchado las manos con crímenes tremendos, de los que a menudo ignoraban la gravedad.

Kropp aparecía como autor de algunas publicaciones sobre el procesamiento de la culpa en edad infantil y sobre la capacidad de delinquir que tienen los preadolescentes. Pero no había nada más, ni un dato biográfico, ni su currículum profesional.

El único indicio que Marcus había conseguido descubrir

aparecía en un artículo y era un elogio al valor educativo de los cuentos.

El penitenciario estaba convencido de que el motivo de tanto secretismo era la voluntad de proteger la identidad de los pequeños huéspedes del instituto. La morbosidad de la gente habría puesto en peligro cualquier posibilidad de rehabilitación. Pero ese lugar no podía ser completamente desconocido. Sin duda contaría con empresas de suministros que los aprovisionaría de todo lo necesario, tenía que haber documentos fiscales que dieran fe de su actividad, permisos. Y por fuerza tendría que haber gente trabajando allí, con contrato y nómina. Entonces, tal vez la única explicación plausible era que tuviera un nombre distinto, de fachada, que lo hiciera pasar desapercibido.

De este modo, el penitenciario se topó con el «Centro de Asistencia a la Infancia Hamelín».

El nombre era el mismo que la ciudad del cuento de los hermanos Grimm en el que un día apareció un flautista mágico. Según la leyenda, primero liberó a los habitantes de una plaga de ratas con su flauta y luego, siempre gracias a ese sonido, se llevó a todos los niños para vengarse por no haber recibido su recompensa.

Era una extraña elección, consideró Marcus. No había nada de bueno en esa fábula.

El instituto Hamelín estaba ubicado en un palacete de principios del siglo XX en la zona suroeste de la ciudad. Estaba rodeado por un parque que, a la luz de los relámpagos, mostraba síntomas de dejadez. El edificio de piedra gris no era muy grande y constaba de apenas dos plantas. Las ventanas de la fachada estaban cubiertas con paneles de madera oscura. Todo se hallaba en un evidente estado de abandono.

Bajo la lluvia, Marcus observaba la casa desde detrás de la cancela de hierro oxidado. Pensaba en la escueta descripción del niño de sal que había hecho Nicola Gavi. Cabellos y ojos castaños, aspecto corriente. Grácil e introvertido, pero igualmente capaz de infundir un extraño temor. ¿Por qué estaba allí? ¿Qué había hecho que fuera tan grave? Las respuestas probablemente estaban en aquel edificio. A esa hora de la noche, el lugar rechazaba a los curiosos con su aspecto tétrico y a la vez melancólico. Como un secreto de niños.

Marcus no podía esperar.

Saltó la verja y fue a caer sobre una alfombra de hojarasca mojada. El viento conseguía igualmente moverlas de un sitio a otro del jardín, como espíritus jóvenes que juegan a perseguirse. En la lluvia podían oírse sus risas hechas de murmullos.

El penitenciario se encaminó hacia la entrada.

La parte inferior de la fachada estaba recubierta de palabras escritas con pintura en espray, un signo más de la dejadez del lugar. La puerta principal estaba tapiada con listones de madera. Entonces Marcus dio la vuelta a la casa buscando un lugar por donde acceder. El panel de una ventana de la planta baja presentaba una abertura. Se subió con ambos pies sobre un marco que estaba resbaladizo por el agua que caía sin tregua. Se agarró al alféizar para encaramarse y, a continuación, con cuidado de no resbalar, se coló por la estrecha hendidura.

Se encontró en el otro lado, goteando sobre el suelo. Lo primero que hizo fue hurgar en su bolsillo en busca de la linterna. La encendió. Ante él había una especie de refectorio. Una treintena de sillas de formica, totalmente iguales, colocadas alrededor de bajas mesas circulares. La disposición tan ordenada desentonaba con el aspecto abandonado del lugar. Parecía que las sillas y las mesas todavía estuvieran esperando a alguien.

Marcus bajó del alféizar e iluminó el suelo. Los ladrillos eran un mosaico de colores desteñidos. Se dispuso a explorar las otras salas.

Las habitaciones eran todas parecidas. Tal vez porque, aparte de la carcasa de algún mueble, estaban vacías. No había puertas y las paredes eran de un blanco pálido, allí donde el enlucido no había saltado a causa de la humedad. Se notaba un persistente olor a moho y en el eco de la casa podía oírse cómo se filtraba el agua de la lluvia. El instituto parecía un trasatlántico a merced de la tormenta.

Los pasos de Marcus eran un sonido nuevo en las salas –pasos tristes y solitarios como los de un huésped que ha llegado demasiado tarde. Se preguntó qué habría sucedido en ese lugar, qué maldición le habría caído para sufrir un final tan indecoroso.

El penitenciario, sin embargo, podía notar una extraña vibración. Una vez más, estaba muy cerca de la verdad. «Él ha estado aquí», se dijo, pensando en la sombra humana que había entrevisto en la fiesta de la Appia Antica. «Su camino pasó por este lugar muchos años antes de cruzarse con el mío la otra noche.»

Empezó a subir la escalera que conducía al piso superior. Los escalones tenían un aspecto precario, como si bastara la mínima presión para que se derrumbaran. Se detuvo en el rellano. Un corto pasillo se extendía de derecha a izquierda. Empezó a explorar las habitaciones.

Literas oxidadas, alguna silla rota. También había un gran cuarto de baño, con duchas emparejadas y un vestuario. Sin embargo, lo que llamó la atención del penitenciario fue una habitación que se encontraba al fondo. Cruzó el umbral y se encontró en un espacio distinto a los otros. Las paredes estaban cubiertas con una especie de papel pintado.

En torno a él había escenas de cuentos célebres dibujadas.

Reconoció a Hansel y Gretel delante de la casa de chocolate. A Blancanieves. A Cenicienta en el baile. A Caperucita Roja con la cesta de la merienda. A la pequeña cerillera. Esos personajes parecían salidos de un viejo libro descolorido. Pero había algo extraño. Al recorrer la pared con el haz de luz, Marcus comprendió de qué se trataba.

No había alegría en sus rostros.

Ninguno sonreía, como en cambio debería esperarse en un cuento. Lo que se sentía al mirarlos era malestar y turbación.

Sonó un trueno más fuerte que los demás. El penitenciario sintió la necesidad de dejar la habitación. Pero mientras lo hacía, aplastó algo con la suela del zapato. Bajó la luz y vio que sobre el suelo había gotas de cera. Estaban en una fila ordenada y conducían fuera de allí. Marcus también las encontró en el pasillo, llevaban abajo. Decidió seguirlas.

Lo guiaron hasta un angosto hueco de la escalera donde la estela terminaba delante de una puertecita de madera. Quienquiera que se hubiera aventurado hasta allí con una vela en la mano, había ido más lejos. El penitenciario probó la manija. Estaba abierta.

Apuntó la linterna. Delante de él había un dédalo de pequeñas habitaciones y pasillos. Calculó que ocupaban un espacio mucho más amplio que las dos plantas superiores, como si en realidad el edificio estuviera sumergido en el suelo y lo que era visible sólo fuera una modesta parte de él.

Siguió avanzando. Las gotas de cera eran el único modo de orientarse allí abajo, en otro caso seguramente se habría perdido. En el suelo, en lugar de ladrillos había escombros. Y se notaba un fuerte olor a queroseno que, probablemente, provenía de las viejas calderas.

Allí abajo estaban amontonados los enseres del antiguo

instituto. Había colchones que se enmohecían en la oscuridad y muebles silenciosamente consumidos por la humedad. El subterráneo era un enorme estómago que lentamente los estaba digiriendo para hacer desaparecer cualquier vestigio.

Pero también había muchos juguetes. Muñecos con muelles corroídos por el óxido, cochecitos, un balancín con forma de caballo, construcciones de madera, un oso de peluche con el pelo gastado pero con dos ojos vivaces. El Hamelín estaba a medio camino entre una cárcel y un hospital psiquiátrico, pero esos objetos recordaron al penitenciario que también era un lugar para niños.

Al poco rato, la estela de cera se metió en una de las habitaciones. Marcus hizo luz en el interior. No podía creérselo.

Era un archivo.

El espacio estaba abarrotado de ficheros y pilas de papeles. Estaban amontonados junto a las paredes y llenaban el centro de la habitación, hasta el techo. Pero reinaba el caos.

El penitenciario acercó la linterna para leer las etiquetas de los cajones. En cada una sólo se indicaba una fecha. Gracias a ellas pudo deducir que el instituto Hamelín había estado funcionado durante quince años. Luego, por algún oscuro motivo, había cerrado.

Marcus empezó a examinar los documentos cogiéndolos sin ningún criterio, con la convicción de que habría bastado una breve ojeada para saber si tenían algún interés. Pero después de leer algunas líneas escogidas al azar de un par de hojas, se dio cuenta de que lo que tenía delante, de forma desordenada, no era un simple archivo de historiales médicos y documentos burocráticos.

Era el diario del profesor Joseph Kropp.

Allí estaban las respuestas a todas las preguntas. Si bien, precisamente la enormidad de ese yacimiento de noticias era el mayor obstáculo a la hora de buscar la verdad. Sin un criterio lógico, Marcus debía confiar en la casualidad. Se puso a consultar los cuadernos de Kropp.

«Como los adultos, también los menores poseen una natural propensión a matar», escribía el psiquiatra, «que se manifiesta normalmente en edad puberal. Los adolescentes, de hecho, son responsables de las carnicerías ocurridas en las escuelas y llevadas a cabo con armas de fuego y despiadada frialdad. A los *school-killer* se emparejan los *gang-killer*, esos chicos que entran en una banda y cometen homicidios con la tranquilidad de pertenecer a la manada.»

Pero Kropp iba más allá, analizando el fenómeno del homicidio en la edad de la inocencia y de la pureza del alma.

La infancia.

12

En sus quince años de vida, por el instituto Hamelín habían pasado una treintena de niños.

El crimen era siempre el mismo. Homicidio. Aunque no todos habían matado a alguien. Algunos, de hecho, sólo habían manifestado «marcadas tendencias homicidas», habían sido detenidos antes de alcanzar su objetivo o bien no lo habían logrado.

Teniendo en cuenta la edad de los culpables, treinta era una cifra considerable. La historia de lo que habían hecho no iba acompañada de fotos y no constaban sus nombres de pila.

La identidad de cada uno se escondía tras un cuento.

«Los niños son más crueles que los adultos cuando matan: la ingenuidad es su máscara», escribía Joseph Kropp. «Cuando llegan aquí, parecen completamente inconscientes de la gravedad de lo que han hecho o estaban a punto de hacer. Pero la inocencia de su comportamiento puede llevar a engaño. Piénsese, por ejemplo, en el niño que tortura a un pequeño insecto. El adulto lo reprenderá, pero pensará que se trata de un juego, porque siempre se considera que el menor no es capaz de comprender plenamente la diferencia entre el bien y el mal. Sin embargo, una parte del niño sabe que lo que hace está mal, y experimenta un oscuro placer sádico.»

Marcus empezó a leer al azar.

El niño de paja tenía doce años y no demostraba sus sentimientos. En realidad, su madre soltera lo había confiado a una pareja, sus tíos, porque no podía ocuparse de él. Un día, en un parque de juegos, conoció a un niño de cinco años y, aprovechando una distracción de la canguro que lo estaba vigilando, lo convenció para que lo siguiera a unas obras abandonadas. Una vez allí, lo llevó junto a la tapa de una alcantarilla que tenía unos cuantos metros de profundidad y luego lo empujó hacia abajo. El niño pequeño se fracturó ambas piernas, pero no murió enseguida. En los dos días siguientes, mientras todo el mundo estaba ocupado en las tareas de búsqueda y pensaba que tal vez un adulto lo había secuestrado, el verdadero responsable volvió varias veces a las obras y se sentó en el borde de la alcantarilla para escuchar el llanto y las llamadas de auxilio procedentes de abajo; como una mosca aprisionada en un bote. Hasta que, al tercer día, los lamentos cesaron.

El niño de polvo tenía siete años. Durante mucho tiempo fue hijo único, por eso no toleró la llegada de un hermanito: alguien extraño y hostil que interfería en la cadena de los afectos familiares. Un día, aprovechando una distracción de su madre, cogió al recién nacido de la cuna, lo llevó al baño y lo sumergió en la bañera llena de agua. La madre lo encontró mientras observaba impasible a su hermanito ahogándose, y consiguió salvar al pequeño en el último momento. A pesar de las evidencias, el niño de polvo siempre declaró que no había sido él.

Según Kropp, a veces el asesinato se llevaba a cabo en un estado mental disociativo. «Durante el acto se produce una verdadera fuga de la realidad, en la que la víctima es percibida como un objeto y no como un ser humano. Lo cual explica la amnesia que suele seguir al crimen, con el joven culpable incapaz de recordar lo que ha hecho o de sentir piedad o remordimiento.»

Marcus comprendía por qué las autoridades mantenían en secreto esos casos. Eran tabú. Divulgar esas historias habría turbado las conciencias. Por eso se habían instituido tribunales especiales, los documentos eran confidenciales y todo estaba cubierto por la máxima reserva.

Los niños de viento eran tres y tenían diez años. Su víctima era un hombre de cincuenta, agente comercial, con esposa y dos hijos, que regresaba a casa por la autopista una tarde de invierno como otra cualquiera. El parabrisas de su coche fue alcanzado de lleno por una piedra lanzada desde un paso elevado que le perforó el cráneo, dejando un agujero profundo en lugar de la cara. Los tres jóvenes responsables fueron localizados después de visionar la grabación de una cámara de seguridad situada sobre el puente. Al parecer, su juego mortal había empezado varias semanas antes. Habían causado daños en varios vehículos, sin que nadie reparara en ellos.

El niño de fuego tenía ocho años. Cuando se quemó el brazo con un petardo, sus padres pensaron que había sido un accidente, en cambio, él había querido experimentar en sí mismo el misterioso poder de la llama; había algo dulce en el fondo de ese dolor. Desde hacía tiempo le había echado el ojo a un sin techo que pasaba las noches en un coche abandonado en un aparcamiento. Prendió fuego al vehículo con un bidón de gasolina robado del garaje de su padre. El sin techo sufrió quemaduras graves en el setenta por ciento del cuerpo.

Al comentar esos crímenes, Joseph Kropp no era indulgente, sino que intentaba poner de relieve los motivos más profundos. «Muchos se preguntan cómo puede un niño, un ser humano considerado de por sí «puro», llegar a realizar un gesto tan inhumano como matar. Pues bien, a diferencia de los homicidios cometidos por adultos en los que pueden distinguirse dos figuras, el asesino y la víctima, en los que implican a niños, el mismo asesino es víctima. Por lo general, de un padre ausente, punitivo o poco afectuoso. O bien de una madre dominante, nada cariñosa o que tiene conductas seductoras en relación con su hijo. Un niño que sufre injusticias o violencia en la familia, que es despreciado por sus padres, tiene tendencia a sentirse culpable por ello, piensa que se merece el maltrato. Por eso, escoge a alguien de su misma edad o parecida, vulnerable e indefenso, y lo mata porque ha aprendido que el más débil siempre tiene que sucumbir. En realidad, de este modo el pequeño asesino se castiga a sí mismo y a su propia incapacidad de reaccionar ante las humillaciones.»

Era el caso del niño de metal, maltratado desde la más tierna infancia por ambos padres, que volcaban sobre él sus propias frustraciones. Los dos eran demasiado apreciados entre sus conocidos para levantar sospechas. A los ojos de los extraños, su único hijo era torpe o sencillamente desafortunado porque continuamente le ocurrían pequeños accidentes que le causaban moretones y fracturas. Hasta que, ese mismo niño solitario, conoció a su amigo del alma. Esa relación fue una nota positiva en su existencia y él empezó a ser feliz y a sentirse como los demás. Sin embargo, un día engañó a su amigo para llevarlo al sótano de casa de su abuela, lo ató y le fracturó los huesos de las piernas y de los brazos con un pesado martillo. Luego, con un cuchillo, le practicó diversos cortes. Al final, le perforó el estómago con un hierro puntiagudo: «Tuve que hacerlo porque no había manera de que quisiera morir».

Marcus, que a causa de la amnesia había borrado su vida anterior, incluida la infancia, se vio obligado a preguntarse cuándo exactamente, de niño, había comprendido el sentido del bien y del mal, y si él también había sido capaz de sentir un despiadado desapego como ése cuando era pequeño. Pero no tenía modo de responder a la pregunta. Así que volvió a ponerse a buscar la historia que más le interesaba.

Pero entre los papeles todavía no aparecía ninguna mención al niño de sal ni al crimen que había cometido. El penitenciario observó de nuevo los ficheros y la aglomeración de documentos que tenía alrededor. La búsqueda iba a ser larga. Inspeccionó la habitación con la linterna eléctrica, con la esperanza de que algo le saltara a los ojos. Se detuvo delante del cajón medio abierto de un mueble de madera. Se acercó, estaba lleno de viejas cintas de vídeo. Lo extrajo, a pesar de que algo en el interior oponía resistencia. Lo dejó en el suelo y se agachó para comprobar el contenido.

Cada videocasete tenía una etiqueta en el lomo: «Psicosis agresiva», «Trastorno antisocial de la personalidad», «Retraso mental agravado por perturbaciones de violencia». Había por lo menos unas treinta.

Marcus empezó a revisar si entre las patologías había alguna que pudiera corresponder a la descripción del niño de sal que había hecho Nicola Gavi: trastorno de la esfera sexual, agresividad latente, una notable capacidad para el engaño, un coeficiente intelectual muy elevado. Estaba tan concentrado en la operación que la linterna se le escapó de las manos y cayó al suelo. Sin embargo, cuando se agachó a recogerla, se fijó en que el haz de luz estaba apuntando hacia algo en una esquina.

Había un colchón tirado en el suelo, un montón de harapos y una silla pegada a la pared donde se veían unas velas y un hornillo de camping. Pensó enseguida en el refugio de un vagabundo, pero luego se fijó en que a los pies de la silla había algo más.

Un par de zapatos. Azules.

* * *

No tuvo tiempo de reaccionar cuando notó que algo se deslizaba a su espalda. Movió la luz para iluminarlo. Era un viejo.

Tenía el pelo blanco como la luz de la luna y ojos azules, de un azul profundo. Las arrugas de su rostro lo hacían parecer una máscara de cera. Lo miraba con una extraña sonrisa en los labios.

Marcus se puso de pie, lentamente. Pero el viejo no se movía. Escondía una mano detrás de la espalda.

Era el mismo hombre que había matado a Cosmo Barditi, apuñalado a Nicola Gavi y que lo había golpeado en la nuca en la villa de la Appia Antica. Y él iba desarmado.

El viejo finalmente mostró lo que escondía.

Un pequeño encendedor azul, de plástico.

Se hizo la señal de la cruz al revés con él y echó a correr en la oscuridad.

Marcus intentó buscarlo con la linterna, pero sólo vio una sombra fugaz que salía de la habitación. Tras un instante de titubeo, fue tras él, pero en cuanto embocó el pasillo sintió en el aire que el olor a queroseno de las viejas calderas se había hecho de repente más intenso. Una llama se levantó de alguna parte en aquella especie de laberinto. Podía vislumbrar el resplandor.

Marcus vaciló. Tenía que escapar enseguida, de lo contrario se quedaría bloqueado allí y se quemaría vivo. Pero una parte de él sabía que si salía de allí sin una respuesta, no habría otro modo de detener el mal que estaba asolando Roma. Por tanto, consciente del peligro que corría, volvió sobre sus pasos, al archivo.

Se echó de rodillas a los pies del cajón que estaba examinando, empezó a sacar las cintas de vídeo, descartando rápidamente las que no le interesaban. Hasta que una llamó su atención.

En la etiqueta ponía «Psicópata sabio».

Marcus se la metió debajo de la chaqueta y se fue corriendo hacia la salida.

Los pasillos del subterráneo parecían todos iguales y se estaban llenando rápidamente de un humo agrio y denso. El penitenciario se cubrió la boca y la nariz con la pechera e intentaba recordar el recorrido que había hecho a la ida, pero era condenadamente difícil. El haz de luz de la linterna chocaba ahora contra una pared negra de hollín.

Se puso en cuclillas para respirar mejor. Sentía el calor aumentar en torno a sí y las llamas persiguiéndolo, cercándolo. Levantó la mirada y se dio cuenta de que el humo se dirigía en una dirección, como si hubiera encontrado una vía de escape. Entonces se puso de pie y lo siguió.

Braceaba y de vez en cuando se veía obligado a detenerse y a apoyarse en la pared para toser. Pero después de un tiempo que le pareció interminable, por fin encontró la escalera que conducía al piso de arriba. Empezó a subir los escalones, mientras el fuego lo envolvía todo a su alrededor.

Al llegar a la planta baja, se dio cuenta de que el humo pronto invadiría también esa parte. Por lo tanto, no podía salir por donde había entrado; corría el riesgo de morir ahogado a pocos pasos de la salvación. En ese momento le pareció una intolerable absurdidad. Comprendió que, si quería conseguirlo, tenía que subir y engañar al humo, anticipándose.

Se encontró de nuevo en la primera planta y, con el poco aliento que le quedaba, consiguió alcanzar la sala con las paredes cubiertas de escenas de cuentos. El calor, sin embargo, había llegado allí antes que él y era insoportable: el papel pintado con los dibujos empezaba a despegarse de las paredes.

Marcus sabía que no tenía mucho tiempo, de modo que empezó a asestar patadas al panel de madera que obstruía la ventana. Una, dos, tres patadas, mientras el fulgor que anunciaba la llegada de las llamas se vislumbraba en el pasillo. Al final, el panel cedió, precipitándose en la oscuridad. Marcus se cogió al alféizar y estaba a punto de seguirlo en la oscuridad de la tormenta cuando, de debajo del papel pintado con los dibujos de los cuentos, apareció una figura. Era imponente y se elevaba como una sombra amenazadora.

Un hombre no humano. Tenía las cuencas vacías y la cabeza de un lobo.

13

La lluvia que se había abatido sobre Roma durante toda la noche era un vago recuerdo a la mañana siguiente.

Un sol desteñido iluminaba la basílica de San Pablo Extramuros, segunda en tamaño únicamente después de San Pedro.

Albergaba la tumba del apóstol Pablo que, según la tradición, fue martirizado y decapitado a pocos kilómetros de allí. Estaba situada a la izquierda del río Tíber, al otro lado de las murallas Aurelianas, emplazamiento del que procedía su nombre. A menudo solía utilizarse para ceremonias solemnes, como los funerales de Estado. En ese momento era el escenario de los de Pia Rimonti y Stefano Carboni, los policías brutalmente asesinados por el monstruo de Roma dos noches antes.

La iglesia estaba tan abarrotada de gente que no se podía ni entrar. Estaban presentes la cúpula de la policía y diversas autoridades. Pero también muchos ciudadanos que habían ido a rendir homenaje a las víctimas de un crimen horrendo.

Bajo la columnata de los cuatro pórticos exteriores de la basílica se desplegaban los equipos de televisión que cubrían el acontecimiento para los noticiarios nacionales. Delante de la entrada, estaba preparada la guardia de honor de la policía con uniforme de gala que iba a rendir el último saludo de tributo a los féretros.

Sandra se había quedado fuera junto a otros muchos compañeros y lo observaba todo con un sentimiento de resignación y la certeza de que, por su parte, el asesino se estaba deleitando con el espectáculo que se representaba gracias a él.

Iba de paisano y llevaba consigo una pequeña cámara fotográfica digital, con la que inmortalizaba a los presentes. Lo mismo hacían otros fotógrafos forenses mezclados entre la multitud tanto dentro como fuera de la basílica. Iban en busca de un rostro o de un comportamiento sospechoso. La esperanza era que el monstruo hubiera decidido participar en la función para sentir la embriaguez de estar todavía libre e impune.

«No es tan estúpido», se dijo Sandra. «No está aquí.»

La última vez que había participado en un funeral fue cuando murió su marido. Pero la imagen que le quedaba de ese lejano día no tenía nada que ver con el dolor por su pérdida. Mientras asistía al funeral de David, no conseguía quitarse de la cabeza que era oficialmente «viuda». Una palabra que no se correspondía con ella, y mucho menos con su joven edad. Ese término la incomodaba. Nadie la había usado todavía en su presencia, pero ella no podía evitar verse de ese modo.

Hasta que no logró resolver el misterio sobre cómo había muerto el hombre que amaba, no se desembarazó de ese título. Ni de la incómoda presencia de él. Nadie lo admite nunca, pero la muerte de las personas que queremos a veces nos persigue como una deuda imposible de saldar. Por eso todavía recordaba el sentimiento de liberación que experimentó cuando su David la dejó marchar.

Pero había hecho falta más tiempo para aceptar que otro hombre entrara en su vida. Un amor completamente distinto y una manera totalmente diferente de amar. Otro cepillo en el baño, un nuevo olor en la almohada junto a la suya.

Sin embargo ahora ya no estaba tan segura de Max, y no sabía cómo decírselo. Y cuanto más intentaba convencerse de que era el hombre adecuado y se recordara a sí misma lo perfecto que era, más aumentaba en ella la necesidad de que todo acabara.

Esos pensamientos eran más fuertes ahora, el mismo día del funeral de su compañera Pia Rimonti. ¿Qué habría ocurrido si hubiera estado ella en su lugar, en ese coche utilizado como anzuelo para capturar al monstruo? ¿Qué imagen y qué desazón habrían pasado por su mente en sus últimos instantes de vida?

A Sandra le daba miedo la respuesta. Pero quizá fue precisamente gracias a esos pensamientos molestos que, al levantar la cámara digital para inmortalizar a un grupito de personas, se dio cuenta de que también había fotografiado a Ivan, el prometido de Pia, que curiosamente se alejaba a toda prisa de la basílica antes de que terminara el oficio fúnebre.

Sandra lo siguió con la mirada y lo vio recorrer toda la columnata, ir a una callejuela lateral y acercarse a un coche aparcado. Incluso a esa distancia, se le veía trastornado. Quién sabe, tal vez no había podido soportar el dolor y había salido corriendo. Pero antes de llegar al coche, hizo un movimiento que sorprendió a Sandra.

Se sacó impetuosamente el teléfono móvil del bolsillo de la americana y lo tiró en una papelera.

Sandra recordó las palabras del penitenciario sobre las anomalías. Y eso era ciertamente un comportamiento anómalo. Lo dudó un momento, pero luego decidió ir a hablar con ese hombre.

Antes de ese trágico suceso lo había visto sólo una vez, mientras esperaba a que Pia acabara su turno. Pero en los dos últimos días había venido a menudo a las oficinas de jefatura. Parecía que no se resignara a aceptar cómo habían ido las cosas, de alguna manera se sentía culpable por no haber protegido a su mujer.

–Hola. Tú eres Ivan, ¿verdad? –empezó a decir Sandra.

El hombre se volvió a mirarla.

–Sí, soy yo.

–Me llamo Sandra Vega, soy compañera de Pia. –Se sintió en la obligación de decirle por qué se había acercado–. No es fácil, lo sé. Yo pasé por esto hace unos años cuando murió mi marido.

–Lo siento –fueron sus únicas palabras, porque quizá no sabía qué otra cosa decir.

–Te he visto salir corriendo de la iglesia. –Sandra se dio cuenta de que, al oír esa frase, Ivan miró instintivamente la papelera en la que poco antes había tirado el móvil.

–Sí, ya... La verdad es que no podía más.

Sandra se había equivocado, en su voz no había dolor ni rabia. Sólo era expeditivo.

–Lo cogeremos –dijo–. No quedará impune. Al final, nosotros siempre los capturamos.

–Ya sé que será así –dijo Ivan, pero sin convicción, como si en realidad no le importara.

El tono y la actitud chocaban con la idea que se había hecho de él hasta ese momento: la del prometido que quiere justicia a cualquier precio. Sin embargo, ahora Sandra tuvo la impresión de que escondía algo. Y, además, seguía lanzando fugaces miradas a la papelera.

–¿Puedo preguntarte por qué te has ido del funeral?

–Ya te he contestado.

–La verdadera razón –insistió ella.

–No es asunto tuyo –respondió, furioso.

Sandra se quedó mirándolo en silencio durante algunos

segundos que, estaba segura de ello, a él le parecieron interminables.

–De acuerdo, perdona –dijo antes de alejarse–. Lamento por todo lo que estás pasando.

–Espera…

Sandra se detuvo sobre sus pasos y se volvió de nuevo.

–¿Conocías bien a Pia? –le preguntó con un tono completamente distinto, más triste.

–No tan bien como me hubiera gustado.

–Aquí cerca hay un bar. –El hombre se miró los zapatos, después añadió–: ¿Te molesta si hablamos un rato?

En un primer momento, Sandra no supo qué contestar.

–No me malinterpretes –dijo él, levantando las manos como para disculparse–. Pero necesito decírselo a alguien…

Sandra lo miró con atención: fuera cual fuese el peso que Ivan cargaba en su interior, merecía que alguien le ayudara a liberarse de él. Tal vez con una extraña le sería más fácil.

–Tengo que terminar mi trabajo. Pero tú ve delante, me reúno contigo luego.

Transcurrió otra hora antes de que Sandra pudiera escaparse. Durante todo ese tiempo se estuvo preguntando cuál sería la carga que llevaba ese hombre y si era más pesada que la suya por lo que no tenía el valor de decirle a Max. Luego, como le había prometido, se reunió con él en el bar.

Lo encontró sentado en una mesa, había pedido un licor. En cuanto la vio, pareció que se despertaba, su mirada reflejaba una extraña expectativa.

Sandra se sentó frente a él.

–Y bien, ¿qué sucede?

Ivan giró los ojos como si buscara las palabras.

–Soy un hijo de puta. Un gran hijo de puta. Pero yo la quería.

Se preguntó por qué habría empezado de ese modo, pero lo dejó hablar sin interrumpirlo.

–Pia era una buena persona, nunca me habría hecho daño. Decía que nuestra historia de amor era más importante que cualquier otra cosa. Sólo esperaba que yo le pidiera que se casara conmigo. Pero yo lo estropeé todo...

Sandra se dio cuenta de que Ivan no era capaz de mirarla a los ojos. Extendió una mano para ponerla sobre la suya.

–Si ya no la amabas, no es culpa tuya.

–Pero yo la amaba –dijo él, con ímpetu–. Sin embargo, la noche en que murió la estaba engañando.

Sandra se quedó asombrada ante esa revelación. Lentamente, retiró la mano.

–Tenía una relación con otra desde hacía un tiempo. Ni siquiera era la primera vez.

–No creo que deba escuchar esta historia.

–Sí, sí debes.

Parecía una súplica.

–La otra noche sabía que Pia estaba de servicio y no podía llamarme, así que lo aproveché para verme con la otra mujer.

–En serio, ya basta. –No tenía ningunas ganas de escuchar el resto.

–Eres policía, ¿no? Entonces debes escucharme.

Sandra estaba confusa por esa actitud, pero lo dejó continuar.

–No lo he dicho antes porque tenía miedo de que pensaran que soy un cabrón. ¿Qué habrían dicho de mí nuestros amigos, sus padres? ¿Y todos los demás? Este asunto ha salido en la tele, la gente que no me conoce se habría sentido con derecho a juzgarme. He sido un cobarde.

–¿Qué es lo que no has dicho?

Ivan la miró, sus ojos estaban llenos de miedo y Sandra temió que pudiera echarse a llorar.

–Que recibí una llamada desde el teléfono de Pia la noche en que murió.

Sandra sintió que un helor le subía por las piernas, hasta detrás de la espalda. No era exacto afirmar que el monstruo no hubiera dejado nada para ellos en el escenario del segundo crimen. Algo sí había.

–¿Que estás diciendo?

El hombre rebuscó en el bolsillo, luego dejó sobre la mesa un móvil. Con toda probabilidad, el mismo que le había visto tirar poco antes. Lo empujó lentamente hacia ella.

–Lo tenía apagado –dijo–. Pero luego encontré un mensaje en el contestador.

14

Había buscado refugio en una «casa estafeta».

Una de las muchas propiedades del Vaticano esparcidas por Roma. Eran direcciones seguras, normalmente pisos vacíos en edificios fuera de sospecha. En caso de necesidad, allí podía encontrarse comida, medicamentos, una cama para descansar, un ordenador conectado a internet y, sobre todo, un teléfono con una línea protegida.

Esa noche Marcus la utilizó para llamar a Clemente y decirle que tenía que hablar con él.

Su amigo se presentó a las once de la mañana. Cuando el penitenciario le abrió la puerta, fue como verse reflejado en un espejo, porque por la expresión de Clemente comprendió el efecto que ofrecía su aspecto.

–¿Quién te ha dejado en este estado?

Marcus había sufrido un traumatismo craneal la noche de la fiesta en la Via Appia Antica, había sido agredido por Nicola Gavi y, al final, había conseguido escapar por los pelos de un incendio, lanzándose desde una ventana. La caída le había provocado una serie de pequeños rasguños en la cara y, por culpa del hollín que había inhalado, todavía le costaba respirar.

–No es nada –minimizó el penitenciario mientras hacía

pasar a su invitado, que arrastraba una maleta negra con ruedas. Se dirigieron a la única habitación amueblada de la casa. Se sentaron en el borde de la cama deshecha en la que Marcus había intentado dormir durante las últimas horas, sin conseguirlo.

–Deberías hacer que te viera un médico –dijo Clemente mientras dejaba la maleta a su lado.

–Me he tomado un par de aspirinas, será suficiente.

–¿Por lo menos habrás comido algo?

Marcus no contestó. Porque las atenciones de su amigo en ese momento le molestaban.

–¿Todavía estás enfadado conmigo? –Clemente se refería a la investigación estancada de la monja muerta en los Jardines Vaticanos.

–No quiero hablar de ello –zanjó enseguida. Pero cada vez que se encontraban volvía a ver la imagen del cuerpo descuartizado.

–Tienes razón –dijo Clemente–. Tenemos que ocuparnos del monstruo de Roma, es más urgente que cualquier otra cuestión.

Quería parecer desenvuelto, y Marcus decidió seguirle la corriente.

–Un par de días separan el homicidio de la pareja de policías de la agresión en el pinar de Ostia –afirmó Clemente–. Ya han pasado dos más, si el asesino está siguiendo un programa determinado, tenía que haber actuado esta noche.

–Pero esta noche ha llovido –dijo el penitenciario.

–¿Y bien?

–El niño de sal, ¿recuerdas? Le da miedo el agua.

La idea se le había ocurrido esa noche, mientras se alejaba del instituto Hamelín bajo la lluvia. La necesidad de repetir los crímenes, una característica de los asesinos en serie, venía dictada por unos estadios concretos. Fantasía, proyección, actuación. Después de actuar, el homicida solía ver aplacado su instinto predador con el recuerdo, que podía garantizarle un sentimiento de satisfacción durante periodos más o menos largos. En este caso, sin embargo, la breve distancia de tiempo que separaba los dos sucesos indicaba que el asesino tenía un proyecto muy claro en mente. Y que las muertes que se habían producido sólo eran las etapas de un itinerario con una meta que por el momento resultaba desconocida.

El impulso de matar, por tanto, no estaba condicionado por la necesidad, sino por un objetivo.

Fuera cual fuese su finalidad, el monstruo de Roma estaba respetando el papel que se había atribuido. El mensaje que intentaba comunicar era que el niño de sal del instituto Hamelín no estaba curado en absoluto de su patología. Es más, la había sublimado.

–Respeta el guion –afirmó Marcus–. Y la lluvia forma parte de él. Lo he comprobado: esta noche lloverá. Si tengo razón, entre mañana y pasado mañana volverá a atacar.

–Entonces, tenemos una ventaja de ¿cuánto? ¿Treinta y seis horas? –preguntó Clemente–. Apenas treinta y seis horas para comprender cómo funciona su mente. Mientras tanto, podemos decir que es muy listo. Le gusta matar, le gusta asombrar, quiere sembrar el pánico, pero todavía no conocemos su móvil. ¿Por qué precisamente las parejas?

–El cuento del niño de sal –dijo, y a continuación explicó a su amigo el asunto de los libros utilizados por el profesor Joseph Kropp en el instituto Hamelín como terapia–. Yo creo que el monstruo está intentando contarnos su cuento particular. Los homicidios no son más que los capítulos de ese relato. Él lo compone en el presente, pero lo que intenta desvelarnos debe de ser una vieja historia, hecha de dolor y violencia.

–Un homicida narrador.

Los asesinos en serie, por lo general, se dividían en categorías, según su *modus operandi* y el móvil que los empujaba a actuar. Los «asesinos narradores» eran considerados una subcategoría de otra más amplia, la de los «visionarios», que cometían los homicidios dominados por otro alter ego con el que se comunicaban y del que recibían instrucciones, a veces bajo forma de visiones o de «voces».

Los narradores, sin embargo, necesitaban un público que presenciara su obra. Era como si buscaran constantemente aprobación por lo que estaban haciendo, aunque fuera en forma de terror.

Era el motivo por el que el monstruo había dejado un mensaje en la grabadora del confesionario, cinco días antes de atacar.

«... una vez... Ocurrió de noche... Y todos acudieron adonde estaba clavado su cuchillo... había llegado su momento... los hijos murieron... los falsos portadores del falso amor... y él fue despiadado con ellos... del niño de sal... si nadie lo detiene, no se detendrá.»

–En San Apolinar él hablaba en pasado, como en un cuento –dijo Marcus–. Y la primera frase, a la que le falta la parte inicial, es «Había una vez».

Clemente empezaba a comprender.

–No se detendrá hasta que no hayamos entendido el sentido de su historia –añadió Marcus–. Pero en este momento el monstruo no es nuestro único problema.

Era como combatir en dos frentes.

Por una parte, un despiadado homicida. Por la otra, una serie de individuos que se entrometían para enturbiar el asunto, matando y despistando. Y, además, todo ello a costa de su propia vida. De modo que de momento dejaron a un lado al asesino narrador y se dedicaron a este segundo aspecto. Marcus lo aprovechó para poner a Clemente al corriente de sus descubrimientos.

Empezó por el médico forense Astolfi, que había cogido una prueba en el escenario del primer crimen. Tal vez una estatuilla de sal. Luego le habló de Cosmo Barditi y de cómo había descubierto la pista adecuada con el libro de cuentos del «niño de cristal» que le había vendido Nicola Gavi.

Precisamente las preguntas que estuvo haciendo Barditi habían atraído la atención sobre él de quien luego lo mataría, simulando un suicidio. Era la misma persona que había intentado eliminar a Nicola Gavi de un navajazo y que había agredido a Marcus en la fiesta de la villa de la Appia Antica: el hombre de los zapatos azules, el viejo de ojos profundos que vivía en los sótanos del instituto Hamelín.

–Astolfi y ese viejo son la prueba de que alguien está intentando esconder la verdad y, tal vez, proteger al monstruo –concluyó Marcus.

–¿Protegerlo? ¿Cómo puedes decir eso?

–Es más que nada una sensación. El monstruo necesita un público, ¿recuerdas? Le gusta sentirse gratificado. Por eso estoy seguro de que lo vi esa noche en la villa de la Appia Antica. Estaba allí con su cámara fotográfica, disfrutando de incógnito del teatro de celebración de su éxito. Cuando se dio cuenta de que me había fijado en él, huyó. Mientras lo perseguía tuve la idea de santiguarme al revés, como vi hacer a Astolfi en el pinar de Ostia cuando desenterró la estatuilla de sal que había escondido.

–¿Y bien?

–Me imaginé que reaccionaría de alguna manera, pero el hombre de la cámara fotográfica me miró extrañado, como si ese gesto no le dijera nada.

–Sin embargo, el hombre de los zapatos azules, el viejo, reconoció la señal de la cruz al revés y por eso te agredió, dejándote inconsciente en el jardín de la villa. ¿Es así?

–Creo que sí.

Clemente reflexionó un momento sobre ello.

–El monstruo tiene protección, pero él no sabe que la tiene... ¿Por qué?

–Lo descubriremos –prometió Marcus–. Creo que la visita al instituto Hamelín me ha puesto sobre la pista adecuada. –Empezó a caminar por la habitación, esforzándose por dar un sentido a lo que había visto la noche anterior–. En los sótanos, el viejo se santiguó al revés, luego salió corriendo y provocó el incendio. Una acción en apariencia alocada, pero no creo que la locura tenga nada que ver. Al contrario, pienso que se trataba de una demostración. Sí, quería demostrarme su determinación por mantener el secreto. No creo que sobreviviera: me quedé fuera de la casa para asegurarme, pero nadie salió de allí. Al fin y al cabo, yo me salvé por los pelos.

–Como Astolfi, prefirió quitarse la vida antes que hablar. –Clemente, sin embargo estaba confuso–. ¿De qué naturaleza debe de ser ese secreto?

–En una habitación del instituto Hamelín, detrás del papel pintado de los personajes de los cuentos, se escondía la imagen de una figura antropomorfa: un hombre con cabeza de lobo –recordó el penitenciario–. Necesito que hagas algo por mí: tienes que buscar el significado de ese símbolo. ¿Qué representa? Estoy seguro de que está relacionado con alguna tradición.

Clemente estaba de acuerdo.

–¿Es la única pista que has encontrado en el instituto?

Marcus señaló la maleta negra que su amigo tenía a su lado.

–¿Has traído el aparato de vídeo?

–Tal como me habías pedido.

–He encontrado una cinta. Es lo único que pude salvar del incendio, pero creo que habrá valido la pena. –Marcus la cogió de una silla y se la tendió a su amigo, que leyó la etiqueta.

PSICÓPATA SABIO

Luego explicó:

–Los pequeños pacientes no usaban su nombre y no conocían el de los demás, Kropp les asignaba un apodo según el cuento escogido para su terapia. Lo que el doctor pretendía era reconstruir al individuo dentro del niño. Nicola Gavi, por ejemplo, era «frágil y peligroso» como el cristal. Mientras que, en el cuento, el niño de sal era más inteligente que los otros chiquillos y por eso mismo todos lo evitaban: destruía todo lo que tocaba. Gavi también dijo que su compañero tenía un coeficiente intelectual muy elevado...

Clemente empezó a atar cabos.

–Cristo definió a sus discípulos como «la sal de la tierra» precisamente para poner de manifiesto el valor de su conocimiento: a ellos había sido revelada la verdad de Dios. Desde entonces, la sal se ha convertido en sinónimo de sabiduría –concluyó–. El niño de sal, de hecho, es más inteligente que los demás.

–El psicópata sabio –dijo Marcus–. Creo que en esta cinta de vídeo aparece el monstruo cuando era sólo un niño.

15

El Laboratorio de Análisis Tecnológico –el LAT– de la jefatura de Policía de Roma era uno de los más vanguardistas de Europa. Su actividad abarcaba desde la descodificación del ADN hasta la investigación tecnológica.

Lo dirigía Leopoldo Strini, un experto de treinta y cinco años con calvicie incipiente, gruesas gafas y piel pálida.

–Aquí desencriptamos códigos y reconstruimos el contenido de escuchas ambientales y telefónicas –le estaba explicando a Sandra–. Si, por ejemplo, una grabación tiene huecos, el LAT con sus equipos es capaz de rellenarlos con las palabras exactas. Al igual que con una foto sacada a oscuras, podemos hacer aparecer la imagen que oculta como si fuera a pleno día.

–¿Cómo es posible? –preguntó la policía.

Strini se acercó a uno de los terminales que había en la sala y dio un par de palmaditas en el monitor con aire satisfecho.

–Gracias a un sistema de software muy potente y vanguardista, nuestro margen de error es del cero coma cero, cero, nueve por ciento.

Los ordenadores eran el verdadero secreto de ese lugar. El LAT estaba dotado de tecnologías de las que nadie más –entes públicos o empresas privadas– podía disponer. La gran sala que las albergaba se hallaba en el sótano de la jefatura de Policía. No había ventanas y tenían en funcionamiento un sistema de ventilación que mantenía la temperatura constante para no estropear la sofisticada instrumentación. Los servidores que soportaban toda esa tecnología, en cambio, estaban enterrados a una profundidad de más de siete metros bajo los cimientos del antiguo edificio de la Via San Vitale.

Sandra consideró que ese lugar estaba a medio camino entre un laboratorio de biología –con el banco de trabajo, los microscopios y todo lo demás–, uno de informática y uno de electrónica –con soldadores, componentes de dispositivos e instrumentos varios.

Actualmente el LAT estaba trabajando en el ADN del monstruo de Roma, encontrado en la camisa que el asesino había dejado sin darse cuenta en el coche de los chicos atacados en Ostia. Y se ocupaba también de examinar las pruebas recogidas en casa de Astolfi, el médico forense. Pero por deseo de los dirigentes de la jefatura, ese segundo asunto era secreto, recordó Leopoldo Strini. Por tanto era imposible que Sandra Vega, una simple fotógrafo forense, hubiera ido a verlo por eso.

–El ADN del homicida no nos ha desvelado nada más –dijo el técnico, justificándose–. No hay ninguna relación con otros casos y tampoco con las pruebas a que estamos sometiendo a todos los individuos con antecedentes por delitos similares o posibles sospechosos.

–Necesito un favor –afirmó, en cambio, la policía cambiando rápidamente de tema. A continuación le tendió el móvil que le había dado Ivan, el novio de Pia Rimonti.

–¿Qué tengo que hacer con esto?

–En el contestador hay un mensaje de la compañera que fue asesinada hace dos noches. Pero primero es necesario que lo escuches.

Strini cogió el teléfono de las manos de Sandra como si fuera una reliquia. Luego, mirándolo en silencio, se dirigió hacia un terminal. Conectó el móvil y tecleó una serie de órdenes.

–Estoy extrayendo el mensaje de voz –anunció antes de pulsar la tecla que conectaba directamente con el contestador. Después subió el volumen de los altavoces que había sobre la mesa.

La llamada dio inicio. Una voz electrónica femenina les dio la bienvenida y anunció que el contestador contenía un mensaje archivado. A continuación, informó de la fecha y, lo más importante, de la hora en el que había sido dejado: las tres de la madrugada. Al final, la grabación empezó.

Strini esperaba oír de un momento a otro la voz de Pia Rimonti. Sin embargo, sólo se oyó un silencio prolongado, que duró en total unos treinta segundos. Después la comunicación se cortó.

–¿Qué significa? No lo entiendo –dijo volviéndose hacia Sandra.

–Por eso todavía no he informado a Moro y tampoco a Crespi –explicó la policía. Entonces le contó brevemente la conversación que había tenido con el novio de Pia después del funeral y cómo se había enterado de la existencia del mensaje de voz–. Necesito que me digas si se trata de un error, es decir, si la llamada se activó por equivocación, o bien el contestador lo grabó mal porque tal vez no había cobertura...

Strini comprendió enseguida adónde quería llegar Vega con esas palabras. En realidad, quería saber si en ese silencio había algo más.

–Creo que podré decírtelo en breve –aseguró el técnico, tras lo cual se puso a trabajar.

Transcurrieron algunos minutos durante los cuales Sandra presenció cómo Strini descomponía el mensaje en una serie de pistas de audio que en la pantalla parecían el diagrama de un sismógrafo. Amplificó cada vibración, cada ruido. De modo que, al mínimo sonido, la línea formaba un salto.

–He aumentado al máximo el ruido de fondo –anunció el técnico–. Puedo descartar desde ahora mismo que el contestador haya grabado mal el mensaje. –Pulsó una tecla para reproducir nuevamente el contenido.

Ahora se percibía claramente el rumor del viento y de las hojas. Era como estar allí, pensó Sandra. Los ruidos secretos de un bosque de noche, cuando nadie está presente para escucharlos. Tuvo una extraña sensación de miedo. Porque, sin embargo, había alguien allí.

–Alguien hizo la llamada deliberadamente –confirmó Strini–. Permaneció en silencio durante unos treinta segundos y colgó. –Luego añadió–: ¿Por qué haría una cosa así?

–Por la hora –fue la respuesta de Sandra.

Pero Strini no lo comprendió enseguida.

–La voz electrónica del contestador ha dicho hace un momento que el mensaje fue dejado a las tres de la madrugada.

–¿Y bien?

Sandra cogió una hoja que había traído consigo:

–El último contacto a través de la radio entre los agentes y la central de operaciones tuvo lugar poco después de la una. Según la autopsia, Stefano Carboni murió unos minutos después, mientras que Pia Rimonti fue torturada durante al menos media hora antes de que también fuera asesinada.

–La llamada es posterior a su muerte –dijo Strini, sorprendido y a la vez atemorizado ante la constatación.

–Tuvo lugar más o menos cuando los nuestros fueron a inspeccionar el lugar y descubrieron los dos cuerpos.

No hacía falta decir cuál era la conclusión natural de la historia. El asesino se había alejado con el teléfono de Pia Rimonti y había hecho la llamada desde otro lugar.

–El móvil de Pia no estaba entre los objetos recuperados en el escenario del crimen. –Como prueba, Sandra mostró al técnico una hoja en la que figuraba el listado al que se refería.

Pero Strini se levantó, sin querer mirarlo.

–¿Por qué has venido a verme a mí? ¿Por qué no has ido enseguida a hablar con Moro o con Crespi?

–Te lo he explicado antes: necesitaba una confirmación.

–¿Qué confirmación?

–Creo que el monstruo, con este mensaje silencioso, quería llamar nuestra atención. ¿Puedes localizar desde dónde se realizó la llamada?

16

Metió la cinta en el aparato de vídeo. A continuación pulsó la tecla de reproducción. La pantalla se llenó de una neblina grisácea. Duró aproximadamente un minuto, un tiempo larguísimo en que Marcus y Clemente no pronunciaron una palabra. Por fin apareció algo. La imagen oscilaba de arriba hacia abajo mientras la cinta intentaba ajustarse –parecía que fuera a romperse de un momento a otro. Pero luego, por sí solo, el encuadre se estabilizó en una escena de colores apagados.

Era la sala de las paredes con los personajes de los cuentos. En el suelo había varios juguetes y, en una esquina, un balancín con forma de caballito. Dos sillas en el centro. En la de la derecha, se sentaba un hombre de unos cuarenta años con las piernas cruzadas. Cabello de un rubio intenso, bigote y gafas graduadas con los cristales oscuros. Llevaba una bata de médico. Todo hacía pensar que se trataba del profesor Joseph Kropp.

En la de la izquierda, había un chiquillo delgado, con la espalda encorvada y ambas manos metidas debajo de las rodillas. Llevaba una camisa blanca abotonada en los puños y hasta el cuello, pantalón oscuro y botas de piel. Una melena castaña le cubría la frente hasta los ojos. Miraba hacia abajo.

–¿Sabes dónde te encuentras? –preguntó el psiquiatra con un leve acento germánico.

El niño hizo un gesto de negación con la cabeza.

El encuadre se movió por un momento, como si alguien todavía estuviera colocando la cámara. De hecho, al cabo de poco, delante del objetivo apareció un segundo hombre. Él también iba vestido con una bata y llevaba una carpeta.

–Éste es el doctor Astolfi –dijo Kropp, presentando al joven que en el futuro se convertiría en médico forense, el cual tomó una silla y fue a sentarse junto a él.

Para Marcus fue la confirmación de que no se había equivocado: Astolfi estaba involucrado y conocía al monstruo.

–Nos gustaría que te sintieras a gusto aquí, estás entre amigos.

El niño no dijo nada, sin embargo, Kropp hizo un gesto hacia la puerta. Por allí entraron tres enfermeros, una mujer pelirroja y dos hombres, que se colocaron junto a la pared, al fondo. A uno de los dos hombres le faltaba el brazo izquierdo y no llevaba ninguna prótesis. Marcus reconoció al otro:

–Ése es el viejo del incendio en el instituto, el hombre que me agredió en la villa de la Appia Antica. –Los mismos ojos azules, mucho más robusto, pero en esa época no debía de tener más de cincuenta años. Y una confirmación más: quienes estaban protegiendo al monstruo lo habían conocido cuando era pequeño.

–Él es Giovanni –dijo Kropp, presentándolo–. Ella es la señorita Olga. Y ése delgado de la nariz grande es Fernando –afirmó el psiquiatra indicando al hombre sin brazo.

Todos sonrieron ante la broma, excepto el niño que, en cambio, seguía mirándose los pies.

–Durante una temporada vamos a estar contigo, pero dentro de un tiempo podrás unirte a los otros chicos. Ya verás, aunque ahora no sea así, al final te gustará estar aquí.

Marcus ya había reconocido a dos de los protagonistas del vídeo. Ahora también tomó nota mentalmente del nombre y la fisonomía de los otros. Kropp, rubio. Fernando, moreno. Olga, pelirroja.

–Le he arreglado su cuarto –dijo la mujer con una sonrisa amable. Se dirigía al psiquiatra, pero en realidad le hablaba al niño–. He puesto sus cosas en los cajones, y creo que más tarde podríamos ir juntos al almacén de los juguetes a elegir alguno que le guste. ¿Usted qué dice, profesor?

–Me parece una idea excelente.

El niño no reaccionó de ninguna manera. Entonces Kropp volvió a hacer una señal y los tres enfermeros salieron de la habitación.

Marcus notó que todos eran muy solícitos y tenían buena disposición. Su actitud, sin embargo, contrastaba con los rostros de los personajes de los cuentos representados en las paredes, sin alegría.

–Ahora vamos a hacerte algunas preguntas, ¿de acuerdo? –preguntó Kropp.

El niño se volvió inesperadamente hacia la videocámara. Kropp volvió a llamar su atención.

–¿Sabes por qué estás aquí, Victor?

–Se llama Victor –dijo Clemente, para subrayar que tal vez ahora tenían el nombre del monstruo. Aunque Marcus, por el momento, estaba más interesado en lo que sucedía en la pantalla.

El niño volvió a mirar a Kropp, pero tampoco contestó a la segunda pregunta.

Kropp lo acosó.

–Yo creo que sí lo sabes, pero no quieres hablar de ello, ¿es así?

Una vez más, no hubo reacción.

–Sé que te gustan los números –dijo el psiquiatra, cambiando de tema–. Me han dicho que eres muy bueno en matemáticas. ¿Te apetecería mostrarme algún ejemplo?

En ese momento, Astolfi se levantó de su sitio y salió del encuadre. Poco después volvió y colocó al lado de Victor una pizarra en la que había escrita una raíz cuadrada.

$$\sqrt{787470575790457}$$

A continuación dejó la tiza y volvió a sentarse.

–¿No te apetece resolverla? –preguntó Kropp al niño, que ni siquiera se había vuelto para observar qué hacía Astolfi.

Después de unos momentos de titubeo, Victor se levantó, fue hacia la pizarra y empezó a escribir la solución.

$$28061906{,}132522$$

Astolfi comprobó el resultado en la carpeta e indicó a Kropp que era correcto.

–Es un pequeño genio –dijo Clemente maravillado.

El psiquiatra estaba entusiasmado.

–Bien Victor, muy bien.

Marcus sabía que existían personas dotadas de talentos especiales, para las matemáticas o para la música o el dibujo. Algunas poseían una increíble capacidad de cálculo, a otras les bastaba con un solo día para aprender a tocar perfectamente un instrumento, otras eran capaces de reproducir el paisaje de una ciudad después de haberla observado sólo unos segundos. A veces ese don iba emparejado a un déficit mental como el autismo o el síndrome de Asperger. En el pasado se les llamaba *idiot savant* –sabios idiotas. Pero actualmente, para referirse a ellos se utiliza el término más adecuado de *savant*. A pesar de sus extraordinarias aptitudes, por lo general eran incapaces de relacionarse con el mundo que les rodeaba y presentaban significativos retrasos en el lenguaje y en los procesos cognitivos, además de trastornos obsesivo-compulsivos.

Victor debía de ser uno de ellos. «El psicópata sabio», recordó.

El niño volvió a su silla y se colocó en la misma posición que antes, encorvado y con las manos debajo de las rodillas. Y empezó a mirar otra vez al objetivo de la videocámara.

–Por favor, Victor, mírame a mí –lo reprendió con amabilidad Kropp.

Su mirada era intensa, y Marcus advirtió una sensación desagradable. Era como si aquel niño pudiera verlo a través de la pantalla.

Después de un instante, Victor obedeció al psiquiatra y se dio la vuelta.

–Ahora debemos hablar de tu hermana –anunció Kropp.

Las palabras no tuvieron ningún efecto en el niño, que permanecía inmóvil.

–¿Qué le pasó a tu hermana, Victor? ¿Recuerdas lo que le ocurrió? –Kropp dejó que el silencio siguiera a la pregunta, quizá para estimular una reacción.

Pasó un rato, luego Victor dijo algo. Pero su voz era demasiado débil para que se oyera con claridad.

–¿Qué ha dicho? –preguntó Clemente.

Kropp intervino.

–¿Podrías repetirlo, por favor?

El niño alzó un poco la voz, y repitió tímidamente:

–No fui yo.

Los dos médicos de la habitación no replicaron, en vez de eso esperaron a que añadiera algo más. Pero inútilmente. Victor se limitó a volverse de nuevo hacia la cámara –era la tercera vez.

–¿Por qué miras hacia ese lado? –le preguntó Kropp.

El niño levantó lentamente el brazo y señaló algo.

–Allí no hay nada. No te entiendo.

Victor calló, pero siguió mirando.

–¿Ves algún objeto?

Victor negó con la cabeza.

–Entonces a alguien... ¿Una persona?

Victor se quedó inmóvil.

–Te equivocas, no hay nadie. Sólo estamos nosotros en la habitación.

Pero el niño seguía mirando en aquella dirección. Marcus y Clemente tuvieron la desagradable sensación de que realmente Victor la había tomado con ellos.

–Tendremos que volver a hablar de tu hermana. Es importante –dijo Kropp–. Pero por hoy ya es suficiente. Puedes quedarte aquí jugando, si quieres.

Después de intercambiar una breve mirada, los dos médicos se levantaron y se dirigieron hacia la puerta. Salieron de la habitación dejando solo al niño pero sin apagar la cámara. A Marcus le pareció extraño. Mientras tanto, Victor seguía impertérrito observando el objetivo, sin mover ni un músculo. El penitenciario intentaba leer en el fondo de sus ojos. ¿Qué secreto se escondía en la mirada de ese niño? ¿Qué le había hecho a su hermana?

Transcurrió casi un minuto. Luego la cinta terminó y la grabación se interrumpió.

–Ahora sabemos su nombre –afirmó Clemente satisfecho.

Sus dos puntos de referencia eran esa cinta de vídeo y la grabación de la voz del monstruo recogida en el confesionario de San Apolinar, de donde había partido la investigación.

«... una vez... Ocurrió de noche... Y todos acudieron adonde estaba clavado su cuchillo... había llegado su momento... los hijos murieron... los falsos portadores del falso amor... y él fue despiadado con ellos... del niño de sal... si nadie lo detiene, no se detendrá.»

El vídeo y el audio constituían dos extremos. El monstruo cuando era sólo un niño y luego de adulto. ¿Qué había ocurrido en medio? ¿Y antes?

–El confesionario de San Apolinar, en el pasado, era utilizado por los criminales para pasar información a la policía –recapituló Marcus, que necesitaba aclarar las ideas–. La iglesia era un puerto franco, un lugar seguro. El monstruo lo sabía, por eso dimos por supuesto que se trataba de un criminal.

–Es probable que haya cometido otros delitos después de salir del instituto Hamelín –dijo Clemente señalando la pantalla–. En el fondo, ya sabemos cómo van estas cosas: la mayoría de los niños o de los adolescentes que cometen un crimen siguen haciéndolo después.

–Su destino está marcado –afirmó Marcus. Pero era más bien fruto de una reflexión consigo mismo. Sentía que estaba muy cerca de algo importante. Había una frase en el mensaje de audio que, a la luz de lo que había visto en el vídeo, asumía ahora un significado distinto.

«Los hijos murieron.»

La primera vez que la había escuchado pensó que el monstruo se refería a los padres de sus víctimas. Que se trataba de una sádica advertencia dirigida a ellos, por el dolor que iba a hacerles sentir.

Se equivocaba.

–Ya sé por qué escoge a parejas –dijo emergiendo de su reflexión–. La razón no está relacionada con el sexo ni con ninguna perversión. En el mensaje de audio se refiere a las víctimas llamándolas «hijos».

Clemente le prestó toda su atención.

–Kropp, en el vídeo, le pregunta a Victor qué le ha sucedido a su hermana. Probablemente la razón por la que el niño se encontraba en el instituto Hamelín estaba relacionada con ella: le hizo daño. De hecho, luego añade: «No fui yo».

–Continúa, te sigo...

–Nuestro asesino es un narrador, con los homicidios nos está contando su historia.

–¡Claro, los hijos! –Clemente lo relacionó por sí mismo–. Las parejas, en su fantasía, representan a un hermano y una hermana.

–Para actuar necesita sorprender a sus víctimas cuando están solas y apartadas. Piénsalo: es más fácil encontrar a una pareja de enamorados que a una de hermanos.

La teoría del vínculo entre lo que estaba sucediendo esos días y lo que le había ocurrido a Victor y a su hermana, además, venía avalada por el hecho de que el asesino se encarnizaba mayormente con las víctimas femeninas.

–«No fui yo». Él todavía considera que en su infancia se cometió una injusticia con él. Y la culpa es de su hermana.

–Y se lo está haciendo pagar a esos chicos.

Ahora Marcus iba lanzado. Empezó a caminar por la habitación.

–Victor le hace daño a su hermana y lo mandan al instituto Hamelín. Pero, en vez de cambiarlo a mejor, ese lugar lo convierte en un criminal. Por eso, al crecer comete otros delitos.

–Si al menos supiéramos cuáles –se lamentó Clemente–. Podríamos remontarnos a su identidad completa.

Pero no era posible. El crimen con el que Victor se había manchado las manos en su infancia había sido borrado para siempre, de los delitos cometidos por los niños no quedaba rastro en los archivos de la policía. Se ocupaban de ocultarlo todo. El mundo no podía aceptar que un alma pura pudiera hacer el mal con despiadada lucidez.

–Hay un modo –afirmó Marcus, seguro–. Su primera víctima. –Seguidamente se explicó mejor–: Sólo se ha borrado la identidad del culpable, pero si descubrimos lo que le pasó a la hermana de Victor, también lo encontraremos a él.

17

El mensaje mudo del contestador era una invitación.

Era como si el monstruo estuviera diciendo: «Adelante, venid a ver». Según el técnico del LAT que había localizado la llamada, el móvil robado a Pia Rimonti esa noche se había conectado con una antena telefónica del sureste de Roma, en la zona de los Colli Albani.

Sandra informó inmediatamente a Moro y a Crespi.

Se había activado el procedimiento de emergencia del SCO. Faltaba poco menos de una hora para que se pusiera el sol, tenían que apresurarse.

Una comitiva de una decena de vehículos blindados y coches de la policía abandonó el edificio de la Via San Vitale, seguida inmediatamente después por los furgones de las televisiones. Con un par de helicópteros Augusta de la Unidad Aérea haciendo de ángeles de la guarda, atravesaron el centro de Roma con las sirenas conectadas, llamando la atención de los transeúntes. Desde la ventanilla del coche, Sandra Vega advirtió sus miradas angustiadas: miraban el desfile, paralizados por ese sonido y por el embrujo del miedo. Padres que empujaban cochecitos con hijos pequeños, turistas que habían escogido precisamente ese momento de tensión para visitar la Ciudad Eterna y que nunca iban a olvidar esas vacaciones, mujeres y hombres, viejos y jóvenes. Todos unidos por el mismo sentimiento, por el mismo incontrolable temor.

Sandra estaba sentada al lado de Moro en el asiento posterior del segundo coche de cabeza. El vicequestore la había invitado a ir con él, pero todavía no había dicho una palabra. Estaba absorto, a pesar de que se percibía su agitación mientras, de vez en cuando, controlaba por el retrovisor las parabólicas de las furgonetas de los periodistas que, como fieras hambrientas, iban a la caza de la presa.

Sandra podía imaginar los pensamientos del vicequestore Moro. Se estaba preguntando cómo saldría de esto la policía en esta ocasión. Porque hasta ese momento, a pesar de que nadie lo admitiera, estaban perdiendo la partida. Por eso era normal que entre las preocupaciones del superpolicía también estuviera la de que lo apartaran de la investigación. Era un caso demasiado goloso para que alguien más intentara hacerse con él. Por ejemplo, el ROS, el grupo especial de los *carabinieri* que también se ocupaba de crímenes violentos y que estaba impaciente por sustituirlo.

Mientras la larga columna de vehículos recorría en bloque la provincial 217, un frente de aire helado se cernía sobre la ciudad, llevándose con él nubes bajas y amenazadoras que pasaban por encima de sus cabezas como un ejército de sombras con rumbo al sol que desaparecía rápidamente en el horizonte.

El reloj de los elementos iba en su contra.

Los Colli Albani eran, en realidad, un inmenso volcán dormido, hundido sobre sí mismo miles de años atrás. Las diversas bocas eruptivas se habían convertido en llanuras o albergaban pequeños lagos de agua dulce. Todo alrededor era una muralla de colinas recubiertas de una densa vegetación.

El área estaba habitada y había varios núcleos urbanos. Leopoldo Strini, el técnico del LAT, no había sido capaz de delimitar mucho más la zona de influencia de la antena de telefonía móvil. Se trataba de un radio de tres kilómetros, difícil de controlar.

Al cabo de unos veinte minutos, llegaron a campo abierto. Los coches de cabeza se detuvieron al margen de un área boscosa, mientras los vehículos blindados que transportaban a los hombres de las unidades especiales se colocaron de manera que formaban una línea de frente.

–De acuerdo, iniciemos la búsqueda –ordenó Moro a la radio.

De los furgones salieron los policías con uniforme de asalto, fusiles ametralladores y chalecos antibalas. Se desplegaron a lo largo del límite del bosque. Luego, a una señal determinada, avanzaron simultáneamente y desaparecieron entre los árboles.

Moro se situó sobre una pequeña colina, sujetaba el transmisor en una mano y esperaba. Sandra lo miraba preguntándose cómo debía de vivir esos momentos un hombre preparado para cualquier eventualidad. Un centenar de metros a su espalda, las televisiones, que un cordón de seguridad mantenía a raya, se disponían a instalar las cámaras para la retransmisión en directo.

Con la llegada del anochecer, empezaban a montar los caballetes de los focos halógenos. Conectados a generadores diésel, se colocaban a una distancia de unos diez metros el uno del otro, a lo largo de un extenso perímetro. Cuando el último rayo de sol estaba a punto de desvanecerse, el comisario Crespi ordenó que los activaran. Con una serie de estallidos mecánicos que resonaron en el valle, una luz blanquísima chocó con la barrera de vegetación.

Mientras tanto, los helicópteros barrían el bosque desde arriba con sus potentes reflectores, de manera que ofrecían a los hombres armados en tierra un poco de visibilidad.

Transcurrieron casi treinta minutos sin que nada sucediera. Nadie esperaba que algo pudiera ocurrir tan pronto, pero así fue. Una voz emergió de la radio de Moro.

–Señor, hemos encontrado el móvil de la agente Rimonti. Quizá será mejor que venga a ver.

La luz de los helicópteros se filtraba desde arriba entre las ramas de los árboles –finos rayos luminosos que conferían al bosque un aspecto encantado. Sandra caminaba por detrás de Moro y del comisario Crespi. Escoltados por otros agentes, avanzaban en la vegetación.

Cada vez que los aparatos los sobrevolaban, el fragor de las hélices cubría el sonido de sus pasos, para luego desvanecerse en un eco que a Sandra le recordaba el de una gran catedral.

Un centenar de metros delante de ellos, alguien movió varias veces una linterna arriba y abajo, haciéndoles señales para que se dirigieran hacia aquella dirección.

Al llegar allí, encontraron a un grupo del SCO esperándolos. Estaban reunidos en torno a su superior.

–¿Dónde está? –les preguntó Moro.

–Mire, está aquí. –El hombre señaló un punto en el suelo y lo iluminó enseguida con la linterna.

Efectivamente, había un móvil manchado de tierra.

El vicequestore se agachó para observarlo mejor mientras se sacaba del bolsillo un guante de látex que se puso en la mano derecha.

–Háganme luz. –Y enseguida llegaron los haces de otras linternas.

Se trataba de un teléfono inteligente con una funda azul oscuro con el escudo de la policía nacional. Moro la reconoció porque formaba parte de los artículos promocionales del cuerpo, podía comprarse en la página oficial además de camisetas, gorras y otros artículos. Pero a los agentes se les entregaba la funda gratuitamente, porque quería evitarse que se pusieran o llevaran consigo objetos de colores demasiado llamativos o que no estuvieran en consonancia con el uniforme. La única coquetería, en ese caso, era el pequeño colgante con forma de corazón que salía de una esquina.

El corazón centelleaba, era como si palpitara.

–Así es como lo hemos encontrado –dijo el hombre del SCO–. Vimos el parpadeo, probablemente indica que la batería del teléfono se está descargando.

–Probablemente –repitió Moro a media voz, mientras seguía mirando el aparato. Luego, con un dedo, lo levantó intentando ver la pantalla. Aparte de la tierra, estaba manchado de sangre.

«La sangre de Pia Rimonti», pensó Sandra.

–Llamad a la Científica y que saquen las huellas del teléfono, y examinad toda esta zona a conciencia.

Cuando el agente del SCO convocó a Moro por radio, había empleado una expresión concreta.

«Quizá será mejor que venga a ver.»

El problema era precisamente ése. Desde el principio, todos esperaban encontrar algo en ese lugar. Sin embargo, aparte del teléfono, no había nada que ver.

¿Por qué el monstruo los había conducido allí?

Desde su posición agachada, Moro miró primero a Sandra y luego al comisario Crespi.

–De acuerdo, traigamos aquí a los perros.

Seis agentes de la Unidad Canina guiaban a otros tantos ejemplares de Bloodhound a lo largo de una cuadrícula imaginaria que tenía como núcleo el punto en el que se había hallado el teléfono.

La operación se llevaba a cabo con el perro agachado hacia delante, contra el viento y zigzagueando.

Los Bloodhound –literalmente «sabueso de sangre»– habían sido bautizados recientemente por la prensa como «perros moleculares», porque eran capaces de seguir las moléculas del olor en las condiciones más adversas. Pero también porque, a diferencia de otras razas, sabían distinguir una pista olfativa incluso cuando había transcurrido mucho tiempo desde el crimen. Precisamente, hacía poco tiempo, habían sido utilizados para identificar a un maníaco que había violado y asesinado a una chiquilla en el norte de Italia: condujeron a los investigadores hasta el lugar donde trabajaba, y el arresto se produjo delante de fotógrafos y cámaras de televisión. Desde entonces, la raza de perros moleculares se había granjeado una fama inesperada.

Pero entre los policías seguían siendo conocidos como «perros de cadáveres».

En ese momento, uno de los animales se detuvo y dirigió enseguida el hocico hacia su adiestrador. Era la señal de que había olfateado algo. El adiestrador levantó un brazo: era un gesto que servía para obtener una confirmación. De hecho, el perro ladró, abandonando su posición para volver a ponerse erguido sobre las cuatro patas a la espera de la recompensa.

–Señor, aquí debajo hay algo –dijo el agente en dirección al vicequestore Moro. Seguidamente ofreció al perro una bolita de comida seca y lo alejó del punto indicado.

Moro se acercó junto a Crespi. Ambos se agacharon. Mientras el comisario apuntaba hacia abajo con la linterna, el vicequestore barrió con la mano el suelo de ramas y hojas secas. A continuación pasó la palma sobre el suelo desnudo. Presentaba una ligera depresión.

–Joder –dijo Moro, contrariado.

Sandra, que estaba a poca distancia, intuyó lo que sucedía. Allí debajo había un cuerpo. Y no sólo porque el Bloodhound lo había localizado. La caja torácica de un cadáver enterrado sin ataúd, al cabo de un tiempo, cedía bajo el peso de la tierra que la cubría, con el consiguiente hundimiento del suelo.

Crespi se le acercó.

–Vega, quizá deberías empezar a prepararte.

Sandra se puso el mono blanco con capucha y se colocó la diadema con el micrófono de la grabadora para que le quedara a la altura de la boca.

Las unidades especiales habían dejado paso a los hombres de la Científica que, junto a personal del servicio funerario, comenzaron a excavar. Se montaron reflectores y el área quedó delimitada.

La fotógrafa forense inmortalizaba la escena con la réflex. A medida que la tierra iba siendo retirada –delicadamente, con la ayuda de pequeñas palas– empezó a aparecer algo. En un primer momento fueron tiras de tejido vaquero. Enseguida se vio que se trataba de pantalones.

El cuerpo estaba enterrado a apenas un metro y medio de profundidad, no fue difícil llegar también al resto. Un par de zapatillas deportivas, calcetines de tenis, un cinturón de cuerda marrón, una cazadora de tela verde. El cadáver estaba boca arriba, con las piernas ligeramente acurrucadas contra el pecho, señal de que quien había excavado el agujero no supo calcular bien su altura. En efecto, el tórax estaba hundido y parecía una gran sima.

Sandra seguía disparando, moviéndose en torno a sus compañeros ocupados en la exhumación. Habían abandonado las pequeñas palas y ahora procedían a sacar la tierra con unos pinceles.

La cabeza todavía estaba enterrada, pero las manos, la única parte que no estaba cubierta de ropa, aparecían como dos estribaciones oscuras, leñosas. Ese tipo de inhumación había acelerado el proceso de descomposición.

Entonces llegó el momento de descubrir el rostro. Lo hicieron con mucho cuidado. Finalmente, emergió sólo una calavera en la que todavía había cabellos –una melena apelmazada de color ébano.

–Varón, edad indefinida –se pronunció el médico forense después de haber examinado atentamente los huesos de la zona frontal, los pómulos y la mandíbula.

–Presenta un orificio de entrada a la altura de la sien derecha –dijo Sandra a la grabadora, y enseguida pensó en el revólver Ruger usado por el monstruo, ahora ya una especie de firma. El orificio de salida debía de encontrarse en la parte posterior del cráneo.

A continuación, acercándose con el zoom de la cámara fotográfica para sacar un primer plano, se fijó en que salía algo de la tierra por detrás de la nuca del cadáver.

–Hay algo debajo del cuerpo –comunicó a sus compañeros de la Científica. La miraron por un instante, aturdidos. Luego siguieron excavando.

El vicequestore Moro se encontraba a unos metros de distancia. Observaba la operación, inmóvil y con los brazos cruzados. Vio que los hombres sacaban el cadáver del foso para colocarlo delicadamente sobre una lona impermeable.

Justo en ese momento apareció el segundo cuerpo situado debajo.

–Mujer, edad indefinida.

Era mucho más menuda que su compañero de sepultura. Llevaba mallas de flores y zapatillas de deporte rosas. De cintura para arriba no iba vestida.

Sandra pensó en las anteriores víctimas femeninas. Diana Delgaudio estaba desnuda, cosa que precisamente le había provocado la hipotermia que le salvó la vida, a Pia Rimonti la había desnudado antes de torturarla y asesinarla con un cuchillo de caza. El asesino siempre reservaba a los varones una muerte rápida. A Giorgio Montefiori lo convenció para que apuñalara a Diana y al final recibió una bala en la cabeza, como en una ejecución. A Stefano Carboni le disparó en el tórax, para él también fue un final instantáneo. Y el hombre que ahora yacía junto al foso no debía de haber salido peor parado, con ese orificio en la sien.

Tal vez, simplemente, al monstruo no le interesaban los varones. Entonces, ¿por qué elegía a parejas?

También en el caso de la segunda víctima, la caja torácica estaba hundida a causa del peso que tenía encima. El médico forense la examinó con atención.

–A la izquierda, la octava y la novena costilla de la mujer presentan pequeñas hendiduras de perfil granulado, señal de un probable acuchillamiento –dijo.

El *modus operandi* del monstruo se veía confirmado también esta vez.

Pero antes de que el patólogo pudiera añadir nada más, a pocos metros de allí, los perros de cadáveres se agitaron de nuevo.

La segunda sepultura contenía dos mochilas. Una roja, la otra negra. Una más grande, la otra más pequeña. Pertenecían a las víctimas. La explicación más inmediata y convincente era que el asesino, al no tener espacio para meterlas en el primer agujero, se había visto obligado a excavar un segundo.

Cuando el personal funerario abrió la mochila negra de la mujer y empezó a sacar el contenido, Sandra vio que Moro cambiaba de expresión.

En el rostro del superpolicía se dibujó una máscara de consternación. El vicequestore recogió un objeto que le era familiar.

Un test de embarazo.

El silencio se propagó como un contagio, y nadie en el bosque profirió ni una palabra. Todos los presentes sentían el mismo horror.

–Los autoestopistas –dijo en voz baja el vicequestore Moro.

18

«La vida es sólo una larga serie de primeras veces.»

Sandra no recordaba quién lo había dicho, pero la frase le vino a la cabeza mientras se retiraba del escenario del crimen. Siempre le había parecido una expresión positiva, cargada de expectativas y de esperanza.

Había una primera vez para cada cosa. Por ejemplo, ella recordaba cuando de pequeña su padre le enseñó a montar en bicicleta.

«Muy bien, ahora no se te olvidará nunca», le había dicho. Y tenía razón, a pesar de que ella en aquel momento no acabó de creérselo.

Y recordaba cuando besó a un chico por primera vez. Eso tampoco iba a olvidarlo aunque, si así fuera, no le hubiera disgustado ya que se trataba de un adolescente con acné y un aliento que sabía a chicle de fresa. Y le pareció lo menos sexy del mundo.

Hay primeras veces, además, que también son las últimas. Sandra no podía evitar considerar su matrimonio con David una experiencia irrepetible. Por eso nunca se casaría con Max.

De todos modos, las primeras veces, por más o menos bonitas que fueran, creaban un recuerdo indeleble y una extraña magia. Y contenían una lección preciosa para aplicarla en el futuro. Siempre. Menos la que habían presenciado esa noche en el bosque.

La primera vez de un monstruo.

Bernhard Jäger y Anabel Meyer tenían veintitrés y diecinueve años.

Él era de Berlín, ella de Hamburgo. El chico había terminado la carrera de arquitectura hacía poco, mientras que ella estaba matriculada en una escuela de arte. A los pocos meses de conocerse se habían ido a vivir juntos.

Dos veranos atrás emprendieron un viaje a Italia haciendo autoestop. Pero después de pasar un par de semanas por la península, desaparecieron en la nada. Durante la última llamada telefónica, Bernhard y Anabel comunicaron a sus familias la noticia de que pronto iban a tener un bebé.

Fue con ellos con quien el monstruo aprendió a matar.

A partir de un examen superficial del lugar del crimen, todos tuvieron claro que el *modus operandi* era el mismo, pero que había sido llevado a cabo con gran imprecisión. Como por un aficionado que tiene vocación y conoce los rudimentos del oficio, pero todavía no posee la experiencia necesaria para hacer un trabajo bien hecho.

En ese caso, era una cuestión de detalles.

El proyectil que había matado al chico fue disparado a la altura de la sien, lo cual, la mayoría de las veces, no provocaba una muerte instantánea. Las cuchilladas asestadas a la chica estaban repartidas sin ton ni son en el abdomen, como si el asesino se hubiera dejado guiar por la prisa, sin saborear su propia obra.

Y luego estaba el asunto del bebé.

El homicida no podía saber que Anabel estaba embarazada, era demasiado pronto para que se viera algún cambio en su aspecto físico. Tal vez ella se lo dijera, pero cuando ya fue demasiado tarde. O quizá incluso él mismo, posteriormente, vio el test de embarazo. Una vez descubierto ese «detalle», se dio cuenta de su error: había elegido a una pareja que no se correspondía con su fantasía real.

No había bebés en los planes del monstruo.

Probablemente fuera por eso que luego decidió enterrar los cuerpos. En su primera vez había cometido un error, y había querido ocultarlo al mundo y, sobre todo, a sí mismo.

Y cuando ya se creía lo bastante bueno, cuando ya todos, después de dos agresiones más que ejemplares, le habían reconocido el mérito con un tributo de horror y desaliento, entonces había decidido desvelar su debut imperfecto. Como queriendo decir que ya podía dejar de avergonzarse de ello.

Porque ahora esa «distracción» también podía asumir otro valor y convertirse en su mayor triunfo.

De hecho, la desaparición de los dos chicos no había acabado entre los varios casos de desapariciones que se producían cada año en Italia y que normalmente quedaban olvidados a la espera de que se produjera un giro o un golpe de suerte que casi nunca llegaba.

Anabel Meyer era la segunda hija de un conocido banquero alemán, un hombre poderoso que ejerció una notable presión sobre el Gobierno y las autoridades italianas para que encontraran a su hija. De modo que los periódicos y las televisiones se ocuparon del caso y la búsqueda fue confiada al más competente de los policías, el vicequestore Moro.

Como los chicos se movían haciendo autoestop, se visionaron horas de filmaciones de cámaras de seguridad de carreteras y autopistas, con una asignación de hombres y medios notable para la naturaleza de la investigación. Una desaparición no era un homicidio, tampoco había pruebas de que se tratara de un secuestro, y aun así se gastó mucho dinero y se invirtieron recursos ingentes.

Al final, a pesar de las dificultades objetivas de encontrar algo, se supo que Bernhard y Anabel, en julio, pasaron por una estación de servicio nada más salir de Florencia, en la A1, la Autopista del Sol. Paraban a los automovilistas para pedirles que los llevaran hasta Roma.

Las cámaras de seguridad del surtidor de gasolina habían captado el momento en que los dos jóvenes subían a bordo de un utilitario. Por la matrícula, resultó que el coche había sido robado, pero el objetivo no permitía reconocer el rostro del conductor. Aun así, gracias al talento de Moro, la policía pudo llegar de todos modos hasta el ladrón.

Se trataba de un idiota con antecedentes por hurto y atraco. Su especialidad era ofrecerse a llevar a turistas incautos para que luego le entregaran sus pertenencias amenazándolos con una pistola. El sospechoso fue detenido después de una rigurosa caza al hombre. En su casa hallaron, además de una Beretta con el número de registro raspada, objetos pertenecientes a los dos muchachos alemanes: la cartera de Bernhard y una cadenita de oro de Anabel.

La teoría de los investigadores era que el tipo había tenido que vérselas con la corpulencia del chico que, probablemente, se habría opuesto al atraco. De modo que se vio obligado a dispararle. Preso del pánico, había matado también a la chica, haciendo desaparecer a continuación ambos cuerpos.

Después del arresto, el hombre admitió el atraco pero se defendió asegurando que no había disparado absolutamente a nadie y que abandonó a los chicos en pleno campo.

El lugar, casualmente, estaba a pocos centenares de metros de donde ahora se habían hallado los cuerpos, advirtió Sandra.

Pero dos años atrás nadie los había buscado porque el idiota, durante la primera vista del juicio, cambió su versión. Admitió el doble homicidio y declaró que se había deshecho de los cadáveres arrojándolos a un río.

Los submarinistas sondearon el curso de agua, pero los restos no fueron hallados. No obstante, el tribunal de delitos graves demostró que apreciaba la voluntad del imputado de colaborar con la justicia y lo condenó a cadena perpetua, pero dejando abierta, en los entresijos de la sentencia, la posibilidad de que pudiera solicitar, un día incluso no muy lejano, que lo sometieran a un régimen de semilibertad.

Ahora era evidente que la confesión formaba parte de la estrategia orquestada por los abogados: frente al peso aplastante de las pruebas, le aconsejaron que se declarara culpable, aunque no fuera verdad. Era uno de los defectos del sistema penal, pero en esa época los padres de los chicos, incluido el poderoso banquero, se conformaron porque por fin tenían un culpable al que iba a infligirse la pena máxima. Probablemente eso los consolaba del hecho de que nunca iban a tener un lugar donde llorar a sus hijos. Las autoridades italianas, por su parte, hicieron una demostración de eficiencia ante las alemanas. El vicequestore Moro recibió agradecimientos generales y vio aumentar notablemente su fama.

Todos contentos. Hasta ese momento.

Mientras la desconcertante verdad salía a la luz, Sandra se quitó el mono y dejó el equipo fotográfico en el coche de servicio.

A pocos pasos de ella, un avergonzado vicequestore Moro hacía las primeras declaraciones ante los principales medios periodísticos, nacionales y extranjeros. Su rostro, a la luz de los reflectores, parecía todavía más decaído y cansado. Ante él se desplegaba una selva de micrófonos.

–Bernhard Jäger y Anabel Meyer. –Pronunció los nombres con aflicción hacia las cámaras de televisión–. Veintitrés y diecinueve años.

–¿Cómo murieron? –preguntó un cronista.

Moro buscó ese rostro en medio de los demás, pero estaba deslumbrado por los flashes y desistió.

–Pueden considerarse como la tercera pareja víctima del monstruo. Pero, teniendo en cuenta que llevan al menos dos años desaparecidos y sus restos están en avanzado estado de descomposición, podemos sostener que fueron los primeros.

Durante dos años, el asesino había estado viviendo tranquilamente y ahora se había convertido en el monstruo.

«El penitenciario dijo que alguien lo estaba protegiendo», recordó Sandra. ¿Quién y por qué estaría haciendo algo así? Lo que más rabia le daba era pensar que quizá alguien pudiera preferir a un asesino en vez de a dos jóvenes inocentes.

Astolfi formaba parte de esa absurda defensa, y ella lo desenmascaró. El comisario Crespi le había asegurado que no tenía nada que ver, que se había tratado de un acto de locura. Pero Marcus había desmentido esa teoría. Por eso ahora Sandra sólo lo creía a él.

Tenía ganas de mirar a la cara a los otros cómplices, quienesquiera que fueran. Quería hacerles saber que alguien estaba al tanto de su plan. En vista de que la policía no iba a ocuparse del médico forense, profundizando en la investigación sobre él y sobre los motivos de su suicidio, le gustaría enviar una señal de todos modos. Estaba segura de que el penitenciario lo habría aprobado.

La idea se le ocurrió al ver al comisario Crespi saliendo del bosque: como hombre muy religioso que era, se hizo la señal de la cruz.

«La vida es sólo una larga serie de primeras veces», se dijo Sandra. Después de haberse escondido durante demasiado tiempo tras la barrera protectora de su máquina fotográfica, quizá le había llegado el momento de arriesgarse.

De modo que, aprovechando el hecho de que las cámaras de televisión sin duda la estaban encuadrando como fondo del vicequestore Moro, levantó la mano derecha y, como había visto hacer a Astolfi en el pinar de Ostia, se santiguó al revés.

TERCERA PARTE

El psicópata sabio

La cuarta lección de la instrucción del penitenciario tuvo lugar en la iglesia más grande del mundo.

San Pedro no tenía igual. La basílica había sido construida por Bramante después de la demolición de la precedente. Incluyendo el pórtico, medía 211 metros de longitud. La cúpula, hasta el extremo de la cruz que la coronaba, llegaba a los 132.

En su interior, cada obra, monumento o columna, friso o grieta tenía una historia.

La primera vez que Clemente condujo a Marcus a la inmensa iglesia, los fieles se mezclaban con los turistas en un bochornoso jueves de junio. Pero era imposible distinguir quién estaba allí por devoción de quien se encontraba simplemente de visita. A diferencia de otros lugares de culto, allí no se respiraba ninguna inspiración divina.

En realidad, el símbolo más importante de la cristiandad celebraba principalmente el poder temporal de los papas que, en el curso de la historia, en representación del apóstol Pedro y con el pretexto de gobernar las cosas del espíritu, se dedicaban, en cambio, a las cuestiones materiales, como cualquier otro soberano.

En la actualidad, el periodo de los papas ya estaba superado, pero todavía quedaban los mausoleos de los pontífices que se habían ido sucediendo para demostrarlo. Parecía que hubieran competido para ver quién dejaba la marca más suntuosa de su paso, con la complicidad de los grandes artistas.

Por este último motivo, a pesar de que todo ello tenía poco que ver con Dios, Marcus no se veía capaz de condenar la vanidad de aquellos hombres.

En el subsuelo de Roma se ocultaban muchas maravillas. Los restos de la Ciudad Eterna que había dominado el mundo con su civilización, y también numerosas necrópolis, algunas de época cristiana: las catacumbas. Sobre una de ellas había sido edificada la basílica en que se encontraban.

La catacumba en cuestión era la que, según la tradición, albergaba la tumba del discípulo predilecto de Cristo. Pero hasta 1939 Pío XII no autorizó una campaña de excavaciones para comprobar si realmente en el subsuelo se hallaban los restos de Pedro.

Y así fue como, a bastantes metros de profundidad, se descubrió un muro rojo con un edículo en el que había grabado un grafito en griego antiguo.

ΠΕΤΡ (ΟΣ)
ΕΝΙ

«Pedro está aquí.»

Pero la tumba de debajo del edículo estaba vacía. Sólo muchos años después del descubrimiento, alguien recordó que el material hallado en las cercanías de la excavación se había ido dejando en un trastero.

Lo habían metido en una ordinaria caja de zapatos.

En el interior de la caja había huesos humanos y de animales, fragmentos de tejido, tierra, trocitos de yeso rojo y monedas medievales.

Los especialistas lograron determinar que los huesos ha-

bían pertenecido a un individuo de sexo masculino, más bien alto, robusto, entre los sesenta y los setenta años de edad. Los fragmentos de tela eran de un paño púrpura entretejido de oro. El yeso era el de la pared roja que albergaba el edículo y la tierra era idéntica a la del lugar de la sepultura. Las monedas medievales, en cambio, presumiblemente habían sido llevadas hasta allí por ratas cuyos restos, de hecho, se encontraban junto a los huesos del difunto.

–Parece la trama de un buen thriller *–afirmó Clemente después de narrarle los hechos–. Lo cierto es que nunca sabremos si ese hombre era realmente el apóstol Pedro. Podría ser un Pedro cualquiera, incluso un tipo corrupto o un malhechor. –Miro a su alrededor–: Y cada año, miles de personas se arrodillan sobre su tumba y rezan. Le rezan a él.*

Pero Marcus sabía que en la historia de su amigo se escondía un significado práctico.

–Sin embargo, la cuestión es otra: ¿qué es un hombre? Cuando no podemos saber quién es alguien realmente, lo juzgamos por lo que hace. El bien y el mal son nuestra medida de juicio. Pero ¿es suficiente? –Entonces Clemente se puso serio de repente–. Ha llegado el momento de que conozcas el mayor archivo criminal de la historia.

El catolicismo era la única religión que contemplaba el sacramento de la confesión: los hombres contaban sus pecados a un sacerdote para, a cambio, recibir el perdón. A veces, sin embargo, la culpa era tan grave que éste no podía impartir la absolución. Ocurría con los llamados «pecados mortales», es decir, relacionados con «una materia grave» y cometidos con «consciencia y deliberado consentimiento».

Se partía del homicidio, pero también se incluía la traición a la Iglesia y a la fe.

En esos casos, el sacerdote transcribía el texto de la confesión y lo transmitía a una autoridad superior: un colegio de altos prelados que, en Roma, se encargaba de juzgar tales materias.

El Tribunal de las Almas.

Había sido instituido en el siglo XII *con el nombre de* Paenitentiaria Apostolica. *Se originó con motivo de una extraordinaria afluencia de peregrinos a la Ciudad Eterna. Muchos buscaban la absolución de sus culpas.*

En aquella época existían censuras reservadas exclusivamente al Sumo Pontífice, así como dispensas y gracias que solamente la más alta autoridad de la Iglesia podía conceder. Pero para el papa era una tarea desmesurada. De modo que empezó a delegar en algunos cardenales que luego dieron vida al dicasterio de la Penitenciaría.

En principio, una vez que el tribunal emitía el responso, los textos de las confesiones acababan quemados. Pero al cabo de pocos años, los penitenciarios decidieron crear un archivo secreto...

–Y su obra nunca se ha detenido –había concluido Clemente–. Desde hace casi mil años, allí se custodian los peores pecados cometidos por la humanidad. A veces se trata de crímenes de los que nunca nadie ha tenido noticia. No es una simple base de datos, como la de la policía. Al contrario, es el archivo más vasto y actualizado sobre el mal.

Pero Marcus todavía no entendía qué tenía eso que ver con él.

–Estudiarás el Archivo de los Pecados. Yo te proporcionaré los casos y tú los examinarás. Al final, serás algo así como un especialista en perfiles o un criminólogo. Tal y como eras hace tiempo, antes de perder la memoria.

–¿Por qué?

–Porque inmediatamente después aplicarás tus conocimientos en el mundo real.

Era el núcleo de su instrucción.

–El mal está en todas las cosas, pero a menudo no logramos verlo –había añadido Clemente–. Las anomalías son el signo casi imperceptible de su presencia. A diferencia de cualquier otra persona, tú serás capaz de identificarlas. Recuerda, Marcus: el mal no es una idea abstracta. El mal es una dimensión.

1

La habitación estaba sumida en una verde penumbra.

La creaban las lucecitas del equipamiento médico. De fondo se oía el émbolo del respirador automático conectado a la tráquea de la chica que estaba tendida sobre la cama.

Diana Delgaudio.

Con la boca abierta, un hilo de saliva le descendía por la barbilla. El pelo, peinado con la raya al lado, la hacía parecer una niña vieja. Tenía los ojos muy abiertos en una mirada inexpresiva.

Las voces de dos enfermeras se acercaban por el pasillo. Hablaban entre ellas, una de las dos tenía problemas con su novio.

–Le dije que no me importaba si antes de conocerme salía con sus amigos los jueves por la noche. Ahora estoy yo y tengo preferencia.

–¿Y él cómo reaccionó? –preguntó la otra, que parecía divertida.

–Al principio se hizo el remolón, pero luego cedió.

Entraron en la habitación empujando un carrito con ropa limpia, tubos y cánulas de recambio para efectuar las habituales tareas de limpieza de la paciente. Una de ellas encendió la luz.

–Ya está despierta –dijo la otra, al fijarse en que la chica había abierto los ojos.

Aunque «despierta» no era la palabra más adecuada para describir a Diana, teniendo en cuenta que se encontraba en un estado de coma vegetativo. Los medios de comunicación no hablaban de ello, por respeto a la familia, y también porque no querían herir la sensibilidad de todas las personas que creían que la supervivencia de la chica era una especie de milagro.

Ése fue el único comentario que las dos enfermeras hicieron sobre ella, a continuación siguieron hablando de sus cosas.

–Por eso, como te decía, me he dado cuenta de que con él tengo que tener siempre esta actitud si quiero llegar a algo.

Mientras tanto, la cambiaron, la lavaron y aplicaron una nueva cánula para el respirador, punteando cada operación en una ficha. Para poner las sábanas limpias en la cama, acomodaron un momento a la chica en una silla de ruedas. Una de las enfermeras le puso la ficha y el bolígrafo en el regazo, porque no sabía dónde dejarlo.

Al terminar la operación, volvieron a acostar a la chica.

Las enfermeras se apresuraron a salir de la habitación con el carrito, mientras seguían hablando sin parar de cosas personales.

–Espera un momento –dijo una de las dos–. He olvidado la ficha.

Regresó sobre sus pasos y la cogió de la silla de ruedas. La miró distraídamente, pero entonces se obligó a observarla mejor. De repente se calló, asombrada. Dirigió la mirada a la chica tumbada en la cama, inmóvil e inexpresiva como siempre. Y luego volvió a mirar la hoja que tenía delante, incrédula.

En el papel, había algo escrito, con trazo inseguro, infantil. Una sola palabra.

ELLOS

2

El televisor del bar de comidas estaba sintonizado en un canal de noticias 24 horas y ya era la tercera vez que veía el mismo boletín.

Hubiera renunciado encantado a esa compañía mientras comía, pero no podía hacer nada por evitarlo: aunque intentara mirar hacia otra parte, en cuanto se distraía, sus ojos volvían a dirigirse automáticamente a la pantalla, por más que el audio no estuviera puesto.

Leopoldo Strini llegó a la conclusión de que era dependencia a la tecnología. Las personas ya no sabían estar a solas consigo mismas. Y ese fue el pensamiento más profundo de su jornada.

Los demás clientes del local también estaban pegados a la pantalla –familias con niños y empleados que anticipaban la pausa del almuerzo. El asunto del monstruo había catalizado la atención de todos en la ciudad. Y los medios de comunicación se regodeaban. Ahora, por ejemplo, seguían pasando las imágenes del hallazgo de los dos esqueletos en el bosque. Las noticias eran escasas, pero los telediarios las repetían obsesivamente. Y la gente no se cansaba de mirarlo. Aunque alguien hubiera cambiado de canal, la programación no habría sido distinta. Se vivía una psicosis colectiva.

Era como mirar un acuario. Sí, un acuario de los horrores.

Leopoldo Strini estaba sentado en su mesa de costumbre, al fondo de la sala. El técnico del LAT había trabajado toda la noche en las nuevas pruebas, pero todavía no podía ofrecer ningún resultado útil. Estaba muerto de cansancio y, a media mañana, se había concedido esa pausa para tomar un rápido bocado antes de volver a ponerse a trabajar.

Un bocadillo de escalopa y verduras, una ración de patatas fritas y una Sprite. Iba a darle uno de los últimos bocados a su panecillo cuando un hombre se sentó a su mesa, justo frente a él, tapándole la vista del televisor.

–¡Hola! –dijo el tipo, sonriendo amistosamente.

Strini se quedó un instante perplejo: nunca había visto a ese hombre, y tampoco es que tuviera ningún amigo asiático.

–¿Puedo molestarte un minuto?

–No quiero comprar nada –dijo Strini, con cierta aspereza.

–Oh, no, no estoy aquí para venderte nada –lo tranquilizó Battista Erriaga–. Quiero hacerte un regalo.

–Mira, no me interesa. Sólo quiero terminar de comer.

Erriaga se quitó la gorra y le pasó una mano por encima, como para quitar algo de polvo invisible. Le hubiera gustado decirle a ese estúpido que odiaba estar allí, porque odiaba los bares en los que se servía comida grasienta que perjudicaba su presión alta y su colesterol. Y detestaba a los niños y a las familias que normalmente frecuentaban esos sitios; no toleraba el alboroto, las manos pringosas y la ridícula felicidad de quienes tenían hijos. Pero después de lo sucedido la noche anterior, después del hallazgo de los restos de los dos chicos autoestopistas alemanes, había tenido que tomar algunas decisiones drásticas porque sus planes empezaban a correr el riesgo de fracasar. Le hubiera gustado contarle todo eso al imbécil que tenía delante, pero en vez de eso sólo dijo:

–Leopoldo, escúchame...

Al oír que lo llamaba por su nombre, Strini se quedó paralizado con el bocadillo a mitad de camino.

–¿Nos conocemos?

–Yo te conozco a ti.

Strini tuvo un presentimiento: no le gustaba esa situación.

–¿Qué cojones quieres de mí?

Erriaga dejó la gorra sobre la mesa y cruzó los brazos.

–Eres el responsable del LAT, el Laboratorio de Análisis Tecnológico de la jefatura de Policía.

–Mira, si eres periodista, no te esfuerces: no puedo filtrar ninguna información.

–Obviamente –dijo enseguida el otro, fingiendo comprender su intransigencia–. Sé que tenéis reglas muy rígidas respecto a eso, y también sé que nunca las infringirías. De todos modos, yo no soy periodista y me dirás todo lo que sabes únicamente porque vas a querer hacerlo.

Strini escrutó de través al desconocido que tenía delante. ¿Era gilipollas o qué?

–Ni siquiera sé quién eres, ¿por qué iba a tener ganas de compartir contigo información reservada?

–Porque desde este momento tú y yo somos amigos. –Erriaga terminó la frase con la más gentil de sus crueles sonrisas.

El técnico dejó escapar una carcajada.

–Pues mira, ahora vas a irte a tomar por el culo, ¿está claro?

Erriaga simuló una expresión ofendida.

–Tú todavía no lo sabes, pero ser amigo mío conlleva ventajas.

–No quiero dinero.

–No estoy hablando de dinero. ¿Tú crees en el paraíso, Leopoldo?

Strini ya tenía suficiente. Dejó el resto del bocadillo en el plato y se dispuso a marcharse del local.

–Sigo siendo policía, idiota. Podría hacer que te arrestaran.

–¿Tu querías a tu abuela Eleonora?

Strini se quedó paralizado.

–¿Y qué tiene que ver eso ahora?

Erriaga notó enseguida que, en cuanto la había nombrado, el técnico del LAT había ralentizado sus gestos. Señal de que una parte de Strini quería saber más.

–Noventa y cuatro años... Tuvo una vida larga, ¿verdad?

–Sí, así es.

Su tono ya había cambiado, parecía dócil y confuso. Erriaga afiló las uñas.

–Si no me equivoco, tú eras su único nieto, y ella te quería mucho. Leopoldo también era el nombre de su marido, tu abuelo.

–Sí.

–Te prometió que un día heredarías la casita de Centocelle en la que vivía. Tres habitaciones y un baño. Y, además, había ahorrado algún dinero. Treinta mil euros, ¿o me equivoco?

Strini tenía los ojos como platos, estaba pálido y no conseguía articular palabra.

–Sí... No, es decir... No lo recuerdo...

–¿Cómo no vas a acordarte? –dijo Erriaga, fingiendo estar indignado–. Gracias a ese dinero pudiste casarte con la chica que amabas, y luego os fuisteis a vivir a la casa de la abuela. Lástima que para lograr todo eso te vieras obligado a quitarle la vida a la viejecita.

–¿Qué cojones estás diciendo? –reaccionó Strini con rabia, le cogió el brazo y se lo apretó con fuerza–. Mi abuela murió de cáncer.

–Lo sé –dijo Erriaga, sin apartar la mirada de sus ojos furiosos–. El dimetilmercurio es una sustancia interesante: bastan unas pocas gotas sobre la piel para que penetre enseguida en la membrana de las células, provocando un proceso cancerígeno irreversible. Claro, hay que ser paciente durante unos meses, pero el resultado está asegurado. Aunque, bien mirado, la paciencia no es tu fuerte, visto que quisiste adelantarte al buen Dios.

–Tú cómo puedes...

Erriaga cogió la mano que le apretaba el brazo y se la quitó de encima.

–Estoy seguro de que una parte de ti está convencida de que noventa y cuatro años son una duración adecuada para una vida. En el fondo, la querida Eleonora ya no era autosuficiente y, en cuanto heredero designado, te tocaba a ti ocuparte de ella, con el derroche de energías y dinero que conllevaba.

Strini ahora estaba vencido por el terror.

–Dada la edad de la difunta, los médicos no profundizaron demasiado en las causas de su cáncer. Nadie sospechó nada. Por eso, sé lo que te está pasando por la cabeza: estás pensando que nadie conoce esta historia, ni siquiera tu mujer. Pero yo de ti no me entretendría demasiado en averiguar cómo lo he sabido. Y como no sabes si tú también llegarás a los noventa y cuatro, te aconsejo que empieces a aprovechar el tiempo.

–¿Me estás haciendo chantaje?

Erriaga pensó que Strini no debía de ser tan inteligente, en vista de que necesitaba remarcar lo obvio.

–Como te he dicho al principio, estoy aquí para hacerte un regalo. –Hizo una pausa–. El regalo es mi silencio.

Strini empezó a ser práctico.

–¿Qué quieres?

Battista rebuscó en el bolsillo y cogió un papel y un bolígrafo con el que escribió un número de teléfono.

–Puedes llamarme a cualquier hora del día o de la noche.

Quiero conocer en primicia todos los resultados de los análisis del LAT de las pruebas del caso del monstruo de Roma.

–¿En primicia?

–Exacto –ratificó, levantando la mirada de la hoja.

–¿Por qué en primicia?

Ahora venía la parte más difícil.

–Porque podría pedirte que destruyeras pruebas.

El técnico se dejó caer en el respaldo de la silla, levantando los ojos al techo.

–Joder, no puedes pretender que haga algo así.

Erriaga no se inmutó.

–Después de su muerte te hubiera gustado que la incineraran, ¿verdad? Pero Eleonora era tan religiosa que había comprado un nicho en el cementerio del Verano. Sería una verdadera lástima que alguien exhumase el cuerpo y se pusiera a buscar restos de un veneno inusual como el dimetilmercurio. Es más, estoy seguro de que pedirían tu consejo, teniendo en cuenta que en el laboratorio del LAT no es difícil tropezarse con esas sustancias.

–En primicia –convino Strini.

Erriaga le obsequió con otra de sus famosas sonrisas de hiena.

–Me alegro de que nos hayamos puesto de acuerdo tan deprisa. –Después miró el reloj–. Me parece que deberías irte, tienes trabajo por terminar.

Leopoldo Strini titubeó un momento. A continuación se levantó, dirigiéndose a la caja para pagar la cuenta. Erriaga estaba tan satisfecho que se levantó de su sitio para ir a sentarse en el que había dejado libre el técnico. Cogió el bocadillo de escalopa que le había sobrado y estaba a punto de hincarle el diente, sin importarte el colesterol y la presión alta, cuando el televisor encendido sin sonido atrajo su atención.

En ese momento estaban pasando las imágenes del vicequestore Moro haciendo declaraciones a una nube de periodistas, a dos pasos de donde se habían hallado los dos esqueletos en el bosque. Erriaga había visto la escena al menos una docena de veces desde la noche anterior, ya que las televisiones seguían transmitiéndola. Pero hasta ese momento no se había fijado en lo que ocurría a la espalda del vicequestore.

Al fondo, una joven policía se había hecho la señal de la cruz al revés, «de derecha a izquierda, de abajo a arriba».

Sabía quién era esa mujer. Tres años atrás fue la protagonista de una importante investigación.

¿Qué diantre estaba haciendo? ¿A qué venía ese gesto?

O era muy lista o muy estúpida, pensó Battista Erriaga. En ambos casos, seguramente no sabía que se había puesto en un grave peligro.

3

La noticia llegó a las redacciones a primera hora de la tarde.

Los investigadores la habían difundido para devolver un poco de confianza a la opinión pública, y también para que la historia del hallazgo de los restos de los dos autoestopistas quedara en segundo plano.

Diana Delgaudio, la chica que había sobrevivido milagrosamente a una puñalada en el esternón y a una noche al raso, estaba consciente y había empezado a comunicarse. Lo había hecho por escrito. Con una sola palabra.

«Ellos.»

La verdad más amarga, sin embargo, era que Diana sólo había tenido un tenue momento de lucidez para, a continuación, volver a hundirse de nuevo en un estado catatónico. Para los médicos todo esto era normal, no se atrevían a albergar esperanzas. Difícilmente este tipo de episodios se convertían en una forma de recuperación estable. Pero la gente ya hablaba de curación y nadie tenía el valor de desmentirlo.

A saber qué pesadillas anidaban en esa especie de sueño en el que estaba sumida la chica, pensaba Sandra.

Además, la palabra que había escrito en aquella ficha también podía ser fruto de un delirio. Una especie de reflejo incondicionado, como cuando se lanza una pelota a un catatónico y éste la coge al vuelo.

Los médicos intentaron volver a darle un bolígrafo y un papel a Diana, pero el tentativo no había surtido ningún efecto.

«Ellos», pensó Sandra.

–A efectos de la investigación, no tiene ningún valor –dijo el comisario Crespi–. Los médicos dicen que la palabra puede estar vinculada a un recuerdo cualquiera. Quizá le ha venido a la cabeza un episodio de su vida pasada y ha escrito «ellos» refiriéndose a eso.

En efecto, la palabra no había sido provocada por una pregunta y ni siquiera había surgido como reacción a la conversación que las enfermeras estaban manteniendo en el momento en que Diana la había escrito en la ficha.

Simplemente hablaban del novio de una de las dos.

Algún periodista se había aventurado a decir que ese «ellos» podía referirse a la presencia de más personas en el momento en que los chicos habían sido agredidos en el pinar de Ostia. Pero Sandra, en principio, descartaba esa teoría: las señales que había fotografiado, especialmente las huellas dejadas en el suelo, indicaban claramente que había actuado un hombre solo. A menos que tuviera un cómplice capaz de volar o de pasar de un árbol a otro... Tonterías de los medios de comunicación.

De modo que la palabra no había terminado en el listado de pruebas e indicios de la gran pizarra de la sala de operaciones del SCO.

Homicidio pinar de Ostia:

Objetos: mochila, cuerda de escalada, cuchillo de caza, revólver Ruger SP101.

Huellas del chico en la cuerda de escalada y en el cuchillo dejado en el esternón de la chica: le ordenó que atara a la chica y la matara si quería salvar la vida.

Mata al chico disparándole en la nuca.

Pinta los labios a la chica (¿para fotografiarla?).

Deja un objeto de sal junto a las víctimas (¿una muñequita?).

Después de matar, se cambia de ropa.

Homicidio agentes Rimonti y Carboni:

Objetos: cuchillo de caza, revólver Ruger SP101.

Mata al agente Stefano Carboni con un disparo en el tórax.

Dispara a la agente Pia Rimonti, hiriéndola en el estómago. Luego la desnuda. La esposa a un árbol, la tortura y acaba con ella con un cuchillo de caza. La maquilla (¿para fotografiarla?).

Homicidio autoestopistas:

Objetos: cuchillo de caza, revólver Ruger SP101.

Mata a Bernhard Jäger con un disparo en la sien.

Mata a Anabel Meyer con diversas cuchilladas en el abdomen.

Anabel Meyer estaba embarazada.

Entierra los cuerpos y las mochilas de las víctimas.

Era evidente para todos que los elementos del último doble homicidio –en realidad, el primero de la serie en orden cronológico– eran escuetos. Es más, observando los tres planteamientos, era como si se hubieran ido reduciendo progresivamente.

Para los autoestopistas contaba el hecho de que había transcurrido mucho tiempo desde el asesinato. El contenido de las mochilas de los dos jóvenes alemanes estaba siendo analizado en el LAT en esos momentos. Crespi esperaba que Leopoldo Strini se presentara con el regalo de alguna buena noticia. Y, sobre todo, de alguna prueba.

–¿Por qué tardan tanto? –se preguntó el comisario. Se refería al hecho de que, poco antes de la reunión en la sala de operaciones del SCO, el vicequestore Moro había sido convocado por sorpresa en el despacho del jefe de la policía.

Sandra no tenía ninguna respuesta, pero podía imaginársela.

–¿Qué significa «colaboración interdepartamental»?

–Que usted ya no es el único que dirige esta operación –dijo claramente el Director General de Seguridad Pública.

Moro, sin embargo, no estaba de acuerdo.

–No necesitamos a nadie, podemos arreglárnoslas solos. Pero gracias de todos modos.

–No me vengas con monsergas –intervino el jefe–. Hemos recibido presiones, sabías que los teníamos a todos encima: el ministro, el alcalde, la opinión pública, los medios de comunicación.

Llevaban media hora encerrados en su despacho, en el último piso del edificio de la Via San Vitale.

–¿Y entonces qué sucederá ahora? –preguntó el vicequestore.

–Oficialmente, los *carabinieri* del ROS nos apoyarán en la investigación. Tendremos que pasarles toda la información que tengamos y ellos en el futuro harán lo mismo. Se trata de un equipo especial de trabajo. Ha sido el ministro quien lo ha pedido, dentro de poco dará una rueda de prensa para anunciarlo.

«Qué putada», habría querido decir Moro. No era el despliegue de medios lo que decidía el futuro de un caso como ése. Es más, el hecho de implicar a demasiada gente a menudo era perjudicial para la investigación. Dispersando la línea de mando se prolongaba el tiempo. Hablar de «equipo especial de trabajo» sólo era una manera de aplacar a la prensa, una terminología de polis astutos que quedaba bien en las películas de acción. En la realidad, las investigaciones se llevaban en silencio, batiendo el territorio palmo a palmo. Era un trabajo de inteligencia, hecho de informadores, de soplos. Era como tejer una trama, lentamente, con paciencia. Sólo al final podría verse el resultado.

–De acuerdo, ésta es la versión oficial. Pero ¿qué es lo que pasa en realidad?

El jefe de policía miró a Moro a los ojos y empezó a acalorarse.

–Pues pasa que hace dos años, por la desaparición de los dos autoestopistas alemanes, enviaste a un inocente a la cárcel. Pasa que ahora ese cabrón quiere llevar al Estado a los tribunales: Su abogado ya ha hecho una declaración afirmando que, cito: «Su cliente, hace dos años, se vio obligado a confesar porque fue víctima del sistema judicial y de los métodos superficiales de la policía». ¿Qué te parece? ¡Un ladrón que ahora se ha convertido en un héroe! Pasa que esta mañana un periódico *online* ha hecho un sondeo de opinión sobre cómo estás llevando el caso. ¿Quieres que te diga los resultados?

–En resumen, jefe, que me estás echando.

–Te has echado tú solo, Moro.

El vicequestore estaba dolido, pero no quería que se le notara. En vez de eso, sonrió.

–Bueno, si lo he entendido bien, ¿a partir de ahora colaboramos con los *carabinieri*, pero en realidad son ellos los que mandan, y la historia del equipo especial de trabajo es una manera de salvar la cara?

–¿Cree que a nosotros nos gusta? –preguntó el director general–. A partir de ahora tendré que tratar con un carajo de general de los *carabinieri* y soportar que él, por mera benevolencia, haga ver que contamos igual que ellos en este asunto.

Moro se dio cuenta de que esos dos estaban decretando su fin y que, después de años de servicio en los que les había proporcionado unos resultados clamorosos de los que se habían quedado gran parte del mérito, no les importaba nada el hecho de que ahora fuera a pagarlo él sólo.

–¿Qué sucederá?

–El traspaso de competencias tendrá lugar esta tarde –dijo el jefe–. Tendrás que informar a la persona del Arma di Carabinieri de tu mismo rango y explicarle todos los detalles de la investigación. Responderás a sus preguntas y luego le entregarás los informes y las pruebas.

Moro sintió una punzada en el estómago.

–¿Les contamos también lo de la historia del símbolo esotérico? ¿El hombre con cabeza de lobo no tenía que seguir siendo un asunto reservado?

–Mantengamos esta parte fuera –dijo el director general–. Es más prudente.

–De acuerdo –convino el jefe de policía, luego prosiguió–: No se va a desmantelar la sala de operaciones del SCO, pero ya no tendrá un papel efectivo porque los hombres van a ser asignados a otras tareas inmediatamente.

Otra mentira para salvar las apariencias.

–Dimito –dijo enseguida Moro.

–No puedes, ahora no –rebatió el jefe.

Esos desgraciados, habían hecho carrera gracias a sus éxitos y ahora se lo quitaban de encima sin contemplaciones por un error cometido dos años atrás. ¿Qué podía hacer si un inocente había confesado el homicidio de los dos autoestopistas sólo para obtener beneficios judiciales? Era el sistema lo que estaba equivocado, no él.

–Quiero presentar mi dimisión, nadie puede impedírmelo.

El jefe de policía estaba a punto de desahogar su cólera, pero el director general intervino para frenarlo.

–No le conviene –afirmó con mucha calma–. Mientras permanezca en el cuerpo tendrá derecho a una defensa de oficio, pero si deja el uniforme se convertirá en un ciudadano común, y entonces pueden incriminarlo por el error de hace dos años. Y, además, ¿a quién se le ocurre abandonar precisamente ahora? Sería un objetivo perfecto para sus detractores: le harían pedazos.

Moro se dio cuenta de que estaba entre la espada y la pared. Sonrió y sacudió la cabeza.

–Se han preparado bien la jugada.

–Esperemos a que pase la tormenta –le aconsejó el director general–. Usted quédese un tiempo en la sombra, dejando a los demás el peso y los honores. Luego, poco a poco, podrá volver a sus viejos casos. Su carrera no se resentirá, le doy mi palabra.

¿Sabes dónde puedes meterte tu palabra? Pero el vicequestore comprendió enseguida que no tenía elección.

–Sí, señor.

Lo vieron entrar en la sala de operaciones tenso y con el rostro sombrío. De repente el murmullo cesó y todos se dispusieron a escuchar lo que el vicequestore tenía que decir, a pesar de que no había anunciado que quisiera hablar de nada.

–Estamos fuera –dijo él sin rodeos–. Desde este momento, el SCO no tiene ningún papel operativo, la investigación pasa al ROS de los *carabinieri*. –Se elevaron voces de protesta, pero Moro las aplacó con un gesto de las manos–. Estoy más cabreado que vosotros, os lo aseguro, pero no podemos hacer nada: se acabó.

Sandra no podía creérselo. Era una locura apartar a Moro de la investigación. El ROS iba a tener que empezar desde el principio, perdiendo un tiempo precioso. Y seguro que el monstruo volvería a actuar muy pronto. Estaba segura de que se trataba de una decisión únicamente política.

–Me gustaría daros las gracias uno por uno por el trabajo que habéis realizado hasta ahora –siguió diciendo el vicequestore–. Sé que en estos días frenéticos habéis sacrificado horas de sueño y de vuestra vida privada, sé que muchos de vosotros habéis renunciado a calcular las horas extraordinarias. Aunque nadie más os lo reconozca, os aseguro que no quedará en el olvido.

Mientras Moro proseguía su discurso, Sandra observaba a sus compañeros. El cansancio, ignorado hasta ese momento, pareció irrumpir de repente en sus rostros. Ella también estaba decepcionada, pero al mismo tiempo se sentía aliviada. Era como si de pronto le hubieran quitado un peso de encima. Podía volver a casa con Max, a la antigua vida. Habían transcurrido apenas seis días, pero era como si hubieran pasado meses.

La voz del vicequestore desaparecía en el trasfondo de sus pensamientos. Sandra sentía que ya estaba en otro sitio. Fue entonces cuando notó una vibración en el bolsillo de su uniforme. Cogió el móvil y miró la pantalla.

Un sms de un número que no conocía. Contenía una pregunta incomprensible.

¿Lo adoras?

4

La hermana de Victor se llamaba Hana. Eran mellizos.

Había muerto a la edad de nueve años, prácticamente cuando su hermano entró en el instituto Hamelín. Los dos hechos tenían que estar relacionados a la fuerza, consideró Marcus.

Eran hijos de Anatoli Nokoliavi Agapov, un diplomático ruso asignado a la embajada de Roma en los años de la Guerra Fría, que había conservado su puesto con la llegada de la Perestroika y que había muerto hacía unos veinte años.

Clemente había seguido la intuición de Marcus, buscando a la niña en vez del crimen cometido por Victor. De ese modo se remontó hasta la identidad de los dos hermanos.

Cuando le preguntó cómo lo había hecho, su amigo se limitó a decirle que el Vaticano conservaba dosieres de todos los personajes vinculados con los regímenes comunistas que transitaban por Roma. Era evidente que alguien en las altas esferas le había pasado la información. En los documentos reservados se hablaba de «supuesto homicidio», pero oficialmente Hana había muerto por causas naturales.

Precisamente había sido esa incongruencia lo que hizo emerger la historia de los archivos vaticanos.

Clemente, sin embargo, había hecho mucho más. Se había

procurado el nombre de la gobernanta que en aquella época trabajaba en casa de los Agapov. La mujer estaba ingresada en una residencia de ancianos tutelada por las monjas salesianas.

Marcus cogió el metro para ir a hacerle una visita, con la esperanza de saber más sobre el asunto.

Esa noche había llovido, por eso el niño de sal se había abstenido de matar. Pero había hecho que encontraran los dos esqueletos en el bosque. Cuando el penitenciario se enteró de la noticia, tampoco se sorprendió mucho. El asesino narrador sólo había añadido un capítulo a su historia en el presente. Pero lo que de verdad quería era contar su pasado. Por eso el penitenciario necesitaba descubrir lo máximo posible sobre su infancia.

La tregua de la lluvia estaba a punto de terminar, esa noche podría volver a atacar.

Marcus sabía que también debía guardarse las espaldas de quienes estaban intentando encubrir al monstruo. Estaba seguro de que se trataba de las mismas personas que había visto en el vídeo que salvó del incendio del instituto Hamelín.

El enfermero más viejo seguramente había muerto en el incendio del instituto, así como el doctor Astolfi. Quedaban el segundo enfermero con un solo brazo y la mujer pelirroja. Además del profesor Kropp, naturalmente.

El psiquiatra era el responsable de todo.

En Termini, Marcus cambió de línea y tomó la que iba directa a Pietralata. Muchos de los pasajeros se dedicaban a leer el periódico gratuito que se distribuía a la entrada de las estaciones de metro. Era una edición extraordinaria que refería la noticia del «despertar» de Diana Delgaudio. La chica había escrito una palabra en un papel.

«Ellos.»

A pesar de que los periodistas lo veían de otro modo, Marcus no creía que se refiriera al hecho de haber sido agredida por más de una persona en el pinar de Ostia. No era una banda, era uno solo. Y tal vez él pronto le conocería mejor.

Llegó a su destino pocos minutos más tarde. La residencia de ancianos era un sobrio edificio blanco de arquitectura neoclásica. Constaba de tres plantas, con un jardín rodeado por una verja negra. Clemente había anunciado su visita a las hermanas con una llamada telefónica.

Marcus estaba allí en calidad de sacerdote. Esta vez su disfraz indicaba su verdadera función.

La madre superiora lo hizo pasar a la sala en la que se encontraban los ancianos huéspedes, faltaba poco para las seis, la hora de la cena. Algunos estaban reunidos en unos sofás junto al televisor, otros jugaban a las cartas. Una señora de cabello violeta tocaba el piano, balanceando la cabeza y sonriendo a quién sabe qué recuerdo del pasado, mientras a su espalda otras dos bailaban una especie de vals.

–Aquí está, ésta es la señora Ferri. –La madre superiora indicó a una mujer en una silla de ruedas que, ante una ventana, miraba hacia fuera con aire ausente–. No está muy en sus cabales. Suele desvariar.

Se llamaba Virginia Ferri, tenía más de ochenta años.

Marcus se acercó.

–Buenas tardes.

La mujer volvió lentamente la cabeza para ver quién la había saludado. Tenía los ojos verdes como los de un gato, que resaltaban en su tez clara. La piel estaba recubierta de pequeñas manchas marrones, típicas de la edad, pero la del rostro era sorprendentemente lisa. Llevaba el pelo, escaso, despeinado. Iba en camisón, pero tenía un bolso de piel encima de las rodillas, como si fuera a marcharse de un momento a otro.

–Me llamo padre Marcus, soy sacerdote. ¿Puedo hablar un rato con usted?

–Claro –contestó ella, con una voz más fuerte de lo esperado. –¿Está aquí por la boda?

–¿Qué boda?

–La mía –especificó rápidamente la mujer–. He decidido casarme, pero las monjas no quieren.

Marcus tuvo la impresión de que la madre superiora tenía razón al afirmar que no estaba muy lúcida. Pero decidió intentarlo de todos modos.

–Es usted la señora Virginia Ferri, ¿verdad?

–Soy yo –confirmó con una pizca de recelo.

–Y fue la gobernanta de la familia Agapov en los años ochenta, ¿es exacto?

–Seis años de mi vida dediqué a aquella casa.

Bien, se dijo Marcus: era la persona que buscaba.

–¿Le molestaría que le hiciera unas preguntas?

–No, ¿por qué iba a molestarme?

Marcus cogió una silla y se sentó a su lado.

–¿Qué tal era el señor Agapov?

La vieja se detuvo unos instantes. El penitenciario temió que la memoria la traicionara, pero se equivocaba.

–Era un hombre austero, rígido. Creo que no le gustaba estar en Roma. Trabajaba en la embajada rusa, pero pasaba mucho tiempo en casa, encerrado en su estudio.

–¿Y su mujer? Porque estaba casado, ¿verdad?

–El señor Agapov era viudo.

Marcus registró la información: Anatoli Agapov tenía un carácter duro y se había visto obligado a criar a sus hijos sin una esposa al lado. Quizá no había sido demasiado buen padre.

–Señora Ferri, ¿qué papel tenía usted en la casa?

–Me ocupaba de dirigir al servicio, ocho personas en total, incluidos los jardineros –afirmó con orgullo.

–¿La casa era grande?

–Era enorme –lo corrigió–. Una villa en las afueras de Roma. Para llegar, tardaba al menos una hora todas las mañanas.

Marcus estaba sorprendido.

–¿Cómo, no vivía usted allí con la familia?

–Nadie estaba autorizado a quedarse después de ponerse el sol, era el señor Agapov quien lo quería así.

«Qué extraño», pensó el penitenciario. Y le vino a la cabeza la imagen de una gran casa vacía, habitada sólo por un hombre severo y dos niños. Ciertamente no era el mejor lugar donde pasar la infancia.

–¿Qué me dice de los mellizos?

–¿Victor y Hana?

–¿Los conocía bien?

La mujer hizo una mueca de disgusto.

–Veíamos sobre todo a Hana. Se escapaba del control de su padre y venía a vernos a la cocina o mientras hacíamos las tareas domésticas. Era una niña de luz.

A Marcus le gustó esa definición. Pero ¿qué significaba que se escapaba del control de su padre?

–El padre era posesivo...

–Los niños no iban al colegio y tampoco tenían profesor privado: era el señor Agapov quien se ocupaba personalmente de su educación. Y no tenían amigos. –Entonces la anciana se volvió de nuevo hacia la ventana–. Mi novio va a llegar de un momento a otro. A lo mejor esta vez me trae flores.

Marcus ignoró la frase y siguió insistiendo.

–¿Y Victor? ¿Qué me dice del niño?

La mujer se volvió otra vez hacia él.

–¿Puede creerme si le digo que en seis años lo vi quizá ocho, nueve veces en total? Siempre estaba encerrado en su habitación. De tanto en tanto lo oíamos tocar el piano. Era muy bueno. Y era un genio de las matemáticas. Una de las camareras, una vez, al colocar sus cosas, encontró hojas y hojas llenas de cálculos.

El asesino *savant*, el psicópata sabio.

–¿Habló alguna vez con él?

–Victor no hablaba. Estaba callado y observaba. Un par de veces lo sorprendí mirándome en silencio, escondido en la habitación. –La mujer pareció estremecerse con ese recuerdo–. En cambio su hermana era una chiquilla vivaracha, alegre. Creo que sufría mucho por aquella reclusión. Pero el señor Agapov la adoraba, era su preferida. Las únicas veces que le vi sonreír siempre estaba al lado de Hana.

Aquella también era una información importante para el penitenciario: Victor había vivido una competición con su hermana. Hana recibía las atenciones de su padre, él no. Quizá para un niño de nueve años era un motivo suficiente para matar.

La vieja se distrajo de nuevo.

–Un día u otro mi novio vendrá a buscarme y me sacará de este sitio. Yo no quiero morir aquí, quiero casarme.

Marcus la hizo regresar al relato.

–¿Cómo era la relación entre los dos niños? ¿Victor y Hana se llevaban bien?

–El señor Agapov no se preocupaba de ocultar su preferencia por Hana. Creo que Victor sufría por ello. Por ejemplo, se negaba a comer con su padre y su hermana. Luego el señor Agapov le llevaba la comida a su habitación. De vez en cuando oíamos que los niños se peleaban, pero también pasaban tiempo juntos: su juego favorito era el escondite.

Había llegado el momento de evocar el pasado doloroso, pensó el penitenciario.

–Señora Virginia, ¿cómo murió Hana?

–Oh, padre –exclamó la mujer cogiéndose las manos–. Una mañana llegué a la villa con el resto del servicio y encontramos al señor Agapov sentado en la escalera de fuera. Tenía la cabeza entre las manos y lloraba desesperado. Decía que su Hana estaba muerta, que una fiebre repentina se la había llevado.

–¿Y ustedes lo creyeron?

La vieja se ensombreció.

–Sólo hasta que encontramos la sangre en la cama de la niña y el cuchillo.

«El cuchillo», repitió para sí Marcus. La misma arma escogida por el monstruo para matar a sus víctimas de sexo femenino.

–¿Y nadie denunció el hecho?

–El señor Agapov era un hombre muy poderoso, ¿qué podíamos hacer? Hizo llevar enseguida el féretro a Rusia, para que Hana fuera enterrada junto a su madre. Luego nos despidió a todos.

–Probablemente Agapov se sirvió de su inmunidad diplomática para encubrir lo ocurrido.

–Metió a Victor en un colegio y luego se encerró en aquella casa, hasta que murió –dijo la mujer.

«No era un colegio», le habría gustado rebatir a Marcus. Sino una institución psiquiátrica para niños que se habían manchado las manos con crímenes tremendos. «Así que Victor no pasó por ningún juicio», se dijo. Fue su padre quien lo condenó a aquel castigo.

–¿Ha venido usted aquí por el chico, padre? Ha hecho algo, ¿no es verdad? –preguntó la mujer con la mirada llena de miedo.

Marcus no tenía valor para contestarle.

–Me temo que sí.

La mujer asintió, pensativa. Era como si siempre lo hubiera sabido, advirtió el penitenciario.

–¿Quiere verlos? –Antes de que Marcus pudiera decir algo,

Virginia Ferri abrió el bolso de piel que tenía en el regazo y rebuscó hasta que encontró una libretita con la portada floreada. La hojeó y sacó unas viejas fotografías. Después de localizar la que estaba buscando, se la tendió a Marcus.

Era una imagen de colores apagados por el tiempo, probablemente se remontaba a los años ochenta. Tenía todo el aspecto de haber sido hecha con el disparador automático. En el centro de la foto, había un hombre, no demasiado alto, robusto, de unos cincuenta años: Anatoli Agapov vestía un traje oscuro, corbata y chaleco. Llevaba el pelo peinado hacia atrás y perilla negra. A su derecha había una niña con un vestidito de terciopelo rojo, no llevaba el pelo ni demasiado largo ni demasiado corto, y el flequillo le quedaba levantado con una cinta. Hana. Era la única que sonreía. A la izquierda del hombre, un niño. También él con traje y corbata. Con el cabello a lo paje y el flequillo cayéndole sobre los ojos. Marcus lo reconoció: era el mismo que había visto en el vídeo que sacó del instituto Hamelín.

Victor.

Tenía un aire triste y miraba al objetivo exactamente igual que había hecho con la cámara de vídeo mientras Kropp le preguntaba. Marcus tuvo nuevamente la desagradable impresión de que, a través de esa foto, el niño podía ver el presente. Y lo mirara precisamente a él.

Luego el penitenciario advirtió un extraño detalle. Anatoli Agapov tenía cogido de la mano a su hijo, y no a Hana.

¿No era ella su preferida? Se le estaba escapando algo... ¿Era un gesto de afecto o una manera de imponer su autoridad? ¿La mano paterna era una correa?

–¿Puedo quedármela? –preguntó Marcus a la anciana.

–¿Me la devolverá, verdad, padre?

–Sí –prometió el penitenciario, y se levantó de la silla–. Se lo agradezco, señora Virginia. Me ha sido de gran ayuda.

–Pero, cómo, ¿no quiere conocer a mi prometido? Debe de estar a punto de llegar –afirmó, decepcionada–. Viene todas las noches a esta hora y se queda en la calle, al otro lado del jardín. Mira hacia mi ventana porque quiere asegurarse de que estoy bien. Después me saluda. Siempre me saluda.

–Otra vez será –le prometió Marcus.

–Las monjas piensan que estoy loca, que me lo estoy inventando. Sin embargo, es verdad. Es más joven que yo y, aunque le falte un brazo, me gusta igualmente.

El penitenciario se quedó paralizado. Le vino a la cabeza el enfermero del instituto Hamelín que había visto en el vídeo el día anterior.

Fernando, el manco.

–¿Puede indicarme dónde se pone su novio cuando viene a verla por la noche? –preguntó vuelto hacia la ventana.

La vieja sonrió, porque por fin alguien la creía.

–Al lado de ese árbol.

Antes de que Fernando pudiera entender lo que estaba ocurriendo, Marcus ya lo había tirado al suelo y, después de inmovilizarlo con su propio peso, le presionaba el antebrazo contra el cuello.

–¿Estás vigilando a la anciana para asegurarte de que nadie hable con ella? Porque ella sabe la verdad, conoce a Victor...

El hombre se estaba ahogando, tenía los ojos desorbitados.

–¿Quién eres? –intentó preguntar con el poco aliento que le quedaba.

Marcus presionó más fuerte.

–¿Quién te ha enviado? ¿Ha sido Kropp?

El hombre sacudió la cabeza.

–Te lo ruego, Kropp no tiene nada que ver. –En la manga de la ancha chaqueta oscura que llevaba, el muñón se agitaba golpeando en el suelo, como un pez fuera del agua que forcejea desesperado.

Marcus aflojó la presión para permitirle hablar.

–Pues explícate...

–Ha sido iniciativa mía. Giovanni nos avisó de que alguien estaba haciendo preguntas. Alguien que no era policía.

Giovanni era el viejo enfermero que dormía en el sótano del instituto Hamelín. El hombre de los zapatos azules.

–He venido aquí porque pensaba que la persona que estaba indagando tal vez llegara hasta la gobernanta. –Empezó a llorar–. Por favor, quiero hablar, quiero salir de esta historia. No puedo más.

Pero Marcus no creía que Fernando fuera sincero.

–¿Cómo puedo fiarme de ti?

–Porque voy a llevarte hasta Kropp.

5

Durante el resto de la tarde no volvió a pensar más en el extraño sms.

Un vez que salió de jefatura al finalizar su turno, fue al gimnasio para desahogar la tensión acumulada en esos seis días. Gracias al esfuerzo y al cansancio, se vació de todo lo que la angustiaba.

La derrota de Moro y del SCO, la investigación traspasada al ROS, Diana Delgaudio que había manifestado señales de una recuperación que en realidad no iba a producirse nunca.

La verdad, en el fondo, era que no quería volver a casa. La rutina con Max la asustaba. Por primera vez se dio cuenta de que realmente algo no iba bien entre ellos. No sabía qué era y, sobre todo, no sabía cómo decírselo.

Al salir de la ducha, cuando abrió la taquilla del vestuario en el que había dejado sus cosas, se dio cuenta de que en su teléfono parpadeaba el icono de un segundo sms. De nuevo un número desconocido, de nuevo ese mensaje.

«¿Lo adoras?»

La primera vez que vio el mensaje pensó que alguien le había enviado por error un sms destinado a otra persona. Pero ahora le surgió la duda de que, por lo contrario, iba dirigido precisamente a ella.

Mientras regresaba a Trastevere, intentó llamar al número del remitente, pero sólo obtuvo una serie de tonos sin respuesta. Eso la molestó. No era una mujer curiosa, de modo que decidió olvidar el asunto.

Aparcó a pocos metros de su casa y, antes de bajar del coche, esperó todavía un momento. Con las manos cogidas al volante, a través del parabrisas observó la ventana iluminada de su apartamento. Podía vislumbrar a Max moviéndose en la cocina. Llevaba puesto un delantal y tenía las gafas de ver encima de la cabeza, seguramente estaba preparando la cena. Desde allí, parecía tener el mismo aire despistado de siempre, incluso era posible que estuviera silbando.

¿Cómo voy a decírselo? ¿Cómo le explico lo que no puedo ni explicarme a mí misma?

Pero, de alguna manera, iba a hacerlo, se lo debía. Por eso inspiró profundamente y salió del coche.

En cuando oyó girar la llave, Max fue a recibirla a la puerta como hacía cada noche.

–¿Cansada? –le preguntó mientras la besaba en la mejilla y la descargaba de la bolsa del gimnasio–. La cena está casi lista –añadió sin esperar respuesta.

–De acuerdo –consiguió sólo articular Sandra, y fue un enorme esfuerzo para ella. Pero Max no se dio cuenta.

–Hoy hemos hecho en clase un repaso general de historia: los chicos han contestado perfectamente a todas las preguntas sobre el Renacimiento. ¡He repartido buenas notas a diestro y siniestro! –Lo dijo como un hombre de negocios que acaba de cerrar un negocio millonario.

Era increíble el entusiasmo que ponía Max en su trabajo.

Su sueldo apenas le llegaba para pagar el alquiler, pero ser profesor de historia lo colmaba más que cualquier riqueza.

Una noche soñó con números. Sandra lo animó a que jugara a la lotería, pero él se opuso.

–Si me hiciera rico, me parecería raro ser un simple profesor. Tendría que cambiar de vida, y yo estoy contento con mi vida tal y como es ahora.

–No es verdad –había rebatido ella–. Podrías seguir haciendo lo que haces, sólo que no tendrías que preocuparte más por el futuro.

–¿Y qué puede ser más bonito que el misterio que se oculta en el futuro? Incluyendo fatalidades y tribulaciones. Los hombres que no deben preocuparse por el futuro es como si hubieran llevado a cabo anticipadamente el objetivo de su existencia. En cambio, yo tengo la historia: el pasado es la única certeza que necesito.

A Sandra le fascinaba ese hombre que a alguien podría parecerle privado de ambición. Para ella, en cambio, Max, a diferencia de muchos otros, sabía exactamente lo que quería. Y estaba satisfecho de ser consciente de ello.

Al cabo de unos minutos se sentó a la mesa, mientras él acababa de escurrir la pasta. Max se movía con maestría entre los fogones. Desde que llegó a Roma procedente de Nottingham, había aprendido los rudimentos de la cocina italiana. Ella, en cambio, apenas si sabía preparar un par de huevos.

También esa noche, Max había puesto la mesa colocando una vela en un vaso. Se había convertido en un rito romántico. Antes de servir los platos, la encendió con un mechero. Y le sonrió. También había abierto una botella de vino tinto.

–Así nos aturdiremos un poco y nos quedaremos dormidos en el sofá –dijo.

¿Cómo le voy a decir a un hombre así que me cuesta estar con él? Se sentía ingrata con el destino.

Le había preparado su plato favorito: pasta a la Norma. Y, de segundo, había *saltimbocca* a la romana. El problema de tener al lado a la persona perfecta era el sentirse siempre inadecuado. Sandra sabía que no se merecía tantas atenciones, en su interior iba creciendo la desazón.

–Hagamos un trato –le propuso Max–. Esta noche nada de homicidios ni muertos asesinados, por favor.

Esa misma tarde, le había comunicado por teléfono que el caso del monstruo de Roma había pasado a los *carabinieri*. Sandra nunca trataba con él temas que tuvieran relación con su trabajo, prefería dejar a un lado cualquier horror que pudiera turbar su alma sensible. Pero esa noche le dio miedo el vacío de palabras. Y el hecho de que incluso ese improbable tema de conversación hubiera quedado excluido la aterrorizó.

–De acuerdo –dijo de todos modos, forzando una sonrisa.

Max se sentó frente a ella y posó su mano en la suya.

–Me alegro de que no tengas que ocuparte más de ese asunto. Ahora come, si no se enfriará.

Sandra bajó la mirada al plato, temiendo que ya no iba a ser capaz de volver a levantar los ojos. Pero cuando cogió la servilleta, el mundo se le cayó encima con una violencia inesperada.

Debajo había un estuche de terciopelo. Lo más probable era que contuviera un anillo.

Sandra sintió que las lágrimas pugnaban por salir. Intentó retenerlas, pero sin conseguirlo.

–Ya sé lo que piensas sobre el matrimonio –dijo Max, que no podía imaginar el verdadero motivo por el que estaba llorando–. Cuando nos conocimos enseguida dijiste que no te casarías con nadie después de David. Durante todo este tiempo he respetado tu voluntad y ni siquiera he mencionado el matrimonio. Pero ahora he cambiado de idea. ¿Quieres que te diga por qué?

Sandra únicamente asintió.

–Nada es para siempre. –Hizo una pausa–. Si he aprendido algo es que nuestras acciones no dependen de lo buenos que somos proyectando o imaginando el futuro. Al contrario, sólo están dictadas por lo que sentimos, aquí y ahora. Por eso un matrimonio conmigo también podría no durar toda la vida, no me importa. Lo que cuenta es que lo quiero ahora. Estoy dispuesto a jugarme la infelicidad sólo por ser feliz ahora.

Sandra, mientras tanto, observaba el estuche, sin atreverse a cogerlo.

–No te esperes una gran joya –dijo él–. Pero ni siquiera esa cajita puede contener todo lo que siento por ti.

–No quiero. –Lo dijo en voz baja, casi en un susurro.

–¿Cómo? –Max, en verdad, no lo había oído.

Sandra levantó los ojos enrojecidos del plato hacia él.

–No quiero casarme contigo.

Max tal vez se esperaba una explicación que, sin embargo, no llegó. Su expresión mudó repentinamente. No estaba sólo decepcionado, era como si le acabaran de comunicar que le quedaban pocos días de vida.

–¿Hay otro?

–No –contestó ella enseguida. Pero ni siquiera sabía si era verdad.

–¿Entonces qué?

Sandra cogió el móvil que había dejado sobre un estante. Abrió la pantalla de los sms y le mostró los dos mensajes anónimos que había recibido durante el día.

–«¿Lo adoras?» –leyó Max.

–No sé quién me los ha mandado ni por qué. Otra en mi lugar tendría curiosidad por saber qué hay detrás de este mensaje romántico, qué misterio se esconde tras él. Pero yo no. ¿Y sabes por qué? –No esperó la respuesta–. Porque esto me ha hecho pensar en nosotros dos. Me ha obligado a preguntarme qué siento. –Tomó aliento–. Yo te amo, Max. Pero no te «adoro». Y creo que para casarse con alguien, o incluso sólo para pasar toda la vida juntos, tiene que haber algo más además de amor. Y en este momento, yo no lo siento.

–¿Quieres decir que se ha terminado?

–No lo sé, de verdad. Pero me temo que sí. Lo lamento.

Ninguno dijo nada durante un rato. Luego Max se levantó de la mesa.

–Un amigo mío tiene una casa en la playa que sólo utiliza en verano. Podría pedirle que me la dejara esta noche, y quizá también las próximas. No quiero perderte, Sandra. Pero tampoco quiero estar aquí.

Lo entendía. En ese momento, una parte de ella hubiera querido abrazarlo, y retenerlo. Pero sabía que no sería justo.

Max apagó la vela de la mesa.

–El Coliseo.

Sandra lo miró.

–¿Qué?

–No es un hecho histórico, solamente una leyenda –dijo él–. El Coliseo debía de ser una especie de templo diabólico que usaban las sectas. A los profanos que querían entrar a formar parte del culto se les hacía la pregunta en latín: «*Colis Eum*?», es decir, «¿Lo adoras?». Naturalmente, el «lo» se refería al diablo... *Colis Eum*: Coliseo.

Ella estaba desconcertada por la explicación. Pero no dijo nada.

Max salió de la cocina, si bien antes recogió de la mesa el estuche con el anillo. Ese gesto fue la única reacción que se concedió después de haber escuchado las palabras de Sandra. Y eso decía mucho de su gran valentía: otro hombre habría hecho prevalecer su orgullo, respondiendo con desprecio a la humillación. Max no. Pero tal vez Sandra en ese momento hubiera preferido que la emprendiera a bofetadas antes que sufrir esa lección de amor y de respeto.

El anillo fue lo único que Max se llevó consigo, además de su chaquetón colgado en la entrada. Seguidamente dejó el apartamento cerrando la puerta a su espalda.

Sandra no podía moverse. La pasta a la Norma de su plato ya se había enfriado. De la vela en el centro de la mesa todavía salía un fino hilo de humo gris, el dulce olor de la cera había invadido la sala. Se preguntó si realmente era el final. Por un instante intentó imaginar su vida sin Max. Empezó a eliminar su presencia de cada gesto y costumbre. Le hizo daño. Pero no era suficiente. No bastaba para hacer que saliera corriendo a buscarlo y decirle que se había equivocado.

Así que, después de unos instantes más de adaptación, cogió el móvil y, al mensaje con la pregunta «¿Lo adoras?» contestó «Coliseo».

Transcurrieron unos pocos minutos, luego llegó un nuevo sms.

A las cuatro de la madrugada.

6

En la sala de operaciones del SCO, Moro estaba solo.

Solo como un superviviente que ha perdido la guerra pero no quiere volver a casa y, en cambio, se queda en el campo de batalla desierto, en medio de los fantasmas de sus compañeros, a la espera del enemigo que no llegará. Porque lo único que sabe hacer es luchar.

El vicequestore estaba de pie frente a la pizarra de las pruebas y los indicios. «Todas las respuestas están delante de ti», se dijo. «Pero las has mirado de manera equivocada, por eso has perdido.»

Lo habían excluido del caso por el asunto de los autoestopistas, porque dos años atrás hizo encarcelar a un inocente por un homicidio sin cadáveres. Porque ese gilipollas confesó un crimen que no había cometido.

Moro sabía que ese castigo entraba dentro del estado de las cosas. Pero no era capaz de abandonar, no formaba parte de su manera de ser. A pesar de que ya no tenía ningún papel en la investigación sobre el monstruo de Roma, no lograba bajar las revoluciones, pararlo todo. Así era como habían querido que fuera, como lo habían entrenado. Ahora no podía detenerse. Pero tampoco quería correr el riesgo de que lo echaran de la policía. Unas horas antes había presentado su dimisión, y el director general la había rechazado con una amenaza y una promesa.

«Mientras permanezca en el cuerpo tendrá derecho a una defensa de oficio, pero si deja el uniforme se convertirá en un ciudadano común, y entonces pueden incriminarlo por el error de hace dos años... Esperemos a que pase la tormenta. Usted quédese un tiempo en la sombra, dejando a los demás el peso y los honores. Luego, poco a poco, podrá volver a sus viejos casos. Su carrera no se resentirá, le doy mi palabra.»

Qué cúmulo de tonterías. De todos modos, el asunto de la dimisión era un montaje. Él ya sabía que al final acabaría completamente solo. Todos lo abandonarían, tal vez echando sobre él gran parte de las culpas.

El monstruo los estaba dejando atrás. Moro tuvo que admitirlo con irritada admiración. En el caso del pinar de Ostia los había desbordado con pruebas e indicios, incluido su ADN, encontrado en la camisa que había dejado torpemente en lugar de la de la víctima, cuando se había cambiado de ropa después del ataque homicida. Desde entonces, nada más, o casi.

Pero en el listado faltaba algo. El símbolo. El hombre con cabeza de lobo.

Moro todavía se acordaba de la sombra producida por la escultura de huesos hallada en casa de Astolfi. Y recordaba el escalofrío que sintió al mirarla.

Sus superiores querían tapar el asunto a los *carabinieri*. Todavía recordaba sus palabras de esa tarde, cuando preguntó si en el traspaso de material al ROS también estaba incluida la historia del símbolo esotérico.

«Mantengamos esta parte fuera», había dicho el director general, apoyado por el jefe de policía. «Es más prudente.»

Pues bien, precisamente esa parte podía ser la oportunidad de Moro para volver a la partida. Nadie, de hecho, le había ordenado que no siguiera investigando sobre el símbolo. Por lo tanto, oficialmente todavía era libre de hacerlo.

«Veintitrés casos» se repitió el vicequestore. Veintitrés casos en que la figura antropomorfa había aparecido en un crimen, o relacionada con algo o con alguien que tenía relación con un crimen. ¿Por qué?

Repasó algunos de aquellos episodios. La canguro que hacía que los niños se precipitaran por la ventana y conservaba su zapato como recuerdo: había confesado, pero no supo justificar la presencia del dibujo del hombre con cabeza de lobo en una hoja de su diario. En el 94, la figura apareció en el espejo del baño, en casa de un hombre que había asesinado a su familia y luego se había suicidado. En el 2005, fue encontrada sobre la tumba de un pedófilo, dibujada con pintura en espray.

Hechos inconexos, años y culpables distintos. Lo único que los unía era el símbolo. Era como si alguien hubiera querido poner el sello en esas faltas. Pero no para quedarse con el mérito. Parecía más una obra de... «proselitismo».

Quien hace el mal será comprendido, éste era el mensaje. Será ayudado. Así como había sido ayudado el monstruo de Roma por Astolfi, que había cogido una prueba del escenario del crimen y había intentado que Diana Delgaudio muriera rectificando un error del asesino.

Moro se convenció de que allí fuera, en alguna parte, había otros individuos como el médico forense. Gente consagrada al mal, como a una religión.

Si los desenmascaraba, podría tomarse la revancha.

Convocó a Leopoldo Strini: el técnico del LAT era el único que conocía la historia del símbolo esotérico, aparte de los hombres de confianza del SCO y del comisario Crespi. Y, además, le habían pedido que examinara la escultura de huesos de animales hallada en casa de Astolfi.

Lo vio llegar con los expedientes que le había pedido. Tenía una expresión extraña, parecía nervioso.

Strini se dio cuenta de que Moro lo estaba observando y que tal vez hubiera percibido su inquietud. Desde que, a la hora de comer, habló con ese misterioso hombre de rasgos orientales, su vida había dado un tumbo. Cuando supo que la investigación sobre el monstruo había pasado a ser competencia de los *carabinieri*, el técnico en parte se había tranquilizado. Tendría que pasar el material al laboratorio científico del ROS, de modo que su nuevo «amigo» chantajista ya no podría pedirle ver las pruebas «en primicia» o que las destruyera. Al menos eso esperaba. Aunque, por contra, una vocecita en su cabeza seguía repitiéndole que el tipo del bar de comidas lo tenía cogido por las pelotas, y seguiría haciéndolo hasta que uno de los dos muriera. ¡Bonita perspectiva!

–Bueno, está todo aquí –dijo, dejando los expedientes sobre la mesa. Después se marchó.

Moro se olvidó enseguida de Strini y de su nerviosismo, ya que tenía delante el resumen de los veintitrés casos en los que había aparecido la imagen del hombre con cabeza de lobo. Empezó a examinarlos en busca de algo relevante.

En el crimen familiar, por ejemplo, cuando la Científica encontró el símbolo en el espejo del baño en el transcurso de un registro complementario, también se localizó en el suelo la huella nítida de una mano derecha. En el informe aparecía una especie de explicación: días después de la carnicería, alguien se había colado en la casa y había abierto los grifos del agua caliente del baño para trazar en el espejo la figura con el vapor. Pero al marcharse probablemente había resbalado a causa de la condensación. Para frenar la caída, extendió los brazos. De ahí la huella en el suelo.

Pero la tesis contenía una incongruencia, porque no era lógico que alguien usara sólo una mano para protegerse después de haber tropezado. El instinto de conservación tendría que haber obligado al sujeto a utilizar ambas extremidades.

Al no conseguir resolver el misterio, en aquel tiempo el asunto de la huella quedó en un segundo plano junto con la historia del símbolo en el espejo. Porque, recordó Moro, a los policías no les gustaba tener que vérselas con asuntos esotéricos.

El vicequestore pasó a analizar el caso de la tumba del pedófilo. Pero en el escueto informe de sus colegas se hablaba simplemente de «actos vandálicos perpetrados por desconocidos». El análisis caligráfico puso de relieve que la escritura era obra de un «diestro forzado». En el pasado, algunos maestros obligaban a los niños zurdos a utilizar la otra mano. «Sucedía en las escuelas católicas», pensó Moro. Era el fruto de una absurda superstición según la cual la mano izquierda era la mano del diablo y los zurdos tenían que ser «educados» para que usaran la mano derecha. Pero, aparte de ese detalle, tampoco ese caso presentaba nada interesante.

En el de la canguro todavía había menos. Toda la investigación se concentraba en los zapatitos, el fetiche que la asesina se había guardado después de hacer que los niños se precipitaran por la ventana. Respecto al dibujo de la página del diario, había poco o nada: la mujer declaró que no lo había hecho ella, y todos se conformaron con esa versión. Total, que fuera ella o no la autora, no habría hecho cambiar nada de cara al juicio. Es más, podría haber constituido un problema para la condena si la canguro hubiera alegado una especie de enfermedad mental.

«¡Veo a un hombre con cabeza de lobo, señor juez! ¡Fue él quien me dijo que matara a esos niños!»

Pero justo cuando estaba a punto de pasar la página, Moro

se topó con una singular circunstancia. En aquella época, sus compañeros habían hablado con un hombre que de vez en cuando se veía con la sospechosa. No eran novios, pero, a decir de la canguro, tenían una relación sexual. El hombre fue interrogado porque era sospechoso de complicidad, aunque luego los elementos en su contra se revelaron inconsistentes y se había librado. Sin embargo, la transcripción de su declaración había quedado archivada igualmente en el expediente.

Lo que había impresionado a Moro no eran las respuestas que había dado el tipo, más bien banales, sino su documento de identidad, que acompañaba a la declaración.

Entre sus datos personales se citaba el hecho de que le faltaba el brazo izquierdo.

«La huella sobre el suelo del baño», pensó Moro enseguida. Por eso sólo estaba la de la mano derecha: ¡era manco! Su intuición también la confirmaba la historia de la tumba del pedófilo: el autor del escrito había utilizado la mano derecha para realizarla, pero la grafía era forzada... precisamente como la de un zurdo que ha perdido el brazo izquierdo.

El vicequestore se puso a buscar enseguida los datos del amigo de la canguro. Además del nombre, había una dirección.

7

La noche había empezado.

El cielo estaba despejado de nubes, la luna era un faro. Marcus estaba convencido de que, al cabo de unas horas, el monstruo volvería a actuar. Por eso tenía que hacer que el hombre sin brazo le contara lo máximo posible.

A pesar de la minusvalidez, Fernando se manejaba con habilidad al volante.

–¿Qué puedes decirme de Victor? –preguntó el penitenciario.

–Si has llegado hasta la anciana gobernanta, prácticamente ya lo sabes todo.

–Cuéntame más. Sobre el instituto Hamelín, por ejemplo.

Fernando giró el volante para trazar una curva muy cerrada.

–Los niños que llegaban allí ya habían cometido o poseían una acusada tendencia a cometer crímenes violentos. Pero de eso ya estarás al corriente, imagino.

–Así es.

–Lo que no sabes es que no había ninguna terapia de rehabilitación para ellos. Kropp quería salvaguardar su capacidad de hacer el mal. Lo consideraba una especie de talento.

–¿Por qué motivo?

–Lo sabrás todo en cuanto nos reunamos con Kropp.

–¿Por qué no me lo dices ahora?

Fernando apartó los ojos de la carretera y lo miró.

–Porque quiero mostrártelo.

–¿Tiene algo que ver con el hombre con cabeza de lobo?

El otro tampoco respondió esta vez.

–Deberás tener paciencia, ya falta poco: no te arrepentirás –afirmó, sólo–. Pero dime, tú no eres policía. Entonces eres investigador privado...

–Algo parecido –contestó Marcus–. ¿Dónde está Victor ahora?

–No lo sé. –Seguidamente precisó–: Nadie lo sabe. Los niños del Hamelín, una vez salían del instituto, volvían al mundo real y nosotros les perdíamos la pista. –Luego sonrió–: Pero confiábamos en encontrarlo, antes o después. Muchos de ellos, al cabo de unos pocos años, se manchaban las manos con algún crimen. Nos enterábamos por los periódicos o la televisión, y Kropp estaba satisfecho porque había logrado su objetivo: hacer de ellos unos perfectos instrumentos del mal.

–¿Por eso protege a Victor?

–Con otros también lo hemos hecho, en el pasado. Pero Victor era el orgullo de Kropp: un psicópata sabio, completamente incapaz de tener sentimientos. Su maldad era equiparable a su inteligencia. El profesor sabía que el niño de sal haría grandes cosas. De hecho, mira lo que está ocurriendo.

Marcus no era capaz de establecer cuánta verdad había en sus palabras, pero no tenía otra elección que seguirlo.

–Fuera de la residencia de ancianos, cuando he saltado encima de ti, has dicho que sabías que alguien que no era policía estaba indagando sobre este asunto.

–La policía no sabe nada del niño de sal, pero sabíamos que alguien seguia esa pista. No he hecho más que situarme al otro lado de la ventana de la anciana para comprobar si recibía visitas. Ya te lo he contado: quiero salir de esta historia.

–¿Quién más forma parte de ella?

–Giovanni, el viejo enfermero que ya te encontraste y que ahora está muerto. –El hombre de los zapatos azules–. Después estaba el doctor Astolfi: muerto él también. Luego Olga, la otra enfermera. Kropp y yo.

Marcus lo había puesto a prueba, quería estar seguro de que citaba a todos los que él había visto en el vídeo de Victor de niño que había cogido en el instituto Hamelín.

–¿Nadie más?

–No, nadie.

Embocaron el carril del cinturón en dirección al centro.

–¿Por qué quieres dejarlo?

Fernando dejó escapar una carcajada.

–Porque al principio las ideas de Kropp también me conquistaron a mí. Yo era un deshecho humano antes de conocer al profesor. Él me dio una meta y un ideal. –Luego añadió–: «Disciplina». Kropp cree firmemente en el valor de los cuentos: dice que son el espejo más fiel de la naturaleza humana. Si quitas a los malos de los cuentos, ya no son divertidos, ¿te has fijado? A nadie le gustaría una historia en la que sólo salieran buenos.

–Los creaba adrede para los niños: cuentos en los que, sin embargo, los protagonistas eran sólo los malos.

–Sí, y se inventó uno para mí también: el del «hombre invisible»... Es un hombre al que nadie puede ver, porque es igual que tantos otros, no tiene nada de especial. El hombre querría que se fijaran en él, querría que todos se volvieran a mirarlo, no se resigna a ser una nulidad. Se compra ropa bonita, mejora su aspecto, pero no obtiene ningún resultado. Entonces ¿sabes lo que hace? Comprende que no es que tenga que añadir nada, sino perder algo.

Marcus tuvo miedo de poder imaginar el resto de la historia.

–De modo que se priva de un brazo –dijo Fernando–. Y aprende a hacerlo todo con una sola mano. ¿Sabes qué sucede? Todos lo miran, lo compadecen, pero no saben que en él reside una fuerza enorme. ¿Qué hombre sería capaz de hacer lo mismo? Eso es, ha logrado su objetivo: ahora sabe que es más fuerte que cualquiera. –A continuación repitió–: Disciplina.

Marcus estaba horrorizado.

–¿Y ahora quieres traicionar a quien te ha enseñado todo eso?

–No estoy traicionando a Kropp –se acaloró–. Pero los ideales requieren esfuerzo, y yo ya he dado mucho a la causa.

«¿La causa?», se preguntó Marcus. ¿Qué causa podía tener un grupo de personas que protegía a los malvados?

–¿Falta mucho?

–Casi hemos llegado.

Se detuvieron en un ensanchamiento cerca de la Via dei Giubbonari. Allí dejaron el coche para proseguir a pie hasta Campo de' Fiori. Parecía una plaza, pero era distinta a todas las demás, porque originariamente era eso, un terreno sin cultivar. Los palacios y las construcciones se añadieron después, delimitando el espacio de forma natural.

Si bien el nombre del lugar evocaba una característica bucólica, el Campo de' Fiori formaba parte de la memoria de Roma como el lugar de la «garrucha», el instrumento de tortura que servía para «dislocar los brazos a los delincuentes» mediante una cuerda. Y también era donde se emplazaban las piras de las condenas a muerte.

Allí fue quemado vivo Giordano Bruno. Su crimen, herejía.

Marcus, como siempre cuando transitaba por esa plaza, levantó los ojos a la estatua de bronce que recordaba al monje dominico, con la capa negra cubriéndole la cabeza y la mirada inmóvil y profunda. Bruno desafió a la Inquisición y prefirió enfrentarse a las llamas antes que renegar de sus ideas de filósofo y libre pensador. Tenía mucho en común con él: ambos confiaban en el poder de la razón.

Fernando caminaba delante, con un andar encorvado y moviendo su único brazo como si estuviera marchando. La chaqueta que llevaba era tan ancha que le daba un aspecto de payaso.

El lugar al que se dirigían era un suntuoso palacio del siglo XVII que había sido restructurado durante los siglos posteriores, pero que aún conservaba su aura nobiliaria.

Roma estaba llena de casas señoriales como ésa. Desde fuera parecían decadentes, como las personas que las habitaban, por otra parte: condes, marqueses, duques que todavía se adornaban con un título que no tenía ningún valor a no ser el de formar parte de la historia. En el interior, en cambio, esos palacios ocultaban frescos, muebles antiguos y obras de arte que serían la envidia de cualquier museo o coleccionista privado. Artistas de la talla de Caravaggio, Mantegna o Benvenuto Cellini habían prestado su talento para embellecer las residencias de los señores de su época. Ahora, la vista de esas obras maestras quedaba reservada a los herederos que, como sus ancestros, pasaban su vida derrochando patrimonios fruto de injustos privilegios adquiridos en el pasado.

–¿Cómo puede permitirse Kropp vivir en un sitio como éste? –preguntó Marcus.

Fernando se volvió y sonrió.

–Son muchas las cosas que no sabes, amigo mío. –A continuación aceleró el paso.

Entraron por una puerta secundaria. El hombre accionó un interruptor iluminando un breve tramo de escalera que conducía a un semisótano de una sola habitación. El alojamiento del vigilante. Otra escalera de servicio llevaba a los pisos superiores.

–Bienvenido a mi casa –dijo Fernando, indicando la cama individual y el rincón cocina que ocupaban casi todo el espacio. La ropa estaba colgada en un armario a la vista y había una alacena con comida, sobre todo latas–. Espera aquí.

Marcus lo cogió por su único brazo.

–Ni lo pienses, voy contigo.

–No quiero engañarte, te lo juro. Pero si quieres, ven.

El penitenciario encendió su pequeña linterna y juntos subieron por la escalera de servicio. Después de una serie infinita de escalones, llegaron a un rellano. No había puertas, era un callejón sin salida.

–¿Es una broma?

–Ten fe –dijo Fernando, divertido. Luego, con la palma de la mano, empujó una de las paredes. Se abrió una portezuela–. Después de ti.

Marcus, sin embargo, con un manotazo en la espalda empujó al hombre hacia la abertura. Después lo siguió.

Estaban en un enorme salón sin muebles aunque ricamente decorado. El único ornamento, aparte de un viejo radiador de hierro fundido y una ancha ventana velada por los postigos, era un gran espejo dorado arrimado a la pared, que reflejó el haz de la linterna y sus figuras.

La portezuela por la que habían pasado estaba perfectamente mimetizada en el fresco de la pared. El sistema de pasajes secretos había sido concebido originariamente para permitir que la servidumbre se moviera por el palacio sin molestar a los señores. Aparecían y desaparecían en silencio, sin ocasionar ninguna molestia.

–¿Quién hay en casa? –preguntó Marcus en voz baja.

–Kropp y también Olga –respondió Fernando–. Sólo ellos dos. Ocupan el ala este, para llegar allí debemos...

No le dio tiempo a terminar la frase, porque el penitenciario le asestó un puñetazo en pleno rostro. Fernando cayó de rodillas, llevándose la mano a la gran nariz que sangraba copiosamente. En ese momento le llegó una patada al estómago que lo hizo desplomarse al suelo.

–¿Quién hay en casa? –preguntó de nuevo Marcus.

–Ya te lo he dicho –gimoteó el otro.

El penitenciario lo obligó a volverse y del bolsillo posterior del pantalón le sacó un par de esposas. Había reparado en ellas mientras subían por la escalera y ahora se las tiró con violencia a la cara.

–¿Cuántas mentiras me has contado hasta ahora? Te he escuchado, pero creo que no has sido muy sincero conmigo.

–¿Por qué lo dices? –preguntó el otro, y lanzó un esputo de sangre sobre el suelo de mármol.

–¿Crees que soy tan ingenuo para creerme que ibas a vender a tu jefe tan fácilmente? ¿Por qué me has traído aquí?

Esta vez la patada le llegó con extrema violencia a un costado. Fernando jadeó, rodando por el suelo. Sin embargo, antes de que Marcus pudiera golpearlo de nuevo, levantó la mano para detenerlo.

–Está bien... Kropp me ha pedido que te trajera aquí.

Mientras el penitenciario se preguntaba si creer en esa afirmación, el hombre usó su único brazo para arrastrarse e ir a esconderse justo debajo del gran espejo dorado.

–¿Qué quiere Kropp de mí?

–Conocerte. La razón no la sé, te lo juro.

Marcus se dirigió de nuevo hacia él. Fernando levantó el brazo para protegerse de un posible golpe, pero el penitenciario lo cogió por la pechera. Recogió las esposas del suelo y lo arrastró hasta el radiador de hierro para esposarlo. Después le dio la espalda y se dirigió hacia la puerta que conducía a las otras habitaciones.

–Kropp no estará contento –gimoteó Fernando detrás de él.

A Marcus le hubiera gustado cerrarle la boca.

–Una habitación sin muebles, el único sitio donde podías esposarme era un radiador: qué imaginación –dijo aquél, y rio.

Marcus puso los dedos en la manija y la bajó. La puerta estaba abierta.

–Yo soy el hombre invisible. El hombre invisible sabe que la disciplina es su fuerza. Si es disciplinado, todos se darán cuenta de lo fuerte que es –y se rio de nuevo.

–Cállate –lo amenazó el penitenciario. Abrió la puerta pero, antes de cruzarla, se volvió un instante hacia el gran espejo dorado. Creyó que estaba teniendo una alucinación, porque el hombre esposado al radiador ahora ya no era manco.

Tenía dos brazos. Y en la mano izquierda llevaba algo.

La aguja de una jeringuilla centelleó por un instante en el reflejo, luego Marcus notó que se la clavaba en la carne del muslo, a la altura de la arteria femoral.

–Hacer creer a todo el mundo ser lo que no eres –dijo Fernando mientras la droga se insinuaba en la sangre de Marcus, que se agarró a la manija para no caerse–. Repetir el ejercicio durante todos los días de tu vida, con esfuerzo y dedicación. Tú tampoco has sabido mirarme, pero ahora me ves.

Marcus no se dio cuenta hasta entonces de que todo estaba preparado. La vigilancia en el exterior de la residencia de ancianos, las esposas en el bolsillo posterior del pantalón que creía haber descubierto por pura casualidad, la sala sin muebles pero con un radiador situado justo al lado de la puerta: una trampa perfecta.

El penitenciario sintió que se caía, pero antes de desmayarse, todavía oyó la voz de Fernando.

–Disciplina, amigo mío. Disciplina.

8

Una gran luna espiaba entre los callejones del centro.

Moro había llegado andando hasta el palacio del siglo XVII en el que constaba que residía el manco. Su vivienda estaba en la planta baja, la ocupaba con el cargo de vigilante. El vicequestore no quería actuar enseguida, por eso decidió esperar y estudiar la situación. No estaba seguro de que el hombre estuviera en casa, pero mientras tanto había localizado exactamente el objetivo y al día siguiente estaría listo para hacer un registro por sorpresa.

Se había vuelto para regresar al coche cuando lo detuvo un extraño movimiento que se estaba produciendo en el callejón situado al lado del palacio. Alguien había abierto de par en par unas enormes hojas de madera oscura. Al cabo de poco, de donde tiempo atrás se encontraban las caballerizas con las cuadras de los caballos y donde se guardaban las carrozas, salió una ranchera.

Cuando pasó frente a él, Moro vio que conducía un hombre al que le faltaba el brazo derecho: llevaba un algodón manchado de sangre metido en la nariz, que también estaba tumefacta. Junto a él iba sentada una mujer que pasaba de los cincuenta, de pelo corto con reflejos de color caoba.

El vicequestore no se preguntó adónde se dirigían a esas

horas tan tardías: lo que había visto le bastó para echarse a correr, cortando por los callejones, directo a su coche, esperando anticiparse y situarse a la espalda de la ranchera antes de que saliera del laberinto del casco antiguo.

Mientras avanzaban, el coche iba dando botes sobre los adoquines. Para Marcus, atado y amordazado en el maletero, por leves que fueran, esos trompicones equivalían a martillazos en las sienes. Estaba acurrucado en posición fetal, con las manos sujetas detrás de la espalda y los tobillos atados. El pañuelo que le habían metido en la garganta le impedía respirar bien y, además, Fernando, antes de cargarlo en el coche con la ayuda de Olga, le había asestado un puñetazo en la nariz para vengarse de parte de los golpes recibidos.

El penitenciario estaba aturdido por la droga que lo había hecho caer directamente al suelo, pero por su posición podía captar parte del diálogo entre los dos exenfermeros del instituto Hamelín.

–¿Así qué, he hecho un buen trabajo? –preguntó el falso manco.

–Claro –contestó la mujer pelirroja–. El profesor lo ha oído todo y está muy satisfecho contigo.

¿Se refería a Kropp? Entonces estaba en el palacio. Tal vez Fernando no le había mentido sobre eso.

–Aunque ha sido arriesgado traerlo a casa –dijo, de hecho, Olga.

–Pero he preparado bien la trampa –se defendió el otro–. Y, además, no tenía elección: no me habría seguido si le hubiera propuesto que me acompañara a un sitio aislado.

–Te habrá hecho preguntas. ¿Qué le has dicho? –se informó la mujer.

–Sólo lo que ya sabía. Le he vuelto a decir lo mismo con

otras palabras y se ha fiado, creo que lo que buscaba era más bien una confirmación. Es un tipo competente, ¿sabes?

–¿Entonces no sabe nada más?

–Me ha parecido que no.

–¿Lo has registrado bien? ¿Estás realmente seguro de que no lleva documentación?

–Seguro.

–¿Ni una tarjeta de visita, un tique de algún lugar en el que haya estado?

–Nada –le aseguró–. Aparte de la pequeña linterna, en el bolsillo sólo llevaba unos guantes de látex, un destornillador retráctil y algún dinero.

Lo único que ese bastardo le había dejado era la medallita con la imagen de San Miguel Arcángel que llevaba al cuello, pensó Marcus.

–Y, además, llevaba una foto que seguramente le ha dado la gobernanta de los Agapov en el asilo: es del padre junto a los dos mellizos.

–¿La has destruido?

–La he quemado.

Marcus ya no la necesitaba, la recordaba perfectamente.

–No llevaba armas –añadió Fernando para completar el resumen.

–Es extraño –afirmó la mujer–. No es policía, eso lo sabemos. Por las cosas que llevaba encima podría tratarse de un detective privado. Pero, entonces, ¿por cuenta de quién trabaja?

Marcus sabía que esos dos querían estar seguros de obtener una respuesta antes de matarlo. Eso le permitiría ganar tiempo. Pero el narcótico le impedía discurrir nada. Estaba convencido de que todo iba a terminar pronto para él.

* * *

Moro seguía a la ranchera a unos trescientos metros de distancia. Mientras todavía circulaban por la ciudad, había dejado que otros vehículos se interpusieran entre él y los otros, de manera que no pudieran distinguirlo por el retrovisor. Pero ahora se habían metido en el gran cinturón de varios carriles que rodeaba Roma, debía ser prudente. A pesar de que el riesgo de perderlos era elevado.

En otras circunstancias, ya habría pedido ayuda a los suyos a través de la radio que tenía instalada en su coche particular. Pero no había evidencia de delito, ni le parecía que el seguimiento conllevara ningún peligro. La verdad, sin embargo, era que, después de que lo hubieran apartado de la investigación sobre el monstruo, tenía prisa por demostrar su valía. Especialmente a sí mismo.

«Veamos si realmente has perdido facultades, viejo amigo.»

Sabía olfatear un crimen en cuanto se presentaba la ocasión. Era bueno en eso. Y, sin explicarse el porqué, estaba convencido de que esos dos de ahí delante tenían algo en mente.

Algo ilícito.

Vio que reducían la velocidad considerablemente. Qué extraño, no había ninguna salida indicada en esa parte del cinturón. Tal vez se habían dado cuenta de que los seguían. Desaceleró y se dejó adelantar por un tráiler, escondiéndose enseguida detrás. Espero algunos segundos y luego hizo unas maniobras para asomarse a controlar lo que ocurría delante del vehículo articulado.

Ya no conseguía encontrar la ranchera.

Repitió el movimiento otras dos veces. Nada. ¿Dónde diablos se habían metido? Pero mientras formulaba la pregunta en su cabeza, el coche que estaba siguiendo apareció por la ventanilla de la derecha. Estaba parado en el arcén de la carretera y él acababa de adelantarlo.

* * *

–¿Quieres parar, joder?

Fernando gritaba, pero Marcus seguía dando patadas con los pies juntos contra la carrocería.

–Ya he frenado el coche, gilipollas. ¿Es que quieres que venga detrás? No sé si te conviene.

Olga tenía un estuche negro de piel en el regazo.

–Quizá deberíamos darle una segunda dosis enseguida –propuso.

–Antes tendrá que contestar a nuestras preguntas: debemos descubrir lo que sabe. Después le daremos la dosis adecuada.

«La dosis adecuada», se repitió Marcus. La que pondría fin a todo.

–Si no paras ahora mismo, te rompo las dos piernas con el gato.

La amenaza surtió el efecto esperado y, después de otro par de golpes, Marcus se detuvo.

–Bien –dijo Fernando–. Veo que empiezas a entender cómo están las cosas. También será mejor para ti si nos damos prisa, créeme.

Y tomó de nuevo en la carretera principal.

Moro había aflojado aún más, parándose en el carril de emergencia. Tenía los ojos clavados en el espejo retrovisor.

«Venga, adelante, dejaos ver. Joder, volved al carril.»

A lo lejos, vio aparecer una par de faros y rezó para que se tratara de la ranchera. De hecho, así era. Exultante, se dispuso a dejarse rebasar y a ponerse de nuevo en marcha. Pero, mientras esperaba a que pasaran, otro tráiler enorme que iba por el carril de emergencia accionó una enorme cantidad de faros y el claxon de dos tonos y lo obligó a moverse antes de tiempo. Moro tuvo que apartarse para evitar el impacto.

El resultado fue que volvía a tener la ranchera a la espalda, maldita sea.

Iba a arriesgarse y se dejaría adelantar por ellos, no tenía alternativa. Rogó que mientras tanto no se metieran en ninguna salida. Pero sus súplicas no fueron atendidas, porque el coche de detrás de él se desvió hacia la Salaria, desapareciendo definitivamente de su vista.

–¡No, joder, no!

Apretó el acelerador poniendo el coche al máximo, en busca de una salida para cambiar de dirección.

Incluso desde una posición tan incómoda, Marcus advirtió que la carretera había cambiado. No sólo se lo sugería la velocidad reducida, sino también el hecho de que el asfalto ahora parecía menos liso. Nuevas sacudidas y baches lo arrojaron contra las pareces del maletero.

Luego advirtió el ruido inconfundible de una pista de tierra. Las piedrecitas rebotaban en los bajos del coche, como el crepitar de las palomitas.

Los dos de delante habían dejado de hablar, privándolo de una valiosa orientación psicológica. ¿Qué intenciones tenían una vez que hubieran llegado? Habría preferido saberlo antes, en vez de verse obligado a imaginarlo.

El automóvil cogió una curva cerrada y se detuvo.

Marcus oyó a los exenfermeros del Hamelín bajar y cerrar las portezuelas a sus espaldas. Del exterior, ahora sus voces le llegaban amortiguadas.

–Ayúdame a abrir, así lo llevaremos dentro.

–¿No podrías usar también el otro brazo, por una vez?

–Disciplina, Olga, disciplina –repitió, pedante, Fernando.

Marcus oyó un sonido de movimiento de cadenas, seguidamente el hombre volvió a subir al coche y lo puso en marcha.

Consiguió cambiar de sentido tres kilómetros más tarde y ahora recorría el carril opuesto, moviendo la mirada entre el parabrisas y su izquierda, en busca de una pista de la ranchera.

Al llegar más o menos a la altura de la salida en que los había perdido, gracias a la luna llena vislumbró las luces de posición de la parte posterior del vehículo. Estaban en la cima de una colina flanqueada por una especie de sendero.

Desde aquella distancia no podía decir si se trataba exactamente de la ranchera. Pero vio que el coche entraba en un cobertizo de chapa.

Moro aceleró en busca de una salida para llegar hasta él.

Alguien abrió completamente el portón del portaequipajes de la ranchera, a continuación le apuntó a la cara con la luz de una linterna. Marcus, instintivamente, entornó los ojos y se apartó.

–Bienvenido –dijo Fernando–. Ahora charlaremos un ratito y por fin nos dirás quién eres.

Lo cogió por la cuerda que le rodeaba la cintura y se disponía a arrastrarlo fuera de ese cuchitril cuando Olga lo detuvo.

–No hace falta –dijo.

Fernando se volvió a mirarla, sorprendido.

–¿Qué quieres decir?

–Estamos casi al final, el profesor ha dicho que lo matemos y ya está.

En el rostro del falso manco apareció una expresión de decepción. «¿Al final de qué?», se preguntó el penitenciario.

–También tendremos que arreglar el asunto de la mujer policía –dijo Fernando.

¿Qué mujer policía? Marcus sintió un escalofrío.

–Ésa después –dijo Olga–. Todavía no sabemos si es un problema.

–Tú también la viste en televisión, mientras se santiguaba. ¿Cómo podía saberlo?

¿De qué estaban hablando? ¿Era posible que fuera Sandra?

–Me he informado, se trata de una fotógrafa forense. No tiene funciones de investigación. Pero, ante la duda, ya sé cómo enderezarla.

Ahora el penitenciario tenía la certeza de que se trataba de ella. Y él no podía hacer nada por ayudarla.

La mujer pelirroja abrió el estuche que llevaba consigo y sacó una pequeña pistola automática.

–Tu viaje también termina aquí, Fernando –dijo, y le tendió el arma.

Otra decepción.

–¿No teníamos que hacerlo todos juntos?

Olga sacudió la cabeza.

–El profesor lo ha decidido así.

Fernando cogió la pistola y empezó a observarla, meciéndola con ambas manos. La idea del suicidio llevaba arraigada en él desde hacía mucho tiempo. La tenía presente, la había aceptado. También eso era disciplina. Y, en el fondo, a él le iría mejor que a Giovanni o a Astolfi. Quemarse vivo o lanzarse al vacío por una ventana eran un pésimo modo de morir.

–¿Le dirás al profesor que me he portado bien, verdad?

–Se lo diré –prometió la mujer.

–¿Aunque te pida que lo hagas tú por mí?

Olga se acercó y cogió la pistola.

–Le diré a Kropp que has sido muy valiente.

Fernando sonrió, parecía satisfecho. Luego ambos se hicieron la señal de la cruz al revés y Olga se alejó unos pasos.

Moro había dejado su coche a un centenar de metros y estaba subiendo por la colina. Casi había llegado a la cima, delante de esa especie de almacén abandonado, cuando vio una luz que se filtraba por una ventana rota. Se acercó sacando su pistola.

El interior del cobertizo estaba iluminado por los faros de la ranchera y por el haz de una linterna. Contó tres personas. Una de ellas estaba atada y amordazada en el maletero.

«Joder», exclamó en su interior. Había acertado: esos dos –el manco y la mujer pelirroja– se llevaban algo entre manos. Mientras intentaba captar lo que decían, sin conseguirlo, vio que ella tenía una pistola en la mano y, después de retroceder un poco, la apuntaba contra el hombre sin brazo. No podía esperar. Rompió la ventana con el codo y rápidamente apuntó su arma contra ella.

–¡Quieta!

Las tres personas del almacén volvieron la mirada en su dirección al mismo tiempo.

–¡Tira la pistola! –la conminó el vicequestore.

La mujer titubeó.

–¡Tírala, he dicho!

En ese punto, obedeció. Luego levantó las manos y Fernando la imitó con su único brazo.

–Soy policía. ¿Qué está pasando aquí?

–Gracias a Dios –exclamó el exenfermero–. Esta cabrona me ha obligado a atar a mi amigo –afirmó señalando a Marcus–. Después me ha dicho que condujera hasta aquí. Quería matarnos a ambos.

El penitenciario miró al hombre de la pistola. Era el vicequestore Moro, lo había reconocido. Pero no le gustó la expresión dudosa que vio aparecer en su rostro después de haber escuchado la mentira de Fernando. ¿No tendría intención de creerle, no?

–Me tomas por gilipollas –afirmó el vicequestore.

El falso manco se dio cuenta de que su historia no prosperaba. Tenía que inventarse algo.

–Hay otro cómplice por aquí cerca. Podría volver de un momento a otro.

Marcus comprendió su juego: Fernando quería que Moro le dijera que cogiera la pistola de Olga para vigilarla mientras él iba en busca del cómplice. Pero, por suerte, el policía no era tan ingenuo.

–No te dejaré empuñar esta arma –dijo–. Y no hay ningún cómplice: os he visto llegar y, aparte del que está en el maletero, ibais sólo vosotros dos.

Fernando, sin embargo, no se daba por vencido.

–Has dicho que eres policía, entonces llevarás unas esposas contigo. Yo llevo otro par en el bolsillo de atrás del pantalón: la mujer podría esposarme al coche y yo podría hacer lo mismo con ella.

Marcus, por culpa del narcótico, no podía imaginar qué tenía en mente. Pero de todos modos empezó a patalear en el interior del maletero.

–¿Qué le pasa a tu amigo? –preguntó Moro.

–Nada, la cabrona le ha suministrado droga. –Indicó el estuche negro de piel que había acabado en el suelo cuando Olga levantó las manos, y del que sobresalía una jeringuilla–. Antes también ha tenido la misma reacción, hasta nos ha hecho parar a un lado de la carretera. Creo que son convulsiones, necesita un médico.

Marcus esperaba que Moro no se dejara engañar y continuó impertérrito revolviéndose y pataleando con todas sus fuerzas.

–Muy bien: veamos tus esposas –dijo el vicequestore.

Fernando se volvió, despacio. Y al igual de despacio se levantó la chaqueta para mostrar el contenido del bolsillo posterior del pantalón.

–De acuerdo, ahora cógelas. Pero tendrás que esposarte tú mismo, no quiero que ella se acerque a ti.

El manco las cogió y a continuación se agachó junto al parachoques de la ranchera. Aseguró una de las anillas al enganche del remolque. Luego, con un poco de esfuerzo, ayudándose de las rodillas, se esposó la muñeca derecha.

«No», decía Marcus en su cabeza. «¡No lo hagas!»

Mientras tanto, Moro, desde la ventana, lanzó su par de esposas hacia la mujer pelirroja.

–Ahora te toca a ti.

Ella las recogió y se acercó a una de las portezuelas para esposarse a la manija. Mientras el vicequestore controlaba que llevara a término la operación como le había sido ordenado, Marcus vio el brazo izquierdo de Fernando salir de la manga y coger la pistola que estaba en el suelo.

Fue un instante. El vicequestore se percató del movimiento apenas a tiempo y disparó, alcanzando al exenfermero en el cuello. Pero no lo mató, porque Fernando, mientras caía hacia atrás, tuvo la rapidez de disparar dos veces. Uno de los proyectiles alcanzó a Moro en un costado, haciéndolo girar.

La mujer pelirroja todavía estaba libre y dio la vuelta al coche, agachándose junto a la carrocería. Consiguió subir por el lado del conductor y puso el vehículo en marcha. A pesar de la herida, Moro le disparó, pero sin conseguir detenerla.

El automóvil echó el portón de plancha abajo arrojando a Marcus fuera del portaequipajes abierto. El impacto con el suelo le produjo un dolor lacerante que le hizo perder momentáneamente el sentido. Cuando se recuperó un poco, entrevió a Fernando, tendido en el suelo en un charco de sangre oscura, muerto. Moro, en cambio, todavía seguía con vida, estaba sentado y con una mano aferraba su arma, mientras que con la otra sujetaba un móvil. Estaba marcando un número. Pero tenía el brazo con la pistola pegada al busto y el penitenciario vio que sangraba copiosamente por el costado.

«El proyectil ha alcanzado la arteria subclavia», se dijo. «Dentro de poco morirá».

Moro consiguió marcar el número de emergencias y se llevó el móvil a la oreja.

–Código 2724 –dijo–. Vicequestore Moro. Ha habido un tiroteo, hay heridos. Localicen la llamada... –No le dio tiempo a terminar la frase cuando se desplomó, dejando caer el teléfono.

El penitenciario y el policía estaban tendidos los dos sobre un costado, a pocos metros el uno del otro. Y se miraban. Aunque no hubiera estado atado, Marcus no habría podido hacer nada por él.

Así que se quedaron mirando durante mucho tiempo, mientras el silencio del campo volvía a imponerse y la luna hacía de muda espectadora. Moro se apagaba y el penitenciario intentó infundirle coraje con los ojos. No se conocían, nunca habían hablado, pero eran dos seres humanos, y eso bastaba.

Marcus percibió el instante en que la luz de la vida abandonaba aquella mirada. Quince minutos después, el sonido de las sirenas llegó por encima de las colinas.

La mujer pelirroja había conseguido huir. Y el pensamiento del penitenciario corrió hasta Sandra y al hecho de que tal vez estuviera en peligro.

9

La gran luna, baja en el horizonte, iba a situarse de un momento a otro en el regazo del Coliseo.

A las cuatro de la madrugada, Sandra recorría a pie la Via dei Fori Imperiali, directa al monumento considerado universalmente el símbolo de Roma. Si no recordaba mal la lección aprendida en el colegio, el Coliseo, inaugurado en el año 80 d.C., medía 188 metros de longitud, 156 de anchura y 48 de altura. Y la arena, 86 metros por 54. Había una cantilena para recordar las medidas, pero lo que más seguía asombrando a Sandra era que podía albergar hasta 70.000 espectadores.

Su nombre era, en realidad, un sobrenombre. Bautizado originariamente como Teatro Flavio, tomó su actual denominación del coloso de bronce del emperador Nerón que en aquel tiempo se erigía justamente delante del edificio.

En la arena morían indistintamente hombres y animales. Los primeros, los gladiadores –por el nombre de la espada que usaban para combatir, el gladio–, se mataban entre ellos o luchaban con fieras traídas a Roma hasta de los rincones más remotos del Imperio. El público adoraba la violencia y algunos gladiadores eran alabados como los modernos campeones deportivos. Hasta que morían, obviamente.

El Coliseo se convirtió con el tiempo en un símbolo para los seguidores de Cristo. Según se había ido transmitiendo, aunque sin ninguna evidencia histórica, los paganos entregaban a los cristianos como pasto para los leones. La leyenda seguramente había servido para reforzar el recuerdo de la persecución real que sufrieron a causa de su fe. Cada año, en la noche entre el jueves y el viernes que precedía la Pascua católica, salía del Coliseo un vía crucis guiado por el papa para evocar el martirio de Cristo.

Sandra, sin embargo, no pudo evitar pensar en la leyenda de signo opuesto que le había contado Max antes de irse de casa. «*Colis Eum?*», era la pregunta. «Adoro al diablo», la respuesta. Quienquiera que le hubiera mandado los sms anónimos para convocarla justo en ese lugar, a esa hora de la madrugada, o tenía un agudo sentido del humor o era extremadamente serio. Y después de haber visto el gesto de santiguarse al revés que había hecho Astolfi en el pinar de Ostia, Sandra se inclinaba por la segunda hipótesis.

La estación de metro que quedaba justo frente al monumento estaba todavía cerrada y la plaza de delante de la puerta, vacía. No había ningún turista haciendo cola ni figurantes disfrazados de centuriones romanos que cobraban por dejarse fotografiar junto a ellos. Sólo algunos grupos de barrenderos que, a lo lejos, limpiaban la zona a la espera de una nueva horda de visitantes.

En aquella desolación, Sandra estaba segura de que enseguida distinguiría a quien la había citado allí. No obstante, por precaución, se había llevado consigo la pistola reglamentaria que sólo usaba en el polígono de la policía una vez al mes para no perder la costumbre de disparar.

Esperó casi veinte minutos, pero nadie se dejó ver. Mientras se preguntaba si sólo había sido víctima de una broma y si era el caso, marcharse, al volverse advirtió que en la verja de hierro que rodeaba el anfiteatro había una abertura. La reja estaba entornada. ¿Para ella?

«No puede ser», se dijo. «No entraré nunca ahí dentro.»

Le hubiera gustado que Marcus estuviera allí con ella. Su presencia le infundía valor. «No has llegado hasta aquí para darte la vuelta y marcharte, de modo que sigue adelante.»

Sandra sacó la pistola y, manteniéndola hacia abajo y pegada al costado, cruzó el umbral.

Se encontró en el pasillo que formaba parte del recorrido turístico: siguió los carteles que indicaban la dirección a los visitantes.

Intentaba percibir algún sonido, un ruido, algo que le dijera que no estaba sola. Se disponía a subir por una de las escaleras de travertino que llevaban a la cávea que un tiempo ocupaba el público, cuando oyó una voz masculina.

–No tenga miedo, agente Vega.

Provenía del nivel inferior, de las galerías que se entrelazaban por debajo y en torno a la arena. Sandra titubeó. No se fiaba de ir hasta allí.

Pero la voz insistió.

–Reflexione: si hubiera querido tenderle una trampa, ciertamente no habría elegido este lugar.

Sandra lo pensó. No era del todo insensato.

–¿Por qué aquí, entonces? –preguntó a la voz, permaneciendo todavía en la parte de arriba de la escalera.

–¿No lo ha entendido? Era una prueba.

La policía empezó a bajar los escalones, lentamente. Constituía una diana fácil, pero no tenía elección. Intentó acostumbrar los ojos a la oscuridad y, al llegar al fondo, miró a su alrededor.

–Puede quedarse donde está –dijo la voz.

Sandra se volvió hacia un punto impreciso y vio una sombra. El hombre estaba sentado sobre un capitel caído de una columna a saber cuántos siglos atrás. No conseguía distinguir su rostro, pero se fijó en que llevaba una gorra.

–Y bien, ¿he pasado la prueba?

–Todavía no lo sé... La vi en televisión mientras se santiguaba al revés. Ahora dígamelo usted: ¿es una de ellos?

Otra vez esa palabra: «ellos». La coincidencia con lo que Diana Delgaudio había escrito en un papel la hizo estremecer.

–¿Quiénes son?

–Ha resuelto el enigma de mis sms. ¿Cómo lo ha hecho?

–Mi compañero enseña historia, es mérito suyo.

Battista Erriaga sabía que era sincera. Se había informado sobre la policía cuando buscó su número de teléfono.

–¿«Ellos» serían adoradores del demonio?

–¿Usted cree en el diablo, agente Vega?

–No mucho. ¿Debería?

Erriaga no contestó.

–¿Qué sabe de este asunto?

–Sé que hay alguien protegiendo al monstruo de Roma, aunque no me explico por qué razón.

–¿Ha hablado de esto con sus superiores? ¿Qué dicen?

–No lo creen. Nuestro médico forense, el doctor Astolfi, saboteó la investigación antes de quitarse la vida, pero para ellos fue un simple acto de locura.

Erriaga dejó escapar una breve carcajada.

–Me temo que sus superiores le han ocultado algo.

Sandra alimentaba desde hacía tiempo esa sospecha, pero oírselo decir abiertamente le provocó un arrebato de rabia.

–¿Qué quiere decir? ¿De qué está hablando?

–Del hombre con cabeza de lobo... Usted no ha oído nunca hablar de él, estoy seguro. Se trata de un símbolo que aparece de varias formas, pero siempre relacionado con sucesos criminales. La policía recopila esos casos con gran secretismo desde hace más de veinte años. Hasta ahora han contado veintitrés, pero le aseguro que son muchos más. El hecho es que estos crímenes no tienen nada en común entre ellos aparte de la figura antropomorfa. Hace unos días se encontró una en casa de Astolfi.

–¿Por qué tanta discreción? No lo entiendo.

–Los policías no se explican qué ni quién está detrás de esta operación oculta. Sin embargo, sólo la idea de tener que vérselas con algo que escapa de un plano puramente racional los empuja a mantenerlo en secreto y a no profundizar en ello.

–Pero usted conoce la razón, ¿no es cierto?

–Querida Sandra, usted es policía, da por descontado que todos están de parte de los buenos y se sorprende si le dicen que también hay personas que apuestan por lo malo. No quiero hacerle cambiar de idea, pero algunos piensan que salvaguardar el componente malvado de la naturaleza humana es indispensable para la conservación de nuestra especie.

–Le juro que sigo sin entender.

–Mire a su alrededor, observe este sitio. El Coliseo era un lugar de muerte violenta: la gente debería huir ante tal espectáculo, en cambio participaban como si fuera una fiesta. ¿Eran tal vez unos monstruos, nuestros predecesores? ¿Y usted cree que después de tantos siglos ha cambiado algo en la naturaleza humana? La gente ahora sigue por televisión las vicisitudes del monstruo de Roma con la misma curiosidad morbosa, como si fuera un espectáculo circense.

Sandra tuvo que admitir que la comparación no era del todo equivocada.

–Julio César fue un conquistador sanguinario, no menos que Hitler. Pero hoy los turistas se compran camisetas con su imagen. ¿Algún día, dentro de unos milenios, harán lo mismo con el Führer nazi? La verdad es que miramos con indulgencia los pecados del pasado y las familias vienen al Coliseo para fotografiarse sonrientes en el sitio donde había muerte y crueldad.

–Estoy de acuerdo con el hecho de que la especie humana es sádica e indiferente por naturaleza, pero ¿por qué protege el mal?

–Porque las guerras, desde siempre, son un vehículo de progreso: se destruye para reconstruir mejor. El hombre intenta perfeccionarse en todos los ámbitos para sobrepasar a los demás, para someterlos. Y para no ser sometido.

–¿Y el diablo qué tiene que ver?

–El diablo, no: la religión. Cada religión del mundo piensa que posee la «verdad absoluta», aunque suela estar en conflicto con la verdad de las otras fes. Nadie se preocupa de buscar una verdad compartida, cada uno sigue firmemente convencido de su propio credo. Si Dios es sólo uno ¿no le parece absurdo? ¿Por qué, pues, para los satanistas tendría que ser distinto? Ellos no piensan que estén equivocados, no se les ocurre la idea de que haya nada erróneo en lo que hacen. Justifican la muerte violenta exactamente igual como quien empieza una guerra por la fe. Los cristianos también combatieron en las cruzadas y los musulmanes todavía ensalzan la Guerra Santa.

–Satanistas... ¿Es eso lo que son?

Erriaga había desvelado el segundo nivel del secreto. No había nada más que añadir al respecto. Los que se reconocían en la figura antropomorfa del hombre con cabeza de lobo eran satanistas. Pero el sentido de esa expresión era demasiado amplio y complejo para que una simple mujercita con uniforme pudiera comprenderlo.

Ése era el tercer nivel del secreto, y debía seguir necesariamente como tal.

Por eso Battista Erriaga la contentó:

–Sí, son satanistas –dijo.

Sandra estaba decepcionada. Decepcionada por el hecho de que el vicequestore Moro y, probablemente, también el comisario Crespi la hubieran mantenido al margen de esa parte del caso, minimizando el papel de Astolfi y su descubrimiento respecto al médico forense. Pero todavía estaba más decepcionada por el hecho de que, al final, quienes protegían al monstruo fueran unos banales adoradores del demonio. Si no hubiera habido víctimas, se habría reído de tamaña absurdidad.

–¿Qué quiere de mí? ¿Por qué me ha hecho venir aquí?

Habían llegado al quid de la cuestión. Battista Erriaga tenía una tarea para ella, algo extremadamente delicado. Esperaba que la mujer no fracasara.

–Quiero ayudarla a detener al niño de sal.

CUARTA PARTE

La niña de luz

1

Se había tomado un par de vodkas y tenía sueño, pero ningunas ganas de irse a dormir.

El local estaba abarrotado, aunque él era el único que estaba solo en una mesa. Seguía jugueteando con las llaves de la casa de la playa. Cuando su amigo se las confió, no le hizo preguntas. Había sido suficiente con preguntarle si podía usarla durante unos días, hasta que encontrara un nuevo sitio donde vivir. Por otra parte, el motivo de habérselo pedido era incluso demasiado evidente a juzgar por su expresión.

Max estaba seguro de que su relación con Sandra había terminado.

Todavía llevaba en el bolsillo el estuche con el anillo que ella había rechazado. Es más, ni siquiera lo había abierto para ver qué contenía.

–*Fuck* –dijo, antes de engullir el resto del vodka de su vaso.

Le había dado todo el amor, todas las atenciones, ¿en qué se había equivocado? Pensaba que las cosas iban bien, en cambio, siempre estaba el maldito fantasma de su exmarido. No lo había conocido, ni siquiera sabía qué cara tenía, pero siempre estaba presente. Si David no hubiera muerto, si simplemente se hubieran divorciado como millones de parejas en todo el mundo, quizá ella se habría sentido liberada y habría podido amarlo como se merecía.

Sí, ésa era la cuestión: él se merecía su amor, estaba seguro de ello.

Pero, aunque toda la razón estuviera de su parte, a saber por qué, tenía ganas de castigarse. Su culpa era haber sido demasiado perfecto, lo sabía. Tal vez si la hubiera maltratado, las cosas habrían ido de distinta manera. En el fondo, David había sido un egoísta, no renunció por ella a su trabajo de reportero en las «zonas calientes» que había por el mundo. Y eso a pesar de saber que Sandra llevaba mal sus viajes y la idea de tener que esperarlo durante mucho tiempo sin tener noticias, sin saber si estaba bien o incluso si todavía seguía con vida.

–*Fuck you* –dijo esta vez, dirigiéndose al fantasma de David. Tendría que haber hecho como él, así tal vez no la habría perdido. Daba lo mismo si se castigaba un poco más con el vodka.

Cuando estaba a punto de pedir una botella entera, sin importarle en absoluto que al día siguiente tuviera clase por la mañana, se fijó en la mujer que lo miraba desde la barra del bar. Estaba bebiendo un cóctel de frutas. Era muy guapa, pero no de un modo ostentoso. «Involuntariamente seductora», se dijo. Le mostró el vaso, aunque estaba vacío, como si quisiera brindar por su salud. No era de los que hacían esas cosas, pero ¡qué más daba!

Ella le devolvió el gesto levantando el cóctel. Luego empezó a acercarse a su mesa.

–¿Esperas a alguien? ¿Puedo hacerte compañía? –dijo, descolocándolo.

Max no sabía qué contestar, al final se las arregló para decir:

–Siéntate, por favor.

–Me llamo Mina, ¿y tú?

–Max.

–Mina y Max: M.M. –dijo divertida.

Le pareció notar un acento del Este.

–No eres italiana.

–Así es, soy rumana. Tú tampoco pareces italiano, ¿me equivoco?

–Soy inglés, pero vivo aquí desde hace muchos años.

–Llevo toda la noche observándote.

Qué extraño, él no se había fijado hasta hacía poco.

–¿Me equivoco o estás enfadado por algo?

A Max no le apetecía decirle la verdad.

–La mujer con la que había quedado me ha dado plantón.

–Entonces esta noche es realmente mi noche –comentó ella con una sonrisa maliciosa.

La observó con más detenimiento: el vestido de alta costura negro escotado por delante, las manos estilizadas con las uñas cuidadas y pintadas de rojo, una ancha pulsera de oro en la muñeca izquierda, un collar con un brillante a saber de cuántos quilates. Se fijó en que iba maquillada quizá en exceso. Y que el perfume seguramente era francés. Una mujer fuera de su alcance, se dijo. Él no se consideraba sexista, pero tenía que admitir que a veces juzgaba a las mujeres según el estilo de vida que pretendían de sus parejas. Tal vez porque demasiadas le habían vuelto la espalda después de saber que era un simple profesor de instituto. De modo que normalmente hacía sus cálculos antes de profundizar en la relación y, si era el caso, las evitaba antes de que fueran ellas quienes lo descartaran. Así que mejor no hacerse ilusiones con ésta: no podía permitírsela. La invitaría a tomar algo sin crearse expectativas, sólo para recibir un poco de compañía a cambio. Luego, cada uno por su lado.

–¿Puedo pedirte otro de éstos? –y señaló el cóctel.

Mina sonrió de nuevo.

–¿Cuánto dinero llevas en el bolsillo?

Él no comprendió enseguida el sentido de una pregunta tan directa.

–No lo sé, ¿por qué me lo preguntas?

Se acercó a pocos centímetros de su cara, podía sentir su aliento dulce.

–¿De verdad no has comprendido a qué me dedico o tienes ganas de jugar?

¿Una prostituta? No podía creérselo.

–No, disculpa… es que… –intentó justificarse, torpemente.

El resultado fue provocar una carcajada divertida.

Luego intentó recuperar el control de la situación.

–Cincuenta euros, pero siempre puedo sacar más del cajero. –Max no podía creer en sus propias palabras. De repente le habían entrado ganas de ser transgresor. Ser transgresor al inútil pacto de amor con Sandra y a la manera en que siempre había vivido su vida, lineal y tal vez un poco aburrida.

Mientras tanto, Mina parecía sopesar la oferta y seguía mirándolo. Era como si ella pudiera verlo mejor que cualquiera.

–Venga, sí, además, eres mono –sentenció–. Te haré un descuento, total ya había perdido la noche.

Max estaba entusiasmado como un niño.

–Tengo el coche aquí fuera, podríamos ir a algún sitio apartado.

La mujer sacudió la cabeza, ofendida.

–¿Te parezco de las que les van los asientos abatibles?

En efecto, no.

–Y, además, con ese maníaco suelto…

Tenía razón, estaba el asunto del monstruo de Roma, lo había olvidado. Las autoridades habían recomendado a las parejas que no fueran a zonas aisladas para hacer el amor en el coche. Pero siempre tenía la casa de Sabaudia. Estaba un poco lejos, si bien podría pagarle un extra para convencerla. Y aunque estaban en invierno y haría un poco de frío, podrían encender la chimenea.

–Vamos, te llevo a la playa.

El fuego crepitaba, la habitación ya se estaba caldeando y él no tenía temores. Estaba a punto de serle infiel a Sandra, aunque no estaba seguro de que «técnicamente» fuera una infidelidad. Ella no le había dicho claramente que no lo amara, pero el sentido de sus palabras era exactamente ése. No se preguntó tampoco qué habrían pensado sus alumnos si lo hubieran visto así: tendido en una cama de una casa que no era suya, esperando que una prostituta de lujo saliera del baño para poder practicar sexo con ella.

No, él tampoco lograba verse así. Por eso había preferido acallar enseguida los posibles sentimientos de culpabilidad.

Durante el trayecto en coche hasta Sabaudia, Mina se quedó dormida en el asiento. Él la estuvo espiando todo el viaje, intentando saber quién era realmente esa chica de treinta y cinco o tal vez treinta y seis años que se escondía detrás de una máscara para seducir a los hombres. O imaginando su vida, sus sueños, si había estado enamorada o lo estaba todavía.

Cuando llegaron, ella miró enseguida a su alrededor. La casa se hallaba en una posición envidiable, justo frente al mar. A la izquierda estaba el promontorio del Circeo, con el parque natural. Esa noche la luna llena lo iluminaba. Era el tipo de paisaje que Max nunca podría permitirse, y a la chica enseguida le impactó.

Mina le preguntó dónde estaba el baño. Luego se quitó los zapatos de tacón y subió la escalera que conducía al piso de arriba. Él saboreó aquella visión, como un ángel que asciende al paraíso.

Las sábanas de la gran cama de matrimonio estaban limpias. Max se desnudó, colocando la ropa ordenadamente, igual que lo hacía en casa, pero sin darse cuenta. Una costumbre dictada por la buena educación que desentonaba con lo que había decidido hacer, con ese acto tan alejado de su índole meticulosa.

Mina había sido clara: la relación no tendría que durar más de una hora. Y nada de besos, era la regla. Luego le confió una caja de preservativos que llevaba en el bolso, segura de que él sabría qué hacer con ellos.

Max apagó la luz y esperó, ansioso, a que ella apareciera de un momento a otro en el vano de la puerta, quizá sólo vestida con la ropa interior. Sentía por todas partes su perfume y estaba confuso y excitado. Todo con tal de no pensar en el dolor que le había causado Sandra.

Cuando advirtió el destello al otro lado del umbral oscuro, le pareció una broma de su imaginación. Pero, al cabo de unos instantes, se produjo un segundo. Entonces se volvió instintivamente hacia la ventana. Sin embargo, fuera el cielo estaba despejado, no había ninguna tormenta en el horizonte, y todavía se veía la luna.

Sólo al tercer resplandor se dio cuenta de que, en realidad, se trataba del flash de una cámara fotográfica.

Y estaba cada vez más cerca.

2

Lo habían encerrado en una habitación sin ventanas.

Antes, sin embargo, los policías permitieron que lo viera un médico. Después de comprobar su estado de salud, lo metieron allí dentro. La puerta estaba cerrada y desde entonces Marcus no había sabido nada ni visto a nadie.

Sólo había la silla en la que estaba sentado y una mesa de acero. La única luz era la de un fluorescente colgado en el techo, y en la pared había un extractor que introducía aire nuevo en el lugar y que producía un molesto e incesante zumbido.

Había perdido la noción del tiempo.

Cuando le pidieron sus datos, les proporcionó unos falsos que utilizaba como tapadera. Como no llevaba documentos encima, les dio un número de teléfono, habilitado precisamente para tales emergencias. Respondía el contestador automático de un funcionario de la embajada argentina en el Vaticano. En realidad, Clemente encontraría el mensaje y se presentaría poco después en la comisaría con un falso pasaporte diplomático que demostraría que él era Alfonso García, delegado extraordinario para cuestiones de culto, y trabajaba por cuenta del Gobierno de Buenos Aires.

Nunca había ocurrido que el penitenciario necesitara servirse de esa complicada estratagema. En teoría, la policía italiana tendría que soltarlo gracias a la inmunidad de que gozaban los diplomáticos. Pero esta vez el asunto era bastante serio.

Estaba por medio la muerte de un vicequestore. Y Marcus era el único testigo.

No sabía si Clemente ya se habría puesto en marcha para sacarlo de allí. Los policías podían retenerlo todo lo que quisieran, pero con veinticuatro horas tendrían suficiente para comprobar que no existía ningún Alfonso García que trabajara para el Gobierno argentino y echar por tierra toda su tapadera.

A pesar de todo, por el momento, Marcus no estaba preocupado por sí mismo. Temía por Sandra.

Después de haber escuchado el intercambio de frases entre Fernando y la mujer pelirroja, era consciente de que ella también corría peligro. A saber cómo estaba ahora y si se hallaba a salvo. No podía permitir que le ocurriera nada. De modo que decidió que, a pesar de Clemente, en cuanto los agentes cruzaran de nuevo el umbral, lo contaría todo. Es decir, que estaba realizando una investigación paralela sobre el monstruo de Roma y que había un grupo de personas implicadas encubriendo al asesino. Y les diría dónde estaba Kropp. Así podrían proteger a Sandra.

No estaba seguro de que fueran a creerle, pero hallaría la manera de que no pudieran ignorar sus palabras.

Sí, Sandra era lo primero. Lo primero ante todo.

Desde que lo sacaran de la cama en mitad de la noche, el comisario Crespi no había parado ni un minuto. Su organismo reclamaba una abundante dosis de cafeína y las sienes le palpitaban por el dolor de cabeza, pero ni tan solo tenía tiempo de tomar una aspirina.

La comisaría de la Piazza Euclide, en los Parioli, era un hervidero. Los hombres iban y venían del almacén en el que había sido hallado el cuerpo sin vida de Moro. Pero todavía nadie se había vendido a la prensa, advirtió Crespi. Todos albergaban demasiado respeto por el vicequestore como para traicionar fácilmente su memoria. Por tanto, la noticia sobre su muerte era confidencial. Pero ¿por cuánto tiempo? Antes del mediodía, el director general de Seguridad ofrecería una rueda de prensa para comunicar lo sucedido.

Sin embargo, había demasiados interrogantes en espera de respuesta. ¿Qué hacía Moro en ese sitio abandonado? ¿De quién era el cadáver encontrado a pocos metros de él? ¿Qué dinámica había seguido el tiroteo? Había señales de neumáticos, por tanto un segundo vehículo estuvo presente además del que conducía el vicequestore: ¿lo había utilizado alguien para escapar? ¿Y qué papel tenía el misterioso diplomático argentino que habían encontrado atado y amordazado?

Lo habían conducido a la comisaría de la Piazza Euclide porque era la más cercana, pero al mismo tiempo para apartarlo de los periodistas que pronto se enterarían del suceso. Desde allí dirigían las operaciones. No sabían en qué medida lo ocurrido estaba relacionado con la historia del monstruo de Roma, pero no iban a dejar que del asesinato de uno de los suyos se ocuparan los *carabinieri*.

Además, estaba el hecho de que el ROS, desde hacía unas horas, estaba ocupado con otro embolado.

Por lo que Crespi sabía, esa noche había sido bastante movida. Poco después de las cuatro, llegó una extraña llamada al número de emergencias. Una chica, con un claro acento del Este, había denunciado presa del pánico una agresión ocurrida en una casa de la costa de Sabaudia.

Cuando los *carabinieri* se presentaron en la villa, encontraron el cadáver de un hombre en un dormitorio. Una bala de pistola, directa al corazón, aparentemente disparada con un revólver Ruger SP101, el mismo que el del monstruo.

Pero en el ROS todavía no estaban seguros de si sólo se trataba de una coincidencia o de un imitador. La chica había conseguido escapar aunque, después de dar la voz de alarma, había desaparecido por completo. Ahora la estaban buscando y mientras tanto seguían localizando posibles rastros de ADN en la casa para compararlos con el del asesino que tenía en su poder.

A diferencia del asesinato de Moro, el episodio de Sabaudia ya era de dominio público, si bien todavía no se habían hecho públicos los datos personales del hombre muerto. Crespi sabía que ése era el motivo principal por el que la prensa todavía no se había olido nada con respecto a la muerte del vicequestore.

Tenían trabajo descubriendo el nombre de la nueva víctima del monstruo.

De modo que disponía de todo el tiempo del mundo para presionar a ese Alfonso García antes de que algún funcionario de la embajada se presentara para reclamar su liberación amparándose en la inmunidad diplomática. El hombre le había proporcionado un número de teléfono para comprobar sus datos personales, pero Crespi se había guardado mucho de llamar.

Lo quería sólo para él. E iba a hacerlo hablar.

Sin embargo, antes necesitaba urgentemente un café. Así que salió a la fría mañana romana y cruzó la Piazza Euclide directo al bar del mismo nombre.

–Comisario –oyó que le llamaban.

Crespi estaba a punto de entrar en el local, pero se volvió. Vio a un hombre que iba hacia él agitando un brazo. No parecía un periodista. Era claramente filipino y lo tomó por alguien del servicio de una de las casas señoriales del barrio de Parioli.

–Buenos días, comisario Crespi –dijo Battista Erriaga en cuanto estuvo a su lado. Jadeaba un poco porque venía corriendo–. ¿Puedo hablar con usted un momento?

–Tengo mucha prisa –replicó el otro, molesto.

–No tardaremos nada, se lo prometo. Me gustaría invitarle a un café.

Crespi quería tomarse su café en paz y sacarse de encima a ese pelmazo cuanto antes.

–Mire, no quiero ser grosero porque ni siquiera sé quién es usted ni por qué sabe mi nombre, pero no tengo tiempo, ya se lo he dicho.

–Amanda.

–¿Cómo dice?

–Usted no la conoce, pero es una chiquilla inteligente. Tiene catorce años y estudia secundaria. Como todas las chicas de su edad, tiene miles de sueños y miles de proyectos en la cabeza. Le gustan mucho los animales y desde hace algún tiempo también le gustan los chicos. Hay uno que le va detrás, ella se ha dado cuenta y le gustaría que se le declarara. Tal vez el verano que viene por fin recibirá su primer beso.

–¿De quién está hablando? No conozco a ninguna Amanda.

Erriaga se dio con la mano en la frente.

–¡Claro, que estúpido soy! Usted no la conoce porque, en realidad, nadie la conoce. En efecto, Amanda tendría que haber nacido hace catorce años, pero a su madre la atropelló en un paso de peatones de un barrio de las afueras un pirata de la carretera que se dio a la fuga y nunca fue encontrado.

Crespi se quedó mudo.

Erriaga lo miró duramente.

–Amanda era el nombre que aquella mujer había elegido para su hija. ¿No lo sabía? Por lo que parece, no.

El comisario jadeaba, miraba al hombre que tenía delante, pero todavía no era capaz de hablar.

–Sé que usted es un hombre muy religioso: va a misa y comulga todos los domingos. Pero no estoy aquí para juzgarle. Es más, me importa un comino si puede dormir por las noches o si piensa algún día en lo que hizo con la intención de entregarse a sus compañeros. Le necesito, comisario.

–¿Para qué me necesita?

Erriaga empujó la puerta de cristal del bar.

–Deje que le invite a ese dichoso café y se lo explicaré todo –dijo con su acostumbrada, falsa amabilidad.

Al poco rato estaban sentados en la sala del piso de arriba del bar. Además de algunas mesitas, la decoración consistía en un par de sofás de terciopelo. Se imponían el gris y el negro. La única nota diferente era un enorme póster fotográfico que cubría una pared: representaba a los espectadores de un cine, tal vez de los años cincuenta, que llevaban puestas unas gafas de 3D.

Delante del público inmóvil y callado, Erriaga empezó a hablar:

–El hombre que habéis encontrado esta noche, atado y amordazado, en el lugar donde ha muerto el vicequestore Moro...

Crespi estaba asombrado. Se preguntó cómo podía saberlo.

–¿Y bien?

–Tiene que ponerlo en libertad.

–¿Qué?

–Ya lo ha entendido. Ahora volverá a la comisaría y, con un pretexto que le dejo elegir a usted, lo dejará marchar.

–Yo... No puedo.

–Sí que puede. No hace falta que lo deje escapar, bastará con que le muestre la salida. Y le aseguro que no volverán a verlo. Será como si nunca hubiera estado presente en la escena del crimen.

–Hay huellas que demuestran lo contrario.

Erriaga también había pensado en ello: cuando Leopoldo Strini, el técnico del LAT, lo despertó esa mañana con la noticia de la muerte de Moro, y le contó la historia «en exclusiva», Battista le dio instrucciones para que destruyera las pruebas de la implicación del único superviviente del tiroteo.

–No se preocupe por nada más. Porque no quedará rastro, se lo aseguro.

La expresión de Crespi se endureció. Por el modo en que apretó los puños, Erriaga comprendió que el policía íntegro que había en él se negaba a aceptar tal coacción.

–¿Y si en vez de eso decidiera volver a la comisaría y confesar lo que hice hace catorce años? ¿Y si ahora lo arrestara por haber intentado chantajear a un funcionario público?

Erriaga levantó los brazos.

–Es muy libre de hacerlo. Mejor dicho, no se lo impediré –afirmó sin temor. Luego rio–. ¿Usted cree de verdad que he venido aquí sin tener en cuenta ese riesgo? No soy tan estúpido. ¿Y en serio piensa que usted es la primera persona a la que convenzo con el mismo método? Se habrá preguntado cómo he podido saber una historia de la que creía ser el único conocedor... Pues bien, eso también sirve para otras personas. Y es gente menos íntegra que usted, se lo aseguro: harían cualquier cosa para poner a salvo sus secretos. Y si les pidiera un favor, no les sería fácil decirme que no.

–¿Qué tipo de favor? –Crespi empezaba a comprender, de hecho vacilaba.

–Usted tiene una familia estupenda, comisario. Si decide escuchar a su conciencia, no lo pagará sólo usted.

Crespi dejó de apretar los puños y bajó la cabeza, derrotado.

–De modo que, de hoy en adelante, tendré que mirar siempre a mi espalda con el temor de verle aparecer, porque tal vez vendrá a pedirme más favores.

–Lo sé, parece terrible. Pero intente verlo de otra manera: es mejor convivir con una incómoda posibilidad que pasar el resto de su vida en la vergüenza y, sobre todo, en la cárcel por homicidio imprudente y omisión de socorro.

3

Sandra no estaba en casa.

Había llamado a la jefatura de Policía, pensando que ya habría empezado su turno, pero le contestaron que se había tomado un día de descanso. Marcus estaba fuera de sí, tenía que encontrarla, asegurarse de que estuviera bien.

Hacia la mitad de la mañana consiguió ponerse en contacto con Clemente. A través del habitual buzón de voz, su amigo lo puso al corriente de que el monstruo probablemente había vuelto a atacar esa noche, en Sabaudia. Que un hombre del que no se había hecho público el nombre había muerto, pero la mujer que estaba con él había conseguido escapar y dar la voz de alarma, aunque después había desaparecido y nadie sabía quién era. Para analizar lo sucedido, se dieron cita en una «casa estafeta» en el barrio de Prati.

Marcus llegó el primero y esperó. No sabía por qué la policía lo había dejado marcharse tan fácilmente. A un cierto punto, la puerta de la habitación en la que lo habían encerrado se abrió y el comisario Crespi entró con unos impresos. Se los hizo firmar distraídamente, como si no estuviera interesado en lo que hacía. Luego le comunicó que era libre de volver a casa, con la única obligación de estar localizable en caso de que necesitaran volver a hablar con él.

A Marcus, que había indicado un número de teléfono y una dirección falsos, le pareció un procedimiento insólito e incluso demasiado expeditivo. Y más aún porque había sido testigo de la muerte de un vicequestore. Ninguna patrulla lo acompañó al domicilio que había indicado para asegurarse de que hubiera dicho la verdad. Nadie le recomendó que buscara un abogado. Y, lo más importante, ningún juez había escuchado su versión de los hechos.

Al principio, el penitenciario sospechó que se trataba de una trampa. Pero luego optó por creer otra cosa. En la poderosa intercesión de alguien. Evidentemente, no de Clemente.

Marcus estaba cansado de subterfugios, de tener que mirar constantemente a su espalda y, especialmente, de no conocer nunca las motivaciones en que se basaban sus misiones. De modo que, en cuanto su amigo cruzó el umbral, se encaró con él.

–¿Qué me estás escondiendo?

–¿A qué te refieres? –se defendió él.

–A toda esta historia.

–Ahora cálmate, por favor. Intentemos razonar juntos, estoy convencido de que estás cometiendo un error.

–Se suicidan –rebatió Marcus con vehemencia–. ¿Has entendido lo que he dicho? Los secuaces de Kropp, los que protegen al monstruo, están tan decididos, tan convencidos de su credo que aceptan sacrificar su vida para alcanzar el objetivo. Creía que el médico forense que se tira por una ventana o el viejo que se quema vivo en el incendio que él mismo ha provocado eran efectos colaterales, consecuencias imprevistas pero necesarias. Me dije: se han encontrado entre la espada y la pared y han elegido morir. ¡Pero no! Ellos «querían» morir. Es una especie de martirio.

–¿Cómo puedes decir algo así? –preguntó el otro, horrorizado.

–Se lo he visto hacer, Clemente –contestó pensando en Fernando y en cómo Olga le había tendido la pistola y le había comunicado que, por decisión de Kropp, para él se había acabado–. Desde el principio albergué dudas. Las frases del monstruo grabadas en el confesionario de San Apolinar, tú que para convencerme a investigar me hablas de una «seria amenaza que se cierne sobre Roma»... ¿Amenaza para quién?

–Ya lo sabes.

–No, yo ya no lo sé. Tengo la impresión de que mi labor, desde el principio, no era detener al monstruo.

Clemente intentó desmarcarse de esa conversación dirigiéndose a la cocina.

–Voy a preparar café.

Marcus lo detuvo, cogiéndolo de un brazo.

–El hombre con cabeza de lobo es la respuesta. Son una secta, un culto de algún tipo: la verdadera misión era detenerlos a ellos.

Clemente observó la mano que le apretaba el brazo. Estaba sorprendido, decepcionado.

–Deberías intentar contenerte.

Pero Marcus no tenía ninguna intención de hacerlo.

–Mis superiores, los que desde hace tres años me dan órdenes a través de ti y que yo nunca he visto cara a cara, no están interesados en absoluto en la suerte de esas parejas que han sido asesinadas, ni en la de las que probablemente lo serán pronto. A ellos sólo les importa impedir esta especie de religión del mal. Y me han utilizado, una vez más. –Era como en el caso de la monja descuartizada en los Jardines Vaticanos. Entonces se había encontrado un muro de hostilidad enfrente. Y Marcus no podía olvidarlo.

–*Hic est diabolus*. –La hermana de la pobre víctima tenía razón. El diablo había entrado en el Vaticano, y quizá había sucedido incluso antes de aquello.

–Está pasando lo mismo que pasó con el hombre de la bolsa gris en bandolera. Y tú eres su cómplice –lo acusó Marcus.

–Eres injusto.

–¿De verdad? Entonces demuéstrame que me equivoco: déjame hablar con quien manda.

–Ya sabes que no se puede.

–Ya, es verdad: «A nosotros no se nos permite preguntar, a nosotros no se nos permite saber. Nosotros sólo debemos obedecer» –dijo, citando las palabras que le repetía siempre Clemente–. Sin embargo, esta vez preguntaré, y quiero respuestas. –Cogió de la pechera a quien siempre había considerado un amigo, el hombre que, cuando estaba en una cama de hospital falto de memoria, le había devuelto unos recuerdos y un nombre, la persona de la que siempre se había fiado, y lo empujó contra la pared. El gesto lo sorprendió incluso a él, Marcus no creía que fuera capaz de hacerlo, pero ya había rebasado el límite y no podía volver atrás–. En estos años, estudiando los pecados de los hombres recogidos en el archivo de la Penitenciaría, he aprendido a conocer el mal, pero también he entendido que todos tenemos una culpa y que no basta con ser conscientes de ella para ser perdonados. Antes o después habrá que pagar una cuenta. Y yo no quiero expiar los pecados de los demás. ¿Quiénes son los que deciden por mí, los altos prelados que controlan mi vida, el «nivel superior»? ¡Quiero saberlo!

–Te lo ruego, suéltame.

–¡He dejado mi vida en tus manos, tengo derecho!

–Te lo ruego...

–Yo no existo, he aceptado la invisibilidad, he renunciado a todo. Y ahora tú me dirás quién...

–¡No lo sé!

Ese puñado de palabras, soltado a bocajarro, rezumaba exasperación pero también frustración. Marcus miró fijamente a Clemente. Sus ojos eran brillantes: era sincero. La dolorosa admisión de su amigo, ese «no lo sé» pronunciado como una respuesta liberadora a la violencia de su pregunta, abrió una especie de abismo entre ellos. Podía esperárselo todo, incluso que las órdenes provinieran del papa en persona. Pero no eso.

–Las disposiciones me son comunicadas a través de un buzón de voz, exactamente igual como yo hago contigo. Siempre es la misma voz, pero no sé más.

Marcus lo soltó, estaba desconcertado.

–¿Cómo es posible? Tú me has enseñado todo lo que sé: me has contado los secretos de la Penitenciaría, me has hecho conocer los misterios de mi misión. Creía que tenías una larga experiencia...

Clemente fue a sentarse a la mesa, se cogió la cabeza entre las manos.

–Yo era un cura de campo, en Portugal. Un día llegó una carta. Venía firmada con el sello del Vaticano: se trataba de un encargo que no podía rechazar. En el interior estaban las instrucciones para encontrar a un hombre ingresado en un hospital, en Praga: había perdido la memoria y yo tenía que entregarle dos sobres. En uno había un pasaporte con una identidad ficticia y dinero para que empezara su vida desde cero, en el otro, un billete de tren para llegar a Roma. Si él elegía el segundo, después recibiría más instrucciones.

–Cada vez que me enseñabas algo nuevo...

–...yo acababa de aprenderlo. –Clemente suspiró–. Nunca he entendido por qué me escogieron a mí. No tenía dotes particulares, ni nunca había manifestado la ambición de hacer carrera. Era feliz en mi parroquia, con mis fieles. Organizaba excursiones para los ancianos, me ocupaba del catecismo de los niños. Bautizaba, casaba, decía misa todos los días. Y tuve que abandonarlo todo. –A continuación levantó la mirada hacia Marcus–. Echo de menos lo que dejé. De modo que yo también estoy solo.

El penitenciario no podía creerlo.

–Durante todo este tiempo…

–Lo sé, te sientes engañado. Pero no podía rehusar. Obedecer y callar, éste es nuestro deber. Nosotros somos servidores de la Iglesia. Somos curas.

Marcus se sacó del cuello la medallita con la imagen de San Miguel Arcángel y se la arrojó.

–Puedes decirles que ya no obedeceré ciegamente y no les serviré. Tendrán que buscarse a otro.

Clemente estaba afligido, pero no dijo una palabra, en cambio, se inclinó para recoger la santa imagen. Luego miró a Marcus mientras se dirigía a la puerta y salía cerrándola a su espalda.

4

Cruzó el umbral de la buhardilla de la Via dei Serpenti. Y allí estaba ella.

Marcus no le preguntó cómo había sabido dónde estaba su casa, ni se cuestionó sobre cómo había entrado. Cuando Sandra se levantó del catre en el que estaba sentada esperándolo, él avanzó instintivamente hacia ella. Y ella, también instintivamente, lo abrazó.

Permanecieron así, abrazados y en silencio. Marcus no podía ver su rostro, pero sentía el olor de sus cabellos, el calor de su cuerpo. Sandra tenía la cabeza apoyada en su pecho y escuchaba el latido secreto de su corazón. Él sintió una gran paz, como si hubiera encontrado su lugar en el mundo. Ella comprendió que lo había querido desde el primer momento, aunque hasta ahora no lo había admitido.

Se estrecharon con más fuerza, tal vez conscientes de que no podían ir más allá.

Luego fue Sandra quien se separó primero. Pero sólo porque tenían una labor que llevar a cabo juntos.

–Tengo que hablar contigo, queda poco tiempo.

Marcus accedió, pero por un momento no fue capaz de mirarla a los ojos. Entonces se fijó en que ella estaba mirando la fotografía que tenía colgada en la pared, la del hombre con la bolsa gris en bandolera. El asesino de la monja en los Jardines Vaticanos. Antes de que pudiera decirle nada, se le adelantó con una pregunta:

–¿Cómo has podido encontrarme?

–Esta noche he conocido a un hombre. Lo sabe todo de ti, me ha enviado aquí. –Sandra se apartó del fotograma y empezó a contarle lo que había ocurrido en el Coliseo.

A Marcus le costaba creer en sus palabras. Alguien lo sabía. No sólo su dirección, sino el objetivo de su misión.

–Estaba al corriente de que te conocía –dijo Sandra–. Y de que hace tres años me ayudaste a descubrir lo que le había ocurrido a mi marido.

¿Cómo podía estar tan bien informado?

El hombre le había confirmado que quien protegía al niño de sal era una secta. Sandra se dilató en los detalles de esa explicación, aunque estaba convencida de que el desconocido había callado algo más.

–Es como si me hubiera desvelado parte de un secreto para no tener que revelármelo entero. Como si se hubiera visto obligado de alguna manera por las circunstancias... No sabría definir mejor mi sensación.

Sin embargo, todo estaba clarísimo. Quienquiera que fuera, sabía muchas cosas y cómo utilizarlas. Marcus tuvo la impresión de que también había jugado algún papel cuando lo dejaron libre esa mañana.

–Al final me dijo que iba a ayudarme a detener al monstruo.

–¿Y cómo?

–Me ha enviado a ti.

«¿Soy yo la respuesta? ¿Soy yo la solución?» Marcus no podía creerlo.

–Dijo que tú eras el único que podías entender la narración del asesino.

–¿Usó concretamente esa palabra? ¿Narración?

–Sí. ¿Por qué?

«El asesino narrador», se dijo Marcus. Entonces era verdad: Victor intentaba contarles una historia. A saber hasta dónde había llegado. Recordó la foto de los Agapov que le dio la gobernanta en el asilo: el padre y los mellizos. Anatoli Agapov tenía cogido de la mano a su hijo, pero no a Hana.

–Dijo que poniendo en común el trabajo de Moro y tus descubrimientos llegarías a la verdad –prosiguió Sandra mientras tanto.

La verdad. El desconocido la sabía. ¿Por qué no la revelaba y ya está? ¿Y cómo sabía lo que había descubierto la policía? ¿Y, sobre todo, lo que había descubierto él?

Pero en ese momento Marcus comprendió que Sandra no estaba al corriente de lo que le había ocurrido a Moro. Y se vio obligado a darle la mala noticia.

–No –fue su reacción incrédula–. No puede ser. –Se sentó de nuevo en el catre, con la mirada perdida en el vacío. Apreciaba al vicequestore Moro, era una enorme pérdida para el cuerpo. Policías como él dejaban marca y siempre estaban destinados a cambiar las cosas.

Marcus no osó molestarla, hasta que fue ella quien le pidió que prosiguiera.

–Sigamos adelante –dijo únicamente.

Llegó el turno del penitenciario de ponerla al día sobre el resto. Le habló del instituto Hamelín, de Kropp y de sus secuaces, del hombre de la cabeza de lobo y del psicópata sabio. Victor Agapov era el nombre del monstruo y de niño había matado a su hermana gemela, Hana.

–Por eso no son homicidios con trasfondo sexual –precisó Marcus–. Escoge a parejas porque sólo así puede revivir la experiencia de cuando era pequeño. Considera que es inocente respecto a la muerte de Hana, y hace a las mujeres lo que le gustaría hacerle a ella.

–Lo incita la rabia.

–En efecto, a las víctimas masculinas les reserva un trato diferente: ningún sufrimiento, sólo un disparo mortal.

Sandra estaba al corriente de lo que había ocurrido esa noche en Sabaudia –en la ciudad no se hablaba de otra cosa.

–A propósito de víctimas masculinas –dijo–. Mientras te esperaba, hice una llamada a un viejo amigo *carabinieri*: el ROS se muestra hermético en este momento. El nombre de la víctima de Sabaudia lo mantienen en secreto y de la chica que dio la voz de alarma no saben nada, excepto que tenía acento del Este. De todos modos, parece que están seguros de que el asesino estaba en la casa de la playa: han encontrado su ADN.

Marcus reflexionó sobre ello.

–La chica consigue escapar, por eso el monstruo no puede terminar su puesta en escena. Pero aun así quiere que se sepa que es obra suya.

–Así pues, ¿tú crees que fue intencionado?

–Sí, ya no toma precauciones: es su firma.

Para Sandra el razonamiento funcionaba.

–Llevamos días recogiendo muestras genéticas de sospechosos o criminales con antecedentes por delitos sexuales: es probable que ya haya adivinado que tenemos su ADN. Por eso no le importa.

–En el Coliseo, el desconocido te dijo que me proporcionaras todos los elementos con los que Moro contaba.

–Sí –confirmó Sandra. Luego miró a su alrededor, la buhardilla semivacía–. ¿Tienes algo para escribir?

Marcus le dio un rotulador. El mismo que usaba tres años atrás, cuando en sus sueños emergían fragmentos de la memoria que había perdido y él escribía en la pared junto al catre. Aquella reminiscencia provisional, hecha de palabras apresuradas y torcidas, había permanecido allí durante mucho tiempo. Después la borró, con la esperanza de olvidar de nuevo. Pero no había sucedido. Ese recuerdo era la pena que debía pagar durante el resto de su vida.

Por eso, cuando Sandra empezó a escribir en la pared los indicios y pruebas expuestos en la pizarra de la sala de operaciones del SCO, el penitenciario tuvo una desagradable sensación de *déjà vu*.

Homicidio pinar de Ostia:

Objetos: mochila, cuerda de escalada, cuchillo de caza, revólver Ruger SP101.

Huellas del chico en la cuerda de escalada y en el cuchillo dejado en el esternón de la chica: le ordenó que atara a la chica y la matara si quería salvar la vida.

Mata al chico disparándole en la nuca.

Pinta los labios a la chica (¿para fotografiarla?).

Deja un objeto de sal junto a las víctimas (¿una muñequita?).

Después de matar, se cambia de ropa.

Homicidio agentes Rimonti y Carboni:

Objetos: cuchillo de caza, revólver Ruger SP101.

Mata al agente Stefano Carboni con un disparo en el tórax.

Dispara a la agente Pia Rimonti, hiriéndola en el estómago. Luego la desnuda. La esposa a un árbol, la tortura y acaba con ella con un cuchillo de caza. La maquilla (¿para fotografiarla?).

Homicidio autoestopistas:

Objetos: cuchillo de caza, revólver Ruger SP101.

Mata a Bernhard Jäger con un disparo en la sien.

Mata a Anabel Meyer con diversas cuchilladas en el abdomen.

Anabel Meyer estaba embarazada.

Entierra los cuerpos y las mochilas de las víctimas.

Sandra acabó de hacer la lista y a continuación añadió lo poco que sabían sobre la última agresión:

Homicidio Sabaudia:

Objetos: revólver Ruger SP101.

Mata a un hombre (¿nombre?) de un disparo al corazón.

La chica que estaba con él logra escapar y dar la voz de alarma. No aparece ¿Por qué? (Acento del Este).

El asesino deja intencionadamente su ADN en el escenario del crimen: quiere que se sepa que es obra suya.

Marcus se acercó al listado y, llevándose las manos a las caderas, empezó a estudiarlo. Lo sabía prácticamente todo. Muchos de esos datos los había conocido a través de la prensa, a otros había llegado él solo.

–El monstruo ha actuado cuatro veces, pero los elementos de la primera agresión son más relevantes que los demás. Por eso vamos a utilizar sólo esos para intentar saber qué más nos espera.

Y, justo entre esos, había algo que el penitenciario no sabía.

–En la agresión de Ostia, al final pone «Después de matar, se cambia de ropa». ¿Qué significa?

–Así fue como encontramos su ADN –afirmó Sandra con una pizca de orgullo. Era mérito suyo. Le habló a Marcus de la madre de Giorgio Montefiori, la primera víctima. La mujer había pedido con insistencia que le devolvieran los efectos personales de su hijo. Una vez obtenidos, se presentó en jefatura asegurando que la camisa que le habían dado no era de Giorgio porque no llevaba sus iniciales bordadas. Nadie le hizo caso, sólo Sandra se compadeció de ella. Pero la mujer tenía razón.

–Así fue fácil deducir lo que había ocurrido: después de

obligar a Giorgio a apuñalar a Diana Delgaudio y matarlo de un disparo en la nuca, el asesino se cambió de ropa. Para hacerlo, dejó lo que llevaba puesto en el asiento posterior del coche, donde estaba la ropa de los dos chicos que se habían quitado para hacer el amor. Al irse, el monstruo confundió las dos camisas, dejando allí la suya.

Marcus razonó sobre esa dinámica. Algo en su cabeza no cuadraba.

–¿Por qué lo hizo? ¿Para qué cambiarse?

–Quizá porque temía haberse ensuciado con la sangre de los chicos y no quería levantar sospechas en caso de que alguien lo hubiera detenido, tal vez una patrulla por un simple control de documentación. Si acabas de matar a dos personas, es mejor no arriesgarse, ¿no?

No estaba seguro.

–Obliga al muchacho a apuñalar a su compañera, luego le reserva una especie de ejecución, colocándose a su espalda para dispararle en la cabeza: se ha mantenido siempre a distancia de la sangre... ¿Por qué iba a cambiarse?

–Olvidas que después se metió en el habitáculo para maquillar el rostro de Diana. El pintalabios, ¿recuerdas? Para ponérselo tuvo que llegar muy cerca de la herida del esternón.

Tal vez Sandra tuviera razón, tal vez el cambio de ropa fuera sólo una precaución, quizá algo excesiva.

–Pero de todos modos falta un detalle en el delito de Ostia –dijo el penitenciario–. El hecho de que Diana Delgaudio salga del coma por poco tiempo y escriba «ellos».

–Los médicos dijeron que se trataba de una especie de reflejo incondicionado, de una palabra surgida casualmente de la memoria junto al gesto de escribir. Y sabemos con certeza que Victor Agapov actuaba solo. ¿De verdad crees que a estas alturas tiene importancia?

Al principio Marcus pensaba que no.

–Sabemos que en esta historia hay una secta implicada. ¿Y si uno de ellos hubiera estado allí? Quizá alguien que seguía al monstruo a escondidas. –No estaba dispuesto a creer en las palabras de Fernando: el falso manco le había dicho que habían perdido el contacto con Victor después de que se marchara del instituto Hamelín.

–Entonces ¿por qué Astolfi no sacó la estatuilla de sal del escenario del crimen hasta el día siguiente? Si de verdad había alguien de la secta esa noche, lo habría hecho entonces.

También eso era verdad. Pero tanto el cambio de ropa como la palabra «ellos» sonaban como notas discordantes puestas junto al resto.

–¿Qué hacemos ahora? –preguntó Sandra.

Marcus se volvió hacia ella. Todavía podía sentir el perfume de sus cabellos. Un estremecimiento lo sacudió, pero no lo dejó notar. En cambio, se centró en la investigación.

–Tendrás que encontrar a la chica de Sabaudia antes de que lo hagan los *carabinieri* y la policía. Es necesario.

–¿Y cómo lo hago? No tengo medios.

–Tiene acento del Este y no quiere que la encuentren... ¿Por qué?

–El monstruo podría haberla localizado y matado mientras tanto, no lo sabemos. Pero ¿qué tiene que ver su acento?

–Supongamos que todavía está viva y que simplemente tiene miedo de las fuerzas del orden: quizá tiene antecedentes por algo.

–¿Una delincuente?

–La verdad, pensaba en una prostituta. –Marcus hizo una pausa–. Ponte en su lugar: se ha salvado de un homicidio, ha dado la voz de alarma, de modo que considera que ha cumplido con su deber. Tiene dinero ahorrado y es extranjera:

puede cambiar de aires de un momento a otro, no tiene ningún interés en quedarse en Italia.

–Y con más razón si ha visto la cara del monstruo y él sabe que hay alguien por ahí que puede reconocerlo –convino Sandra.

–O bien no sabe nada, no ha visto nada y, simplemente, se esconde a la espera de que se calmen las aguas.

–De acuerdo en todo. Pero los *carabinieri* y la policía también habrán llegado a las mismas conclusiones –le hizo notar ella.

–Sí, pero ellos la buscarán peinando su entorno desde fuera. Nosotros tenemos un contacto dentro...

–¿Quién?

–Cosmo Barditi. –El hombre lo había puesto sobre la pista del niño de sal con el libro de cuentos. Y lo que era más importante, regentaba un local de espectáculos sadomasoquistas: el SX.

–¿Cómo podría ayudarnos un muerto? –dijo Sandra.

–Su esposa –afirmó Marcus refiriéndose a la mujer a quien había dado dinero para que abandonara enseguida Roma junto a su hija de dos años. Ahora tenía la esperanza de que no hubiera seguido su consejo–. Tendrás que ir a verla, decirle que te manda el amigo de Cosmo que le dijo que desapareciera. Ella y yo somos los únicos que conocemos la historia, te creerá.

–¿Por qué no vienes conmigo?

–Tenemos un par de problemas de los que ocuparnos. Uno tiene que ver con el hombre misterioso del Coliseo: debemos saber quién es y por qué ha decidido ayudarnos. Temo que no se trate de una actitud desinteresada.

–¿Y el otro problema?

–Para resolver ése tendré que hacer una visita que hasta ahora había ido aplazando.

5

El portón del palacio del siglo XVII estaba sólo entornado.

Marcus empujó el batiente y se encontró en un gran atrio con un jardín secreto. Había árboles y fuentes de piedra, con estatuas de ninfas que recogían flores. En torno al espacio abierto se erigía el edificio señorial, con un mirador rodeado de columnas dóricas.

La belleza de ese lugar recordaba mucho a la de otros palacios romanos, sin duda más ilustres y suntuosos, como el palacio Ruspoli o el palacio Doria Pamphilj en el Corso.

A la izquierda, una enorme escalinata de mármol conducía a las plantas superiores. Marcus empezó a subir.

Cruzó el umbral de un salón decorado con frescos. Muebles de época y tapices adornaban ricamente la sala. Un ligero olor invadía el ambiente, el olor de una casa antigua. De madera envejecida, de pintura al óleo, de incienso. Era un olor acogedor, que sabía a historia y a pasado.

El penitenciario siguió avanzando, atravesando salas similares a la primera, unidas las unas con las otras sin ningún pasillo que las separara, de tal manera que le pareció que siempre entraba en la misma.

Desde los cuadros de las paredes, personajes cuyo nombre ya se había perdido –damas, nobles y caballeros– observaban su paso, y parecía como si sus ojos, aparentemente inmóviles, se movieran al mismo tiempo que él.

«¿Dónde estarán ahora?», se preguntó Marcus. «¿Qué queda de ellos?» Tal vez sólo una pintura, el rostro que un artista complaciente ha vuelto más gracioso, haciendo algo así como un pacto de transgresión con la verdad. Creían que así su recuerdo duraría mucho tiempo pero, en cambio, se habían convertido en objetos de decoración, como un adorno cualquiera.

Mientras formulaba esos pensamientos, un sonido fue a buscarlo. Era bajo y constante. Una sola nota repetida hasta el infinito. Como un mensaje en código. Como una invitación. Se ofrecía a hacerle de guía.

Marcus lo siguió.

Mientras avanzaba, el sonido iba volviéndose cada vez más nítido, signo de que se estaba acercando a la fuente. Se encontró delante de una puerta entornada. El sonido provenía del lugar que había al otro lado de esa frontera. El penitenciario la cruzó.

Una amplia habitación con una gran cama con dosel. Las cortinas de terciopelo que la rodeaban estaban corridas, impidiendo ver a quien estaba tendido en ella. Pero por las modernas máquinas dispuestas alrededor podían intuirse muchas cosas.

Había un aparato para controlar el ritmo cardíaco –de ahí procedía el sonido que lo había guiado. Monitores que registraban parámetros vitales. Y una bomba de oxígeno, cuyo tubito desaparecía bajo el cortinaje de la cama.

El penitenciario se acercó lentamente y fue entonces cuando se dio cuenta de que en un rincón de la habitación había un cuerpo postrado en una butaca. Tuvo un momento de incertidumbre cuando reconoció a Olga, la mujer pelirroja. Pero estaba inmóvil y con los ojos cerrados.

Hasta que no estuvo cerca no se dio cuenta de que no estaba durmiendo. Tenía las manos juntas sobre el regazo, y todavía sostenía una jeringuilla con la que, sin duda, se había inyectado algo. El punto exacto se situaba en el cuello, a la altura de la yugular.

Marcus le levantó los párpados para asegurarse de que realmente estuviera muerta. Sólo cuando estuvo seguro, volvió a interesarse en la cama.

Al llegar junto a ella, apartó el ropaje de terciopelo, seguro de que encontraría un segundo cadáver.

Sin embargo, había un hombre pálido, con poquísimos cabellos rubios en la cabeza, despeinados. Tenía los ojos grandes y una mascarilla de oxígeno le cubría parte de la cara. El pecho bajo las sábanas subía y bajaba lentamente. Parecía un cuerpo empequeñecido, como por un embrujo maligno, como en un cuento.

El profesor Kropp levantó los ojos cansados hacia él. Y sonrió.

Luego, con esfuerzo, sacó una mano huesuda de debajo de las sábanas y se apartó la mascarilla de la boca.

–Justo a tiempo –susurró.

Marcus no sentía ninguna piedad por ese hombre a punto de morir.

–¿Dónde está Victor? –preguntó con dureza.

Kropp sacudió levemente la cabeza.

–No lo encontrarás. Ni siquiera yo sé dónde está. Y si no me crees, ya sabes que tal como estoy, las torturas y las amenazas no servirían de nada.

Marcus se sentía bloqueado, como en un callejón sin salida.

–Tú no has entendido a Victor, nadie lo ha entendido –prosiguió el viejo, hablando muy lentamente–. Normalmente, nosotros no matamos personalmente a los animales que nos comemos, ¿verdad? Pero si nos viéramos obligados por el hambre, ¿lo haríamos? ¿Y estaríamos también dispuestos a alimentarnos de un cadáver humano si de eso dependiera nuestra supervivencia? En condiciones extremas hacemos cosas que en otro caso no haríamos. De modo que para algunos individuos matar no es una elección, se ven obligados a ello. Hay algo en su interior que los obliga a hacerlo. El único modo que tienen de liberarse de esa insoportable opresión es ceder a ella.

–Estás justificando a un asesino.

–¿Justificar? ¿Qué significa esa palabra? Un ciego, desde su nacimiento, no sabe qué significa ver, por eso en realidad no sabe que es ciego. De igual modo, un hombre que no conoce el bien no sabe que es malo.

Marcus se inclinó hacia él para hablarle al oído.

–Ahórrame el último sermón, dentro de poco tu demonio te acogerá en el infierno.

El viejo se volvió sobre la almohada y lo miró.

–Lo dices, pero no lo piensas de verdad.

Marcus se apartó.

–Tú no crees ni en el diablo ni en el infierno, ¿acaso no tengo razón?

En su interior, el penitenciario se vio obligado a admitir con fastidio que sí, que tenía razón.

–¿Cómo puedes permitirte morir en un sitio como éste? ¿Con toda esta fastuosidad?

–Tú eres como esos pobres necios de ahí fuera que durante toda la vida se hacen las preguntas equivocadas y esperan respuestas que por eso mismo no llegarán.

–Explícate mejor, tengo curiosidad –lo desafió Marcus.

–Tú crees que esto es obra de unos pocos individuos. Astolfi, Olga que yace en la butaca, Fernando, Giovanni y yo.

Pero nosotros sólo somos una parte del todo. Nosotros sólo hemos dado un ejemplo. Hay otros que están de nuestra parte, se quedan en la sombra porque nadie los entendería, pero viven inspirándose en nuestro ejemplo. Nos apoyan, y rezan por nosotros.

Oír hablar de rezos blasfemos horrorizó al penitenciario.

–Los nobles que habitaban este palacio estaban de nuestra parte desde tiempos antiguos.

–¿Qué tiempos antiguos?

–¿Crees que todo se reduce al presente? En los últimos años hemos marcado con nuestro símbolo los peores hechos de sangre para que la gente comprendiera y se despertara del sopor.

–Hablas del hombre con cabeza de lobo. –Marcus pensó en los casos de los que le había hablado el desconocido del Coliseo a Sandra: una niñera, un pedófilo, un padre de familia que había exterminado a sus seres queridos...

–Pero el proselitismo no basta. Siempre es necesario enviar una señal que todos puedan comprender. Es como en los cuentos: siempre hace falta un malvado.

–Ése es el motivo del instituto Hamelín: criar a niños que de mayores se convirtieran en monstruos.

–Y entonces llegó Victor, y comprendí que era el adecuado. Puse en él mi máxima confianza, y no me ha decepcionado. Cuando haya terminado de contar su historia, tú también lo entenderás y te asombrarás.

Mientras escuchaba esos desvaríos, Marcus sintió una repentina sensación de opresión. «Lo entenderás y te asombrarás.» Parecía una profecía.

–¿Quién eres? –preguntó el viejo.

–Antes era cura, ahora ya no lo sé –contestó sinceramente. Era inútil tener secretos con un moribundo.

Kropp se echó a reír, pero la risa se convirtió enseguida en un acceso de tos. Después se repuso.

–Me gustaría que tuvieras una cosa...

–No quiero nada de ti.

Pero Kropp lo ignoró y, con un esfuerzo que pareció insostenible, alargó un brazo hacia la mesilla de noche. Cogió una cartulina doblada y se la tendió a Marcus.

–Lo entenderás y te asombrarás –repitió.

Marcus aceptó de mala gana el regalo de Kropp y lo abrió.

Era un mapa.

Un plano de Roma en el que, en rojo, estaba trazado un recorrido que partía de la Via del Mancino y llegaba a la Piazza di Spagna, hasta debajo de la célebre escalinata de Trinità dei Monti.

–¿Qué hay aquí?

–El final de tu cuento, niño sin nombre. –Kropp volvió a colocarse la mascarilla de oxígeno en la boca, y cerró los ojos. Marcus permaneció un rato más observando su pecho subiendo y bajando con la respiración. Entonces decidió que ya era suficiente.

Ese viejo pronto moriría. Solo, como se merecía. Nadie podía salvarlo, ni siquiera el mismo Kropp con un arrepentimiento in extremis. Y el penitenciario no estaba en absoluto dispuesto a concederle el perdón por sus pecados con una última bendición.

Por eso se alejó del lecho de muerte con la intención de dejar para siempre esa casa. En su mente, la imagen de una vieja foto amarillenta.

Un padre junto a sus hijos. «Anatoli Agapov tenía cogido de la mano a Victor, pero no a Hana.»

¿Por qué, si la gobernanta de la familia había dicho que el hombre la quería más a ella?

Había llegado el momento de ir al lugar donde todo empezó. La villa de los Agapov lo estaba esperando.

6

Llevaba mirando el teléfono sobre la mesa desde hacía al menos dos horas.

Era algo que, en su adolescencia, había hecho a menudo, rezando para que el chico que le gustaba la llamara. Se concentraba con todo su ser, confiando en el poder de su mirada, esperando que una llamada telepática empujara al objeto de su amor a levantar el auricular y a marcar su número.

Nunca funcionaba. Pero Sandra todavía creía en ello, aunque ahora por un motivo distinto.

«Llama, vamos, llama...»

Estaba sentada en la oficina de Cosmo Barditi, en el SX. Había seguido las instrucciones del penitenciario y se había presentado en casa de la esposa del hombre. La mujer estaba a punto de marcharse, iba a dirigirse al aeropuerto con su hija de dos años. La había interceptado justo a tiempo.

Sandra no le dijo que era policía, se presentó como había sugerido Marcus. La mujer de Barditi al principio se había mostrado reacia a escucharla, quería saldar para siempre las cuentas con ese asunto, y era comprensible que también tuviera miedo por su hija. Pero cuando Sandra le dijo que otra mujer, tal vez una prostituta, estaba en peligro, decidió colaborar.

La policía había comprendido lo que probablemente el penitenciario no había visto: la mujer de Barditi también debía de haber tenido un pasado difícil. Quizá una vida de la que no se sentía orgullosa y que se había echado a la espalda, pero aun así no había olvidado lo que significaba necesitar ayuda y no encontrar a nadie que te la prestara. De modo que cogió la agenda de su marido y empezó a llamar a todos sus contactos. A sus interlocutores siempre les decía lo mismo: si alguno conocía a la chica extranjera implicada en el homicidio de Sabaudia, tenía que transmitirle un simple mensaje.

Había alguien que la estaba buscando y que podía echarle una mano, sin que ello comportara en absoluto la implicación de la ley.

La mujer no podía hacer más por Sandra. Inmediatamente después se trasladaron al SX, porque habían dado el número del local, un lugar conocido y seguro. En caso necesario, también el sitio perfecto para un encuentro.

Desde entonces había empezado la larga espera de Sandra delante del teléfono mudo.

La mujer de Barditi, obviamente, había querido ir con ella. Confió a su hijita a la vecina, ya que desde la muerte de su marido no había vuelto a poner los pies en ese lugar, que había permanecido cerrado desde entonces.

Por eso, en cuanto entraron en la oficina de Cosmo, fueron recibidas por el mal olor y la mujer vio con horror que sobre la mesa y en el suelo todavía había vistosas manchas oscuras, resecas: sangre y otros materiales corporales que el hombre había perdido después del disparo en la cabeza. La muerte había sido clasificada inmediatamente como suicidio, por eso la Policía Científica sólo había realizado las inspecciones de rutina y podían verse todavía los restos de los reactantes químicos. El cuerpo había sido retirado, pero nadie había limpiado. Existían empresas especializadas en ese tipo de trabajo: con productos especiales, conseguían hacer desaparecer cualquier rastro que pudiera recordar que en ese lugar se había producido un acto cruento. Sandra siempre había pensado que habría que poner al corriente a los familiares del difunto de que existía la posibilidad de confiar a terceros esa tarea, porque no eran capaces de pensarlo por sí solos. Tal vez porque estaban trastornados, o quizá porque siempre se da por descontado que otra persona se encargará de ese ingrato deber.

Por eso, mientras Sandra seguía sentada mirando el teléfono, la mujer que estaba con ella se ocupaba de limpiarlo todo con un balde de agua, un estropajo y un detergente para suelos normal y corriente. Había intentado decirle que ese tipo de suciedad no iba a salir, que era necesario recurrir a algo más potente para quitarlo. Pero la mujer había contestado que lo intentaría de todos modos. Se encontraba en estado de shock y seguía frotando con fuerza, sin detenerse.

«Es demasiado joven para ser viuda», se dijo Sandra. Y pensó en sí misma, cuando a los veintiséis años tuvo que enfrentarse a la muerte de David. Cada cual tenía derecho a su dosis de locura ante una pérdida. Ella, por ejemplo, decidió detener el tiempo. En casa, no cambió nada de sitio e incluso se rodeó de las cosas que más detestaba de su marido cuando todavía estaba con vida. Como los cigarrillos aromatizados de anís o la loción de afeitado. Le daba miedo perder su olor. No podía soportar la idea de que algo más del hombre al que amaba, incluso el detalle más insignificante o la más odiosa de sus costumbres, desapareciera de su vida.

Ahora sentía pena por esa chica. Si no se hubiera presentado ante ella como Marcus le había dicho, si no hubiera respetado al pie de la letra las instrucciones recibidas del penitenciario, no habrían ido allí, a esa oficina. Y tal vez la mujer a esa hora estaría en el aeropuerto, lista para irse y volver a empezar. Y no agachada sobre el suelo, borrando lo que quedaba del hombre al que había amado.

En ese momento, el teléfono sonó.

La mujer interrumpió lo que estaba haciendo y alzó la mirada hacia Sandra, que enseguida levantó el auricular.

–¿Quién coño eres? –se anticipó una voz femenina.

Era ella. La prostituta que estaba buscando, la reconoció por el acento del Este.

–Quiero ayudarte.

–¿Quieres ayudarme y montas todo este follón para encontrarme? ¿Tú sabes de quién estoy intentando esconderme, pedazo de gilipollas?

Se hacía la dura, pero Sandra notó que estaba asustada.

–Ahora cálmate, escúchame e intenta razonar. –Debía parecer más fuerte, era la única manera de convencerla de que confiara en ella–. Yo sólo he necesitado un par de horas y algunas llamadas para hacerte salir de tu escondite, ¿cuánto crees que tardará el monstruo? Voy a decirte algo en lo que quizá no hayas pensado: es un criminal, sin duda tendrá contactos en ese ambiente, o sea que no descartes que alguien ya lo esté ayudando sin conocer sus intenciones.

La chica no dijo nada durante un rato. Buena señal, estaba reflexionando.

–Eres una mujer, puedo creer en lo que me dices... –Era una constatación, pero también una pregunta.

Sandra comprendió por qué Marcus le había confiado a ella esa tarea: el monstruo era un hombre, y eran principalmente los hombres quienes cometían crueldades y atrocidades. Por tanto era más fácil fiarse de una mujer.

–Sí, puedes creerme –la tranquilizó.

En el otro lado hubo un nuevo silencio, algo más prolongado.

–De acuerdo –dijo la chica extranjera–. ¿Dónde nos vemos?

* * *

Llegó al local una hora más tarde. Llevaba una pequeña mochila con sus cosas colgada a la espalda. Calzaba unas botas deportivas de color rojo y llevaba un pantalón ancho de un chándal gris, una sudadera azul con capucha y, encima, una cazadora masculina de piel, de aviador. La elección de la ropa no era casual, notó Sandra. Era una chica hermosa de unos treinta y cinco años, tal vez alguno más, de las que no pasan desapercibidas. Pero no quería hacerse notar, por eso llevaba esa indumentaria descuidada. De todos modos no había renunciado a maquillarse, como si su parte femenina hubiera opuesto resistencia y hubiera salido ganando al menos en eso.

Estaban sentadas en uno de los asientos de la sala grande del SX. La esposa de Barditi se había marchado y las había dejado solas: no quería tener nada más que ver con ese asunto y Sandra no se lo reprochaba.

–Fue terrible. –La chica le estaba contando lo que había ocurrido la noche anterior y, mientras lo hacía, se comía las uñas sin importarle estropear la laca roja que las cubría–. Todavía no sé cómo pude salir con vida de allí.

–¿Quién era el hombre que estaba contigo? –preguntó Sandra, visto que la identidad de la víctima masculina seguía siendo confidencial y ningún noticiario hablaba de ello.

La chica la miró con dureza.

–¿Tiene importancia? No recuerdo cómo se llamaba y, aunque así fuera, ni siquiera sé si era su verdadero nombre. ¿Crees que los hombres son sinceros con alguien como yo? Especialmente los casados o los que tienen pareja, y él me dio esa impresión.

Ella tenía razón, no tenía ninguna importancia de momento.

–De acuerdo, continúa.

–Me llevó a la casa y le pedí ir al baño para prepararme. Siempre lo hago, es una costumbre, pero creo que esta vez me salvó la vida. Mientras estaba encerrada allí, ocurrió algo extraño... Por debajo de la puerta vi unos destellos. En seguida comprendí que se trataba de una cámara fotográfica, pensé que el cliente había preparado algún jueguecito. A veces me tocan tipos así, pero las fotos son una perversión que puedo aceptar.

Sandra pensó en el monstruo, en el hecho de que precisamente ella hubiera comprendido que fotografiaba a las víctimas.

–Naturalmente, iba a pedirle un extra por eso. Me parecía bien y estaba a punto de salir del baño, pero oí el disparo.

La chica no podía continuar el relato, el recuerdo todavía la aterrorizaba.

–¿Qué ocurrió? –la animó Sandra.

–Apagué la luz y me agaché junto a la puerta, esperando que él no se hubiera dado cuenta de que estaba allí. Mientras, lo oía caminar por la casa: me estaba buscando. Iba a encontrarme, por eso decidí rápidamente lo que tenía que hacer. En el baño había una ventana, pero era pequeña, no cabía por ella. Y, además, tampoco me habría atrevido a saltar desde allí, podía romperme una pierna o quedarme atrapada. Y si luego él me hubiera encontrado... –Desvió la mirada hacia abajo–. No sé de dónde saqué el valor. Recogí mi ropa, porque si me escapaba desnuda no habría llegado muy lejos, con el frío que hacía. –A continuación comentó–: Es increíble cómo funciona el cerebro cuando estás en peligro.

Estaba divagando, pero Sandra no quería volver a interrumpirla.

–Abrí la puerta del baño, todo estaba oscuro. Empecé a caminar por la casa, intentando recordar dónde estaban situadas las habitaciones. Al fondo del pasillo se veía el haz de una linterna que se movía por uno de los dormitorios. Él estaba allí. Si hubiera salido, sin duda me habría visto. Tenía pocos segundos para llegar a la escalera: estaban a medio camino entre él y yo. Pero no me decidía, me parecía que cada movimiento que hacía producía un ruido muy fuerte, que él podría oírlo. –Hizo una pausa–. Luego llegué a la escalera y, lentamente, empecé a bajar los escalones, mientras que en la planta de arriba había bastante movimiento: él no me encontraba y debía de estar bastante furioso.

–¿No dijo nada? ¿No gritó o imprecó mientras te buscaba?

La chica sacudió la cabeza.

–Permanecía callado, y eso todavía me daba más miedo. Luego vi la puerta de entrada, pero estaba cerrada desde dentro y no tenía la llave. Me hubiera echado a llorar, estaba a punto de rendirme. Por suerte encontré fuerzas para buscar otra salida... Él, mientras tanto, estaba bajando, oía sus pasos. Abrí una ventana y me lancé afuera sin saber lo que me esperaba al otro lado del alféizar. No había nada y fui a caer sobre algo blando. Era arena, pero luego empecé a resbalar por una pendiente, no podía pararme, hasta que llegué a la playa. Me caí de espaldas, el dolor me dejó sin respiración. Cuando abrí los ojos, vi la luna llena. Me había olvidado de ella. Con toda esa luz, era un blanco fácil. Levanté la mirada hacia la ventana por la que había escapado y vi una sombra... –La chica se encogió entre sus hombros–. No le vi la cara, pero él me veía a mí. Me miraba. Inmóvil. Luego disparó.

–¿Disparó? –preguntó Sandra.

–Sí, no me dio por un metro, tal vez menos. Y entonces me levanté y eché a correr. La arena me hacía ir despacio, y cada vez me sentía más desesperada. Estaba segura de que me daría, que de un momento a otro iba a sentir un pinchazo ardiente detrás en la espada –no sé por qué, pero me imaginé así el dolor.

–¿Y él siguió disparando?

–Conté otros tres disparos, después nada más. Debió de bajar a buscarme, pero yo volví a subir por la pendiente y llegué a la carretera. Me escondí detrás de un bidón de basura y esperé a que se hiciera de día. Fueron las peores horas de mi vida.

Sandra podía entenderla.

–¿Qué sucedió luego?

–Le pedí a un camionero que me llevara, llamé al número de emergencias para denunciar lo sucedido desde una gasolinera. Luego volví a casa con la esperanza de que ese bastardo no supiera dónde vivo. Al fin y al cabo, ¿cómo iba a saberlo? Tenía mi bolso con la documentación conmigo, era la primera vez que veía al tipo que iba a follarme y nunca había estado en esa casa.

Sandra sopesó sus palabras. «Ha tenido suerte», se dijo.

–No me has dicho tu nombre.

–No quiero decírtelo, ¿es un problema?

–Al menos dime cómo tengo que llamarte.

–Mina, llámame Mina.

Tal vez era el nombre que utilizaba para trabajar.

–Aunque yo sí quiero decirte quién soy: me llamo Sandra Vega y soy policía.

Al oírselo decir, la chica se puso en pie de un salto.

–¡Vete a la mierda! Por teléfono me has dicho que nada de policía.

–Lo sé, ahora cálmate: no estoy aquí con carácter oficial.

Cogió la mochila, decidida a marcharse.

–¿Me tomas por imbécil? ¡Qué más da con qué carácter estés aquí! Eres poli, punto.

–Sí, pero ahora he sido honesta contigo, también podía no habértelo dicho. Escúchame. Estoy trabajando con alguien que no es policía y con quien deberías hablar.

–¿Alguien quién? –dijo con recelo y rabia.

–Tiene importantes influencias en el Vaticano, puede hacerte desaparecer de la circulación durante una temporada, pero tendrás que ayudarnos.

La chica se quedó inmóvil. Después de todo, no tenía otra elección, estaba asustada y no sabía adónde ir. De modo que volvió a sentarse. Con el ímpetu, se le había subido la manga de la cazadora de piel junto con la de la sudadera.

Sandra se fijó en que tenía una cicatriz en la muñeca izquierda, como la que tendría alguien que en el pasado hubiera intentado suicidarse.

La chica se dio cuenta de su mirada y la escondió de nuevo bajo la ropa.

–Normalmente la cubro con una pulsera, así los clientes no se dan cuenta –se justificó. Ahora su tono de voz era triste–. Ya he sufrido demasiado en esta vida... Has dicho que podías ayudarme, de modo que te lo ruego: hazme salir de esta pesadilla.

–De acuerdo –prometió Sandra–. Ahora vámonos: voy a llevarte a mi casa, será más seguro –dijo, cogiéndole la mochila que contenía sus cosas.

7

La vivienda de los Agapov estaba situada en un lugar aislado, fuera del tiempo.

La campiña que lo rodeaba era como debía de verse a finales del siglo XVII, en la época en que fue construida la villa, cuando en esos bosques y entre esas colinas anidaban peligros de toda clase. Los viajeros menos precavidos caían en las emboscadas de los salteadores, que les robaban y luego los degollaban sin piedad, para que no hubiera testigos. Los cuerpos eran sepultados en una fosa común y nadie volvía a saber de ellos. En aquellos tiempos, en las noches de luna llena podían vislumbrarse a lo lejos fuegos encendidos por las brujas que, según las leyendas, nunca faltaban en Roma y los alrededores. Y en la oscuridad de la Edad Media eran condenadas a arder en el mismo fuego con el que habían alabado a sus demonios.

Marcus tardó más de una hora en llegar al lugar. Eran algo más de las siete de la tarde, pero la luna, claramente menos llena que la noche anterior, había empezado su camino hacia el punto más alto de un frío cielo estrellado.

Desde fuera, la casa parecía enorme, tal y como se la había descrito la gobernanta que estuvo trabajando allí durante seis años. Sin embargo, la vieja del asilo no lo había prevenido sobre el aspecto más impresionante de esa morada.

Vista desde lejos, parecía una iglesia.

Marcus pensó en cuánta gente, en el transcurso del tiempo, la habría confundido con un edificio de culto. Quizá por voluntad de quien la había hecho construir o a causa del carácter excéntrico del arquitecto que la había concebido, la fachada era de estilo gótico y se erigía en pequeñas agujas que parecían ascender hacia el cielo. La piedra gris con la que estaba construida reflejaba la luz de la luna, creando sombras huesudas debajo de las cornisas y reverberaciones azuladas de los vitrales que cubrían las ventanas, decoradas como las de una catedral.

En la cancela principal se perfilaba un gran cartel de una agencia inmobiliaria donde se leía «En venta» con grandes letras. Debajo de él, sin embargo, se notaban las marcas dejadas por anuncios anteriores que durante el tiempo habían fracasado en el mismo objetivo.

La casa estaba cerrada.

En el jardín que la rodeaba había una palmera –otra extravagancia de ese lugar. Los árboles estaban envueltos por la gruesa corteza que se formaba cuando permanecían demasiado tiempo sin cuidados expertos.

El penitenciario pasó por encima de la verja y se encaminó por el sendero hacia la escalinata exterior que llevaba al porche y, a continuación, a la entrada. Recordó que la anciana del asilo le había dicho que, cuando allí vivían los Agapov, ella dirigía una servidumbre de ocho personas. Pero que ninguno de ellos estaba autorizado a quedarse después de ponerse el sol. Por tanto, todos estaban obligados a marcharse antes de que acabara el día, para no volver hasta el día siguiente. Marcus pensó que, si todavía estuviera vivo, Anatoli Agapov no habría aceptado su presencia allí a esa hora.

¿Qué ocurría de noche en esa casa?

El penitenciario había llevado consigo una linterna eléctrica y un gato. Se ayudó con este último para abrir el portón de madera clara que tal vez lo separaba de la respuesta a esa pregunta.

La luz de la luna se escabulló entre sus piernas como un felino, precediéndole al otro lado del umbral. Un chirrido siniestro, digno de una historia de fantasmas, lo acogió dándole la bienvenida. Pero, en el fondo, era eso lo que Marcus había ido a hacer allí: despertar al espíritu de una niña. Hana.

Pensó en el último intento de Kropp de distraerlo de su cometido. Esa especie de mapa que le había entregado seguramente conducía a otro engaño.

«El final de tu cuento, niño sin nombre...» Pero el penitenciario no había picado.

Ahora estaba allí. Esperaba que también estuviera la historia que buscaba.

Una vez más, usaría las palabras de la gobernanta como guía. Cuando le preguntó qué tipo de persona era Anatoli Agapov, ella había contestado: «Era un hombre austero, rígido. Creo que no le gustaba estar en Roma. Trabajaba en la embajada rusa, pero pasaba mucho tiempo en casa, encerrado en su estudio».

El estudio. Era el primer sitio donde buscar.

Lo encontró después de deambular durante un buen rato por la casa. No era fácil distinguir las habitaciones entre ellas, además, los muebles estaban cubiertos por telas blancas que los protegían del polvo. Al levantarlas para buscar alguna pista, Marcus había podido descubrir que objetos de uso cotidiano, adornos y enseres se habían quedado en su sitio. Quien adquiriera la villa algún día –si es que sucedía– heredaría todo lo que había pertenecido a los Agapov, incluso sin conocer su historia y el drama que se había consumado entre esos objetos.

En el estudio había una gran librería. Delante de ella, una mesa de roble. Con gestos rápidos, Marcus liberó todos los muebles de los sudarios que los ocultaban. Se sentó en el sillón de detrás del escritorio, en el que debía de ser el puesto de mando de Anatoli Agapov. Se puso a hurgar en los cajones. Sin embargo, el segundo de la derecha estaba atascado. El penitenciario se agarró con las dos manos al pomo y tiró, hasta que se abrió violentamente, cayendo al suelo con un ruido que resonó por la casa.

En el interior había un marco, que en ese momento estaba boca abajo en el suelo. Marcus le dio la vuelta. Contenía una foto que ya conocía: se la había confiado la gobernanta y luego Fernando la había quemado.

Aunque ésta era idéntica.

Una imagen de colores apagados por el tiempo, que se remontaba a los años ochenta. Tal vez hecha con el disparador automático. En el centro, Anatoli Agapov –no demasiado alto, robusto, de unos cincuenta años, vestido con un traje oscuro, corbata y chaleco, el pelo peinado hacia atrás y perilla negra. A su derecha, Hana –con un vestidito de terciopelo rojo, el pelo ni demasiado largo ni demasiado corto y el flequillo levantado con una cinta. Era la única que sonreía. A la izquierda del hombre, Victor –con traje y corbata, el cabello a lo paje y el flequillo cayéndole sobre los ojos, y un aire triste.

Un padre y sus niños, mellizos casi perfectamente idénticos.

En la foto siempre aparecía el detalle que había incomodado al penitenciario desde el principio. «Anatoli Agapov tenía cogido de la mano a Victor, pero no a Hana.»

Marcus se había estado preguntando mucho tiempo el

porqué, en vista de que, a decir de la gobernanta, la preferida del padre era la pequeña.

«Las únicas veces que le vi sonreír era cuando estaba al lado de Hana.»

Por eso se preguntó de nuevo si lo de la fotografía era un gesto de afecto o una manera de imponer su autoridad. Y si la mano paterna era una correa para Victor. De momento no tenía ninguna explicación, de modo que se guardó la fotografía en el bolsillo y decidió continuar con la inspección de la casa.

A medida que cruzaba las habitaciones, le volvían a la cabeza otras frases de la anciana del asilo, referidas a los dos mellizos.

«Veíamos sobre todo a Hana. Se escapaba del control de su padre y venía a vernos a la cocina o mientras hacíamos las tareas domésticas. Era una niña de luz.»

La niña de luz, a Marcus le había gustado esa definición. ¿Se escapaba del control de su padre? ¿Qué significaba? Ya se lo había preguntado, y volvió a preguntárselo.

«Los niños no iban al colegio y tampoco tenían profesor privado: era el señor Agapov quien se ocupaba personalmente de su educación. Y no tenían amigos.»

Cuando Marcus le preguntó por Victor, la gobernanta había afirmado: «¿Puede creerme si le digo que en seis años lo vi quizá ocho, nueve veces en total?». Y, en un segundo momento, había añadido: «No hablaba. Estaba callado y observaba. Un par de veces lo sorprendí mirándome en silencio, escondido en la habitación».

Mientras deslizaba la linterna por las habitaciones, Marcus todavía podía percibir la presencia de Victor en cada esquina, detrás de un sofá o de una cortina. Ahora era sólo una sombra fugaz, producida por su imaginación, o tal vez por esa misma casa, infestada todavía de la infancia de ese niño triste.

En la planta superior encontró los dormitorios de los niños.

Estaban el uno al lado del otro, eran muy parecidos. Las camas con cabecero de madera taraceada y pintada, una mesita de estudio con una silla. En el de Hana predominaba el rosa, en el de Victor, el marrón. En el de Hana había una casa de muñecas, perfectamente decorada. En el de Victor, un pequeño piano de pared.

«Siempre estaba encerrado en su habitación. De tanto en tanto lo oíamos tocar el piano. Era muy bueno. Y era un genio de las matemáticas. Una de las camareras, una vez al colocar sus cosas, encontró hojas y hojas llenas de cálculos.»

En efecto, allí estaban. Marcus las vio amontonadas en la librería junto a volúmenes de álgebra y de geometría y a un viejo ábaco. En la habitación de Hana, en cambio, había un armario lleno de ropa de niña. Cintas de colores, zapatos brillantes emparejados en repisas, sombreritos. Los regalos de un padre afectuoso para su hija predilecta. Victor había llevado mal la competitividad con su hermana. Un móvil perfecto para matarla.

–¿Cómo era la relación entre los dos niños? ¿Victor y Hana se llevaban bien?

–De vez en cuando oíamos que los niños se peleaban, pero también pasaban tiempo juntos: su juego favorito era el escondite.

«El escondite», se repitió Marcus. El juego favorito de los espectros.

–¿Cómo murió Hana? –le había preguntado a la anciana.

–Oh, padre. Una mañana llegué a la villa con el resto del servicio y encontramos al señor Agapov sentado en la escalera de fuera. Tenía la cabeza entre las manos y lloraba desesperado. Decía que su Hana estaba muerta, que una fiebre repentina se la había llevado.

–¿Y vosotros lo creísteis?

–Sólo hasta que encontramos la sangre en la cama de la niña y el cuchillo.

«El cuchillo, el arma preferida del monstruo junto con el revólver Ruger», repitió para sí mismo Marcus. A saber si Victor podía haber sido detenido ya entonces. Sin embargo, nadie había denunciado el asunto.

–El señor Agapov era un hombre muy poderoso, ¿qué podíamos hacer? Hizo llevar enseguida el féretro a Rusia, para que Hana fuera enterrada junto a su madre. Luego nos despidió a todos.

Anatoli Agapov se sirvió de su inmunidad diplomática para encubrir lo sucedido. Metió a Victor en el Hamelín y no volvió a salir de esa casa, hasta que murió.

El hombre era viudo, pero hasta ahora Marcus no se había dado cuenta de que, en el transcurso de su visita, no había encontrado nada que evocara el recuerdo de una madre y de una esposa prematuramente desaparecida.

Ni una foto, ni un objeto de recuerdo. Nada.

El recorrido de la casa concluyó en el desván, en medio de viejos muebles y cachivaches. Pero también había algo más.

Una puerta cerrada.

Además de la cerradura, había tres candados de distintas dimensiones que sellaban la entrada. El penitenciario ni siquiera se preguntó el porqué de tantas precauciones: sin dudarlo, cogió una vieja silla y empezó a arremeter contra la hoja. Una, dos, muchas veces. Hasta que cedió.

Levantó el haz de la linterna y en un instante supo el motivo por el que en esa casa no había rastro de la señora Agapov.

8

Le había preparado el sofá para que durmiera en su casa, en Trastevere.

Luego, mientras Mina se daba una ducha, se puso a cocinar para ella. Había tenido la tentación de hurgar en su mochila, quizá encontraría algún documento con su verdadera identidad. Pero luego desistió. La chica empezaba a confiar en ella, Sandra estaba convencida de que conseguiría hacer que se abriera más.

Entre ellas la diferencia de edad era de unos cuantos años pero, aunque era más joven, Sandra enseguida albergó el instinto de comportarse como una hermana mayor. Sentía compasión por Mina, por su vida, quizá fruto de un pasado borrascoso y triste. Se preguntó si al menos alguna vez, ante las diversas encrucijadas a las que todo el mundo debe enfrentarse, había podido escoger qué dirección tomar.

Sandra puso la mesa y encendió el televisor. Daban el noticiario. Obviamente, sólo hablaban del último delito del monstruo, en Sabaudia. Los cronistas lo describían como un medio fracaso del homicida, en vista de que la víctima de sexo femenino esta vez había conseguido huir. No se sabía todavía nada de la identidad del hombre asesinado.

«Al parecer, los *carabinieri* del ROS son mejores que los

del SCO guardando secretos», se dijo Sandra. Luego se preguntó si, como había dicho Mina, el hombre que había muerto tenía esposa o compañera y si mientras tanto al menos la habían avisado a ella. Sintió pena por esa mujer, a pesar de que no la conocía. En ese momento se dio cuenta de que Mina estaba quieta en el umbral de la cocina, envuelta en el albornoz de Max que le había prestado. Miraba la tele con aire molesto. Sandra cogió el mando a distancia y la apagó para no alterarla más.

–¿Tienes hambre? –preguntó–. Siéntate, ya está listo.

Comieron casi en silencio, porque de repente la chica ya no era de muchas palabras. Quizá empezaba a emerger en ella el recuerdo emotivo de lo que había ocurrido y, sobre todo, la consciencia del destino del que había logrado escapar. Hasta ese momento, la adrenalina había encubierto cualquier reacción, ahora era normal que estuviera en shock.

Sandra advirtió que, mientras comía, Mina tenía el brazo izquierdo debajo de la mesa. Quizá no quería que volviera a pasarle como en el SX, cuando le mostró involuntariamente la cicatriz de la muñeca. Se avergonzaba de ella.

–Hace tiempo estuve casada –dijo la policía, intentado estimular su curiosidad–. Era un buen hombre, se llamaba David. Murió.

Mina levantó los ojos del plato, sorprendida.

–Es una larga historia –añadió Sandra.

–Si no quieres hablar de ello, ¿por qué me lo has dicho?

Sandra dejó el tenedor sobre la mesa y la miró.

–Porque no eres la única a quien le ha pasado por la cabeza hacer algo extremadamente estúpido, pero también terriblemente eficaz, para ahuyentar el dolor.

Mina se cogió la muñeca con una mano.

–Dicen que si has fallado la primera vez, luego la segunda es más fácil. No es verdad. Pero no pierdo la esperanza de conseguirlo, algún día.

–Sin embargo, mientras el monstruo te estaba disparando ayer por la noche, no te quedaste inmóvil esperando las balas.

La chica se vio obligada a reflexionar sobre ello. Después se echó a reír.

–Tienes razón.

Sandra se rio con ella.

Pero Mina se puso seria.

–¿Por qué haces esto por mí?

–Porque ayudar a los demás me hace sentir mejor. Ahora, acabemos de cenar: necesitas un buen sueño reparador.

Mina se quedó inmóvil.

–¿Qué pasa? –le preguntó Sandra, al darse cuenta de que algo no iba bien.

–Te he mentido.

Aunque no conocía la mentira, a Sandra no le sorprendió.

–Sea lo que sea, se puede remediar.

Mina se mordió un labio.

–No es verdad que no le viera la cara.

Sandra no se movió, el asombro la había paralizado.

–¿Estás diciendo que serías capaz de reconocer al monstruo?

La chica asintió.

–Creo que sí.

Sandra se levantó de la mesa.

–Entonces tenemos que ir enseguida a la policía.

–¡No! –gritó Mina, alargando un brazo para detenerla–. Te lo ruego –añadió más bajo.

–Debemos hacer un retrato robot enseguida, antes de que el recuerdo se desvanezca.

–No se me olvidará mientras viva, créeme.

–No es cierto: en cuanto pasan unas horas la memoria se va falseando.

–Si voy a la policía, para mí se habrá terminado.

¿A qué se refería? ¿Por qué tanto temor a la ley? Sandra no podía entenderlo, pero de todos modos debía hacer algo.

–¿Eres buena haciendo descripciones?

–Sí, ¿por qué?

–Porque yo lo soy dibujando.

En la habitación secreta del desván de la villa había un caballete con una cámara fotográfica profesional encima. Delante de ésta, una especie de plató con un fondo de colores intercambiables. Había distintos ornamentos que podían colocarse en el escenario: una banqueta, un sofá, una *chaise longue*. Y también una silla delante de una mesita con un espejo: en la repisa, todo lo necesario para maquillarse. Coloretes de varios tonos, polvos, brochas, pintalabios.

A Marcus, sin embargo, le atrajo enseguida la multitud de ropa femenina que había en las perchas de un colgador. La iluminó con la linterna, y a continuación la revisó con la mano. Eran de varios colores, elegantes, de noche, de seda, de raso... El penitenciario advirtió enseguida un detalle que lo estremeció.

Las tallas de esa indumentaria no eran de mujer. Sino de niña.

Pero temía que la verdadera sorpresa se escondiera detrás de la cortina que ocultaba una esquina de la habitación. En efecto, cuando la descorrió, se encontró como preveía delante del cuarto oscuro donde Anatoli Agapov revelaba las fotografías. Había cubetas, ácidos y reactantes, un tanque, una ampliadora y una bombilla que emitía luz inactínica roja.

En un rincón de la mesa de trabajo, un montón de fotos colocadas de cualquier manera. Tal vez fueran las descartadas. Marcus alargó un brazo para cogerlas. Dejó la linterna para tener ambas manos libres y ojearlas.

Eran imágenes ambiguas, disonantes, desagradables. En todas salía retratada una niña. Hana. Llevaba los trajes que había visto colgados en las perchas.

La niña sonreía, parecía contenta mientras hacía guiños al objetivo. Pero Marcus podía vislumbrar su profundo malestar.

En apariencia no había nada de malo, el sexo no emergía nunca. Parecía un juego. Pero mirando bien las imágenes, había algo enfermizo. La enfermedad de un hombre que ha sustituido a su mujer muerta por su hijita y alimenta su propia locura con una obscena exhibición.

Ésa era la razón por la que ordenaba al servicio que se marchara antes de la puesta de sol. Quería quedarse solo para hacer esto. Y Victor ¿había heredado la perversión de su padre? ¿Por eso maquillaba y fotografiaba a las víctimas femeninas?

Mientras el penitenciario iba pasando ya mecánicamente las fotos, y la rabia crecía en su interior, se topó con otra imagen de la familia. Era muy parecida a la que le había mostrado la anciana en el asilo y que luego había encontrado también en un cajón del escritorio del estudio de Anatoli Agapov. El padre junto a sus hijos. La foto hecha con el disparador automático en la que Hana sonreía y Anatoli cogía de la mano únicamente a Victor.

Sólo que en ésta la niña no estaba.

Aparecían únicamente padre e hijo. El mismo encuadre, la misma postura. La misma luz. ¿Cómo era posible? A Marcus se le ocurrió compararla con la que llevaba en el bolsillo.

Aparte de ese llamativo detalle, eran idénticas. De las dos, el original por fuerza era aquella en la que el padre daba la mano a Victor.

–Dios mío, ayúdame –se oyó decir el penitenciario.

Era un fotomontaje.

Hana no existía.

9

La niña de luz sólo existía en las fotos.

Era una ilusión óptica. El producto de la impresión de la película en una máquina. No era real.

En el vídeo grabado en el instituto Hamelín, el Victor de nueve años decía la verdad: él no había matado a su hermana, por el simple hecho de que Hana no existía. Pero Kropp y los suyos no le habían creído. Nadie le había creído.

Hana era el fruto de la fantasía enferma de su padre.

«¿Victor y Hana se llevaban bien?»

«De vez en cuando oíamos que los niños se peleaban, pero también pasaban tiempo juntos: su juego favorito era el escondite.»

«El escondite», se repitió Marcus. Precisamente eso había dicho la gobernanta.

Nadie había visto nunca a los dos mellizos juntos.

Anatoli Agapov se había inventado a la niña para satisfacer una perversión, o sólo porque estaba loco. Y había obligado a su hijo a seguirlo en su locura, haciéndole poner ropa femenina.

Victor, con el tiempo, se dio cuenta de que su padre quería más a la hermanita imaginaria, de modo que empezó a convencerse de que era ella para obtener el afecto de su progenitor.

En esos momentos se produjo en él un desdoblamiento de personalidad.

Pero la parte masculina no había quedado subyugada del todo, de vez en cuando volvía a ser Victor y sufría de nuevo porque se sentía excluido de las atenciones paternas.

A saber hasta cuándo duró aquella historia, a saber cuánto aguantó el niño. Hasta que un día no pudo soportarlo más y decidió «matar» a Hana para castigar a su padre.

Marcus recordaba lo que había dicho la gobernanta: Anatoli Agapov estaba destrozado, repatrió el cuerpo de su hijita encubriendo lo sucedido gracias a la inmunidad diplomática de que gozaba. Pero en el ataúd no había nadie, ahora el penitenciario lo sabía.

«Matando» a Hana, Victor había logrado su objetivo: era libre. Pero no podía prever que su padre, en su mismo delirio, iba a decidir internarlo en el Hamelín, conviviendo con niños que sí habían cometido crímenes crueles y confiándolo a los cuidados de Kropp y los suyos.

Marcus no podía imaginar un destino peor. Victor pasó de un suplicio a otro, sin tener ninguna culpa.

Este hecho, con los años, hizo que se convirtiera en un monstruo.

«Mata a las parejas porque en ellas se ve a sí mismo y a su hermana. El móvil es la injusticia que sufrió», se repitió el penitenciario.

Pero había más.

Aunque para eso necesitaba hablar con Sandra. Se detuvo en una gasolinera para llamar por teléfono.

La escuela para fotógrafos forenses incluía un curso de retratos robot.

Los alumnos se alternaban en el papel de testigo y el de dibujante. El motivo era simple: había que aprender a observar, a describir y a reproducir. En otro caso, siempre tendrían que confiar todo el trabajo a la cámara fotográfica. En cambio, en el futuro su tarea sería la de guiar al objetivo como si estuvieran «dibujando».

Para Sandra no fue difícil reconstruir el rostro del monstruo gracias a los detalles proporcionados por Mina. Cuando acabó, le mostró el resultado.

–¿Qué te parece?

La chica lo observó con atención.

–Sí, es él –afirmó, decidida.

En ese punto, fue Sandra quien dedicó una mirada más atenta a ese rostro. Y, como suponía, le asombró su normalidad. El monstruo era un hombre como tantos.

Ojos pequeños y marrones, frente ancha, una nariz ligeramente más grande de lo normal, labios finos, sin barba ni bigote. En los retratos robot, las caras siempre tenían una expresión neutra. No había odio, ni rencor. No transpiraba nada del alma del sujeto al que pertenecían. Ése era el motivo de que dieran miedo.

–Bien, excelente trabajo –dijo a la chica con una sonrisa.

–Gracias –contestó ella–. Hacía mucho tiempo que nadie me felicitaba. –Y por fin sonrió, más sosegada.

–Vete a la cama, estarás cansada –le dijo Sandra, sin dejar de interpretar el papel de hermana mayor. A continuación, la policía fue a la habitación de al lado y escaneó el dibujo para enviarlo por email al comisario Crespi y también al ROS.

«En memoria del vicequestore», se dijo.

Pero, antes de acabar la operación, su móvil sonó. Número desconocido. Sandra contestó de todos modos.

–Soy yo –dijo enseguida el penitenciario. Su tono era excitado.

–Tenemos un retrato robot del monstruo –anuncio Sandra, triunfante–. He hecho como me dijiste y he encontrado a la prostituta de Sabaudia: ha sido ella quien me ha proporcionado la descripción. Ahora está en mi casa y estaba a punto de enviar...

–Déjalo estar –dijo Marcus un poco demasiado bruscamente–. Ella vio a Victor, nosotros tenemos que buscar a Hana.

–¿Qué quieres decir?

El penitenciario la puso rápidamente al corriente de la visita a la villa y de la niña de luz.

–Tenía razón, todas las respuestas están en el primer escenario del crimen: el pinar de Ostia. El asesino narrador: el final de la historia coincide con el principio. Pero los indicios más relevantes son precisamente los que parecían más marginales: la palabra «ellos» escrita por Diana Delgaudio y el hecho de que el asesino se haya cambiado de ropa.

–Explícate mejor... –lo invitó ella.

–Cuando se despertó momentáneamente del coma, Diana quería mandarnos un mensaje: Hana y Victor, los dos están presentes en el escenario de los delitos. Ellos.

–¿Cómo es posible? Ella no existe.

–El asesino se cambia de ropa: ¡ésta es la cuestión! Con el paso del tiempo, Victor se ha convertido definitivamente en Hana. De hecho, cuando de pequeño interpretaba a su hermana ya no era un niño cerrado y silencioso, se convertía en una niña simpática que gustaba a todos y a la que todos querían. Al crecer tuvo que elegir, y eligió a Hana para ser aceptado.

–Pero para matar vuelve a ser Victor. Por eso se cambia de ropa.

–Exacto. Y después del homicidio vuelve a ser Hana. De hecho, en Ostia, en el coche de los chicos, encontrasteis una camisa de hombre, dejada por equivocación en lugar de la de Giorgio Montefiori.

–Por lo tanto tenemos que buscar a una mujer –concluyó Sandra.

–El ADN, ¿recuerdas? No le importa que la policía o los *carabinieri* tengan esta pista, él sabe que su camuflaje es perfecto porque ellos están buscando a un hombre.

–Pero él «es» un hombre –le hizo notar Sandra.

–Las pistas genéticas dejadas en la villa de Sabaudia no eran una firma, sino un desafío. Es como si dijera: total, no me encontraréis nunca.

–¿Por qué?

–Creo que está seguro de su disfraz porque en estos años ha cambiado de sexo –afirmó Marcus–. Hana quería borrar a Victor, pero él de vez en cuando vuelve a emerger. Hana sabe que Victor podría hacerle daño: como aquella vez de pequeños, cuando intentó matarla. Entonces le hace asesinar a las parejas y le hace revivir aquella experiencia en la que él la vence a ella: es una manera para mantenerlo conforme. Él no ve a las víctimas como amantes, sino como hermano y hermana, ¿recuerdas?

–¿De qué estás hablando? No te sigo: has dicho que Victor de pequeño intentó matar a Hana.

–Sí. Creo que Victor de pequeño llevó a cabo algún acto para autolesionarse, como cortarse las venas.

Al ponerse el sol la servidumbre abandonaba la casa.

Victor los miraba desde la ventana de su cuarto. Los observaba mientras recorrían el largo camino de entrada, hasta la gran cancela. Y siempre formulaba el mismo deseo: marcharse con ellos.

Pero no podía. Nunca había salido de la villa.

También el sol lo abandonaba, descendiendo con rapidez más allá de la línea del horizonte. Y empezaba el miedo. Cada noche. Le habría gustado que viniera alguien para sacarlo de allí. Es lo que sucedía en las películas o en las novelas, ¿no? Cuando el protagonista estaba en peligro siempre había alguien que corría en su ayuda y lo salvaba. Victor cerraba los ojos y rezaba con todo su ser para que ocurriera. A veces se convencía de que realmente iba a ser así. Pero nunca venía nadie a por él.

Aunque no todas las noches eran iguales. A veces el tiempo pasaba indiferente, y él podía dedicarse a los números –el último refugio que le quedaba. Otras veces, sin embargo, el silencio de la casa era interrumpido por la voz de su padre.

–¿Dónde estás? ¿Dónde se encuentra ahora mi pequeña kukla, *mi muñequita? –repetía en tono embaucador.*

La dulzura servía para hacerle salir. Hubo días en que Vic-

tor había intentado evitarlo. Sabía sitios en los que nadie lo habría encontrado –los buscaba con Hana, cuando jugaban al escondite en la gran casa. Pero no se podía estar escondido para siempre.

De modo que, con el tiempo, Victor aprendió a no oponer resistencia. Iba a la habitación de su hermana, escogía un vestido del armario, se lo ponía. Y se convertía en Hana. A continuación se sentaba en la cama y esperaba.

–Aquí está mi magnífica kukla *–decía su padre con una sonrisa, abriendo los brazos.*

Después la cogía de la mano y juntos iban al desván.

–Las muñequitas bonitas deben demostrar que se merecen su belleza.

Victor se ponía sobre una banqueta y lo miraba preparar la cámara fotográfica y disponer las luces de alrededor. Su padre era un perfeccionista. Seguidamente, el hombre pasaba revista con cuidado a los trajes que tenía en la habitación secreta, le tendía uno y le explicaba lo que quería que hiciera. Pero primero se encargaba personalmente del maquillaje. Tenía una predilección por el pintalabios.

En ciertas ocasiones, Hana intentaba negarse. Entonces su padre se ponía hecho una fiera.

–¿Ha sido tu hermano quien te ha convencido, no es verdad? Siempre es él, ese pequeño e inútil bastardo.

Hana sabía que él podría tomarla con Victor –ese hombre ya le había mostrado el revólver que tenía escondido en un cajón.

–Castigaré a Victor como castigué a la inepta de su madre –amenazaba.

De modo que ella cedía –cedía siempre.

–Muy bien, mi kukla, *esta vez no necesitaremos la cuerda.*

* * *

Victor pensaba que, si su madre hubiera estado, tal vez todo habría sido distinto. La verdad es que recordaba pocas cosas de ella. El aroma de sus manos, por ejemplo. Y el calor de su seno, cuando lo abrazaba para que se durmiera y cantaba para él. Nada más. Al fin y al cabo, sólo había estado presente en los primeros cinco años de su vida. Pero sabía que era hermosa. «La más hermosa de todas», decía todavía su marido cuando no estaba furioso con su alma. Porque ya no podía enfadarse con ella, no podía gritarle su desprecio.

Victor sabía que, al no poder volcarlo en su mujer, ahora él era el objeto del odio de Anatoli Agapov.

En Moscú, después de la muerte de la madre, su padre la había borrado de su existencia. Tiró todo lo que pudiera recordarla. Las pinturas con las que se embellecía, la ropa del armario, los objetos de uso cotidiano, los adornos con los que había decorado la casa a lo largo de los años.

Y las fotografías.

Las quemó todas en la chimenea. En su lugar, quedaron muchos marcos vacíos. Eran pequeños agujeros negros que se tragaban todo lo que había alrededor. Padre e hijo intentaban ignorarlos, pero era difícil y a menudo no lo conseguían. Entonces podía suceder que estuvieran sentados a la mesa y los ojos fueran atraídos por uno de esos vacíos presentes en la sala.

Victor conseguía convivir con ello, pero para su padre se estaban convirtiendo en una obsesión.

Después, un día, entró en su habitación con una percha con un vestidito de niña, amarillo con flores rojas. Sin una palabra de explicación, se lo hizo poner.

Victor todavía recordaba con nitidez la sensación que tuvo mientras estaba de pie en medio de la habitación, descalzo sobre el frío suelo. Anatoli Agapov lo observaba, serio. El vestido le venía un par de tallas grande y Victor se sentía ridículo. Pero para su padre no era así.

–Tendremos que dejarte crecer un poco el pelo –había sentenciado al final, emergiendo de sus reflexiones.

Más tarde su padre compró la cámara fotográfica y, a continuación, también el resto del equipo. Poco a poco se fue convirtiendo en un experto. Y ya no se equivocaba con la talla de los vestidos –también era bueno en eso.

De modo que Victor empezó a posar para él, al principio pensando que era una especie de juego. Sin embargo, aunque después encontraba extraña esa situación, siguió obedeciendo la voluntad de su padre. Nunca se preguntaba si era correcto o no, porque los niños saben que los padres siempre tienen razón.

Entonces no veía nada malo en ello y, además, desde siempre le daba miedo llevarle la contraria –algo le decía que no lo hiciera. Pero llegó un momento en que se dijo: si un juego da miedo, entonces tal vez no sea sólo un juego.

Obtuvo la confirmación a ese presentimiento un día en que su padre, en vez de llamarlo Victor, usó otro nombre para él. Sucedió de manera completamente natural, en el contexto de una frase como tantas.

–¿Ahora podrías ponerte de perfil, Hana?

¿De dónde procedía ese nombre pronunciado con tanta gentileza? Al principio Victor pensó que se trataba de un error. Pero luego la rareza se repitió, hasta convertirse en una costumbre. Y cuando intentó preguntarle a su padre quién era Hana, él simplemente le contestó:

–Hana es tu hermana.

Cuando había terminado de sacarle fotos, Anatoli se encerraba en el cuarto oscuro para revelar su obra. Entonces Hana sabía que su labor había terminado. Podía ir abajo, y volver a ser Victor.

Pero, a veces, Victor se ponía la ropa de Hana sin que su padre se lo pidiera. Y le hacía una visita a la servidumbre. Advirtió que su hermana era bien recibida. Le dedicaban grandes sonrisas, le dirigían la palabra, se interesaban por ella. Y Victor descubrió que para él era mucho más fácil interactuar con los extraños cuando llevaba aquella ropa. Los otros ya no eran hostiles ni distantes, no le dirigían esa mirada que él odiaba más que cualquier otra cosa. La «mirada de la compasión», la llamaba. La vio en el rostro de su madre el día en que murió. Su cadáver lo miraba como si dijera: «Pobre Victor».

Su padre, sin embargo, no siempre era malo con él. Había momentos en que algo cambiaba, y Victor tenía la esperanza de que fuera para siempre. Como cuando quiso que posaran juntos para fotografiarse con el disparador automático. Hana no estaba en esa ocasión, sólo padre e hijo. Y entonces Victor incluso tuvo el valor de cogerle de la mano. Y lo más increíble fue que su padre no apartó la suya. Fue precioso.

Pero ningún cambio había durado. A continuación volvió a ser como siempre. Y Hana era de nuevo la preferida. Sin embargo, después de la foto con su padre, dentro de Victor algo se rompió, la decepción era una herida que ya no podía ignorar.

Y él estaba cansado de tener cada vez más miedo.

Un día estaba encerrado en su habitación; era un día de lluvia, y a él no le gustaba la lluvia. Estaba tendido boca abajo sobre la alfombra y resolvía ecuaciones –una manera de evadirse, de no pensar en nada. Se encontró delante de los ojos una ecuación genérica de segundo grado.

$$ax^2 + bx + c = 0$$

Para determinar la incógnita x, los términos de la ecuación debían ser iguales a cero. Por tanto tenían que anularse. Su mente matemática tardó poco en procesar la solución. A la izquierda de la ecuación estaban Hana y él. Para ser iguales a cero tenían que anularse recíprocamente.

Así fue como se le ocurrió la idea.

Cero era un bonito número. Era un estado de paz, una condición imperturbable. Las personas ignoraban el verdadero valor del cero. Cero para ellas era muerte, pero para él podía ser la libertad. En ese momento, Victor comprendió que nadie iba a ir a sacarlo de allí. Era inútil esperar. Pero quizá las matemáticas todavía podían salvarlo.

De modo que fue a la habitación de Hana, se puso su vestido más bonito y se tendió en la cama. Poco antes, había robado el viejo cuchillo de caza de su padre. Al principio se lo arrimó a la piel, sólo para probarlo. Estaba frío. Luego cerró los ojos y apretó los dientes, ignorando la voz de su hermana que, dentro de él, le rogaba que no lo hiciera. Aun así, levantó la hoja y la dejó caer en la muñeca izquierda, rasgándola. Sintió que el acero se hundía en la carne. El dolor fue insoportable. Una sustancia caliente y viscosa le resbaló por los dedos. Después, lentamente, perdió el sentido.

No había más Victor. No había más Hana.

Cero.

Cuando volvió a abrir los ojos, su padre lo tenía entre sus brazos y le ceñía la muñeca con una toalla para detener la sangre. Lloraba desesperado y lo mecía. Entonces de sus labios salió una frase que Victor en un primer momento no comprendió bien.

–Mi Hana ya no está. –Y luego–: ¿Qué has hecho, Victor? ¿Qué has hecho?

Hasta más tarde Victor no comprendió que esa modesta cicatriz en la muñeca era una imperfección que Anatoli Nokoliavic Agapov nunca soportaría mirar. No sobre la inmaculada piel de su kukla. *Desde ese día, dejó de fotografiarla. Ese día, Hana había muerto.*

Pero sólo ella. Ésta era la gran sorpresa, la increíble novedad. Aunque estaba mal, Victor era feliz como nunca lo había sido.

Su padre, en cambio, siguió llorando delante de la servidumbre. También algunos de ellos estaban conmovidos. Luego Anatoli los echó a todos, los echó para siempre.

La nueva vida sin miedo duró sólo un mes. El tiempo de enviar un ataúd a Moscú y de que se le cerrara bien la cicatriz. Una noche, antes de que Victor se durmiera, la puerta de su habitación se abrió dejando entrar la luz del pasillo, como un cuchillo de plata. En el umbral, reconoció la silueta de su padre. El rostro de Anatoli estaba en penumbra y Victor no podía ver qué expresión tenía. Por un momento se imaginó que estaba sonriendo.

El hombre no se movió. Después, sin embargo, habló con una voz neutra, glacial.

–Ya no puedes quedarte aquí.

En ese momento, el corazón de Victor se derrumbó.

–Hay un lugar en el que tienen que estar los niños como tú. Allí es donde vivirás a partir de mañana, será tu nueva casa. Y no volverás aquí nunca más.

10

«...Creo que Victor de pequeño llevó a cabo algún acto para autolesionarse, como cortarse las venas...»

La última frase de Marcus dejó a Sandra sin aliento.

–Dios mío, está aquí.

–¿Qué estás diciendo?

Tragó saliva con dificultad.

–Es ella, la prostituta es Hana. Llama a la policía. –Después colgó enseguida, porque no le quedaba mucho tiempo. Pensó dónde estaba su pistola. En su dormitorio. Demasiado lejos, nunca conseguiría cogerla. Pero tenía que intentarlo.

Dio un paso al otro lado del umbral e iba a seguir por el pasillo, pero se paró en seco. Vio a la chica, estaba de espaldas. Y se había cambiado.

Vestía de hombre. Pantalón oscuro, camisa blanca.

Victor se volvió, tenía la réflex de Sandra en la mano.

–A mí también me gusta hacer fotografías, ¿sabes?

La policía no se movió, pero advirtió que había abierto su mochila y había dejado sobre el sofá, en orden, una cámara fotográfica y un viejo cuchillo de caza.

Victor se fijó en su mirada.

–Ah, sí –dijo–. El revólver no me hacía falta, ya lo usé ayer por la noche.

Sandra se echó hacia atrás hasta dar con la espalda en la pared.

–He oído la llamada de hace un momento –afirmó Victor dejando la réflex–. ¿Piensas que no lo había previsto? Estaba todo calculado: yo soy muy bueno en matemáticas.

Con un psicópata, cualquier palabra podía provocar una reacción imprevisible. Por eso Sandra había decidido permanecer callada.

–¿Por qué ya no me hablas? ¿Te has ofendido? –preguntó el otro, torciendo el gesto–. Ayer por la noche, en Sabaudia, no me equivoqué, sólo separé las soluciones de la ecuación.

¿Qué estaba diciendo? ¿A qué se refería?

–Los términos se anulan. El resultado es cero.

Sandra sintió que un estremecimiento tremendo la atravesaba.

–Max –dejó escapar en voz baja.

El otro asintió.

Sandra notó que los ojos se le llenaban de lágrimas.

–¿Por qué nosotros?

–Te vi la otra noche en televisión, cuando te santiguabas al revés mientras ese policía hablaba. ¿Qué significa ese signo? Lo vi hacer otras veces en el instituto donde me encerraron de pequeño, pero nunca lo entendí.

De nuevo silencio.

Victor se encogió de hombros, como si en el fondo no le importara.

–Siempre sigo lo que dicen de mí los periódicos y las televisiones. Pero además, tú me impactaste porque, cuando te vi, estabas guardando una cámara fotográfica. Y como te he dicho, me gustan las cámaras fotográficas. Eras perfecta para mi juego.

Victor se ensombreció.

–Era lo que mi padre decía siempre a Hana para convencerla de que posara para él. «Es sólo un juego, *kukla*, no debes tener miedo.»

Sandra echó los talones hacia atrás hasta tocar el zócalo. Dejándose guiar por el tacto, empezó a moverse hacia la derecha, arrimada a la pared.

–Es extraño el modo en que se comportan las personas antes de morir, ¿te has fijado? La chica de Ostia gritaba y le pedía a su novio que no la apuñalara. Pero yo le dije que lo hiciera y él lo hizo. En mi opinión, él no la quería... En cambio, la policía, Pia Rimonti, al final me dio las gracias. Sí, me dijo precisamente gracias cuando me cansé de torturarla y le anuncié que a continuación la mataría.

Sandra estaba furiosa porque podía imaginarse la escena perfectamente.

–La autoestopista alemana ni la recuerdo. Suplicaba, pero yo no entendía su idioma. Hasta más tarde no descubrí que intentaba decirme que llevaba un niño dentro de sí. Y Max...

Sandra no estaba segura de querer saber cómo había muerto. Una lágrima le resbaló por el rostro. Victor se dio cuenta.

–¿Cómo puedes llorar por él? Te estaba engañando con una prostituta.

Lo dijo en un tono que irritó a Sandra.

–¿Te ha gustado la explicación sobre mi fuga de la villa de Sabaudia? Hana tiene una fantasía desbordante. En estos años ha encarnado a muchas mujeres, engañando a los hombres que encontraba. Mina es el personaje que le sale mejor. Le gusta ir con hombres, habría continuado si yo no hubiera vuelto a ella.

Mientras tanto, Sandra había conseguido moverse un metro.

–Después de cambiar de sexo creía que se había librado de mí. Pero de vez en cuando reaparecía. Las primeras veces era sólo un pensamiento, una voz en su cabeza. Una noche ella estaba con un cliente y cuando aparecí y vi esa escena, me puse a gritar y le vomité encima de la polla. –Se rio–. Tendrías que haber visto la cara de ese hombre mientras se marchaba asqueado. Quería pegarme, pero si lo llega a intentar, lo habría matado con mis propias manos. Nunca sabrá la suerte que tuvo.

Sandra ya no estaba segura de que Victor quisiera charlar durante mucho rato más. Tenía que hacer algo, los minutos pasaban rápidamente y nadie iba a ir a socorrerla.

La puerta principal estaba ya a pocos pasos. Si salía por la escalera, él sin duda lograría alcanzarla, pero podría ponerse a gritar y llamar la atención de alguien.

–En realidad, yo no quisiera matarte, pero tengo que hacerlo. Porque cada vez que lo hago, Hana se asusta mucho y luego me deja más espacio. Estoy seguro de que, con el tiempo, volveré a estar sólo yo, Victor... Ya sé que todo el mundo prefiere a mi hermana, pero he descubierto que hay otra cosa que atrae la atención de la gente... El miedo. ¿También es un sentimiento, no?

Sandra dio un salto hacia la salida. Cogió a Victor desprevenido, pero consiguió plantarse frente a ella y frenar su carrera. Sandra lo arrolló, pero él la asió firmemente de un brazo. Ella lo arrastró por el pasillo, mientras él la golpeaba repetidamente en la espalda con el puño.

–¡No puedes irte, nadie puede irse de aquí, *kukla*!

Sandra abrió la puerta principal y se encontró en el exterior. Quería gritar, pero no tenía aire en los pulmones. Se le había acabado por culpa del pánico, no de la carrera.

Victor la hizo chocar con la nuca en el suelo y ella casi perdió el sentido. A pesar de la vista ofuscada, consiguió verlo entrar de nuevo. ¿Adónde había ido? Sandra intentó incorporarse sobre los brazos, pero volvió a caerse y se golpeó la sien. Las lágrimas ahora le llenaban los ojos. A través de ese velo líquido y lechoso lo vio regresar hacia ella con el rostro desfigurado por la furia.

Había cogido el cuchillo.

Sandra cerró los ojos, lista para recibir la primera puñalada. Pero en vez de notar dolor, sintió un grito estridente de mujer. Abrió los párpados y entrevió a Victor, tendido en el suelo. Sobre él había un hombre, de espaldas. Lo mantenía inmóvil. El monstruo se revolvía, gritando desesperado, pero el otro no soltaba su presa.

El grito de mujer se volvió masculino, y luego nuevamente femenino. Fue escalofriante.

El hombre se dio la vuelta hacia Sandra.

–¿Estás bien?

Ella intentó asentir, pero no estaba segura de haberlo conseguido.

–Soy penitenciario –la tranquilizó Clemente.

Sandra nunca había visto su rostro, no conocía su nombre, pero le creyó. A continuación el hombre asestó un puñetazo a Victor, que por fin calló.

–Váyase de aquí –intentó decirle ella con un hilo de voz–. La policía... vuestro secreto...

Clemente sólo sonrió.

Entonces fue cuando Sandra se dio cuenta de que un cuchillo salía de las entrañas del hombre.

11

Cuando Marcus llegó a Trastevere no pudo cruzar el cordón policial.

Se detuvo en el margen de la zona de seguridad, mezclándose entre los curiosos y los fotógrafos que habían acudido al lugar de los hechos.

Nadie entendía lo que estaba ocurriendo, pero los rumores se sucedían.

Alguien hablaba del hombre que los agentes se habían llevado esposado un rato antes y del hecho de que los policías del SCO estaban exultantes mientras lo metían en un coche que partió a toda velocidad, junto a un cortejo de luces parpadeantes, en un concierto de sirenas.

Entonces entrevió a Sandra que, escoltada por dos paramédicos, llegaba por su propio pie a una ambulancia. Comprendió que le había sucedido algo pero, básicamente, estaba bien.

Exhaló un suspiro de alivio, aunque duró poco.

Por la escalera del edificio bajaron unos camilleros con una litera. Sobre ella estaba tendido un hombre con el rostro cubierto por un respirador. Era Clemente. ¿Cómo había sabido lo de Sandra? Él nunca le había hablado de ella... Vio que lo cargaban en una segunda ambulancia que, sin embargo, no se iba.

«¿Por qué no os vais? ¿Cuánto vais a tardar?»

El vehículo permanecía parado con las portezuelas cerradas. En el interior se entreveía movimiento. Luego por fin se puso en marcha, pero con las sirenas apagadas.

Marcus intuyó que su amigo no lo había conseguido.

Tenía ganas de llorar, de maldecirse por cómo se habían despedido la última vez. En cambio, para su gran sorpresa, en voz baja se puso a rezar.

Lo hizo en medio de la multitud, sin que nadie se diera cuenta. Mientras a su alrededor todo el mundo se ocupaba de otra cosa. En el fondo, así era siempre.

«Yo soy invisible», se repitió a sí mismo. «Yo no existo.»

Para la quinta lección de su instrucción, Clemente se presentó en su casa en el corazón de la noche, sin ningún preaviso.

–Tenemos que ir a un sitio –le anunció, sin añadir nada más.

Marcus se vistió deprisa y juntos abandonaron la buhardilla de la via dei Serpenti. Vagaron por el centro de una Roma desierta, a pie. Hasta que llegaron frente a la entrada de un antiguo edificio.

Clemente sacó del bolsillo una pesada llave de hierro bruñido, muy antigua, con la que abrió el portón, dejando que fuera Marcus quien entrara primero.

El lugar era amplio y silencioso, como una gran iglesia. Una fila de velas indicaba un camino a lo largo de una escalera de mármol rosa.

–Ven –le murmuró–. Los demás ya han llegado.

¿Los demás? ¿Quiénes eran los demás?, se preguntó Marcus.

Subieron la escalinata y embocaron un amplio pasillo cubierto de frescos de escenas que él, al principio, no supo interpretar. Luego se dio cuenta de que se trataba de reproducciones de célebres episodios de los Evangelios. Jesús resucitando a Lázaro, las bodas de Caná, el bautismo de Jesús…

Clemente había interceptado su mirada dubitativa ante esas pinturas.

–Es como en la Capilla Sixtina –se apresuró a precisar–. Allí el fresco El Juicio Universal de Miguel Ángel sirve para advertir y para instruir a los cardenales reunidos en cónclave para elegir al nuevo papa sobre la magnitud de la tarea que les aguarda. En este caso las escenas del Evangelio tienen el mismo objetivo: recordar a quienes pasan por aquí que la misión que están a punto de llevar a cabo tiene que inspirarse sólo en la voluntad del Espíritu Santo.

–¿Qué misión?

–Ya lo verás.

Poco después llegaron junto a una balaustrada de mármol, adornada por una columnata que daba la vuelta alrededor de un gran espacio circular. Sin embargo, antes de que pudieran asomarse a él, Clemente tiró de Marcus, diciendo:

–Tenemos que permanecer en la sombra.

Se situaron detrás de una de las columnas y por fin Marcus pudo mirar.

En la sala de abajo había doce confesionarios dispuestos en círculo, en torno a un gran candelabro dorado que descansaba en un pedestal. Sobre él había doce velas encendidas.

El recurrente número doce recordaba el de los apóstoles, advirtió Marcus enseguida.

Al poco rato empezaron a entrar en la sala algunos hombres con una capa oscura que impedía verles el rostro. A medida que iban pasando junto al candelabro, con dos dedos apagaban la llama de una vela. A continuación se metían dentro de los confesionarios.

El proceso duró hasta que quedó un solo cirio encendido, y también vacío un confesionario. «Nadie apagará la vela de Judas», se dijo el penitenciario. «Nadie ocupará su lugar.»

Esa lucecita era la única iluminación de la sala.

–El Oficio de las Tinieblas –le explicó Clemente en voz baja–. Es el nombre del ritual que estás presenciando.

Cuando la disposición se hubo completado y todos estaban sentados en sus sitios, hizo su entrada otro personaje de la liturgia, con una capa de raso rojo.

Llevaba un gran cirio encendido, muy luminoso, que devolvió la visibilidad a la sala. Lo colocó en la parte superior del candelabro. El cirio representaba a Cristo. En ese punto, Marcus comprendió dónde estaban.

El Tribunal de las Almas.

Cuando le habló del Archivo de los Pecados custodiado por los penitenciarios, Clemente le explicó que para los más graves –los pecados mortales– era necesario reunir a un órgano especial que los juzgara, compuesto por altos prelados y también por simples sacerdotes, todos elegidos al azar, y juntos decidían si conceder o no el perdón al penitente.

Eso era lo que estaba a punto de suceder delante de sus ojos en ese momento.

En primer lugar, el hombre de la capa roja leería el texto con el pecado, seguidamente se centraría en hacer una acusación feroz contra el pecador, que siempre quedaba en el anonimato. El prelado llamado a este ingrato pero fundamental ministerio era conocido como el Abogado del Diablo.

Entre sus competencias también estaba la de instruir las causas de beatificación y santificación de los hombres que, en vida, habían demostrado poseer aptitudes divinas. A él correspondía demostrar lo contrario. En el rito del Tribunal de las Almas, en cambio, el Abogado del Diablo hacía suyo el papel del demonio, porque, ciñéndose a las Escrituras, a este último no le habría gustado en absoluto que un pecador quedara absuelto de sus culpas. Eso le habría hecho perder un alma para el infierno.

Más allá de significados arcaicos ya superados o simbolo-

gías de claro origen medieval, el Tribunal de las Almas conservaba una poderosa dimensión ancestral, de tal manera que parecía un instrumento del destino.

El juicio no versaba sobre el pecado en sí, sino sobre el alma de un pecador. Parecía que en ese lugar se decidiera si éste todavía era merecedor de formar parte de las filas de la humanidad.

Tras la disertación del Abogado del Diablo, de hecho, empezaría la discusión entre los miembros encerrados en los confesionarios. Al final, se dictaminaría la sentencia de manera inequívoca. Cada uno de ellos se levantaría de su sitio y, al salir de la sala, decidiría si volver a encender o no la vela que había apagado al entrar. Eso se hacía cogiendo un palito de un cuenco y prendiéndolo en la llama del cirio que representaba a Cristo.

Al final, el número de velas que quedaban encendidas en el candelabro determinaba el perdón o la condena del penitente. Obviamente, prevalecía la mayoría. En caso de empate, la sentencia era de todos modos favorable.

El juicio, pues, estaba a punto de comenzar.

El hombre de la capa roja cogió un papel y empezó a leer con una voz estentórea que resonaba por la sala: el pecado –la culpa gravis*– de esa noche concernía a una mujer que había arrebatado la vida a su hijito de dos años porque, según decía, estaba afectada por una forma grave de depresión.*

Cuando acabó de leer, el hombre de la capa roja se dispuso a iniciar su requisitoria. Pero antes hizo deslizar hacia atrás la capucha de raso, porque era el único que podía mostrar su rostro.

El Abogado del Diablo era oriental.

12

El cardenal Battista Erriaga se puso de nuevo el anillo pastoral.

El anular de la mano derecha había quedado demasiado tiempo desguarnecido de la sagrada joya. Por fin había podido abandonar también la habitación del hotel de tercera en el que se había alojado durante las últimas noches y regresar a su casa, al espléndido ático con vistas a los Foros Imperiales, a pocos pasos del Coliseo.

Con la captura del niño de sal su tarea casi había concluido. Ahora Roma ya podía saber que el Abogado del Diablo había vuelto a la ciudad.

El fantasma de su amigo Min, que tanto lo había atormentado durante esos días, todavía no se había desvanecido. Pero de nuevo era una presencia silente en su conciencia. No le molestaba, porque precisamente gracias a ese gigante bueno, Erriaga había llegado a la cúpula de la Iglesia.

Siendo joven se manchó las manos con un asesinato. Mató brutalmente a Min, sólo culpable de haberle tomado el pelo, y por eso lo metieron en prisión. Battista rechazó la condena, considerándola injusta y rebelándose ante cualquier forma de autoridad durante el transcurso de todo su internamiento. Pero era la índole del adolescente inquieto quien actuaba y hablaba, en realidad la parte más profunda de su ser sufría por el crimen que había cometido.

Hasta que un día conoció a un cura, y entonces todo cambió.

El sacerdote empezó a hablarle de los Evangelios y de las Escrituras. Gradualmente, con paciencia, convenció a Battista para que se liberara de su carga. Pero, después de confesarle su pecado, el cura no lo absolvió enseguida. Lo que hizo fue explicarle que era necesario transcribir y transmitir su *culpa gravis* a un tribunal especial que se encontraba en Roma. Eso fue lo que hizo, y pasaron largos días en los que Battista temió que para él nunca habría perdón ni redención. Pero luego el veredicto llegó.

Su alma estaba a salvo.

En ese momento, Erriaga vislumbró la posibilidad de revolucionar su vida. El Tribunal de las Almas era el instrumento extraordinario que iba a permitirle salir de esa triste existencia y evitar su incuestionable destino de mísera nulidad. ¡Qué poder se ocultaba en el juicio de las almas de los hombres! Ya no sería el humilde e inútil descendiente de un alcohólico, el hijo del mono amaestrado.

Convenció al cura para que lo encarrilara por el camino hasta tomar los hábitos. Nunca lo había movido una sincera vocación, sino una sana ambición.

Durante los siguientes años, persiguió su objetivo con empeño y abnegación. Primero logró borrar cualquier rastro de su pasado: nadie lo relacionaría nunca con un homicidio ocurrido en un remoto poblado de Filipinas. A continuación, se ganó cada peldaño de la escalera jerárquica que consiguió subir. De simple cura a obispo, de monseñor a cardenal. Y, al final, obtuvo el encargo por el que se había preparado durante toda la vida. Es más, teniendo en cuenta sus competencias, se daba casi por descontado que el elegido fuera precisamente él.

Desde hacía más de veinte años celebraba el Oficio de las Tinieblas en el seno del tribunal. Formulaba la acusación por cuenta de los penitentes y, al mismo tiempo, conocía sus más insidiosos secretos. Su identidad se mantenía en el anonimato, pero Battista Erriaga era capaz de remontarse a ellos a través de pequeños detalles contenidos en las confesiones.

Se había convertido en un experto en la materia.

Con el tiempo aprendió a servirse de lo que sabía para obtener favores. No le gustaba llamarlo chantaje, aunque en sustancia era exactamente lo que parecía. Cada vez que utilizaba su inmenso poder, lo hacía sólo por el bien de la Iglesia. Que eso también comportara una ventaja para él era un aspecto completamente secundario.

No sentía ninguna piedad por los penitentes. Esos hombres se confesaban sólo para continuar su vida tranquilamente. Eran unos cobardes porque así evitaban enfrentarse abiertamente a la ley. Muchos de ellos, además, obtenían el perdón y volvían a hacer exactamente lo mismo que hacían antes.

Erriaga consideraba que el sacramento de la confesión era uno de los desajustes del catolicismo. ¡Un buen lavado periódico de la conciencia y sanseacabó!

Por eso no tenía reparos en aprovecharse de esos pecadores, en usar sus vicios para obtener ventajas bien intencionadas. Cada vez que se presentaba ante uno de ellos, éste se quedaba atónito al oír en voz alta su secreto. El hecho de que no comprendieran enseguida cómo lo había sabido era la prueba de que incluso habían olvidado que se lo habían confesado a un cura. ¡Eso era lo poco que contaba el perdón para ellos!

Mientras se miraba al espejo después de haberse puesto uno de sus habituales trajes oscuros de alta sastrería, con el alzacuello blanco de cura en lugar de corbata, y tras colgarse al pecho la cadena con la gran cruz de oro y rubíes, Erriaga recitó en voz baja una plegaria por el alma de Min.

En su juventud se manchó las manos con un pecado tremendo, pero al menos no había tenido la desfachatez de perdonárselo.

Cuando hubo terminado, decidió salir de casa, porque todavía tenía algo que hacer para terminar su labor.

El secreto constaba de tres niveles. El primero era el niño de sal. El segundo, el hombre con cabeza de lobo. Y ambos habían sido desvelados.

Pero el tercero debía permanecer como tal. En otro caso, la Iglesia habría pagado un precio enorme. Y él con ella.

13

Marcus reflexionó mucho sobre ello.

Era inútil apostarse fuera del hospital en el que la habían ingresado únicamente por precaución. Ya había nubes de fotógrafos y reporteros esperando la oportunidad de robar una imagen o una declaración.

Sandra era el personaje del momento. Junto a Victor Agapov, obviamente.

El monstruo había sido conducido a la cárcel y, según la poca información en poder de la prensa, se negaba obstinadamente a contestar las preguntas de los magistrados. Por tanto, la atención se concentraba en la joven policía, víctima y heroína del epílogo de la historia.

Marcus tenía la esperanza de verla, de hablar con ella, pero no podía dar un paso. El dolor por la desaparición de Clemente lo perseguía como una presencia molesta, como un estorbo. Después de la muerte de su único amigo, Sandra era el único antídoto a la soledad.

Hasta ese momento, el penitenciario siempre había pensado que estaba solo, pero no era cierto. Tal vez porque siempre había creído que Clemente tenía una vida aparte de la relación entre los dos: personas con las que interactuaba, se comunicaba, con las que podía reír o confiarse. Ya el hecho de conocer a sus superiores parecía una ventaja. En cambio, Clemente era exactamente como él, no tenía a nadie. Con la gran diferencia de que no se quejaba nunca de ello, no se lo echaba en cara como sí hacía él.

A Marcus le hubiera gustado comprender la soledad de Clemente, hacerse cargo. Así la hubiera podido compartir también con la suya. Y entonces habrían sido realmente amigos.

«Yo era un cura de campo, en Portugal. Un día llegó una carta. Venía firmada con el sello del Vaticano: se trataba de un encargo que no podía rechazar. En el interior estaban las instrucciones para encontrar a un hombre ingresado en un hospital, en Praga... Nunca he entendido por qué me escogieron a mí. No tenía dotes particulares, ni nunca había manifestado la ambición de hacer carrera. Era feliz en mi parroquia, con mis fieles... A nosotros no se nos permite preguntar, a nosotros no se nos permite saber. Nosotros sólo debemos obedecer...»

Esa noche, Clemente le había salvado la vida a Sandra sacrificando la suya. El motivo principal por el que Marcus quería verla era para contarle la verdad sobre su amigo.

Se había puesto a esperarla en el único sitio en el que era posible encontrarse, lejos de la multitud y de los curiosos. Lejos de todo. No estaba seguro de si Sandra intuiría que él la estaba aguardando justo allí, pero tenía la esperanza. Porque era el primer lugar en el que se vieron, tres años atrás. La sacristía de San Luis de los Franceses.

–Estoy aquí –dijo antes de que él abriera la boca, como si se hubieran citado realmente y ella quisiera excusarse por el retraso.

Marcus fue a su encuentro, pero se frenó. La última vez se

habían abrazado, ahora no procedía. Sandra tenía el rostro demacrado, los ojos hinchados por el llanto.

–Soy una estúpida. Es culpa mía que Max haya muerto.

–No creo que haya dependido de ti.

–Pues sí. Si no me hubiera santiguado al revés mientras me grababan en televisión, ese bastardo no nos habría elegido.

Marcus ignoraba esa parte de la historia. Es más, se había preguntado por qué precisamente Sandra, precisamente Max. Pero todavía no había sido capaz de darse una respuesta. Al enterarse de cómo habían ido las cosas, decidió callar.

–Sus estudiantes están destrozados, no se hacen a la idea. Han preparado un acto de recuerdo, dentro de un rato se celebrará una breve ceremonia en el gimnasio de la escuela. –Acabó la frase y miró la hora, como si tuviera mucha prisa–. El magistrado ha autorizado la repatriación de los restos mortales. Esta noche un vuelo lo devolverá a Inglaterra. –Después añadió–: Yo lo acompañaré.

Marcus la miraba sin poder hablar. Estaban a una distancia de un par de metros el uno del otro, pero ninguno de los dos era capaz de colmarla. Era como si hubiera un abismo en medio.

–Es necesario que vaya, debo hablar con su madre, con su padre y con sus hermanos, conoceré a los viejos amigos que no tuvo tiempo de presentarme y veré por primera vez el lugar donde nació, y ellos me verán y pensarán que lo amé hasta el final, y no es verdad, yo...

Dejó que esa palabra permaneciera en vilo sobre el precipicio que los separaba.

–¿Tú qué? –preguntó Marcus.

Esta vez le tocó a Sandra callar.

–¿Por qué has venido aquí?

–Porque hice una promesa.

A Marcus le decepcionó la respuesta. Le habría gustado oírle decir que era por él.

–Tu amigo se llamaba Clemente, ¿verdad? Y era penitenciario.

Así pues Sandra sabía quién la había salvado... Clemente había faltado a la regla de los penitenciarios... «Nadie puede saber que existes. Nunca. Sólo podrás decir quién eres durante el tiempo que transcurre entre el rayo y el trueno...»

Sandra hurgó en el bolsillo, cogió algo y se lo tendió sin acercarse.

–Antes de morir, me pidió que te la diera.

Marcus dio un paso adelante y vio lo que tenía en la palma de la mano. La medallita con la imagen de San Miguel Arcángel blandiendo la espada de fuego.

–Me dijo que era importante. Y que tú lo entenderías.

Marcus recordó el momento de rabia en que se la había arrojado a la cara. ¿De verdad había sido ésa su despedida? Y eso lo hundió en una desesperación todavía más profunda.

–Tengo que irme –dijo Sandra.

Se acercó y le puso entre las manos la medalla de Clemente. A continuación se levantó un poco sobre las puntas de los pies y le dio un beso en los labios. Un larguísimo, infinito beso.

–En otra vida –dijo luego.

–En otra vida –prometió Marcus.

A última hora de la tarde regresó a la buhardilla de la Via dei Serpenti. Cerró la puerta y esperó antes de encender la luz. Por la ventana entraba el tenue resplandor que procedía de la extensión de tejados de Roma.

Ahora sí que estaba completamente solo. Definitivamente solo.

Se sentía triste. Pero si Sandra hubiera hecho durar más ese beso y hubiera convertido ese adiós en otra cosa, quizá con la intención de ser amada, ¿cómo habría reaccionado? Había hecho un juramento muchos años atrás, un voto de castidad y obediencia. ¿De verdad habría estado dispuesto a romperlo? ¿Y para convertirse en qué?

Él era un cazador de la oscuridad. No se trataba de una profesión, era su naturaleza.

El mal no era simplemente un comportamiento del que se derivaban efectos y sensaciones negativas. El mal era una dimensión. Y el penitenciario era capaz de percibirla, veía lo que los demás no podían ver.

Y en el cuadro que tenía delante todavía faltaba algo.

¿Quién era el hombre con el que Sandra se había encontrado en el Coliseo? ¿Cómo podía estar al corriente de las investigaciones de la policía? Y, lo más importante, ¿cómo era posible que conociera a Marcus y la Penitenciaría?

Todavía tenía que responder a esos interrogantes. El cazador de la oscuridad no tenía elección. Pero empezaría al día siguiente, ahora estaba demasiado cansado.

Encendió la pequeña lámpara que se encontraba junto al catre. Lo primero que vio fue un fotograma del hombre con la bolsa gris en bandolera. El asesino de la monja de clausura. No pudo evitar pensar que las desavenencias con Clemente empezaron precisamente con el caso del cadáver descuartizado en los Jardines Vaticanos y, sobre todo, con su insistencia por conocer a sus superiores. Había sido injusto con él. El desesperado «No lo sé» de su amigo todavía retumbaba en su interior.

Se acordó de la medallita que Clemente había querido devolverle antes de morir –San Miguel Arcángel, el protector de los penitenciarios. Había llegado el momento de volver a ponérsela. La buscó en el bolsillo, pero junto a ella también sacó una cartulina doblada. Tardó un poco en recordar que se trataba del mapa que le había dado Kropp. Ambos objetos procedían de hombres que estaban a punto de morir. Marcus se disponía a deshacerse del segundo, porque no soportaba esa comparación. Pero, antes de rasgar el papel, se permitió mirarlo una última vez.

El centro de Roma, un recorrido que conducía de la Via del Mancino hasta la Piazza di Spagna, a la base de la escalinata que llevaba a la iglesia de Trinità dei Monti. Poco más de un kilómetro a pie.

«Lo entenderás y te asombrarás», había dicho el viejo.

Pero ¿qué podía haber justo en medio de uno de los lugares más célebres y visitados de Roma? ¿Qué secreto podía ocultarse ante los ojos de todo el mundo?

Antes de ese momento, Marcus había pensado que se trataba de una trampa, de una manera de distraerlo de su objetivo principal: encontrar a Victor. Ahora, sin embargo, lo consideró desde otra perspectiva; si Kropp sólo hubiera querido engañarlo, podría haberlo enviado al rincón más remoto y desconocido de la ciudad. No tenía sentido lo que, en cambio, había hecho.

«El final de tu cuento, niño sin nombre...»

Hasta que no observó el mapa con más atención Marcus no se dio cuenta de un detalle. Mejor dicho, de «una anomalía». No todo el recorrido marcado en rojo pasaba por las calles de la ciudad. Varias veces parecía atravesar los edificios.

No por encima, se dijo Marcus.

Por debajo.

El recorrido iba por el subsuelo.

14

En Roma había una extraña efervescencia.

La gente llenaba las calles y se negaba a irse a dormir. La ciudad celebraba el final de la pesadilla del monstruo. El efecto más extraordinario eran los velatorios que habían surgido espontáneamente en todos los barrios. Alguien escogía un lugar al azar para depositar flores o encender una vela por las víctimas y al cabo de un rato ese lugar se llenaba de otros testimonios: peluches, fotos, notas. La gente se detenía, se cogía de la mano, muchos rezaban.

Las iglesias estaban abiertas. Las que normalmente eran sólo meta de turistas, estaban ahora llenas de fieles. Ya nadie se sentía avergonzado por mostrarse mientras daba gracias a Dios. Una fe descarada y alegre. Así se exponía a los ojos de Marcus. Pero él no podía unirse a ese carnaval, todavía no.

La Via del Mancino estaba cerca de la piazza Venezia.

El penitenciario esperó a que la calle estuviera momentáneamente desierta para descolgarse por la alcantarilla del colector capitolino, que también correspondía al inicio de la ruta indicada en el mapa de Kropp. Al apartar la tapa de hierro fundido descubrió una escalerilla que descendía varios metros hacia el subsuelo. Sólo cuando llegó al final de los escalones encendió la linterna.

Iluminó la estrecha galería por donde discurría el conducto. En las paredes del túnel había sedimentos de épocas diversas. Capas de cemento armado, de mantillo, y también de toba y travertino. Una de ellas era un compuesto de fragmentos de ánforas de arcilla. En la época de los antiguos romanos, a menudo los viejos recipientes inutilizados se empleaban como material de construcción.

Marcus se puso en marcha y su linterna iba y venía entre el suelo en mal estado y el mapa que llevaba en la mano. Encontró varias bifurcaciones en el camino y más de una vez le costó trabajo orientarse. Pero, a un cierto punto, se encontró delante de una galería que no tenía nada que ver con el colector, probablemente excavada muchos siglos atrás.

Se metió por ella. Unos metros después, se dio cuenta de que las paredes estaban cubiertas de escritos. Estaban en griego antiguo, en latín y en arameo. Algunas palabras habían quedado corroídas por el tiempo y la humedad.

«Una catacumba», pensó.

Eran áreas cementeriales cristianas o judías y se encontraban en varias zonas de Roma. Las más antiguas se remontaban al siglo II d.C., cuando se impuso la prohibición de enterrar a los muertos dentro de los límites de las murallas.

Era extraño que hubiera una precisamente a cuatro pasos de la Piazza di Spagna, pensó.

Las cristianas, por lo general, estaban dedicadas a un santo. La más famosa era la que albergaba la tumba de San Pedro, varios metros por debajo de la basílica símbolo del catolicismo. Una vez la visitó con Clemente, que también le contó la historia del hallazgo de los restos del apóstol en 1939.

Mientras avanzaba, Marcus exploró mejor las paredes con la linterna con la esperanza de que algo le revelara dónde se encontraba.

Lo vio en la base de una de las paredes. Tenía pocos centímetros de altura. No lo reconoció enseguida, porque al principio sólo le pareció la efigie de un hombrecillo de perfil con las piernas estiradas como si estuviera caminando.

Después vislumbró la cabeza de lobo.

La postura indicaba que quería que lo siguieran. Marcus lo hizo. A medida que iba avanzando, se encontró varias veces con el símbolo, situado cada vez más arriba, y de dimensiones cada vez mayores. Señal de que quien fuera que hubiera realizado ese mural antiquísimo prometía desvelar algo importante al final del trayecto.

Cuando el hombre con cabeza de lobo alcanzó su altura, a Marcus le pareció que caminaba a su lado. Y fue una sensación desagradable. Varios metros sobre su cabeza, la gente transitaba con el corazón rebosante de una fe recuperada. Él, allí abajo, caminaba codo a codo con el demonio.

Desembocó en un espacio circular, una especie de pozo sin salida. El techo era bajo, pero el penitenciario advirtió que cabía perfectamente, incluso sin tener que agacharse. En las paredes, todo alrededor, la figura antropomorfa con cabeza de lobo se repetía obsesivamente. Marcus iluminó con la linterna, uno por uno, todos esos seres gemelos. Hasta que llegó al último del grupo. Y se quedó desconcertado.

La figura era distinta. Ya no llevaba puesta la cabeza de lobo, que yacía a su lado como una máscara. Bajo esa efigie siempre había habido un rostro humano. Un rostro que Marcus conocía bien, porque lo había visto miles de veces.

El hombre sin el disfraz era Jesucristo.

–Sí, son cristianos –dijo una voz masculina a su espalda.

Marcus se volvió de golpe, apuntando la linterna. El hombre se llevó una mano a la cara, pero sólo porque la luz lo estaba deslumbrando.

–¿Podrías bajarla, por favor?

El penitenciario lo hizo, y el hombre también bajó el brazo. Marcus se dio cuenta de que ya lo había visto en otras circunstancias, una noche en el Tribunal de las Almas. El Abogado del Diablo.

En cambio, era la primera vez que Battista Erriaga lo veía.

–Esperaba que no llegaras hasta aquí –le confió pensando en el tercer nivel del secreto, ahora revelado.

–¿Qué significa «son cristianos»? –preguntó Marcus al hombre vestido de negro pero con la cruz y el anillo cardenalicios.

–Que creen en Dios y en Cristo, exactamente como tú y como yo. Mejor dicho, tal vez su fe sea más fuerte y más fecunda que la nuestra, Marcus.

El hombre conocía su nombre.

–¿Por qué proteger el mal, entonces?

–Con buena intención –dijo Erriaga, dándose cuenta de que el concepto podía rechinar en los oídos de un profano–. Verás, Marcus, en todas las grandes religiones monoteístas Dios es tanto bueno como malo, benévolo y vengador, compasivo y despiadado. Así es para los judíos y para los musulmanes. Los cristianos, en cambio, en un cierto punto de su historia diferenciaron a Dios del diablo... Dios debía ser sólo bueno, bueno a la fuerza. Y todavía hoy pagamos el precio de esa elección, de ese error. Hemos escondido el diablo a la humanidad, como se esconde la suciedad debajo de la alfombra. ¿Para lograr qué? Hemos absuelto a Dios de sus pecados sólo para absolvernos a nosotros mismos. Es un acto de gran egoísmo, ¿no crees?

–Entonces Kropp y sus acólitos fingían ser satanistas.

–Si el verdadero Dios es tanto bueno como malo, ¿qué es realmente el satanismo si no otro modo de venerarlo? En vísperas del año mil –en el 999– algunos cristianos constituyeron la Cofradía de Judas. Sostenían algo que ya era evidente en las Sagradas Escrituras, es decir, que sin el apóstol traidor no se habría producido el martirio de Cristo, y sin el martirio no habríamos tenido cristianismo. Judas –el mal– había sido esencial. Comprendieron que se necesitaba al diablo para alimentar la fe en el corazón de los hombres. De ese modo inventaron símbolos que sacudieron las conciencias: ¿qué es el 666 sino un 999 al revés? ¡Y las cruces boca abajo siguen siendo cruces! Eso es lo que la gente no ve, no entiende.

–La Cofradía de Judas –repitió Marcus, pensando en la secta de Kropp–. El mal amplifica la fe –concluyó luego, horrorizado.

–Tú también has visto lo que está ocurriendo allí afuera esta noche. ¿Has mirado bien a esos hombres y a esas mujeres que rezaban? ¿Los has mirado a los ojos? Eran felices. ¿Cuántas almas se han salvado gracias a Victor? Háblales del bien y te ignorarán. Muéstrales el mal y te prestarán atención.

–¿Y los que han muerto?

–Si estamos hechos a imagen y semejanza de Dios, entonces él también puede ser malvado. Un ejército, para existir, necesita una guerra. Sin el mal, los hombres no necesitarían la Iglesia. Y cada guerra, al final, cuenta sus propias víctimas.

–Entonces Diana y Giorgio, los dos policías, los autoestopistas, Max, Cosmo Barditi... ¿Son sólo un inevitable efecto colateral?

–Eres injusto. Aunque no me creas, yo también he intentado detener la masacre, igual que tú. Pero lo he hecho a mi manera, preocupándome por un interés superior.

–¿Cuál? –lo desafió el penitenciario.

Erriaga afiló la mirada hacia su interlocutor, porque no le gustaba que le provocaran.

–¿Quién crees que le dio a Clemente la orden de confiarte la investigación sobre el monstruo después de encontrar la grabación del mensaje en el confesionario de San Apolinar?

Marcus se quedó desconcertado.

–Siempre has deseado conocer el rostro de tus superiores. –Battista abrió ambos brazos y se señaló el pecho–. Aquí me tienes: cardenal Battista Erriaga. En todo este tiempo siempre has obrado para mí.

Marcus no sabía qué decir. La rabia y la amargura se estaban imponiendo por encima del razonamiento.

–Sabías desde el principio quién era el niño de sal, y no me ofreciste enseguida la oportunidad de detenerlo.

–No era tan sencillo: primero había que detener a Kropp y los suyos.

Marcus ahora lo veía todo con claridad.

–Por supuesto. Porque tu única preocupación era que llegara a saberse que la Iglesia está al corriente de la existencia de la Cofradía de Judas. Gente que creía en nuestro mismo Dios: una deshonra demasiado grande para ser desvelada.

Erriaga constató que el hombre que tenía delante –el que encontró en Praga, sin memoria, en una cama de hospital y con una bala en la frente, el que había hecho instruir por Clemente– tenía un temperamento muy fuerte, y se congratuló por ello. Había elegido bien.

–Desde Inocencio III en adelante, el papa ha sido definido como «el domador de monstruos». El mensaje era claro: la Iglesia no tiene miedo de enfrentarse a su historia, ni a la parte más ínfima y reprochable de la naturaleza humana: el pecado. Cuando nuestros enemigos quieren atacarnos nos echan en cara la opulencia, que estamos muy lejos de los dictámenes de Cristo, de pobreza y generosidad hacia el prójimo. Entonces afirmamos que el diablo ha entrado en el Vaticano...

«*Hic est diabolus*», recordó Marcus.

–Y tienen razón –afirmó por sorpresa Erriaga–. Porque sólo nosotros podemos mantener a raya el mal. Recuérdalo.

–Ahora que lo sé, ya no estoy seguro de querer formar

parte de todo esto... –Marcus se encaminó hacia el túnel que conducía a la salida.

–Eres un ingrato. *Yo* mandé enseguida a Clemente a casa de Sandra Vega en cuanto supe por mis fuentes que la víctima de Sabaudia era su compañero. *Yo* comprendí el peligro que corría y actué en consecuencia. ¡Tu mujer está viva gracias a *mí*!

El penitenciario ignoró la provocación del cardenal y pasó junto a él. A continuación se detuvo para volverse por última vez.

–El bien es la excepción, el mal es la regla. Me lo enseñaste tú.

Battista Erriaga prorrumpió en una sonora carcajada que retumbó en el vientre de roca.

–Nunca tendrás una vida como los demás. No puedes ser lo que no eres. Es tu naturaleza.

Después añadió algo que hizo estremecer a Marcus.

–Volverás.

EPÍLOGO

El domador de monstruos

–Casi estás listo –le anunció Clemente una mañana de marzo–. Sólo falta una lección para que termine tu instrucción.

–No sé si en realidad es como dices –replicó Marcus, porque todavía estaba lleno de dudas–. Las migrañas siguen atormentándome y, además, tengo una pesadilla recurrente.

Clemente, entonces, buscó en los bolsillos. Sacó una medallita de metal, como las que podían comprarse por pocas monedas en las tiendas de recuerdos de la piazza de San Pietro, y se la mostró como si tuviera un increíble valor.

–Éste es San Miguel Arcángel –le dijo, señalando al ángel con la espada de fuego–. Echó a Lucifer del paraíso y lo mandó al infierno. –A continuación le cogió la mano y le entregó la medalla–. Es el protector de los penitenciarios. Póntela al cuello y llévala siempre contigo, te ayudará.

Marcus acogió el regalo con la esperanza de que realmente lo protegiera.

–Y mi última lección, ¿cuándo será?

Clemente le sonrió.

–En el momento oportuno.

Marcus no entendió el sentido de las palabras de su amigo. Pero estaba seguro de que un día todo se aclararía.

A finales de febrero, en Lagos, el termómetro marcaba cuarenta grados con un índice de humedad del ochenta y cinco por ciento. En la segunda ciudad de África, después de El Cairo, se contaban más de veintiún millones de habitantes que aumentaban cada día en dos mil personas. Era un fenómeno que podía percibirse: desde que estaba allí, Marcus había visto aumentar las dimensiones del barrio de chabolas que se extendía al otro lado de su ventana.

Había escogido una casa en las afueras, encima de un taller que reparaba viejos camiones. No era muy grande y, a pesar de estar acostumbrado a convivir con el caos de la metrópoli, el calor nocturno le impedía dormir bien. Sus cosas estaban apretujadas en un armario empotrado, tenía un frigorífico que se remontaba a los años setenta y un pequeño rincón cocina donde se hacía la comida. El ventilador del techo emitía un zumbido rítmico, parecido al vuelo de un moscardón.

A pesar de las incomodidades, se sentía libre.

Llevaba en Nigeria unos ocho meses, pero había pasado los dos últimos años trasladándose de un sitio a otro. Paraguay, Bolivia, Pakistán y después Camboya. Yendo a la caza de «anomalías» había conseguido desarticular una red de pedófilos, en Gujranwala había detenido a un ciudadano sueco que escogía los países más pobres para cometer homicidios y desahogar su necesidad de matar, pero sin correr el riesgo de ser capturado, en Phnom Penh descubrió un hospital en que los ciudadanos necesitados vendían sus órganos a los occidentales por pocos centenares de dólares. Ahora iba tras la pista de una banda dedicada a la trata de seres humanos: casi un centenar, entre mujeres, hombres y niños, que habían desaparecido en pocos años.

Había empezado a interactuar con las personas, se comunicaba con ellas. Lo había estado deseando durante mucho tiempo. No había olvidado el aislamiento sufrido en Roma. Pero también ahora, su temperamento solitario emergía de repente. De modo que, antes de que se crearan vínculos estables, hacía el petate y se marchaba.

Le daba miedo el compromiso. Porque la única relación afectiva que había sabido crear después de recuperar la memoria había concluido amargamente. Pensaba todavía en Sandra, aunque cada vez menos. Alguna vez se preguntaba dónde estaría y si sería feliz. Pero nunca se aventuraba a imaginar si había alguien a su lado, o si ella tenía los mismos pensamientos que él. Habría sido inútilmente doloroso.

En cambio, sí se encontraba a menudo hablando con Clemente. Sucedía en su cabeza, un diálogo intenso y constructivo. Le decía todas las cosas que no había sabido o querido decirle cuando estaba vivo. Sólo cuando pensaba en la última lección de su instrucción, la que nunca harían juntos, sentía que se le encogía el estómago.

Dos años atrás renunció a seguir siendo cura. Pero al poco tiempo descubrió que eso no funcionaba así. Se podía renunciar a cualquier cosa, pero no a una parte de uno mismo. Erriaga tenía razón: hiciera lo que hiciese, fuera adonde fuese, ésa era su naturaleza. A pesar de las dudas que lo atormentaban, no podía hacer nada contra ello. De modo que, de tanto en tanto, cuando encontraba una iglesia abandonada, entraba y celebraba misa. A veces sucedía algo que no sabía explicar. Durante la ceremonia, inesperadamente, llegaba alguien y se ponía a escuchar. No estaba seguro de que Dios existiera realmente, pero la necesidad que tenían de él unía a las personas.

El alto hombre de color lo seguía desde hacía una semana.

Marcus lo advirtió una vez más mientras vagaba por el bullicioso mercado de Balogun. Siempre se mantenía a una decena de metros de distancia. El lugar era un verdadero laberinto donde se vendía de todo, y era fácil confundirse entre la gente. Pero Marcus tardó poco en fijarse en él. Por el modo en que lo seguía podía deducirse que no era demasiado experto en ese tipo de actividades, aunque nunca podía saberse. Quizá la organización criminal se había dado cuenta de que la estaba investigando y le había puesto un observador pisándole los talones.

Marcus se detuvo junto al puesto de un vendedor de agua. Se desabrochó el cuello de la camisa de lino blanca y pidió un vaso. Mientras bebía, se pasó un pañuelo por el cuello para secarse el sudor y aprovechó para mirar a su alrededor. El hombre también se había parado y ahora fingía mirar los tejidos de colores de un tenderete. Llevaba una especie de túnica clara y una bolsa de tela.

Decidió que debía hacer algo.

Esperó a que la voz del muecín empezara a llamar a los fieles a la plegaria. Una parte del mercado se paró, ya que la mitad de la población de Lagos era de fe musulmana. Marcus lo aprovechó para acelerar el paso en el dédalo de callecitas. El hombre de detrás de él lo imitó. Era el doble de corpulento de modo que Marcus no creía poder imponerse si se enfrentaban, además, ni siquiera sabía si iba armado, aunque temía que sí. Tenía que actuar con astucia. Se metió por un callejón desierto y se escondió detrás de una cortina. Esperó a que el hombre pasara por delante y a continuación se le echó sobre los hombros, haciéndolo caer de bruces al suelo. Seguidamente se colocó encima de él, apretándole el cuello con ambos brazos.

–¿Por qué me sigues?

–Espera, déjame hablar. –El gigante no intentaba responder al ataque, pero sí librarse de la presión, para no ahogarse.

–¿Te mandan ellos?

–No te entiendo –intentó protestar el hombre en un francés imperfecto.

Marcus apretó todavía más fuerte.

–¿Cómo me has encontrado?

–Eres cura, ¿verdad? Al oírselo decir, aflojó un poco la presión.

–Me han contado que hay un hombre que investiga sobre personas desaparecidas... –Después, con un par de dedos, sacó del cuello de la túnica una cinta de cuero en la que colgaba una cruz de madera–. Puedes confiar en mí, soy misionero.

Marcus no estaba seguro de que dijera la verdad, pero lo soltó igualmente. Con un poco de esfuerzo, el hombre se volvió y se quedó sentado. A continuación se llevó una mano a la garganta y tosió, mientras intentaba recuperar el aliento.

–¿Cómo te llamas?

–Padre Emile.

Marcus le tendió la mano y lo ayudó a levantarse.

–¿Por qué me has seguido? ¿Por qué no te has presentado sin más?

–Porque primero quería asegurarme de que era cierto lo que se dice sobre ti.

Marcus se quedó atónito.

–¿Y qué se dice?

–Que eres cura, por eso eres la persona adecuada.

¿Adecuada para qué? No lo entendía.

–¿Cómo puedes saberlo?

–Te han visto celebrar misa en una iglesia abandonada… Entonces, ¿es verdad? ¿Eres cura?

–Lo soy. –A continuación dejó que el voluminoso sacerdote prosiguiera su relato.

–Mi aldea se llama Kivuli. En nuestra casa hay una guerra desde hace diez años que todo el mundo finge no conocer. Periódicamente, además, tenemos problemas con el agua y hay casos de cólera. Por culpa del conflicto, no van médicos a Kivuli y quienes prestan ayuda humanitaria a menudo son ajusticiados por los bandos en lucha porque consideran que han sido enviados por el enemigo. Por eso estoy en Lagos, para encontrar las medicinas que necesitamos para contener la epidemia… Mientras estaba aquí oí hablar de ti y fui a buscarte.

Nunca habría imaginado que encontrarlo fuera tan sencillo. Tal vez últimamente había bajado un poco la guardia.

–No sé quién te ha dicho ciertas cosas, pero no es cierto que pueda ayudarte. Lo siento.

Le volvió la espalda y se dispuso a marcharse.

–Hice un juramento.

El hombre pronunció la frase con un tono de súplica, pero Marcus lo ignoró.

El padre Emile no cejó en su empeño.

–Se lo prometí a un amigo sacerdote antes de que el cólera se lo llevara. Me enseñó a ser todo lo que soy, era mi maestro.

Con la última frase, Marcus se acordó de Clemente y se quedó paralizado.

–El padre Abel condujo la misión de Kivuli durante cuarenta y cinco años –prosiguió el hombre, consciente de haber abierto una brecha.

Marcus se volvió.

–Sus palabras exactas antes de expirar fueron: «No olvidéis el jardín de los muertos».

Marcus se grabó la frase. Pero ese plural, «muertos», no le gustaba.

–Hace unos veinte años, hubo unos homicidios en la aldea. Tres mujeres jóvenes. Yo no había llegado todavía a Kivuli, sé que las encontraron en la selva, asesinadas. El padre Abel no podía aceptar lo que había sucedido. Durante el resto de su vida lo único que quiso fue que se castigara al culpable.

Marcus era escéptico.

–Veinte años es un lapso de tiempo demasiado largo para llevar a cabo una investigación: las pistas ya se han perdido. Y el culpable quizá haya muerto, especialmente si no se han producido más homicidios.

Pero el hombre no se resignaba.

–El padre Abel, además, escribió una carta al Vaticano para explicar lo sucedido. Nunca recibió respuesta.

Marcus se quedó atónito por la afirmación.

–¿Por qué precisamente al Vaticano?

–Porque según el padre Abel el culpable era un cura.

La noticia lo perturbó.

–¿Sabes también su nombre?

–Cornelius Van Buren, un holandés.

–Pero el padre Abel no estaba seguro, ¿verdad?

–No, pero tenía muchísimas sospechas. Además, estaba el hecho de que el padre Van Buren desapareció de repente y desde entonces también cesaron los homicidios.

«Desapareció», se dijo Marcus. Había algo en esa vieja historia que lo empujaba a ocuparse de ella. Quizá porque el culpable era cura. O tal vez porque el Vaticano, aun a sabiendas del asunto, lo había ignorado completamente.

–¿Dónde se encuentra tu aldea?

–Será un viaje largo –dijo el hombre–. Kivuli está en el Congo.

Emplearon casi tres semanas en llegar a su destino.

Dos de las cuales estuvieron acampados esperando en un pequeño núcleo habitado a trescientos kilómetros de la ciudad de Goma. Desde hacía casi un mes, de hecho, en la zona de Kivuli se libraba una cruenta batalla.

Por una parte estaban las milicias del CDNP. «*Congrès National pour la Défense du Peuple*», había puntualizado el padre Emile.

–Se trata de tutsis filorruandeses. El nombre los hace parecer revolucionarios, pero en realidad sólo son violadores sedientos de sangre. –Por otra parte estaba el Ejército Regular de la República Democrática del Congo que, poco a poco, iba recuperando los territorios en manos de los rebeldes.

Pasaron dieciocho días junto a la radio, esperando que la situación se calmara y les permitiera afrontar la última parte del viaje. Marcus, además, convenció a un piloto de helicóptero para que aceptara una suma de dinero y les llevara hasta allí. A medianoche del decimonoveno día, por fin llegó la noticia de una frágil tregua.

Se había creado un corredor de algunas horas y enseguida lo aprovecharon.

El helicóptero volaba bajo y con las luces apagadas en la

noche, para que no lo abatiera la artillería de cualquiera de los dos bandos. La zona estaba afectada por una fuerte tormenta. Por una parte, era una ventaja, porque la lluvia cubriría el ruido de los rotores. Por la otra, constituía un peligro, porque cada vez que en el cielo se encendía un relámpago alguien de abajo podría localizarlos.

Mientras volaban hacia su destino, Marcus miraba abajo, preguntándose qué se iba a encontrar en aquella selva y si no había sido muy arriesgado ir hasta allí por algo que había sucedido hacía tanto tiempo. Pero ahora ya no podía echarse atrás, se había comprometido con el padre Emile y parecía que para ese hombre fuera de vital importancia que él viera lo que tenía que mostrarle.

Apretó la medallita de San Miguel Arcángel y rezó para que realmente valiera la pena.

Aterrizaron en una explanada embarrada en medio de la vegetación.

El piloto dijo algo en un francés impreciso, en voz alta para imponerse al estruendo del motor. No comprendieron sus palabras, pero el sentido era que tenían que apresurarse, porque no los iba a esperar por mucho tiempo.

Se alejaron corriendo hacia la muralla de arbustos. Se metieron por aquella maraña y desde allí en adelante el padre Emile caminó manteniéndose algunos pasos por delante de Marcus, que mientras tanto se preguntaba cómo podía saber el sacerdote que era la dirección correcta. Estaba oscuro y la lluvia caía vertical y con fuerza sobre sus cabezas, golpeando la espesa vegetación, como una percusión caótica, ensordecedora. En ese punto, el padre Emile apartó una última branca y de repente aparecieron en medio de un poblado de arcilla y chapa.

Ante ellos se abrió una escena caótica.

Gente corriendo de un lado a otro bajo el aguacero incesante, un ir y venir de bolsas de plástico azul que contenían las pobres pertenencias de las familias. Hombres reuniendo el poco ganado que tenían con la intención de ponerlo a salvo. Niños llorando abrazados a las piernas de sus madres y bebés colgados en la espalda, envueltos en telas de colores. Marcus enseguida tuvo la impresión de que nadie sabía exactamente adónde ir.

El padre Emile intuyó sus pensamientos y aflojó el paso para explicárselo.

–Hasta ayer en el poblado estaban lo rebeldes y, en cambio, mañana por la mañana, entrarán los militares y tomarán el lugar. Pero no vendrán como libertadores: quemarán las casas y las provisiones para que sus adversarios no puedan encontrar reservas, en caso de que puedan volver. Y los matarán a todos, con la falsa acusación de haber colaborado con el enemigo. Servirá como advertencia a los poblados vecinos.

Mientras miraba a su alrededor, Marcus levantó la cabeza como si hubiera interceptado un sonido. En efecto, en medio de la estrepitosa lluvia y las voces exaltadas, se oía un canto. Procedía de un ancho edificio de madera. Del interior se filtraba una luz amarillenta.

Una iglesia.

–No todos abandonarán este lugar esta noche –puntualizó el padre Emile–. Los viejos y los enfermos se quedarán aquí.

Los que no pudieran escapar iban a quedarse, se repitió Marcus. A merced de quién sabe qué horrores.

El padre Emilie lo cogió de un brazo y lo sacudió.

–Ya has oído al piloto, ¿no? Dentro de poco se irá, tenemos que darnos prisa.

* * *

Estuvieron nuevamente fuera de la aldea, pero en la parte opuesta por la que habían entrado. Mientras avanzaban, el padre Emile reclutó a un par de hombres para que los ayudaran. Llevaron con ellos palas y candiles rudimentarios.

Llegaron a las cercanías de un pequeño valle que probablemente antes había albergado el curso pedregoso de un río. En la parte más alta había unas tumbas.

Un pequeño cementerio con tres cruces.

El padre Emile dijo algo en un dialecto parecido al suajili y los hombres empezaron a excavar. Después le pasó una pala a Marcus y, juntos, echaron una mano.

–Kivuli en nuestra lengua significa «sombra» –afirmó el sacerdote–. El poblado adoptó el nombre del curso de agua que de vez en cuando pasa por este pequeño valle. En primavera, un río aparece al ponerse el sol y luego desaparece a la mañana siguiente, igual que una sombra.

Marcus intuyó que el fenómeno estaba relacionado de alguna manera con la naturaleza del suelo.

–Hace veinte años, el padre Abel quiso que estas sepulturas se situaran lejos del cementerio del poblado, en esta área que en verano no tiene vegetación, a pesar de que él la llamaba «el jardín de los muertos».

El terreno cárstico era el mejor sitio para conservar los cuerpos, preservándolos de la acción del tiempo. Un depósito de cadáveres natural.

–Cuando las tres chicas fueron asesinadas, no había posibilidad de llevar a cabo una investigación de ningún tipo. Pero el padre Abel sabía que un día alguien vendría a hacer preguntas. Quienquiera que fuera, sin duda iba a querer ver los cuerpos.

Y ese momento, efectivamente, había llegado.

Uno de los cadáveres fue exhumado antes que los demás. Marcus dejó la pala y se acercó a la fosa. El agua que caía del cielo la llenaba, pero los restos estaban envueltos en una lona de plástico. Marcus se arrodilló en el barro y lo rasgó con las manos. El padre Emile le tendió un candil.

Al enfocar, Marcus se dio cuenta de que, efectivamente, el cadáver se había conservado bien en esa cuna de caliza. Había sufrido una especie de momificación. Por eso, incluso veinte años después, los huesos todavía estaban íntegros y revestidos de jirones de tejido, parecidos a un oscuro pergamino.

–Tenían dieciséis, dieciocho y veintidós años –afirmó el padre Emile, refiriéndose a las víctimas–. Ella fue la primera, la más pequeña.

Marcus, sin embargo, no acababa de ver cómo había muerto. Entonces se acercó, en busca de la señal de una herida o de un arañazo en los huesos. Vislumbró algo que lo sorprendió, pero la lluvia apagó la llama.

«No puede ser», se dijo. Hizo que le pasaran enseguida otro candil. Entonces lo vio, y se apartó rápidamente del agujero, cayendo hacia atrás.

Se quedó así, con las manos y la espalda hundidas en el barro y, en el rostro, una expresión atónita.

El padre Emile confirmó su intuición.

–Le cortó la cabeza de cuajo, al igual que los brazos y las piernas. Sólo quedó entero el torso. Los restos de la chica estaban esparcidos en pocos metros y, además, le habían quitado la ropa, que quedó reducida a jirones.

A Marcus le costaba respirar, mientras la lluvia se abatía sobre él, impidiéndole razonar. Ya había visto un cadáver como ése.

«*Hic est diabolus.*»

La joven monja de clausura descuartizada en el bosque de los Jardines Vaticanos.

«El diablo está aquí», pensó. El hombre con la bolsa gris en bandolera del fotograma extraído de la filmación de la cámara de seguridad, el ser a quien había intentado cazar sin éxito, había estado en Kivuli diecisiete años antes del crimen en el Vaticano, desde el que ya habían transcurrido tres años.

–Cornelius Van Buren –dijo al padre Emile, acordándose del nombre del misionero holandés que probablemente había cometido esos homicidios–. ¿Hay alguien en el poblado que lo hubiera conocido?

–Ha pasado mucho tiempo, y la vida media es muy breve en estos lugares. –Pero después lo pensó mejor–. Aunque hay una anciana. Una de las chicas asesinadas era su nieta.

–Tengo que hablar con ella.

El padre Emile lo miró, perplejo.

–El helicóptero –le recordó.

–Correré el riesgo: llévame con ella.

Llegaron a la iglesia y el padre Emile entró el primero. En el interior, a lo largo de las paredes, estaban tendidos los enfermos de cólera. Los familiares los habían abandonado para escapar y ahora los ancianos se ocupaban de ellos. Un gran crucifijo de madera velaba por todos desde un altar repleto de velas.

Los viejos cantaban por los más jóvenes. Era un canto coral de dulzura y melancolía, todos parecían haber aceptado su propio destino.

El padre Emile fue en busca de la mujer, la encontró al final de la nave. Estaba cuidando a un chico al que ponía trapos mojados sobre la frente para hacerle bajar la fiebre. El sacerdote hizo una señal a Marcus para que se reuniera con ellos. El padre Emile dijo algo a la mujer en su lengua. Ella luego desplazó la mirada hacia el forastero, estudiándolo con unos enormes y límpidos ojos castaños.

–Hablará contigo –anunció el padre Emile–. ¿Qué quieres que le pregunte?

–Si recuerda algo de Van Buren.

El sacerdote tradujo la pregunta. La mujer reflexionó un momento y contestó, decidida. Marcus la escuchaba con la esperanza de que sus palabras le desvelaran algo importante.

–Dice que ese cura era distinto de los demás, parecía más bueno, en cambio no lo era. Y había algo en su manera de mirar a las personas. Y ese algo no le gustaba.

La mujer siguió hablando.

–Ha dicho que en estos años ha intentado borrar para siempre su rostro de la memoria y lo ha conseguido. Se disculpa contigo, pero no quiere volver a recordarlo. Está segura de que fue él quien mató a su nietecita, pero ahora ella está en paz y dentro de poco se reencontrarán en el otro mundo.

Pero a Marcus no le bastaba.

–Pídele que te cuente algo del día en que Van Buren desapareció.

El padre Emile lo hizo.

–Dice que, una noche, los espíritus de la selva vinieron a buscarlo para llevarlo al infierno.

«Los espíritus de la selva...» Marcus esperaba una respuesta distinta.

El padre Emile comprendió su desaliento.

–Tienes que entender que aquí conviven superstición y religión. Esta gente es católica, pero sigue cultivando creencias ligadas a los cultos del pasado. Es así desde siempre.

Marcus le dio las gracias a la mujer con un gesto de la cabeza y se dispuso a levantarse, pero ella señaló algo. En un primer momento, él no lo entendió. Luego se dio cuenta de que tenía que ver con la medallita que llevaba al cuello.

San Miguel Arcángel, el protector de los penitenciarios.

Entonces Marcus se la quitó del cuello, le cogió una mano y colocó con cuidado el colgante en su rugosa mano. A continuación se la cerró, como si fuera un cofre.

–Que este ángel te proteja esta noche.

La mujer acogió el regalo con una leve sonrisa. Se miraron unos instantes más, para despedirse, y a continuación Marcus se levantó.

Recorrieron a la inversa el trayecto hacia el helicóptero. El piloto ya había encendido el motor y las hélices giraban en el aire. Marcus llegó hasta la portezuela, pero luego se volvió: el padre Emile no estaba a su lado, se había detenido mucho antes. Entonces volvió atrás, ignorando los improperios del piloto.

–Ven, ¿a qué esperas? –le dijo.

Pero el misionero sacudió la cabeza sin decir nada. Marcus comprendió que ni siquiera buscaría refugio en la jungla como los demás habitantes del poblado. Por el contrario, volvería a la iglesia y esperaría la muerte junto a los fieles que no podían huir.

–La Iglesia ha hecho grandes cosas con las misiones en Kivuli y sitios similares, no dejes que un monstruo destruya este bien –afirmó el padre Emile.

Marcus asintió, a continuación abrazó al gigante. Poco después, subió a bordo de la aeronave que en pocos segundos tomó altura en el telón gris de lluvia. Bajo él, el misionero levantó la mano en señal de saludo. Marcus le devolvió el gesto, pero no se sentía aliviado. Le hubiera gustado tener la valentía de ese hombre. «Algún día», se dijo. Tal vez.

Esa noche había estado plagada de sorpresas. Tenía el nombre de un asesino que hasta ese momento era un demonio desconocido. Habían transcurrido veinte años, pero quizá todavía estuviera a tiempo para la verdad.

Aunque para ello Marcus tendría que volver a Roma.

Cornelius Van Buren había matado otras veces.

Consiguió encontrar su rastro en varios lugares del planeta. En Indonesia, en Perú, otra vez en África. El diablo se aprovechaba de su condición de misionero para moverse tranquilamente por el mundo. En todos los sitios en que había estado, había dejado una huella de su paso. Al final, Marcus contó cuarenta y seis cadáveres de mujeres.

Pero todas esas víctimas eran anteriores a las de Kivuli.

El poblado del Congo había sido su última meta. Después había desaparecido en la nada. «Una noche, los espíritus de la selva vinieron a buscarlo para llevarlo al infierno», le dijo el padre Emile traduciendo las palabras de la anciana del poblado.

Evidentemente, Marcus no podía excluir del todo que, mientras tanto, Van Buren hubiera actuado otras veces y en otros lugares. Y que él, simplemente, no hubiera sido capaz de encontrar rastros de esos delitos. Al fin y al cabo, siempre tenían lugar en sitios remotos y subdesarrollados.

De todos modos, diecisiete años después de Kivuli, Van Buren había reaparecido con un cadáver mutilado en los Jardines Vaticanos. Y luego había vuelto a desaparecer.

¿Por qué esa fugaz aparición? ¿Y dónde había estado durante los tres años siguientes al homicidio de la monja? Marcus había calculado que el hombre ya tendría una edad que rondaría los sesenta y cinco años: ¿era probable que mientras tanto hubiera muerto?

Un dato le saltó enseguida a los ojos. Van Buren escogía cuidadosamente a sus víctimas.

Eran jóvenes, inocentes y muy hermosas.

¿Podría ser que se hubiera cansado de su pasatiempo?

El cardenal Erriaga predijo que sucedería.

«Volverás», había afirmado con una carcajada.

Y, en efecto, a las cinco y media de la tarde de un martes, el penitenciario se demoraba en la Capilla Sixtina junto al último grupo de visitantes. Mientras todos admiraban los frescos, él observaba atentamente los movimientos de los encargados de la seguridad.

Cuando los guardas invitaron a los presentes a salir porque los Museos Vaticanos estaban a punto de cerrar, Marcus se apartó de la fila y se introdujo por un pasillo lateral. Desde allí bajó por la escalera de servicio que conducía al patio de la Pigna. En los días anteriores, había realizado otras visitas, pero en realidad eran reconocimientos del lugar para estudiar las cámaras que vigilaban el perímetro alrededor de la Ciudad del Vaticano.

Había encontrado lagunas en el sistema de videovigilancia. Gracias a ellas, consiguió llegar tranquilamente al área de los jardines.

El sol primaveral se estaba poniendo lentamente, pero pronto estaría oscuro. De modo que se escondió entre los setos de boj y esperó. Recordó la primera vez que estuvo allí junto a Clemente: la zona había sido puesta en una especie de cuarentena para permitir que ellos dos atravesaran el parque sin ser molestados.

¿Quién se había encargado de esa empresa aparentemente imposible? Erriaga, naturalmente. Pero ¿por qué luego, desde las altas esferas, nadie había movido un dedo para ayudar a Marcus a llevar a cabo la investigación sobre la muerte de la monja?

Existía un evidente contrasentido.

El cardenal habría podido enterrar el asunto en el silencio, sin embargo, había querido que el penitenciario lo viera y, sobre todo, que lo supiera.

Cuando cayó la oscuridad, Marcus salió de su escondite y se encaminó hacia la única parte del jardín en la que la vegetación podía crecer libremente.

El bosque de dos hectáreas al que los empleados acudían únicamente para retirar las ramas secas.

Una vez en el lugar, encendió la pequeña linterna que llevaba consigo, intentando recordar dónde estaba situado el cadáver de la monja. Distinguió el punto que años atrás la gendarmería había cercado con cinta amarilla. «El mal es una dimensión», se recordó a sí mismo, porque sabía exactamente lo que tenía que hacer.

Buscar «anomalías».

Para hacerlo, era necesario evocar el recuerdo de todo lo sucedido ese día en presencia de Clemente.

Un torso humano.

Estaba desnudo. En aquel momento pensó enseguida en el *Torso del Belvedere*, la gigantesca estatua mutilada de Hércules conservada en los Museos Vaticanos. Pero la monja había sufrido un trato feroz. Alguien le había separado de cuajo cabeza, piernas y brazos. Yacían a pocos metros, desperdigados junto con los hábitos oscuros, hechos jirones.

No, «alguien» no.

–Cornelius Van Buren.

Ahora por fin podía pronunciar, en ese lugar, el nombre del culpable.

El asesinato había sido brutal. Pero tenía una lógica detrás, un plan. El diablo sabía cómo moverse en el interior de las murallas. Había estudiado el lugar, los procedimientos de control, había sorteado las medidas de seguridad, exactamente igual que había hecho él mismo poco antes.

–Quien sea que haya sido, ha venido de fuera –había dicho Clemente.

–¿Cómo lo sabes?

–Conocemos su rostro. El cuerpo lleva aquí por lo menos ocho, nueve horas. Esta mañana, muy temprano, las cámaras de seguridad han grabado a un hombre sospechoso que merodeaba por la zona de los jardines. Iba con ropa de trabajo, y me consta que han robado un uniforme.

–¿Por qué él?

–Míralo tú mismo.

Clemente le había mostrado el fotograma de las cámaras de seguridad. En la imagen congelada aparecía un hombre vestido de jardinero, con el rostro parcialmente oculto por la visera de una gorra. Caucásico, edad indefinida pero seguramente de más de cincuenta años. Llevaba consigo una bolsa gris en bandolera. En el fondo se entreveía una mancha más oscura.

–Los gendarmes están convencidos de que allí dentro había un hacha o un objeto parecido. Debía de haberla usado hacía poco, la mancha que ves probablemente sea de sangre.

–¿Por qué precisamente un hacha?

–Porque era el único tipo de arma que podía encontrar aquí. Queda descartado que haya podido introducir algo desde fuera, superando los controles de seguridad, los guardias y el detector de metales.

–Pero se la ha llevado consigo para borrar las huellas, en caso de que los gendarmes acudieran a la policía italiana.

–Salir es mucho más sencillo, no hay controles. Y luego, para irse sin que se fijen en ti, es suficiente con confundirse con el flujo de peregrinos o de turistas.

Recordando ese diálogo, Marcus localizó enseguida un error.

«Después de Kivuli, Van Buren deja de matar durante diecisiete años y desaparece. Tal vez no dejó de hacerlo», pensó. Se volvió cada vez más precavido y aprendió a cubrir mejor el rastro de sus delitos.

Pero, entonces, ¿por qué correr un riesgo enorme cometiendo un asesinato precisamente en el Vaticano?

Marcus intuyó que se había dejado engañar por la manera en que Van Buren había eludido los controles. Tenía que admitirlo: se había quedado fascinado. Pero ahora, en ese bosque desierto, se replanteó su posición. Un depredador como Van Buren no habría aceptado el riesgo de dejarse capturar.

Porque matar le gustaba demasiado.

Pues, entonces, ¿qué había ocurrido?

Tanto Clemente como él habían dado por descontado que el asesino había entrado y salido del Vaticano.

¿Y si, en cambio, siempre hubiera estado allí?

Al fin y al cabo, eso habría explicado su perfecto conocimiento de los sistemas de seguridad. Pero Marcus excluyó esa hipótesis porque, durante su infructuosa investigación, examinó la vida de todos aquellos que, laicos o religiosos, trabajaban en el interior del pequeño Estado y que tenían algo en común con el hombre del fotograma: caucásico y de más de cincuenta años de edad.

«Un fantasma», se dijo. Un espectro capaz de aparecer y desaparecer a su antojo.

Movió la pequeña linterna para iluminar los árboles. El

diablo había escogido el lugar perfecto para actuar. Lejos de las miradas. Y también había elegido a la víctima perfecta.

–Su identidad es un secreto –había dicho Clemente refiriéndose a la joven monja de clausura–. Es uno de los dictados de la orden a la que pertenece.

En público, las monjas cubrían su rostro con un lienzo. Marcus había visto que las hermanas lo llevaban cuando fueron a recoger los restos de la pobrecilla.

«*Hic est diabolus.*»

Eso había dicho una de ellas, acercándose mientras Clemente tiraba de él para llevárselo.

El diablo está aquí.

«¿Por qué el asesino ha elegido precisamente a una de ellas?», se preguntó Marcus.

–De vez en cuando, las monjas pasean por el bosque –había dicho Clemente–. Porque raramente viene nadie a este lugar, y pueden rezar sin que las molesten.

La afirmación tendría que haberle hecho pensar que el homicida la había escogido por casualidad. Una mujer que había decidido no existir para el resto de la humanidad, y que además se encontraba en el único sitio aislado del Vaticano, el bosque. La persona adecuada en el sitio adecuado. Las demás víctimas, sin embargo, las había preferido «jóvenes, inocentes y muy hermosas».

Marcus recordó cuando se agachó para verla mejor. La tez blanquecina, los pequeños senos, el sexo expuesto tan impúdicamente. Los cabellos rubios y muy cortos en la cabeza rebanada. Los ojos azules, levantados hacia el cielo como en una súplica.

Ella también, por tanto, era joven, inocente y muy hermosa. Pero se cubría el rostro con un lienzo, ¿cómo podía saberlo el asesino?

–La conocía.

Lo dijo de golpe, sin siquiera darse cuenta. De repente las piezas empezaron a encajar. Se iban situando ante sus ojos como en una antigua pintura de Caravaggio, como la que se custodiaba en San Luis de los Franceses, delante de la cual había empezado su instrucción.

Y en el cuadro estaban todos. Cornelius Van Buren, la monja de clausura que le había susurrado «*Hic est diabolus*», Battista Erriaga, san Miguel Arcángel, la anciana de Kivuli, incluso Clemente.

«Busca la anomalía, Marcus», decía su mentor. Y Marcus la encontró.

Esta vez la anomalía era él.

–Hay un pequeño convento de clausura al otro lado del bosque –le había dicho Clemente. Y Marcus se encaminó justamente en esa dirección.

Al cabo de un rato, la vegetación se despejó y apareció un bajo edificio gris, austero. Detrás de los cristales de las ventanas se podía vislumbrar una luz amarillenta, como de velas. Y sombras que se movían lenta y ordenadamente.

El penitenciario se acercó al portillo y llamó una vez. Al poco rato, alguien quitó los cierres y abrió la puerta. La monja llevaba el rostro cubierto por un lienzo negro. Lo miró y luego retrocedió enseguida para dejarlo pasar, como si lo estuvieran esperando.

En cuanto Marcus puso un pie en el interior, vio ante él que las hermanas estaban puestas en fila. Al instante comprendió que no se había equivocado. Velas. Las religiosas habían elegido aislarse del resto de la humanidad, renunciando a cualquier tecnología o elemento de comodidad. Y ese lugar de silencio, fuera del tiempo, se encontraba justo en medio del pequeño territorio del Vaticano, en el centro de una enorme y caótica metrópolis como Roma.

–Es difícil entender la elección de estas monjas, muchos piensan que podrían ir a hacer el bien entre la gente en vez de encerrarse entre los muros de un convento –había afirmado Clemente–. Pero mi abuela decía siempre: «No sabes cuántas veces estas hermanitas han salvado al mundo con sus oraciones».

Ahora lo sabía. Era cierto.

Nadie indicó a Marcus hacia dónde debía ir. En cuanto se movió, las hermanas empezaron a apartarse una por una para indicarle la dirección. Así llegó al pie de una escalinata. Primero miró hacia arriba, seguidamente empezó a subir. Su mente estaba abarrotada de pensamientos, pero ahora todos tenían un sentido.

La carcajada de Erriaga... «Nunca tendrás una vida como los demás. No puedes ser lo que no eres. Es tu naturaleza». El cardenal lo sabía: Marcus seguiría viendo anomalías, las huellas del mal. Era su talento y su maldición. Y nunca conseguiría olvidar el cuerpo desmembrado de la monja. Van Buren había diseminado demasiados cadáveres a lo largo del mundo para que Marcus no se tropezara nuevamente con él. Y, además, era su «naturaleza», no sabía hacer nada distinto. «Volverás.» Y, efectivamente, había vuelto.

–Y mi última lección, ¿cuándo será? –le había preguntado a Clemente.

Y él había sonreído:

–En el momento oportuno.

Ésa era la última lección de su instrucción. Por eso Erriaga, tres años atrás, había querido que fuera al bosque a ver el cadáver desmembrado. No había que descubrir nada que el cardenal no supiera ya.

«Una noche, los espíritus de la selva vinieron a buscarlo para llevarlo al infierno.» El padre Emile había traducido exactamente así las palabras de la anciana. Después la mujer señaló la medalla que Marcus llevaba al cuello y él se la había regalado.

San Miguel Arcángel, el protector de los penitenciarios.

Pero la mujer no la había señalado porque la quisiera: en realidad, simplemente le estaba diciendo que había visto otras idénticas la noche en que Van Buren desapareció de Kivuli.

Los cazadores de la oscuridad –los espíritus de la selva– ya estaban tras la pista del misionero. Lo habían descubierto, y se lo habían llevado.

Al llegar a la cima de la escalera, Marcus se dio cuenta de que al fondo del pasillo, a su izquierda, había una única habitación de la que provenía un débil resplandor. Se acercó sin prisa, hasta que llegó al lado de unos gruesos barrotes de hierro bruñido.

La puerta de una celda.

Tuvo la confirmación de por qué, durante los diecisiete años posteriores a Kivuli, Cornelius Van Buren no había vuelto a matar a nadie.

El viejo estaba sentado en una silla de madera oscura. Tenía la espalda encorvada, llevaba un gastado jersey negro. Había un catre pegado a la pared. Y una sola repisa llena de libros. Van Buren, de hecho, estaba leyendo.

«Siempre ha estado aquí», se dijo Marcus. El diablo nunca se había movido del Vaticano.

«*Hic est diabolus.*» Eso fue lo que dijo la monja cuando se iba del bosque. Sólo tendría que haber reflexionado más sobre sus palabras. Quería avisarle. Quizá estaba horrorizada por lo que había sufrido una de sus hermanas. De modo que decidió romper el voto de silencio.

El diablo está aquí.

Un día, Cornelius divisó fortuitamente el rostro de una de las monjas que lo cuidaban y se encargaban de vigilarlo. Era inocente, joven y muy bonita. De modo que encontró el modo de escapar y agredirla en el bosque, mientras estaba sola. Pero su fuga no debió de durar mucho. Inmediatamente después, alguien lo devolvió a su prisión. Marcus reconoció en una esquina la bolsa gris, todavía podía notarse la mancha de sangre reseca en el fondo.

El viejo apartó los ojos del libro y se volvió hacia él. La barba descuidada y con zonas blanquecinas le manchaba el rostro demacrado. Lo examinó con una mirada amable. Pero Marcus no se dejó engañar.

–Me dijeron que vendrías.

Las palabras sacudieron al penitenciario. Pero sólo era la confirmación de lo que ya sabía.

–¿Qué quieres de mí?

El viejo cura le sonrió. Tenía los dientes escasos y amarillentos.

–No temas, ésta es sólo una nueva lección de tu instrucción.

–¿Eres tú mi lección? –preguntó con desprecio.

–No –le contestó el viejo–. Yo soy el maestro.

AGRADECIMIENTOS

Stefano Mauri, mi editor. Fabrizio Cocco, mi editor. Giuseppe Strazzeri, director editorial de Longanessi. Raffaella Roncato. Cristina Foschini. Elena Pavanetto. Giuseppe Somenzi.

Graziella Cerutti.

Luigi Bernabò, mi agente.

Michele, Ottavio y Vito, mis testigos. Achille.

Antonio y Fiettina, mi padre y mi madre.

Chiara, mi hermana.

Donato Carrisi nació en 1973 en Martina Franca y vive en Roma. Después de graduarse en Derecho, se especializó en Criminología y Ciencias de la Conducta. Es escritor y guionista de películas y series de televisión. Ha sido galardonado con el Premio Bancarella, el Prix Polar y el Livre de Poche, el galardón más importante de los lectores en Francia. Duomo ha publicado, además de *El cazador de la oscuridad*, *La chica en la niebla* (convertida en un exitoso filme protagonizado por Toni Servillo y Jean Reno), *El maestro de las sombras*, *El susurrador* y publicará próximamente *El juego del susurrador*. Con más de tres millones de ejemplares vendidos en todo el mundo, es el autor italiano de thrillers más vendido del planeta.

Esta primera edición de *El cazador de la oscuridad*, de Donato Carrisi,
de la colección Duomo 10 aniversario, se terminó de imprimir en
Grafica Veneta S.p.A. di Trebaseleghe (PD) de Italia en junio de 2019.
Para la composición del texto se ha utilizado la tipografía Sabon
diseñada por Jan Tschichold en 1964.

Duomo ediciones es una empresa comprometida con el medio ambiente.
El papel utilizado para la impresión de este libro procede de bosques
gestionados sosteniblemente.

Este libro está impreso con el sol. La energía que ha hecho posible su
impresión procede exclusivamente de paneles solares.
Grafica Veneta es la primera imprenta en
el mundo que no utiliza carbón.

Otros libros de la colección Duomo 10 aniversario

A través de mis pequeños ojos,
de Emilio Ortiz

El asesinato de Pitágoras,
de Marcos Chicot

El bar de las grandes esperanzas,
de J. R. Moehringer

Me llamo Lucy Barton,
de Elizabeth Strout

La Retornada,
de Donatella Di Pietrantonio

Open,
de Andre Agassi

La voz de los árboles,
de Tracy Chevalier

La psiquiatra,
de Wulf Dorn

La simetría de los deseos,
de Eshkol Nevo